k.

ANNE STERN

Meine Freundin Lotte

❖

Roman

KINDLER

Originalausgabe
Veröffentlicht im Rowohlt Verlag, Hamburg, September 2021
Copyright © 2021 by Rowohlt Verlag GmbH, Hamburg
Satz aus der Lexicon No2
bei Pinkuin Satz und Datentechnik, Berlin
Druck und Bindung GGP Media GmbH, Pößneck
ISBN 978-3-463-00026-8

Die Rowohlt Verlage haben sich zu einer nachhaltigen Buchproduktion verpflichtet. Gemeinsam mit unseren Partnern und Lieferanten setzen wir uns für eine klimaneutrale Buchproduktion ein, die den Erwerb von Klimazertifikaten zur Kompensation des CO_2-Ausstoßes einschließt.
www.klimaneutralerverlag.de

Die Stare gehen auf die Reise.
Altweibersommer weht im Wind.
Das ist ein Abschied laut und leise.
Die Karussells drehn sich im Kreise.
Und was vorüber schien, beginnt.

Erich Kästner: *Der September,* 1955

1

TRAUTE

– Schweden, 1961 –

DER BLICK ÜBER den Kalmarsund, auf das blaugraue Wasser, ist heute verhangen, und ich sehe die gegenüberliegende Insel Öland nicht, obwohl sie ganz nah sein muss. Dort hat Lotte ein kleines Ferienhaus, wo sie sonst, wenn Ernst und ich nicht da sind, den Sommer verbringt. Sie erzählt begeistert vom *Trollskogen*, dem Zauberwald mit knorrigen, seltsam geformten Bäumen, die in der Dämmerung wie Trolle aussähen. Von den endlosen Mooslandschaften und dem Heulen des Meeres. Die Zeit dort nennt sie Ferien. Doch für mich sieht es aus wie eine Flucht, und ich weigere mich, dort hinüberzufahren.

Am Morgen bin ich ohne die anderen über den Deich und zum Wasser hinuntergelaufen, habe Ernst und Lotte gesagt, dass ich zum Mittagessen zurück bin, denn manchmal spricht die Stille mehr zu mir als ihre Stimmen, manchmal will ich allein sein, den Kopf freibekommen. Und die Schönheit der Küste in Kalmar, diese Mischung aus Liebreiz und Schroffheit, erlaubt es mir, an nichts zu denken und nur ordentlich von der salzigen Luft einzuatmen, die so anders ist als die in Berlin.

Vierzig Jahre ist Berlin her, beinahe ein halbes Jahrhundert. Doch ich kann die Zeit abrufen, als äugte ich durch ein Schlüsselloch in eine längst vergangene Epoche: Lotte und ich an der

Staffelei, damals, in den ersten Wochen nach unserer zufälligen Begegnung, als ich ihr Modell wurde. Im Winter 1924. Ich sehe es vor mir, wie wir arbeiten, an unseren ersten Porträts, hoch oben im Atelier in der Kunstschule am Steinplatz. Ich höre unsere Stimmen wie auf einem alten Tonband, etwas leiernd, blechern, aber voller Wärme. Ohne diesen Argwohn, der heute in unseren Gesprächen liegt.

«Halt still, sitz endlich still, alter Dussel!» Lotte lacht.

«Von wegen Dussel, mein Fuß ist eingeschlafen. Sitz du mal so hier in der Eiskälte, nackt, stundenlang.»

«Gut, ich hole dir die Wärmflasche. Aber danach weiter im Text.»

«Sklaventreiberin.»

«Na hör mal, es geht hier um Kunst, ist das nichts? Du, Traute, liebes Hundekind, nur noch ein Stündchen, ich verspreche es. Das wird gut, glaub mir. Richtig gut!»

Sie hatte recht, es wurde gut. Und ich hätte noch lange dort auf dem Schemel gesessen für sie. Eine Ewigkeit.

Lotte sagt, ich werde auf meine alten Tage sentimental. «Du bist so schrecklich empfindlich geworden», behauptete sie heute früh, weil ich zurückzuckte und meine Krallen ausfuhr, als sie den alten Kosenamen benutzte, der mir damals freundlich erschien und heute zuwider ist. *Hundchen*, wirklich, wer will denn so genannt werden? Nach all den Jahren? Doch sie gab vor, es nicht zu verstehen, mit dieser gerunzelten Stirn über scheinbar arglosem Blick.

«Man hat ja Angst, normal mit dir zu sprechen», sagte sie auf meine Zurückweisung hin, «wenn du bei jeder Kleinigkeit gleich zu Staub zerfällst.»

Dieser dumme Streit, ein kurzer Moment nur von Uneinigkeit, und doch ließ er mich mit eingezogenem Kopf in Lottes Haus umherwandern. Noch immer sitzt er mir tief in den

Knochen. *Hundchen.* Der Name, immer wieder dieser alberne Name. Die Sache verfolgt uns also auch hier in Schweden, seit Lotte ihn wieder ausgegraben hat wie ein fast vergessenes Kriegsbeil. Muss sie mich unbedingt wieder so rufen, plötzlich, nach all der Zeit? Dazu in einem Ton, der mir auf einmal so vorkommt, als rufe wirklich eine Herrin ihren Hund zur Räson. Hunderte, Tausende Male habe ich es als junge Frau hingenommen – gleichgültig, gerührt, spöttisch –, doch heute Morgen, nach dem ersten Schreck, erschien mir das Wort wie eine Degradierung, so, als wollte sie mir zeigen, wo mein Platz sei. Als wüsste ich das nicht! Als wüsste ich nicht, dass mein Anteil klein war, dass Lotte die Künstlerin war und ich das Modell. Aber warum muss sie mir das immer wieder beweisen? Warum kann ich nicht, wie es sich eingebürgert hat, Traute sein, von mir aus auch Gertrud, obwohl mich so wirklich keiner mehr nennt. Bin ich kein Mensch, sondern ein Ding?

Es stimmt schon, dass ich empfindlich bin, dass mir ihre Worte nahegehen und nicht an mir abprallen wie die Wellen, die hier unten gegen die Kaimauern schlagen und sich wieder zurückziehen, als sei nichts gewesen. Vielleicht sehe ich die Spuren der Gischt nicht, die das Wasser am Stein hinterlässt, aber ich weiß doch, dass es den Felsen von unten aushöhlt, Millimeter für Millimeter, unbeirrt. Dasselbe haben die Jahre ohne Lotte mit mir gemacht, die Jahre des Krieges, die Zeit, als ich in Tirol verkrochen saß mit Ernst. Wie zwei Hasen im Loch hockten wir da und warteten auf das Ende. Wir hatten keine Zeile von Lotte, wussten nicht einmal, ob sie lebte. Und dann, härter noch, die Monate nach dem Krieg. Das lange Schweigen, bis Ernst endlich im April 1946 an Lotte schrieb und wir alles erfuhren über ihr neues Leben in Schweden.

9

Wir nahmen unsere Freundschaft wieder auf. Nach einigem Holpern allerdings, denn als sie mich in ihrem ersten Brief an Ernst *Gertrud* nannte, war es ein Schock, ein richtiger Schlag. Doch dann erwärmten wir uns wieder, knüpften erneut ein Freundschaftsband, als sei das selbstverständlich.

Aber dieser Sommer hier in Kalmar ist verhext, jedes Wort, das wir sagen, schmeckt schal. Mir ist, als hätte ich meinen Geschmackssinn verloren oder mir auf die Zunge gebissen, sodass sie ganz taub ist. Ich habe so meine Ahnung, womit die Veränderung zusammenhängt, aber ganz kann ich sie nicht greifen, kann das Problem nicht recht am Zipfel packen.

Lotte wirkt wie immer, kühl und praktisch, aber ich kenne sie. Ich kenne sie wie sonst kein Mensch auf der Welt, das kann ich trotz allem behaupten. Die feinen Falten um den Mund, das nächtliche Wandern durchs Haus, die eindimensionalen, banalen Bilder, die sie jetzt malt, verraten sie. Auch an Lottes felsigen Kanten hat das Wasser genagt.

Es ist seltsam, sich vorzustellen, dass wir heute alle eine andere Heimat haben als Berlin. Bremerhaven ist ein guter Ort für Ernst und mich. Nicht eigentlich schön, doch Ernst tut die Luft dort wohl. Und für mich ist er so gut wie jeder andere auch, ich habe mit der Zeit verlernt, mein Herz an Dinge zu hängen, an Orte. Das ist etwas für die Jungen, die noch glauben, dass irgendetwas Bestand hat.

Und Kalmar soll nun also Lottes neues *Zuhause* sein? Ein reizendes Fleckchen, wie gemalt, aber nicht von Lotte. Von Liebermann vielleicht, niemand kann Landschaften malen wie Max Liebermann. Lottes dagegen sind immer zu akkurat, jedenfalls heute. Früher hat sie Aquarelle von märkischen Feldern gemacht: die Sonne, wenn sie auf die knorrigen Stämme der Alleen fiel, geduckte Katen am Waldrand, dass man vor Freude weinen wollte. Heute scheint es, als ahme sie eine Fotografie nach, die Türme von Stockholm gestochen scharf. Oder sie gleitet ins Gegenteil ab, malt Schiffe am Kai, den Strand oder eine schwedische Landstraße so matt und verschwommen, eingehüllt in matschiges Grau, als versuche sie, das Gesehene unsichtbar zu machen. Als traue sie ihrem eigenen Blick nicht mehr.

So oder so ist das Ergebnis leider nicht gut, auch wenn Lotte behauptet, ihr gefalle es, Pastelle zu malen. Aber das ist lachhaft. *Ich* male gelegentlich Pastelle, was ich Lotte natürlich nicht erzähle. Wozu auch? Es ist beinahe peinlich, denke ich, das gealterte Modell, das von der Kunst nicht lassen kann und nun selbst malen will. In Deutschland tut es mir gut, mit Farben herumzuspielen, zu experimentieren – allein der vertraute Geruch, das Gefühl, wieder an einer Staffelei zu stehen ... Hier in Schweden aber, in Lottes Gegenwart, würde ich erstarren, wenn ich versuchte, unter ihrem strengen Blick zu malen. So war es nie zwischen uns. Lotte malte, nicht ich. Ein paar meiner Pastelle sind heute vielleicht nett anzusehen, es ist eine gefällige Technik, eine, mit der man nicht viel falsch machen kann. Gerade richtig für eine Hausfrau, die ihre Tage füllen möchte. Aber doch nichts für eine Lotte Laserstein!

Einige von ihren jetzigen Bildern sind dennoch hübsch, besonders die vom Sund, wenn das Morgenlicht darüber liegt und die Farben sanft ineinanderfließen. Früher wäre Lotte bei dem Wort *hübsch* zusammengefahren, hätte das Blatt zerknüllt und von vorn begonnen.

Ich besitze Fotografien von den Bildern, die wir damals in Berlin gemacht haben, und in den Knochen fühle ich noch die vielen Stunden, in denen ich Lotte Modell saß. Ich saß, stand, lag – alles. Sie war die langsamste Malerin der Welt und ich das ausdauerndste Modell aller Zeiten. Das war meine Qualität. Das und meine Schönheit, behauptete jedenfalls Lotte immer. Sie schöpfte Kunst aus dem Nichts, sie sah das Bild, bevor es entstand. Eine grandiose Beobachterin, hartnäckig bis aufs Blut, die ihre Augen nicht von mir nahm, während sie malte. Ich dagegen bin keine Künstlerin, meine Pastelle und Fotografien sind nicht der Rede wert, auch wenn Ernst behauptet, sie seien gut. Zugegeben, in einigen Fotos, die ich von Lotte gemacht habe, sehe auch ich diesen Funken, der aus Abbildung Kunst macht. Auf sie bin ich stolz. Doch eigentlich war ich immer nur Modell, war ich Material, und ich meine, mich zu erinnern, dass ich das gern war. Dass es damals mehr als genug war. Doch wer weiß schon, was er vor Jahren einmal gefühlt hat?

Heute werde ich von unserer Geschichte erdrückt, kann Lottes Blick von oben auf mich herab nicht mehr dulden. Aber was habe ich ihr schon entgegenzusetzen? Diese Knipserei, die paar Bildchen, die ich neuerdings selbst male, das ist alles nichts. Wenn ich heute etwas bin, dann eine Sammlerin. Ich sammle Gedanken, Erinnerungen, Fetzen, wie Schmetterlingsflügel in einer geheimen Botanisiertrommel des Geistes.

Was hat Lotte hier in Schweden bloß noch zu suchen? Wie konnte es so weit mit ihr kommen, dass sie nur noch diese billige Brotkunst macht und nicht ihre wahre Kunst? Unsere Kunst. Ihr Können war das Elixier, das uns wachhielt, das uns verzauberte. Doch wenn ich davon anfangen will, sehe ich ihren Blick, der zu sagen scheint: Sei still!

Und doch ist sie mir nah, manchmal fast so wie früher, aber das Schweigen, das in letzter Zeit so oft zwischen uns steht, ängstigt mich. Es gab in der Vergangenheit Dinge, über die wir nicht gesprochen haben, Gefühle, die wir verbannt haben, als schämten wir uns für sie. Auch Lotte weiß das, weiß, dass ich recht habe. Aber heute sind sie verkrustet von all den Jahren, von all dem Staub, der darauf fiel.

Manchmal hole ich Luft, will schon ansetzen, denke, dass ich ihren Panzer durchbrechen kann. Ich sehe Lotte an, will beginnen. Doch ihre Blicke sind heute noch schärfer als damals. Und dann verlässt mich meine Courage, und ich stapfe lieber weiter den fast leeren Strand entlang, sehe der fremden Dogge nach, die über den Sand dahinfliegt und ins spritzende Wasser stürmt, horche auf die Möwenstimmen, die von anderen, weit entfernten Küsten erzählen.

Es bleibt mir nichts übrig, als im Stillen mit ihr zu sprechen, alles dem Wind zu erzählen. Und so rede ich mit mir selbst wie eine verrückte Alte, über die wir, meine Freundin Lotte und ich, früher gelächelt hätten. Und warte.

2

LOTTE

TRAUTE, DIESES GUTE alte *Hundchen*! Wie ein schmollendes
Kind benimmt sie sich, und ich weiß nicht, womit ich ihr auf
die Füße getreten bin. Dabei ist sie so leicht zu lesen. So oft
habe ich sie gemalt, dass ich ihre große Zehe aus dem Gedächtnis zeichnen könnte, die Adern und Sehnen ihres Körpers kenne wie Flüsse auf einer Landkarte. Kann es wirklich sein, dass
es nur wegen dieses albernen Namens ist, den ich ihr gegeben
habe? Damals in Berlin, ohne nachzudenken, und den sie nun,
da er mir wieder einfiel, plötzlich unpassend findet? Anders
ist es nicht zu erklären, weshalb sie beim Klang des alten Kose-
namens aufbrauste wie ein Kobold. Und nun ist sie böse auf
mich, das dumme Kind, als hätte ich sie verraten.

Überhaupt spricht Traute, seit sie in diesem Sommer zu
mir nach Kalmar gekommen ist, mit Ernst und viel zu vielen
Koffern im Schlepptau, auf einmal nur noch von Berlin, von
unserer Zeit damals. Ob ich sie vergessen hätte, fragt sie mich
stirnrunzelnd, unsere Jahre, und denkt, ich hörte den Vorwurf nicht. Sie will mich damit hinterm Ofen hervorlocken
wie eine alte Katze, denkt wohl, ich würde zu plappern anfangen, wenn sie mich nur ein wenig austrickst und provoziert.
Sie hielt sich schon immer für besonders einfühlsam und geschickt, doch leider ist sie der alte Dussel von damals.

Unsere Jahre! Natürlich erinnere ich mich. Aber es tut mir nicht gut, und das ist es, was sie nicht verstehen will. Ich mag nicht in diesen alten Geschichten herumstochern und womöglich schmerzhafte Erinnerungen aufscheuchen. Am liebsten wäre es mir, wir könnten den ganzen Kram zu den Akten legen und einfach nur den Sommer genießen, bis sie und Ernst wieder abfahren und mich in Ruhe lassen. Dabei sehe ich die Bilder von damals genau vor mir, was seltsam ist, denn später gibt es ganze Jahre, die wie verschluckt sind. Da ist nichts mehr. Die Erinnerung ist wie ein Lebewesen, sie hat ihre eigenen Gesetze, und wir müssen ihr blind vertrauen. Manches koloriert sie auf liebevollste Weise, malt uns die vergangenen Tage und Stunden in leuchtenden Farben aus, und dann riechen und schmecken wir die Dinge, als seien wir in einer Zeitkapsel zurückgereist. Anderes löscht die Erinnerung so gründlich aus, wie es selbst der beste Radiergummi nicht vermag, und so sehr wir danach das Papier gegen das Licht halten und unsere Finger über die Einkerbungen gleiten lassen wie über Blindenschrift, wir finden sie doch nicht wieder.

Selbst wenn Traute es vielleicht gerne sähe, dass wir uns in unschuldiger Eintracht an den Ofen setzten und an gemeinsamen Erinnerungen wärmten, so habe ich doch keine Kraft dazu. All die Jahre nach dem Krieg, in denen wir uns getroffen haben, war es auch nicht nötig, sentimental zu werden. Warum jetzt? So ein bisschen Wut, so eine kleine Empfindlichkeit wegen eines Namens, der ihr – wer weiß warum – missfällt, und schon meint sie, wir sollten unsere Gefühle von damals sezieren? Endlich alles aussprechen?

Das war noch nie meine Art, das weiß sie ganz genau. Es ist eine ganz und gar ungesunde Angewohnheit, explosive Stoffe hervorzuzerren, Gefühle, die längst verjährt sind und über die

15

zu sprechen sich nicht lohnt. Können wir sie nicht in uns begraben?

Wann fingen sie überhaupt an, diese angeblich so glorreichen Berliner Zeiten, von denen Traute dauernd redet? Eigentlich schon an der Schule für Gebrauchskunst, lange bevor ich sie kannte. Und das würde ihr kaum schmecken, dass alles begann, als wir noch gar nichts voneinander ahnten. Damals schien mir alles hoffnungslos, und doch saß unter dieser Hoffnungslosigkeit ein Pochen und drängte nach außen, wie bei einem Kokon, in dem sich der Schmetterling bereit macht, die Kruste aufzubrechen und in die Welt hinauszufliegen.

Ich erinnere mich an Vergissmeinnicht, unzählige Vergissmeinnicht. Zarte, fünfblättrige Blüten in Violett, leuchtend gelbe Dolden sowie große, dickhäutige Blätter, leicht behaart, die drohten, die Blüten auf dem Packpapier zu zerdrücken. Das Violett wurde vom gezackten Grün geschluckt wie von einem gefräßigen Maul.

Es war warm im Zeichensaal. Eine Wärme, die von zu vielen jungen Menschen herrührte, die sich langweilten oder abmühten, oder beides gleichzeitig. In Streifen fiel die Oktobersonne zum Fenster herein und ließ das Holz der Arbeitstische und die abgestoßenen Dielen leuchten. Man hörte nichts als das emsige Stricheln der Pinsel und das trockene Rascheln von Papier. Ab und an auch den Seufzer eines Schülers. Es waren vor allem junge Herren, mit der Zungenspitze im Mundwinkel, die zeichneten. An den großen Tischen saßen nur wenige Mädchen in weißen Kitteln. Bei Billy neben mir sprang stilisiertes Gamswild über das Papier, die Tiere hoben die Köpfe und schienen zu röhren. Weiter hinten auf dem Blatt von Wieland Schmidt, dreiundzwanzig, letztes Ausbildungsjahr, verfrühte Geheimratsecken, perlten Tautropfen von einer Mohnblume.

«Fräulein, das ist durchaus entzückend!», sagte plötzlich eine Stimme hinter mir, und ich fuhr zusammen. Adolf Kropp, unser Dozent und der Gründer der Schule für Gebrauchskunst, beugte sich vor. Ob er wirklich meine Zeichnung meinte, die mickrigen Vergissmeinnicht im Blätterdickicht? Unfassbar, wie schnell man sich an dieser Schule zufriedengab! Aber natürlich ging es auch nur um Entwürfe für ein Porzellanservice, für Teterower Töpferwaren, und nicht um echte *Kunst*.

«Danke, Herr Professor Kropp», sagte ich höflich, obwohl jeder an der Schule wusste, dass er kein Professor war. «Allerdings ist *entzückend* nicht mein Ziel, müssen Sie wissen.»

Ich hatte schon oft bemerkt, dass es ihn nervös machte, wenn man ihn zu lange und direkt ansah, und ich erlaubte mir manchmal diesen armseligen Spaß. Ich bin leider eine boshafte Person.

Kropp ging weiter, die Hände hinter dem Rücken verschränkt in der Manier alternder Herren. «Beachtliche Leistung für eine junge Frau ohne Vorbildung», fügte er hinzu, ohne mir noch einen Blick zu schenken.

Sein gönnerhafter Ton machte mich wütend. Doch ich schloss gerade noch rechtzeitig den Mund und hielt die unverschämte Bemerkung zurück, die wie ein frecher Spatz herausfliegen wollte. Allzu oft hatte ich schon die Erfahrung gemacht, dass eine flinke Zunge an dieser Institution nicht gebilligt wurde.

Billy beugte sich herüber, ihr blonder Zopf baumelte hübsch übers Ohr.

«Lottchen, wie machst du das nur? Immer die Lieblingsschülerin!»

«Es hilft, wenn man keine Rehe malt, die größere Ohren haben als Toni», gab ich zurück und deutete auf ihr Blatt.

Keine zehn Gehminuten von der Schule entfernt lag der Zoo, in dem wir die Elefantendame Toni oft mit Erdnüssen fütterten.

Billy lachte auf. Sie gab ihrer Zeichnung einen angewiderten Stoß, dass sie über den Tisch flatterte.

«Drecksviecher! Du hast recht!» Entschlossen sah sie mich an. «Kaffee?»

«Die Plörre?»

«Nicht hier! Im Café ... Wir schwänzen den restlichen Nachmittag.»

Ich legte erleichtert den Pinsel weg. «Gott sei Dank, Billy. Wenn ich noch ein Vergissmeinnicht zeichnen muss, verliere ich den Verstand. Ich kann einfach keine Blumen malen.»

«Du?»

Langgezogen hallte ihre ungläubige Frage durch den Zeichensaal. Kropp drehte sich erstaunt um und betrachtete uns, die impertinenten jungen Frauen, mit hochgezogenen Brauen, überlegte vielleicht sogar kurz, ob er uns zur Ordnung rufen sollte, wartete dann aber zu lange – und der Augenblick verstrich. Nun wäre die Ermahnung sonderbar in der Stille hängengeblieben.

Billy murmelte: «Du kannst *alles* malen, wenn du nur willst.»

«Dann liegt da der Hase im Pfeffer», flüsterte ich. «Ich *will* nicht.»

Es gab viele Menschen, die sagten, ich sei dickköpfig. Und ich lasse mir tatsächlich nicht gern vorgeben, was ich zu tun habe. Aber Rebellion ist das Privileg der Jugend, im Alter ist sie albern, ja traurig.

Billy ließ sich von meinem Sturkopf nicht so leicht ins Bockshorn jagen. Ich sehe sie noch vor mir, eine fröhliche

Kameradin, blond und zart, doch mit einem festen Kern. Wir saßen bald zwei Jahre nebeneinander und zeichneten in törichter Einfalt Porzellanmuster und Tapetenentwürfe. Mit der Zeit waren wir so etwas wie Freundinnen geworden, die sich die Pausen miteinander vertrieben. Die gemeinsam erduldete Langeweile an der Zeichenschule schmiedete uns zu Gefährtinnen zusammen.

Das Scharren der Stühle zeigte an, dass es auf eine Kaffeepause zuging. Kropp deutete hier noch einmal auf ein Blatt und gab einen Rat, murmelte dort mit wichtiger Miene einen Tadel angesichts eines schlampig ausgeführten Musters, dann entließ er uns in die Pause. Ich trat zum Waschbecken und wusch die Pinsel aus. Dunkelviolett wurde zu Blasslila, in zarten Schlieren flossen die ungemalten Vergissmeinnicht in den gurgelnden Ausguss, bis das Wasser klar war.

Billy trat neben mich. Ihre Hände waren rotbraun gefleckt wie das Fell der großohrigen Rehe, sie scheuerte die Finger unter dem kalten Wasserstrahl mit einer Bürste. Über ihre Wange, dort, wo sie zuvor mit unbedachter Geste einen Finger hingelegt hatte, lief ein tannengrüner Striemen und ließ ihre Augen noch tiefer leuchten. Die Herbstsonne draußen vor den Fenstern tanzte und flirrte in den goldenen Strähnen ihres Zopfes.

Berlin im Herbst, welche Wonne.

«*Dich* sollte ich malen», sagte ich leise, doch Billy hatte es gehört.

«Bist deppert?» Bisher hatte der Einfluss des Berlinerischen nichts gegen ihren weichen Dialekt aus Bayern ausrichten können. Er gefiel mir. «Gehst du jetzt unter die Porträtmaler? Lass das nicht den Kropp hören, der denkt sonst, du hältst dich für was Besseres.»

«Und wenn das so wäre?», fragte ich und rieb Billy mit einem nassen Lappen das Grün aus dem Gesicht. Ich hatte keineswegs vor, auf ewig und drei Tage Tapetenmuster zu zeichnen, ehrgeizig, wie ich war.

«Hochmut kommt vor dem Fall, Fräulein!», sagte Billy, und ihre Nachahmung des Institutsleiters war ausgezeichnet. «Was denkst du denn, willst von Luft und Liebe leben? Für unsereins gibt es nicht mehr als das hier.»

«Du Dussel, wir Frauen können auch studieren», erwiderte ich und fuhr mir mit den nassen Händen durch die kurzen Haare, strich sie nach hinten, sodass sie eng am Kopf anlagen. Es gab mir immer ein Gefühl von Sicherheit, von Ordnung, wenn mein Gesicht frei war. «Seit bald zwei Jahren sogar an der Akademie. Wir können Künstlerinnen sein wie die Männer.»

«Selber Dussel!» Billy sah beleidigt aus. «Auf dem Papier mag das stimmen, Lottchen. Aber niemand will uns dort in den heiligen Hallen wirklich, das weißt du genau. Und was würde dein Vater sagen, wenn er dich reden hörte? Seine Tochter, die Malerin? Meiner würde lachen, bis er umfiele, und mir dann den Hosenboden versohlen. Es war schon schwer genug, ihn zu überreden, dass ich nicht ins Lehrerinnenseminar muss.»

«Mein Vater ist tot», sagte ich. Er starb an einem Herzleiden, als ich gerade drei war, ich erinnerte mich kaum an ihn. Die Trauer über seinen Tod war mehr ein Echo der Gefühle meiner Mutter, ich selbst nur der Resonanzkörper. «Aber meine Mutter ist modern», fügte ich schnell hinzu, bevor Billy ihr Bedauern daherstammeln konnte, «sie will, dass Käte und ich genau das lernen, was wir wollen. Und dass ich Malerin werden will, das weiß sie, seit wir Kinder sind. Ihre eigene

Schwester selbst, Tante Else, hat mich im Zeichnen unterrichtet, damals in Danzig.»

«Dann stammst du also aus einer Künstlerfamilie», sagte Billy und guckte neidisch aus der Wäsche. «Ja geh, das ist dann was anderes.»

Ich musste lachen. Tante Else war keine Künstlerin, sie war eine malende Frau, was ganz und gar nicht dasselbe ist. Sie lebte in der Provinz, unterrichtete an ihrer eigenen, privaten Malschule und zeigte, wie es ging, als Frau für sich selbst zu sorgen, und zwar durchs Kunstmachen.

Meine Schwester Käte hat einmal die Theorie aufgestellt, dass uns als Kinder durch den frühen Verlust des Vaters eine wichtige Beziehung, nämlich die zum öffentlichen Leben, abhandengekommen sei, und vielleicht ist da etwas dran. *Die Mütter binden uns an Herz und Heim*, so Käte – sie drückt sich manchmal schrecklich geschwollen aus –, *doch die Väter öffnen uns die Türen zur Welt, zum Streben nach Geltung*. Käte mag glauben, dass uns Schwestern das fehlt, aber ich gebe zu, dass ich durchaus Ehrgeiz besitze. Die Sehnsucht nach öffentlichem Leben hingegen, die spüre ich nicht, heute nicht und auch damals nicht. Dabei war der Vergnügungsalltag in Berlin allgegenwärtig, man konnte sich ihm kaum entziehen. Alle liefen in die Tanzdielen, ins *Romanische Café*, ins *Moka Efti*, tranken Absinth und warteten auf das Entdecktwerden oder die große Inspiration. Ich feierte selten mit, aber das lag an mir, ich hatte es nicht so mit dem Tanzen und Trinken.

Wir liefen zum Garderobenständer, zogen die Arbeitskittel aus, die wir über den Kleidern trugen, und nahmen unsere Mäntel vom Haken.

«Ich warte nur noch auf die Antwort von der Akademie», sagte ich atemlos, «dann bin ich hier weg. Endgültig weg von diesen Blümchen und Rauten und Vögeln und dem ganzen Gedöns.»

«*Gedöns?*»

Diesmal erschrak ich wirklich, als ich Kropps Stimme vernahm. Ich konnte seine Empörung heranziehen sehen, als ich aufblickte.

Himmel! Das männliche Geschlecht könnte viel umgänglicher sein, wenn es nur nicht so eitel wäre! Deshalb mag ich Trautes Ernst so gern, er ist auf seine leise, weiche Art nicht so männlich, mehr ... geschlechtslos. Das darf er aber nie hören!

«Verzeihung, Professor Kropp», murmelte ich. «Aber Sie werden es mir nicht übelnehmen, dass ich Pläne schmiede. Für die Zeit nach Ihrer Institution.»

«Das Fräulein hat also hochfliegende Ideen», sagte er. Seine Stimme klang höhnisch, ich vernahm den Sarkasmus darin. Das Wohlwollen von vorhin war verschwunden. «Was sollten das schon groß für Pläne sein, wenn nicht eine Anstellung als Graphikerin für Werbeplakate und Teppichmuster? Das Kunstgewerbe ist ein guter Platz für eine junge Frau, glauben Sie mir. Ich habe Erfahrung und kann Sie vermitteln, Sie werden schon sehen.»

Ich ahnte, dass es zum Streit kommen würde – und dass dieser Streit eine Entscheidung herbeiführen würde.

«Mit Verlaub», sagte ich, «es sind durchaus andere Pläne. Ich werde an der Akademie studieren. Malerei. Und dann bin ich diese Gebrauchskunst hier los, die Rosenblätter, Nagetiere und das ganze Obst.»

«Lottchen!», zischte Billy, doch ich war nicht zu bremsen. Wieder ging mein Dickkopf mit mir durch, es war reiner Übermut, der mich trieb.

«Ich werde Künstlerin, Herr Kropp», sagte ich und wartete auf den Sturm.

Er schnaubte, und seine Gesichtsfarbe, zuvor leicht gerötet, schillerte nun violett. Ich erinnere mich an sein Schwitzen, seine Wut.

«Ein kleines Mädel wie Sie eine Künstlerin? Was sind das für Flausen? Hören Sie auf mich, ehe Sie enttäuscht werden. Sie schaffen es nicht. Sie können nicht genug, haben nicht das Zeug dazu. Sie sind eine ganz leidliche Graphikerin, aber doch keine Malerin!»

«Das werden wir ja sehen», erwiderte ich. «Was man kann oder nicht kann, weiß man wohl erst, wenn man es versucht hat.»

Rasch ging ich an dem sprachlosen Mann vorbei. Billy folgte mir. Sie holte mich auf dem Korridor ein. Knallende Stiefelabsätze auf Linoleum und Wutqualm, der aus den Ohren stieg.

«Musste das sein?», fragte sie und versuchte, mit mir Schritt zu halten. «Da kannst du nie wieder zurück, verstehst du das nicht?»

«Nein, *du* verstehst nicht», blaffte ich, scharf wie ein gespitzter Bleistift, zu scharf. «Ich will nicht zurück. Und jetzt komm, ich verhungere.»

Ich stieß die schwere Tür auf und trat hinaus ins Sonnenlicht dieses verspäteten Altweibersommers, der die Stadt wie in einer letzten Umarmung gefangen hielt. Wie ein Liebhaber, der weiß, dass er gehen muss, aber sich noch nicht losreißen kann und seiner Liebsten einen letzten Kuss stiehlt.

Der weite Himmel strahlte tiefblau wie Billys Augen. Das bunte Herbstlaub leuchtete und flirrte in der Sonne, Rot wechselte zu leuchtendem Orange, die Linden hatten sich in ein hellgelbes Kleid gehüllt. Und all das bunte Laub segelte auf dem sanften Wind dahin, der durch die Straßen strich, tanzte, bäumte sich auf und ergab sich schließlich, fiel zu den anderen Blättern, die sich dort zu raschelnden Haufen zurechtgelegt hatten. Es war taumelnde Lebensfreude und Verfall in einem. Berlin stand in Flammen.

3

TRAUTE

EINEN ÜPPIGEN MITTAGSTISCH zu decken, dessen Decke
in der Brise flattert, während ein alter Apfelbaum zittrige
Schatten auf die Porzellantassen malt, ist wohl die schönste
Art, einen Urlaubsnachmittag am Meer zu beginnen, wie auf
einer Postkarte. Ich muss Lotte recht geben, dass ein eigener
Garten den Menschen erst richtig aufblühen lässt. Dieses
unvergleichliche Gefühl, wenn sich die Grashalme zwischen
die nackten Zehen schmiegen und man im Nachthemd auf
der Wiese umhergehen kann! Im Baum singt ein Vogel, eine
Goldammer vielleicht oder eine Singdrossel, von der es hier in
Småland so viele gibt, und ich stelle jede einzelne Tasse mit
der gold-blauen Bemalung auf ihren Platz, als legte ich ein
schwieriges Puzzle.

Dann sehe ich den Brief. Zwei Seiten sind es, eng beschrieben und mit einem Kaffeebecher beschwert, das Papier
raschelt im Wind. Lotte muss ihn hier draußen vergessen
haben. Es ist Kätes Schrift, sie unterschreibt ihre Briefe an die
Schwester stets mit der alten Grußformel aus Kindertagen,
dein Kanin, und zeichnet ein kleines Häschen daneben. Und
ich weiß nicht, weshalb ich ihn nehme, mich unter den Apfelbaum setze und so tue, als sei es mein selbstverständliches
Recht, ihn zu lesen. Als sei alles, was Käte an Lotte schreibt,
auch für mich bestimmt. Dabei weiß ich, dass es unrecht ist,

ihr Geschriebenes zu lesen, das ist mir bewusst. Doch meine Augen, meine Hände machen sich selbständig. Was hoffe, was fürchte ich, auf den Seiten zu finden? Der Brief enthält nichts, was kompromittierend wäre, dennoch geht mein Blick ständig zwischen dem hellen Papier und den Fenstern des Hauses hin und her, als erwarte ich, dass Lotte jeden Moment herauskommt und mich ausschimpft. Doch sie ist gar nicht da, sie unternimmt oft nach dem Mittag einen Spaziergang, ach was, einen Marsch von einer Stunde oder länger, als müsste sie sich und ihren Körper erst einmal mit Gewalt in Bewegung setzen, bevor sie sich einen Kaffee und etwas Süßes gönnt.

Käte. Ich habe sie nicht allzu oft getroffen damals in Berlin, unsere Lebenslinien kreuzten sich nur selten, aber ich meine doch, sie zu kennen, weil Lotte viel von ihr gesprochen hat. Nach dem Krieg lebte sie ein paar Jahre bei Lotte in Stockholm, da trafen Ernst und ich sie zweimal bei unseren Besuchen. Sie ist das glatte Gegenteil ihrer Schwester, hellhaarig, zart, wie ein Stück Schilf. Anders als Lotte, der ich diese Entschlusskraft gewünscht hätte, kehrte sie vor einiger Zeit zurück nach Berlin, zog wieder in die alte Wohnung im Immenweg, wo die Familie in den Kriegsjahren wohnte. Sie nahm sogar ihre Beziehung zu Olly wieder auf, ihrer langjährigen Freundin Rose Ollendorf. Eine Liebe zwischen zwei Frauen, offen gelebt. Das war in unserer Jugend in bestimmten Kreisen vielleicht selbstverständlich, im Nachkriegsdeutschland aber ist es eine ungewöhnliche Lebensweise. Sie erfordert Mut, denke ich. Mut, den ich niemals gehabt hätte.

Lotte erzählte mir, dass Olly kürzlich gestorben sei, Brustkrebs, und dass Käte bis zum Schluss bei ihr am Krankenbett ausgeharrt habe. Wie weh muss es Käte getan haben, ihre Freundin nach allem, was sie gemeinsam durchgemacht haben, zu verlieren? Doch sie durfte bei ihr sein. Davon zu hören, stimmt mich nachdenklich, denn wer wird meine Hand halten, wenn es so weit ist? Ernst? Wenn ich ihn ansehe, scheint es mir unwahrscheinlich, dass er mich überlebt, er wirkt oft älter, als er ist. Doch vielleicht gilt das für mich ebenso. Wir sehen das Alter in den Zügen unserer Nächsten und erschrecken darüber, aber nur selten erkennen wir, dass es auch uns längst befallen hat wie eine ansteckende Krankheit. Das Leben ist gefährlich, und am Ende stirbt man daran – wer hat das noch gleich gesagt?

Ich lese also Kätes Brief, mit einem flauen Gefühl im Magen – vor Neugier und Schuldgefühl, das vielleicht auch noch eine Nachwehe des morgendlichen Streits ist. Käte ist in einem Sanatorium in Bad Harzburg und laut Lotte sehr krank. Wäre ich melodramatisch, würde ich sagen, krank an gebrochenem Herzen. Nicht nur wegen Olly, sondern wegen allem, was hinter ihr liegt und was Lotte durch ihre Flucht nach Schweden erspart geblieben ist. Kein Wunder, denke ich, Käte hat Schreckliches erlebt. Lotte ist dem Krieg entronnen, aber kein Tag vergeht, an dem ich nicht ein Stechen in der Brust habe, wenn ich mir vorstelle, sie wäre nicht entkommen, sondern in Berlin geblieben. Hätte sie sich mit Käte verstecken können? Hätte sie auch überlebt wie durch ein Wunder? Doch zu welchem Preis? Ich habe von ihnen gehört, von anderen *U-Booten*, untergetauchten Juden, die in Berlin versteckt blieben, die jahrelang in einem Kleiderschrank vegetierten, unter Dielenbrettern, in Schuppen … Immer in Todesangst! Immer die eisige Furcht vor dem Entdecktwerden.

Was macht das mit einem Menschen, frage ich mich, wie kann man danach weiterleben? Das ruft doch eine Lebensangst hervor, die man niemals mehr abschütteln kann.

Und so geht es wohl auch Lottes Schwester. Ich erschrecke, als ich sehe, wie zittrig ihre Schrift ist, wie unstet die Worte auf dem Papier übereinanderfallen, und noch mehr erschrecke ich, als ich lese, wie sie ihren Zustand beschreibt. Depressionen, Einsamkeit, Schlaflosigkeit. Viel zu viele Pillen und Zigaretten, Baldriantee, der nicht hilft, Kuren, die sie nur noch müder machen. Insgesamt eine niederdrückende Situation. Und zwischen den Zeilen stets der Vorwurf, dass Lotte ihr nicht oft genug schreibe, und die Angst, zurückgelassen zu werden. Oh, wie gut ich das Gefühl kenne!

Eine Stelle im Brief geht mir sehr ans Herz. Käte schreibt, dass sie die Stärke der Schwester, *Affchens* Stärke, wie Käte Lotte stets nennt, sehr beneide, und dass sie selbst aus einem anderen, weicheren Holz geschnitzt sei. Sie habe die große Schwester immer bewundert für ihre Unbeugsamkeit. Sie selbst sei nicht aus dem Stoff gemacht, der einen widerstandsfähig gegenüber dem Leben mache. Nervlich sei sie seit früher Kinderzeit nicht gesund. Und doch, schreibt sie dann weiter, wisse auch Lotte, wie es sei, wenn man Angst im Herzen spüre. *Das war dir ja lange so, Affchen.*

Als ich diese Worte lese, geben sie mir einen Stich, und ich sehe wieder nervös zum Haus hinüber. Mit diesen Zeilen dringe ich doch ein in etwas sehr Privates, spüre ich, das ich nicht lesen sollte. Doch mehr noch als das schlechte Gewissen pikst mich das Gefühl, ausgeschlossen zu sein. Von welcher Angst schreibt Käte da, wann soll Lotte so gefühlt haben? Als sie jung war, damals, in den ersten Berliner Jahren? Zu unseren Zeiten? Nein, nie habe ich Lotte damals ängstlich gesehen, immer nur wütend, das ja, stur, grollend, starrsinnig. Dann auch wieder fröhlich, leidenschaftlich, ausgelassen, voller Leichtsinn. Aber meine Lotte mit Angst im Herzen? Das kann nur nach dem Ende unserer Berliner Zeiten gewesen sein, in Schweden, als wir getrennt waren. Nach der Katastrophe. Und noch mehr Beunruhigendes schreibt Käte im nächsten Absatz, etwas von einem Freund, den Lotte verloren habe, verbunden mit der Frage, wie sie mit dem Verlust zurechtkomme. Ein mir unbekannter Name fällt, Hugo. Hier schreibt Käte auf Schwedisch weiter, das ich nicht lesen kann, aber *din Hugo*, das verstehe auch ich.

Wie kann es sein, dass ich von diesem Mann noch nie etwas gehört habe? Wieso hat Lotte nichts von ihm erzählt, wieso begegneten wir uns nicht bei vergangenen Besuchen in Schweden? Und was ist mit dem Verlust gemeint, ist er gestorben oder nur wieder aus Lottes Leben verschwunden, ohne darin große Spuren zu hinterlassen?

Es hat mich immer gewundert, dieses lebenslange Alleinsein von Lotte, ihre Weigerung, sich einen Gefährten zu suchen. So wie ja auch ich mir einen gesucht habe, bereits sehr früh, denn was hilft es, wie ein Eremit zu leben? An Angeboten dürfte es Lotte nicht gemangelt haben, mag sie auch zuweilen schwierig sein, so fasziniert sie doch die Menschen mit ihrer Bärenkraft, ihren dunklen Feueraugen, ihrem Willen. Trotzdem blieb sie allein. Und nun lese ich hier plötzlich, dass sie vielleicht doch nicht immer allein war, dass sie liebte?

Du hattest einen Freund, der dir viel bedeutete, schreibt Käte auf Deutsch. Warum schmerzt mich diese Zeile so? Lotte kann ja tun, was sie will, und ihre Zeit verbringen, mit wem sie möchte. Nur, dass sie es mir vorenthält, flößt mir Unbehagen ein, ja Misstrauen. Plötzlich ist es, als sei ich gar nicht da, als müsste ich mich lautstark bemerkbar machen, unbequem sein, damit Lotte mich überhaupt wahrnimmt. Ich fühle mich wie ein Geist aus der Vergangenheit, der hier unversehens in Lottes

Gegenwart hineingeschneit ist, am Tisch unter dem Apfelbaum sitzt und unentdeckt versucht, ihren Geheimnissen auf die Spur zu kommen. Während sie längst in ihrem neuen Leben, mit festen Schritten, über den felsigen Boden am Meer geht und später mit gutem Appetit ein Wurstbrot isst. Und ich nähre mich nur von den vergangenen Tagen, von flatternden Erinnerungen und längst verschwundenen Dingen. Von Geisternahrung.

4

LOTTE

TRAUTE IST SCHON wieder unten am Strand. Auf dem Gartentisch liegt der Brief von Käte, die Seiten scheinen mir in Unordnung. Vielleicht hat sie ihn gelesen und bildet sich nun etwas ein? Das wäre typisch Traute, immer so sensibel, so leicht anzufassen. Sie hat sich den komischen Tick angewöhnt, tagsüber manchmal zu verschwinden, mit einer geheimnisvoll klappernden Tasche, ohne sich zu verabschieden, als schleiche sie sich aus dem Haus, damit ich sie suchen komme. Den Gefallen tue ich ihr aber nicht, mir ist alles Theatralische zuwider. Stattdessen lese ich ihre kleinen Zettel, die sie auf der Bank liegen lässt, mit kurzen Botschaften. *Bin am Meer* oder *Einkaufen, bald zurück.* Eine seltsame Art, ihren Urlaub zu verbringen, so pflichtbewusst.

Ich zerknülle das Papier in der Hand, koche mir noch einen Kaffee und stelle auch Ernst eine Tasse hin, der in irgendeinem Buch vergraben ist, obwohl er wieder wegen seines Blutdrucks jammert. Dann begrüße ich die kleine Katze, die oft an meine Tür kommt und um eine Schale mit Sahne bettelt. Ich vertreibe mir mit ihr die Zeit, muss aber schon eine Wolljacke anziehen, weil die Tage bereits kühler werden.

Je länger ich an diesen Tag mit Billy im Herbst 1921 denke, desto klarer wird mir, welch ungeheure Wendung er brachte. Nicht unbedingt nur wegen der Ereignisse, die am Ende des

Tages auf mich warteten, und auch nicht wegen des vorangegangenen albernen Streits mit Kropp. Sondern vor allem, weil ich damals, als ich mit Billy durch Charlottenburg lief, zum ersten Mal den Gedanken hatte, dass ich wirklich eine Künstlerin sein könnte. Ich hatte schon oft davon geträumt, doch bisher war das der Spleen eines Kindes gewesen. Und irgendetwas rastete damals in meinem Inneren ein und machte aus meinem Sehnen eine Notwendigkeit.

Die Nestorstraße, in der die grässliche Schule für Gebrauchskunst untergebracht war, lag um die Mittagszeit ruhig da. Überhaupt spürte man hier draußen nicht allzu viel von dem hektischen Puls der Metropole, Halensee war ein verschlafenes Nest am Stadtrand. Immerhin lockte am Ende der Straße der Kurfürstendamm, den Vorwitzige bereits den *Broadway von Berlin* nannten, eine breite Straße, die immer mehr Kaffeehäuser und Theater säumten, immer ausladendere Schaufenster, in denen sich Ware aller Art rekelte und spreizte. Die Gegend hieß halb spöttisch, halb anerkennend *City West*. Auf der anderen Seite aber war die Straße, in die Billy und ich nun auf Höhe des Lehniner Platzes einbogen, noch behäbig und still, nur ein einsamer Leierkasten orgelte einen Schlager durch die Herbstluft. Ich erinnere mich nicht mehr daran, welches Lied er spielte, nur, dass die Melodie mich melancholisch machte. Weiter östlich leuchtete der elegante Olivaer Platz mit seinen Prachtbauten, winkte Charlottenburg die Passanten wie ein großspuriger Onkel heran. Doch selbst auf unserer Seite, in Halensee, zog, wie man hörte, die Boheme ein und verlieh dem Boulevard einen zarten Schimmer von Ruhm.

Auch hier brummten bereits einige Automobile wie emsige Bienen vorüber, darin altes Geld und neureiche junge Herren, deren Handschuhe ein wenig zu sehr glänzten. Künstler zog es ebenfalls hierher, denn kreative Geister, Musiker, Schrift-steller und solche, die es werden wollen, suchen stets die Nähe des Geldes und kauflustiger Mäzene. Ein *Industriegebiet der Intelligenz* entstand, so schrieb es Wolffs *Tageblatt*. Und diese Intelligenz brauchte Orte, an denen sie sich treffen und einen Mokka oder Likör trinken konnte, die Zeitungen zum Vor-wand aufgeschlagen, damit man über den Rand äugen und die Feinheit des Manteltuchs, den Umfang der Zigarren und die Fesseln der Dame am Nebentisch vergleichen konnte.

Wir ließen unseren Blick über die Fensterauslage des klei-nen Cafés mit der gestreiften Markise wandern. Sandkuchen, Pralinen, Herrentorte. Nichts Exotisches, das gewiss nicht, aber genug für zwei hungrige Mädchen. *Conditorei* rief uns das Schild über dem Eingang zu. Ein Glöckchen bimmelte, und schon standen wir in einem einfachen Raum mit schmucklo-sen Tischen und Holzstühlen, doch der Duft nach Bohnenkaf-fee war einladend genug. Die meisten Tische waren besetzt, zumeist von Herren in Sportanzügen oder mit Weste und knielangen Hosen, die lasen und rauchten und starrten.

«Dort drüben», herrschte das Fräulein uns an und deute-te auf einen kleinen Tisch – augenrollend angesichts der Zu-mutung, sich um zwei junge Frauen ohne Herrenbegleitung kümmern zu müssen, die am Ende wenig Trinkgeld geben würden.

Billy und ich tauschten einen Blick. Vor dem Krieg hätte man uns womöglich gar nicht hereingelassen. Noch immer gab es Etablissements, die separate Damensalons offerierten, damit die Herren nicht in ihrem Tun oder ihrer Suche nach Entspannung vom weiblichen Geschlecht gestört würden. Doch die Zeiten änderten sich. Es musste sich alles ändern, dachte ich grimmig.

«Olle Ziege», zischte ich Billy hinter dem gestreiften Rücken des Fräuleins zu.

Meine Mitschülerin kräuselte entzückt ihre Mundwinkel und ließ sich auf einen Stuhl fallen. Wie gern ich ihr imponierte! Erneut dachte ich, dass sie ein wunderbares Modell abgeben würde. Und dass ich einmal wirklich eine Frau aus Fleisch und Blut brauchen würde, die ich so malen konnte, wie es mir in den Kram passte. Die zu mir gehörte.

«Mach dir nichts draus, Lottchen», sagte Billy und streckte aufseufzend die Beine in den braunen Strümpfen von sich. «Wir Frauen dürfen wählen, und wir dürfen Kaffee trinken, wo es uns beliebt.»

«Ich mache mir gar nichts draus. Wie du weißt, denke ich, dass Frauen sogar viel mehr dürfen als das», gab ich zurück und setzte mich auf den Platz ihr gegenüber. «Nur *du* scheinst das nicht zu glauben.»

Billy gab mir einen strengen Stups. «Denk doch mal nach! Wie viele weibliche Künstler kennst du?»

«Ein paar», sagte ich und fühlte mich dennoch plötzlich zerknirscht und dumm. Blätterte ich nicht tagtäglich die Kataloge der Galerien durch? Besuchte ich nicht jeden Sonntag die Ausstellungen der Stadt? Und doch fiel mir tatsächlich kein einziger Name einer Frau ein! Was bedeutete das, etwa, dass Billy am Ende recht hatte?

«Sag, wen?»

«Gabriele Münter», antwortete ich schnell und sah sie herausfordernd an. «Und Hannah Höch.»

«Hannah Höch ist nur berühmt wegen Hausmann.» Billy grinste. «Und Gabriele Münter wegen Kandinsky.»

Es stimmte. In unserer hübschen Weimarer Republik war einiges neu, aber auch vieles beim Alten geblieben. Und weibliche Selbständigkeit – das vertrug sich nicht mit dem großen Ego der Männer. Das tut es vermutlich nie.

«Willst du damit sagen, dass ich eine Berühmtheit heiraten sollte, wenn ich selbst Malerin werden will?»

«Es wäre kein Fehler», sagte Billy, und ich sah, dass sie es halb ernst zu meinen schien. Verdrießlich riss ich mir die Kappe vom Kopf und strich mir die kurzen dunklen Haare aus dem Gesicht, die mich in der Stirn kitzelten.

«Darauf kannst du lange warten», sagte ich. «Ich werde niemals heiraten. Es zerstört nur die Kreativität, wenn man sich an einen Menschen bindet und nicht an die Kunst selbst. Ich widme mein Leben der Malerei, anders funktioniert es nicht.» Ich wusste, ich redete hochtrabend, wie ein Kind, daher.

«Die Kunst selbst gibt dir aber kein Haushaltsgeld», sagte Billy und beugte sich über den Tisch. «Sie bezahlt nicht deinen Kaffee.» Dann richtete sie sich wieder auf, schnipste in Richtung des sauertöpfisch dreinblickenden Fräuleins, das pflichtschuldig angetrampelt kam, und bestellte zwei Mokka und zwei Stück Kuchen.

«Vielleicht doch, eines Tages», sagte ich nachdenklich, ich wollte mich nicht geschlagen geben. Dann fiel mir ein Name ein. «Käthe Kollwitz!» Triumphierend sah ich Billy an.

«Was ist mit ihr?», fragte sie abwesend. Erstaunlich flink kehrte die Kellnerin zurück. Billy versenkte ihre Gabel in den Kuchen und leckte sich die Krümel aus den Mundwinkeln.

«Sie ist eine berühmte Künstlerin, sogar Professorin an der Akademie hier in Berlin! Was sagst du nun?»

«Ausnahmen bestätigen die Regel», erwiderte Billy. «Das sage ich. Du willst dich doch nicht mit der Kollwitz vergleichen, Lottchen, oder? Denn dann muss ich dir sagen, dass der alte Kropp recht hat, du bist entweder größenwahnsinnig oder narrisch.»

«Ach, sei still», sagte ich und stopfte mir den Kuchen in den Mund, ohne ihn zu schmecken.

Eine Weile saßen wir schweigend da, bis der junge Herr am Nebentisch geräuschvoll die gelesene Zeitung zusammenfaltete, sein Glas austrank und in seinen Knickerbocker zu uns trat.

«Darf ich die Damen zu einem Likör einladen?»

«Nicht nötig», sagte ich, aber Billy strahlte und erklärte: «Sehr gern, danke recht schön, der Herr.»

Ich hätte am liebsten unter dem Tisch nach ihr getreten. Die Knickerbocker schienen Billys kokettes Herumgefummel an den blonden Zöpfen richtig zu interpretieren, sie setzten sich. Dann winkte der Mann dem gestreiften Fräulein und gab seine Bestellung auf.

«Darf ich mich vorstellen?» Er nannte seinen Namen, deutete sogar eine Verbeugung an. Durch die kleine Neigung des Kopfes fiel ihm sein kurz geschnittenes Haar vorne modisch ins Gesicht. Die enge Jacke trug er offen, es sah flott aus und vertiefte meinen Unwillen, denn ich hegte bereits damals einen Argwohn gegenüber gutaussehenden Männern. Wie konnten sie so sicher sein, dass ihnen die Welt gehörte?

«Und mit wem habe ich die Ehre?»

«Sibylle Hahn», sagte Billy, reichte ihm huldvoll die Hand und warf mir einen scharfen Blick aus den Augenwinkeln zu, als habe sie Angst, ich würde ihr die Tour vermasseln. «Und das ist meine Freundin Lotte Laserstein.»

«Wie überaus angenehm.» Der Mann blickte zwischen uns beiden hin und her. «Verzeihung, ich wollte nicht stören. Aber ich konnte nicht widerstehen, Ihre Bekanntschaft zu machen.»

Sein Lächeln, das sah ich genau, galt nur Billy. Fragend schaute er sie an.

«Sie beide sind bestimmt Sekretärinnen, so hübsch, wie Sie sind? Oder Telefonfräuleins? Haben Sie den Nachmittag frei?»

Ich öffnete den Mund, um zu protestieren, doch wieder traf mich Billys warnender Blick, und ich schloss schnell die Lippen. Stattdessen antwortete sie mit zuckersüßem Augenaufschlag.

«Aber ja. Telefonistinnen, nicht wahr, Lottchen? Wir placken uns halbtot den ganzen Tag, aber denken Sie sich nur, was für interessante Gespräche wir mitanhören dürfen! Sie wählen im Haupttelegraphenamt nur die Klügsten aus.» Sie strich sich wie nebenbei die Strümpfe glatt.

«Oh», sagte der Mann und riss die Augen auf. «Wie aufregend!»

Er rutschte mitsamt seinem Stuhl eine Winzigkeit zu Billy hinüber und von mir fort. Obwohl er mich nicht interessierte, tat es weh, wie Zahnschmerz, wenn man zu schnell kalte Limonade trinkt.

Das Fräulein brachte drei kleine Gläser, gefüllt mit einer goldenen Flüssigkeit, und der Knickerbocker-Mann erhob seines und prostete uns zu. Billy trank einen großen Schluck und musste husten, es sah niedlich aus und gab ihm einen Grund, ihr über den Rücken zu streichen. Ich wusste, dass nun ein wohlbekannter Tanz folgen würde, eine Art Reigen, in dem sich die beiden Flirtenden umkreisen würden, berauschend für die Teilnehmer, aber qualvoll und peinlich für das dritte Rad am Wagen, für mich. Ich selbst schien keinerlei Talent für dieses Ritual zu haben, und als witterten das die Männer, wurde ich auch nur selten dazu ermutigt.

So trank ich rasch das Glas aus, schließlich war es gratis, griff nach meiner Kappe und stülpte sie mir über.

«Ach, du musst schon gehen?», fragte Billy ohne Bedauern, und der Mann legte sein Gesicht in die freundlichen Falten einer geheuchelten Betrübnis und wandte sich genauso rasch wieder ab. Er vergaß mich sofort.

«Meine Mutter erwartet mich», sagte ich, ohne dass mir noch jemand Beachtung schenkte, und es stimmte sogar. Mama würde sich freuen, mich früher zu Hause zu sehen als erwartet, die Tage wurden ihr manchmal lang ohne mich und Käte, auch wenn sie nie etwas sagte.

«Dann sehe ich dich morgen?», fragte Billy und guckte mich doch noch einmal an, eine kindliche Bitte um Verzeihung im Blick.

Ich nickte und vernahm wieder das Glöckchen der *Conditorei*. Draußen atmete ich tief durch. Der Himmel war noch immer strahlend blau, und die Sonne legte sich warm auf meine Wangen. Doch etwas stach mich im Magen, ein plötzlicher Nebel fiel über die bunten, kreiselnden Blätter.

Verdrossen stapfte ich durch das raschelnde Laub bis zum Kurfürstendamm und dann in Richtung Untergrundbahn am Bahnhof Zoologischer Garten. Weshalb genoss ich eine neue Bekanntschaft im Café nicht so wie Billy? Wieso blieb ich immer allein? Auch wenn ich stets behauptete, dass die Kunst alles sei, woran ich dachte, so schien es mir doch auf einmal seltsam leer und still um mich herum. Hatte Billy recht? War ich närrisch? Größenwahnsinnig? Oder beides?

Bei der Station sah ich mich in einer der spiegelnden Schaufensterscheiben auf dem Boulevard. Eine große Person mit leicht gerundetem Rücken, in weiten Hosen und mit der ewigen Kappe, unter der ich, das wusste ich genau, wie ein Mann aussah. Mit langen Schritten, zwei Stufen auf einmal nehmend, stieg ich von der großen Halle in den Schacht zur Bahn hinab. Immer hastig, immer schnell, als treibe mich jemand vor sich her, selbst wenn der Nachmittag leer vor mir lag.

Eine altbekannte Rastlosigkeit überfiel mich, doch ich zwang mich, erneut tief einzuatmen. Bis mir der Geruch von Maschinenöl von den Schienen der Untergrundbahn in die Nase drang. Die Bahn kam und öffnete zischend ihre Türen, ich stieg ein und stellte mich ans Fenster. Der Waggon war voller männlicher Hut-Träger, ein wahres Hüte-Meer, dazwischen erschöpfte Frauen in Arbeitskitteln und junge Damen, die aus ihren Büros nach Hause fuhren. Ich lehnte die Stirn an die Scheibe und starrte auf die orange leuchtenden Grubenlampen, die im Dunklen vorüberrasten. Ich dachte an Billy und den Moment, als ich ihr die Farbe von der weichen Wange gewischt hatte. Und mit einem Mal fühlte ich mich noch mutloser. Sollte Kropp am Ende recht behalten? Sollte ich zu einer Existenz als Kunstgewerblerin verdammt sein, die für irgendeinen Boss langweilige Tapetenmuster zeichnete bis ans Ende meines Lebens? War ich talentlos und ein Hans Guckindieluft obendrein? Und doch spürte ich, wie vielleicht alle jungen Leute, tief in mir drin diese Sehnsucht, dass mein eigenes Leben ein ganz besonderes werden sollte. Dass ich nicht untergehen wollte in dem grauen Einerlei, das auf die meisten Leute wartet.

Ich musste einmal umsteigen. Als ich am Innsbrucker Platz die Treppen von der S-Bahn herunterkam, stand die Sonne schon ein wenig schräg. Ein kühlerer Wind hatte sich erhoben und trieb die Herbstblätter schneller durch die Straße. Auch mich drängte er vor sich her, fuhr mir unter den Mantel, ließ mich durch die Hauptstraße eilen und schließlich rechts in die

Stierstraße abbiegen. Dort stand das Mietshaus, in dem wir lebten. Meine Großmutter Ida, meine Mutter Meta und wir, ihre Töchter. Käte muss damals gerade ihr Abitur an der Chamisso-Schule abgelegt haben, wo auch ich, noch im Krieg, meine Hochschulreife erlangt hatte. Sie wollte Germanistik studieren, vielleicht später Lehrerin werden. Käte hatte weniger Flausen im Kopf als ich, doch auch sie hütete ihre Geheimnisse.

Wieder nahm ich zwei Stufen auf einmal, sperrte die Tür auf und trat in den kleinen Flur.

«Mulli?», rief ich ins Dämmerlicht.

Mutter hatte, um Strom zu sparen, wie immer noch kein Licht angedreht, obwohl die Nachmittage bereits kürzer wurden. Jetzt kam sie aus der Küche, das dichte krause Haar sorgsam aufgesteckt, den Kneifer wie meistens ein wenig schief auf der Nase.

«Lottchen», sagte sie erstaunt, «du bist schon zu Hause?»

«Unterricht war heute früher aus.»

«Umso besser. Du kannst mir beim Erbsenpulen helfen. Wenn Käte nachher kommt, gibt es Erbsensuppe mit Pinkel.»

Ich folgte ihr in die Küche, wo es wie immer warm war und behaglich roch, nach Kernseife und geschmolzener Butter. Ein paar feuchte Handtücher trockneten auf dem Bollerofen, ansonsten heizten wir die Wohnung nicht, solange das Wetter noch so mild war. Unsere Räumlichkeiten waren eng, doch es störte uns selten. Wir lebten schon lange hier zusammen, Mama war die unangefochtene Chefin, Käte und ich tagsüber kaum zu Hause, und so traten wir uns nicht auf die Füße. Omi hatte ein eigenes kleines Zimmer und saß die meiste Zeit im Lehnstuhl und arbeitete, wenn das Licht es zuließ, an einer Tischdecke oder strickte Socken. Manchmal ging sie unserer Mutter in der Küche zur Hand.

«Deine Großmutter schläft, du kannst ihr später guten Tag sagen», erklärte Mama. Dann betrachtete sie mich kritisch. «Siehst aus, als wäre dir was über die Leber gekrochen.»

Sie stellte eine große Schüssel Erbsenschoten auf den Küchentisch. «Was ist los?»

«Nichts weiter», sagte ich, denn ich hatte keine Lust, Mama von meiner diffusen Traurigkeit zu erzählen, diesem Gefühl, zurückgeblieben zu sein, obwohl ich gar nicht recht wusste, wohin der Zug fuhr, den ich verpasst hatte und von dem ich nur noch eine ferne Dampfwolke sah. «Das Übliche. Ich langweile mich tot an der Schule. Alles, was wir lernen, ist dieses graphische Zeug.»

«Papperlapapp. Handwerk ist immer gut.» Sie setzte sich und begann, mit fliegenden Fingern zu pulen.

«Aber es ist kein Leben in meinen Zeichnungen», sagte ich leise. Ich schämte mich, als sei meine Ausbildung im Kunstgewerbe ein Zeichen von Minderwertigkeit. Was hatten diese vermaledeiten Vergissmeinnicht mit mir zu tun? Wen würde es interessieren, dass ich sie gezeichnet hatte, wenn jemand irgendwann aus einem Kaffeepott trinken würde, der davon übersät wäre?

«Alles ist so albern», sagte ich schließlich. «Eine sinnlose Kinderei.»

«Na, na», sagte Mama, und aus irgendeinem Grund schaffte sie es, nur mit ihrer warmen Stimme und diesen wenigen Lauten, meine Moral zu heben. So war es immer mit ihr, es war nicht das, *was* sie sagte, sondern wie.

Jetzt schob sie sich den Kneifer wieder hoch und beugte sich tiefer über die Schüssel. Sie schnaufte leise und beruhigend, und ich betrachtete die sich hebenden und senkenden Schultern in der blütenweißen Bluse und meinte, die Wärme zu spüren, die von ihrem breiten Rücken ausging. Ich setzte mich dicht neben sie und gab ihr einen kleinen Kuss auf die Wange. Mama tätschelte mir abwesend den Scheitel und fuhr mit der Arbeit fort, und ich half ihr schweigend.

«Hast du noch einmal eine Vorlesung besucht?», nahm sie das Gespräch kurze Zeit später wieder auf.

Ich schüttelte den Kopf. «Ich hab dir ja gesagt, ich gehe da nicht mehr hin. Es ist Zeitverschwendung.»

Das war es wirklich! Ich erinnere mich genau an den riesigen Hörsaal an der Friedrich-Wilhelms-Universität, an die gebeugten Schöpfe, das Kratzen der Federhalter. Die knarrende Stimme des Professors, der anhaltend und ohne jemals den Blick ins Auditorium zu richten, über den Pinselduktus und den pastösen Farbauftrag der alten Meister dozierte, nicht ohne Exkurse in die hintersten Winkel der Religionsgeschichte zu geben. Ich bin bei seinen Vorlesungen, wie ich gestehen muss, mehrmals eingeschlafen, einmal fiel ich tatsächlich mit dem Kopf auf den Tisch und musste unter den Tadeln des Professors den Saal verlassen. Nein, das Studium der Kunstgeschichte brachte mich nicht weiter. Nichts anderes brachte mich weiter, als mit dem Pinsel vor einer Leinwand zu stehen und zu versuchen, das, was ich sah, in Farbe zu bannen, in welchem Pinselduktus auch immer.

«Aber zu Herrn König gehst du morgen doch wieder, oder?», fragte Mama. Die Erbsen türmten sich bereits zu einem kleinen Berg in dem Emailletopf, der neben ihr stand.

Ich riss mich zusammen und nahm das Pulen wieder auf, nachdem ich minutenlang starr dagesessen und meinen Grübeleien nachgehangen hatte. Zu Leo von König ging ich gern, die wöchentlichen Privatstunden bei ihm waren wenigstens keine Verschwendung.

«Ja, er ist ein guter Lehrer. Bei ihm lerne ich unbedingt etwas.»

«Woran arbeitest du gerade?»

Eine Welle der Zärtlichkeit für Mama durchflutete mich, doch ich hütete mich, es sie merken zu lassen. Sie schien wirklich überzeugt davon, dass die Malerei ihrer Tochter *Arbeit* war, eine ernstzunehmende Tätigkeit. «An einem Porträt ... nach einer Fotografie von Omi», sagte ich und beobachtete ängstlich die Reaktion.

Mama sah erstaunt auf.

«Gut», sagte sie und nickte bekräftigend. «Du hast Talent mit Porträts. Ich glaube fast, es liegt dir am allermeisten.»

«Meinst du?» Ich spürte, wie ein idiotisches Lächeln in mein Gesicht kroch. Selbst wenn ich manchmal noch nicht richtig an mich glaubte – Mama tat es ganz offensichtlich. Sie war extra für die Ausbildung ihrer Töchter mit uns von Danzig ins fremde Berlin gezogen. *Für meine Mädchen nur das Allerbeste.*

«Natürlich», erklärte Mama. «Du liebst die Menschen, auch wenn du vor ihnen Angst hast. Du kommst ihnen nahe.» Sie überlegte kurz. «Wenn das Porträt von Omi gelingt und sie einverstanden ist, hängen wir es hier auf. In der Stube, was meinst du?»

Die Erbsen waren alle gepult. Mama stand auf und stellte den Topf auf den Herd, entzündete das Gas. Die Wohnungstür ging, Käte kam herein, das schmale Gesicht vom Wind gerötet, die kurzen Haare, heller als meine, hübsch zerzaust.

«Affchen», sagte sie und hielt mir einen schmalen Umschlag hin, «hast du den Brief nicht gesehen?»

«Das habe ich völlig vergessen!», rief Mama. «Du hast Post, Lotte!»

Ich griff nach dem Kuvert und öffnete es. Nachdem ich den Absender auf dem Schreiben gesehen hatte, begann mein Herz schneller zu klopfen, es tat fast weh. Ich überflog die Zeilen, und mir wurde leicht, so leicht! Nie werde ich vergessen, wie sich das anfühlte. Alles fügte sich plötzlich, die ganze Misere mit den öden Vergissmeinnicht, diesem dussligen Herrn Kropp und der treulosen Tomate namens Billy. Alles war plötzlich warm und gut und schön.

«Gute Nachrichten?», fragte Mama.

«Denkt euch nur, ich bin angenommen», rief ich und las den Brief zur Sicherheit noch einmal.

«Angenommen?», fragte Käte. «Wo?»

«An der Akademie!» Ich hielt ihr den Brief hin. «Ich werde studieren, richtig studieren, in der Klasse von Erich Wolfsfeld.» Die Worte sprudelten nur so aus mir heraus. «Meine Mappe hat ihnen gefallen, und sie lassen mich rein, ich darf den Probekursus anfangen. Ich glaube es nicht!» Das stimmte allerdings nicht ganz, denn insgeheim hatte ich doch damit gerechnet. Es gab ja keine andere Möglichkeit.

Käte fiel mir um den Hals. «Lottchen», jubelte sie, «was für ein Erfolg!»

Auch Mama sah mich anerkennend an. «Das muss ich gleich Tante Else nach Danzig schreiben. Wie die sich freuen wird.»

Gemeinsam lasen wir noch einmal den Brief, drehten und wendeten jedes Wort.

«Probekursus», fragte Mama, «was heißt das denn?»

«Vier Wochen arbeite ich im Atelier von Wolfsfeld», erklärte ich, und meine Aufregung stieg, «dann folgt eine Aufnahmeprüfung. Und wenn ich die bestehe, steige ich auf in die richtige Tagesklasse, dann bin ich wirklich und wahrhaftig Kunststudentin.»

Wir sahen uns an und lasen die Begeisterung in den Gesichtern der jeweils anderen. Dann schlug Mama sich die Hand vor den Mund und drehte sich zum Topf um, aus dem es zu qualmen begonnen hatte.

«Raus mit euch», rief sie und scheuchte uns aus der Küche. «Kunststudium oder nicht, heute soll es noch Erbensuppe geben, sonst will ich Hase heißen.»

So war Mama, immer patent, immer auf dem Sprung. Bereit, ihrer Überzeugung gerecht zu werden, sie könne jederzeit das Leben ihrer Kinder verbessern – und sei es nur durch Erbsensuppe. Bis heute nennt Käte sie Mulli in ihren Briefen an mich. Warm war sie und weich, aber nicht schwach, sondern ausgestattet mit dem eisernen Willen einer Frau aus Ostpreußen.

Ich dachte, sie zu kennen, wie das alle Kinder von ihren Müttern glauben. Wir Schwestern machten uns als junge Mädchen selten Gedanken darüber, wie es in ihrem Inneren aussah, wie ihr Leben beschaffen war. Man tauschte sich früher nicht über das Innere aus, nicht über seelische Zustände, es schickte sich nicht. Wovon unsere Mulli wohl träumte? Und Omi? Oder Tante Else?

Heute kommt es mir ganz unglaublich vor, dass ich das alles, die Zuwendung, die Arbeit, die Zuversicht, stillschweigend genossen habe, als sei es selbstverständlich. Wie Mama für uns ackerte, wie sie an uns glaubte und wie sie, am Ende – nein, das kann ich nicht erzählen. Damals gab es noch keinen Grund, meine Mutter zu verschweigen, damals war ich sehr stolz auf sie. Heute spreche ich mit niemandem über sie, über ihr Schicksal, auch nicht mit Traute. Und schon gar nicht jetzt, wenn sie und Ernst hier mit mir im Wohnzimmer sitzen und ich meine Miene nicht vor ihnen verstecken kann. Nur ganz selten sprechen Käte und ich über Mulli, weil das vermintes Gelände ist. Schon die Gedanken an das Ende sind gefährlich. Lieber lasse ich sie weiter in der Küche stehen, lasse sie im Topf rühren, während sich ihre Brillengläser vom heißen Dampf beschlagen, lasse sie sich über den Erfolg ihrer Töchter freuen. So sehe ich sie immer noch vor mir, wenn ich heute an sie denke. Die anderen Bilder, die sich mir aufdrängen, die aus meiner verflixten Phantasie heraufsteigen, vertreibe ich, so schnell es geht.

5

TRAUTE

WENN ICH NUR wüsste, was an unserem Aufenthalt in Schweden in diesem Jahr anders ist als früher! Ich kann nicht aufhören, deswegen zu grübeln. Schon oft waren wir zu Besuch bei Lotte, Ernst und ich, und mehrmals auch ich allein. 1951 fuhren wir erstmals nach Stockholm, dann besuchte Lotte uns in Bremerhaven. Ihr erster Besuch in Deutschland seit dem Krieg. Wir waren danach öfter bei ihr, sie bevorzugte es, wenn wir sie besuchten.

In diesem Sommer sind wir nun in Småland, wo Lotte jetzt also lebt. Und alles ist anders als vorher, obwohl es mir selbst seltsam scheint, das Wort *vorher* zu benutzen. Wovor denn? Auf jeden Fall ist alles anders, ich bleibe dabei, alles ist falsch. Und das, nachdem es jahrelang richtig schien, wieder mit Lotte zusammen zu sein, mit ihr zu essen, spazieren zu gehen, über alles zu sprechen. Nun ja, über fast alles, denn natürlich gibt es Dinge, über die wir schweigen. Gibt es die aber nicht in jeder Freundschaft, ja, selbst in der Ehe? Himmel, wenn ich mir nur vorstelle, ich würde Ernst von jedem meiner Gedanken Rechenschaft ablegen, das wäre zu albern.

Vielleicht liegt es daran, dass wir dieses Mal bei Lotte mit im Haus wohnen, weil sie hier in Südschweden endlich genug Platz für Besuch hat. In ihrer ersten Wohnung in Stockholm konnte man keinen Schritt tun. Das Zimmer, der Flur,

47

ja selbst Bad und Küche waren vollgerümpelt, und überall hingen, standen, lehnten, lagen ihre Bilder. Wir mussten in einem Pensionszimmer schlafen und kamen nur zum Kaffee zu Lotte in die Wohnung. Dann stiegen wir vorsichtig über die Berge aus Kunst wie Wanderer über lose Felssteine, und ich fühlte mich unbehaglich, weil mir mein Gesicht von allen Seiten entgegensah und auch mein nackter Körper, der heute so anders aussieht als damals. Die Zeit geht leider nicht gnädig mit den Dingen und den Menschen um.

Danach zog Lotte in eine größere Wohnung um, doch nun hatten wir es uns schon angewöhnt, in der Pension abzusteigen, und dabei blieb es dann.

Dieses Jahr, in Kalmar, schlafen wir zum ersten Mal alle unter einem Dach. Morgens wird man hier vom Geschrei der Möwen wach und vom Wind, der durch die Giebel saust. Das Haus pfeift dann wie eine Lungenkranke, wie ich als junges Mädchen, als ich Tuberkulose hatte.

Es ist merkwürdig, sich andauernd in den dämmrigen Zimmern zu begegnen. Ernst und ich haben daheim in Bremerhaven eine eheliche Routine, die vor allem darin besteht, sich nicht allzu viel auf der Pelle zu hocken. Er geht morgens früh aus dem Haus, fährt ins Büro, später ins Theater, wo er bis abends, oft bis in die Nacht bleibt. Ich fliege ein und aus, wie ein Vogel im Taubenschlag. Wenn ich Aufträge habe, bin ich auch den halben Tag fort, wenn nicht, töpfere ich in der kleinen Werkstatt, die ich mir eingerichtet habe, lese, gehe spazieren und versuche, den Tag nicht ungenutzt verstreichen zu lassen. Manchmal wage ich mich an ein Aquarell. Ich habe ein paar Malstunden genommen, doch die Ergebnisse sind allenfalls mäßig, auch wenn ich immer wieder Komplimente dafür bekomme und ab und zu sogar eins der Bildchen verkaufe. Immerhin hält es meine Hände beschäftigt. Aber ich habe eine Scheu, Lotte davon zu erzählen, dass ich male, mehr male jedenfalls als früher. Als machte ich mich an ihr schuldig. Als beginge ich Verrat an unserer gemeinsamen Kunst, die wir in Berlin machten. Dabei ist *sie* es doch, die die Kunst verrät, seitdem sie in diesem verschlafenen Nest lebt und diese nichtssagenden Pastelle anfertigt.

Lotte sagt, Kalmar tue ihr gut, sie sei glücklicher als zuvor in ihren Stockholmer Jahren, sie finde hier mehr Anerkennung. Es stimmt, denke ich, in die schwedische Hauptstadt kamen genug Maler aus aller Welt, zu viele geflüchtete Juden, die hängengeblieben waren nach dem Krieg und sich gegenseitig die Kunden wegnahmen. Auf dem Land gibt es immerhin mehr Platz, mehr Weite, und Kalmar ist, wie Lotte sagt, noch nicht so *angestochen*. Lotte Laserstein ist hier ein Name, eine Künstlerin, die man empfiehlt, wenn jemand ein Porträt wünscht. Wie einer Königin huldigten sie ihr hier in Südschweden, behauptet sie, doch ich bemerke Ernsts Blick und schäme mich, weil sie so übertreibt.

Und dann ist da noch das Meer. Immer wieder erzählt Lotte, sie stamme schließlich fast aus Danzig, sei es seit ihrer Kindheit gewohnt, am Meer zu leben. Auch nur eine Sentimentalität! Wenn sich die Dämmerung, die hier spät kommt, über das Meer senkt, wenn das Schreien der Möwen verstummt und es dunkel wird, dann sehe ich aus den Fenstern von Lottes kleinem Haus ins Nichts und spüre die Einsamkeit, eine gottverlassene Verlorenheit. Und dann will ich ihr am liebsten eine Zugfahrkarte kaufen nach Berlin, wo sie hingehört.

Aber natürlich gehört sie dort nicht hin, nicht mehr. Eigentlich können wir uns dort alle nicht mehr blicken lassen – auch wenn wir nicht länger verhaftet und verladen würden am Bahnhof Grunewald oder in Moabit, auch wenn von dort keine Viehzüge voller Juden mehr nach Osten rollen. Aber heute sind wir Fremde in Berlin. Sie haben uns zu Fremden gemacht, deutsche Juden wie Lotte und nicht jüdische Deutsche wie Ernst und mich. Menschen, die nicht an Blut, Rasse und Boden glauben konnten. Eine Vierteljüdin bin laut den Akten auch ich gewesen, aber ich weigere mich, mit diesem widerwärtigen, ganz und gar schiefen Maß zu messen. Nicht einmal einen Prozess hat man den Mördern von damals gemacht, bis heute nicht, jedenfalls nicht den kleinen Leuten, den Mitläufern, den Schreibtischtätern! Wie sollte Lotte dort atmen können? Berlin bleibt eine faule Stelle an unseren Körpern, an die wir nicht gerne denken, ein Gespenst aus Ruinen, zwischen denen aufgebaute Lügengebäude stehen. Berlin ist tot. Und doch ist es alles, was wir noch zusammen haben, ist das nicht eigenartig?

Einmal habe ich Lotte gefragt, ob sie nicht zurückkehren will, um ihre Bilder zu suchen. «Meine Bilder sind meine Kinder», hat sie doch einmal vor langer Zeit gesagt, als wir alle noch selbst fast Kinder waren und nichts wussten. Sehnt sie sich nicht nach ihnen? Diejenigen, immerhin, die sie hat retten können, hängen jetzt in ihrem Haus, sie pflastern die Wände wie in einem seltsamen, übervollen Museum, das immer nur die *eine* Künstlerin ausstellt, und zwar ewig. Es gibt genug Werke, die zurückgeblieben sind, gestohlen, zerstört, verkauft, verraten. Aber sicher auch andere, die beschützt wurden, versteckt, aufbewahrt, geliebt? In Berlin oder irgendwo, wo sie den Krieg überdauert haben und auch die Jahre seitdem. Doch Lotte schüttelt den Kopf, wenn ich davon anfange, mit dieser flinken Bewegung, bei der ihr das dunkle Haar, jetzt voller weißer Strähnen, in die Stirn fällt und ihre Augen bedeckt.

«Was soll ich dort?», fragt sie dann, bemüht um den leichten Ton, den sie sich für das aufspart, was sie verachtet und doch heimlich herbeisehnt. «Sie sind alle fort.» Und es klingt, als spreche sie von den zurückgelassenen Menschen und nicht von den Bildern, und vielleicht ist es auch so. Manchmal verschwimmt alles wie in diesem Dunst, der so oft über dem Sund hängt.

Hier in unserem Sommer in Kalmar, alle zusammen, haben wir keinen Tagesrhythmus, was nicht leicht auszuhalten ist. Lotte arbeitet sehr diszipliniert, das war sie schon früher, und malt viel, ist auch oft den ganzen Tag fort, wenn sie, wie jetzt gerade, einen Porträtauftrag hat. Die Schwedinnen lieben sie dafür, dass Lotte sie malt wie Mannequins, wie Hochglanzreklamen in einem Magazin. «Ach, der muss ich auch noch zehn Jahre nehmen», sagte sie neulich, bevor sie zu der Ministergattin ging. Ein Kritiker schrieb, sie neige zu *smartness*, ein zweifelhaftes Prädikat für eine ernsthafte Malerin wie Lotte. Fleißig ist sie wie immer, aber mehr aus Sturheit als aus Ehrgeiz, fürchte ich. An anderen Tagen scheint es wieder ihr einziges Ziel zu sein, die Zeit herumzukriegen. Ernst und ich aber sind ja im Urlaub, wir schleichen hier oft genug einfach nur herum, versuchen, ein Feriengefühl aufkommen zu lassen. Die Abende sind hell und lang, wir spielen zu dritt Karten, waren auch schon zweimal im Theater – was soll ich sagen, echtes Provinztheater. Ernst liest die deutsche Zeitung, die er sich aus Stockholm schicken lässt, wie die Bibel, Zeile für Zeile. Mit dem Zeigefinger fährt er die Worte entlang und wartet auf Offenbarung, schon immer galt ihm Geschriebenes als das Größte. Ansonsten gibt es nichts zu tun, außer Romane zu lesen oder am Strand aufs graublaue Wasser hinauszustarren. Ich begreife wirklich nicht, weshalb Lotte so unbedingt hier leben will.

Zwischen uns herrscht, wie gesagt, seit meiner Ankunft in Kalmar so ein scheppernder Missklang, als seien wir zwei Instrumente, die nicht richtig gestimmt sind. Das kenne ich natürlich schon, selbst in unseren guten Jahren in Berlin gab es manchmal Streit. Oder nein, keinen Streit, aber gestörte Harmonie, wenn Lotte dachte, ich würde sie vernachlässigen und lieber mit Ernst das Wochenende verbringen als mit ihr. Oder wenn sie tagelang ein anderes Modell malte und wir uns kaum zu Gesicht bekamen. Aber das ging immer schnell vorüber, wie ein Wettertief, das sich verlässlich wieder auflöste.

Nur einmal kam es zu einem großen Bruch, Anfang der dreißiger Jahre, als ich Ernst heiratete. Lotte fürchtete wohl, unsere Ehe könnte ihr gefährlich werden. Weiß der Himmel, was sie noch glaubte, wir haben nie mehr darüber gesprochen, was damals einige Wochen schief zwischen uns lief. Irgendwann zog auch dieses Unwetter vorüber, oder habe ich mir das nur eingeredet? Manchmal denke ich schon, es ist kein Zufall, dass es aus unseren späteren Jahren keine Bilder von mir und Lotte gibt, dass sie ihre künstlerische Aufmerksamkeit auf andere richtete, mich anders sah. Selbst *Hundchen* nannte sie mich nach meiner Heirat nicht mehr. Wenn sie ausgerechnet jetzt wieder damit anfängt, so geschieht das sicher nicht zufällig, nichts ist zufällig bei Lotte. Sie weist mir damit einen Ort zu, den ich nicht mehr will, ja, genau so ist es. Doch sie streitet das ab, sie lacht mich aus, weil ich angeblich in jeder Vorhangfalte Gespenster sehe und unter jedem Stein eine Botschaft vermute. Ich glaube, wir sind wie ein Zopf, geflochten aus drei Strähnen – Lotte, die Kunst und ich. Ineinander verschlungen, untrennbar verwirrt, mit den Jahren immer struppiger, immer unlösbarer. Manchmal will ich einen Kamm nehmen, mit feinen Zinken, und all die Knoten lösen, ausbürsten, uns endlich befreien – doch natürlich geht das nicht, wir bleiben, wie wir sind.

Selten hat mich etwas so bedrückt wie die Schwere, die jetzt auf unseren Sätzen liegt, die jedes Wort tränkt und droht, es gegen uns zu verwenden, sodass man am liebsten schweigen würde. Ernst sitzt ganz hilflos zwischen uns, wenn wir bereits am Frühstückstisch anfangen mit unserer bissigen Höflichkeit, mit unseren kalten Gesprächen. Meistens bleibt die eigentliche Gefahr jedoch verborgen, auch wenn ich sie trotzdem schmecke in den betont beiläufigen Worten, in den mit viel Mühe leichthin geführten Gesprächen über das, was am Tag ansteht. Aber manchmal bricht der Unmut, von dem ich gar nicht sagen kann, woher er rührt, aus uns heraus.

So war es auch bei dem scheinbar gedankenlos dahingesprochenen *Hundchen*. Kann sie mich damit nicht in Ruhe lassen? Soll sie doch Madeleine, ihr schwedisches Modell, so rufen, die übrigens auch anders heißt, Margarete, was viel weniger elegant klingt. Lotte neigt dazu, Namen zu verteilen, wie es ihr passt, sie macht sich die Welt auf diese Weise zu eigen.

Ich habe diese Madeleine nie getroffen und werde es wohl auch nicht, da sie in Stockholm lebt und die beiden daher seit Lottes Umzug hierher weniger in Kontakt stehen. Ich kenne sie nur von den Bildern, auf denen sie mit Lotte posiert, so wie wir einst vor den breiten Fenstern in Lottes Atelier in der Friedrichsruher Straße in Berlin, die Malerin und ihr Modell. Lotte behauptet, die Bilder mit Madeleine seien längst nicht so gut wie *unsere*. Wie recht sie hat! Eine furchtbare Traurigkeit hängt über ihnen, als liefere sich Lotte dem Modell aus. Sie lehnt sich an Madeleine, als sei sie eine Schutzbedürftige, von einer Art Krankenschwester gestützt und versorgt. Es macht mich richtig wütend, diese Bilder anzusehen. Und ich hoffe, es liegt nur daran, dass ich Lotte nicht gern schwach sehe – und nicht auch ein bisschen an meiner Eifersucht.

Als ich sie anschrie, sie solle den dummen Namen gefälligst vergessen, wirkte sie verständnislos bis ins Mark.

«Du bist eine Mimose», sagte sie. «Was willst du denn auf einmal, du hattest doch früher nichts dagegen?»

Das ist typisch Lotte, sie versteht es, sich unmöglich zu benehmen und dem anderen dann den Schwarzen Peter zuzuschieben. Auf einmal war *ich* also zu empfindlich?

«Nenn doch deine Madeleine so, nicht mich!», giftete ich sie an. «Was heißt *Hundchen* auf Schwedisch?»

Lotte starrte mich an und sagte dann bierernst: «Pup.»

Wie gerne hätte ich gelacht über diese Albernheit, schallend gelacht, wie damals, wenn mein Lachen als eine Art Versicherung galt. Selbst im Streit konnte ich damit den Bann brechen, Lotte und mich ins Licht zurückholen. Doch ihre Augen blickten so hart, dass mich wieder diese Angst überfiel, auf einmal dachte ich, wenn ich jetzt lache, schickt sie mich fort. Endgültig.

Heute früh dann bekam Lotte etwas in den falschen Hals, als ich sagte, dass mich eines ihrer Kinderporträts, das halb fertig auf einer Staffelei neben dem Küchentisch steht, an ein Bild von Erich Wolfsfeld erinnerte. Ich habe es kürzlich in London gesehen. *Mutter und Kind*. Den Titel hatte ich mir notiert, um Lotte später danach zu fragen. Sie kannte es nicht, es war jetzt erst ausgestellt worden, vier Jahre nach Wolfsfelds Tod.

Ich erinnere mich an ihren Brief damals, als sie mir schrieb, er sei gestorben. Sie werde ihn – die Tinte war ganz verwischt – als *Freund* vermissen und als *Vater*. Und das überraschte mich nicht. Er war ihr Maßstab, ihr einziges Echo. Einmal besuchte sie ihn nach dem Krieg in London, wohin er vor den Nazis entkommen war. Sie zeigte ihm ein fertiges Landschaftsbild und erzählte mir später verlegen, wie sein Urteil gelautet hatte: *Es sei doch hübsch angefangen.* Ausgerechnet *hübsch.* Und dazu noch nicht vollendet. Was für eine Impertinenz!, dachte ich, doch wieder einmal schwieg ich. Denn schon immer war Lotte wie ein kleines, fügsames Mädchen in seiner Gegenwart gewesen, auch, als sie schon längst eine große Malerin war und er ein alternder Lehrer. Ich verabscheue dieses Mädchen, das mir so fremd ist und nichts mit meiner starken, starrsinnigen Lotte zu tun hat.

Aus irgendeinem Grund wurde sie, als ich Wolfsfeld nun heute Morgen erwähnte, wütend auf mich. Ich sah es an der Art, wie sie die Oberlippe vorschob und die Butter mit dem Messer malträtierte. Wir schwiegen so lange, bis es unerträglich wurde. Ernst verschwand mit einem Seitenblick auf Lotte ins Badezimmer, und wir waren allein.

«Was hast du?», fragte ich schließlich.

«Alle Welt denkt, man müsste mit mir ständig über Wolfsfeld sprechen», blaffte sie und schmierte ihr Brötchen mit so heftigen Bewegungen, dass es ihr entglitt und zu Boden fiel.

«Ich bin wohl kaum *alle Welt*.»

«Nein, und deshalb solltest du es besser wissen.»

«Was meinst du eigentlich?»

«Du denkst, genau wie alle, dass ich mich nicht genug von ihm gelöst habe, dass ich ihm nach dem Bart gehe. Dass ich seine Arbeiten kopiere, weil ich in ihn verliebt war. Das ist es doch?»

Sie hatte mich missverstanden, aber wie einer wütenden Lotte erklären, dass sie unrecht hat? Es ist, als würde man versuchen, Blitz und Donner aufzuhalten. Und nun schwappte die Wut auch aus mir heraus.

«Du *warst* verliebt in ihn, hast du das vergessen?»

Das war natürlich das Dümmste, was ich hätte sagen können. Doch warum leugnet sie die Wahrheit, nach so langer Zeit?

Sie schnaubte, wollte nichts weiter erklären, hob nur das Brötchen auf und biss ein so großes Stück heraus, dass sie nicht mehr sprechen konnte, nur noch kauen und würgen wie ein trotziges Kind. Schließlich zuckte ich mit den Schultern und ließ sie am Küchentisch zurück.

Vielleicht schmerzt es sie, an ihn zu denken. Vielleicht hat sie auch Angst, dass sie, trotz ihrer früheren Erfolge, am Ende immer nur die Schülerin des berühmten Mannes sein wird. Dass niemand den Namen Lotte Laserstein erinnert, aber Wolfsfelds Ruhm – so wie in England gerade – stets weiter wächst. Ich würde ihr am liebsten sagen, dass das in ihrer Hand liegt, dass sie so nicht weitermachen kann, wenn sie an ihre Kunst anknüpfen will, an ihren Erfolg, wie er vor dem Krieg war. Wenn sie sich jetzt nicht zusammennimmt, das Ruder endlich noch einmal herumreißt, dann wird ihr Name tatsächlich untergehen wie ein kleines Schiffchen auf dem Ozean, dem der Treibstoff ausgeht. Doch ich wage nicht, mir vorzustellen, wie sie eine solche Kritik aufnehmen würde, wenn sie schon beim Namen Wolfsfeld derart aus der Haut fährt.

Lotte war noch nie gut darin, ein sachliches Gespräch zu führen, ihr sitzt die Zunge zu locker und das Herz zu dicht am Hirn. Aber ich, das muss ich zugeben, ich bin es auch nicht. Nicht mehr, wenn auch vielleicht aus anderen Gründen. Bei jeder kleinen Erschütterung spüre ich, wie meine Lippen zu zittern beginnen, und ich habe Angst, dass mir die Tränen kommen.

Noch nie hatte ich gern Streit, am wenigsten mit Lotte, die dann schnell sehr scharf wird, ungerecht und böse. Doch in den letzten Jahren ist es noch schlimmer mit mir geworden, und ich fühle mich wie eine gehäutete Zwiebel, aus der andauernd der Saft läuft, sobald man sie ein wenig zu fest anpackt. Lotte dagegen ist härter geworden mit der Zeit, hat ihre ohnehin raue Schale immer weiter gepanzert und verfestigt und schlägt bei jeder Kleinigkeit aus wie ein wütendes Pferd. Natürlich habe ich Angst, dass sie mich trifft, dass sie mir einen solchen Kinnhaken verpasst und ich taumele und stürze. Käme es zwischen uns zu einem richtigen, offenen Streit, wäre ich die Verliererin, das weiß ich, auch wenn Lotte nur zu einem hohen Preis gewinnen würde. Ich würde meine Koffer packen und in den nächsten Zug steigen, weg aus diesem Niemandsland mit den viel zu hübschen Holzhäusern und dem beinahe schon parodistisch wirkenden, malerischen kleinen Strand. Weg von Lottes schlechter Laune.

Ich möchte nicht, dass es dazu kommt, also halte ich mich zurück, schweige, obwohl ich sie schütteln will, und wende den Blick ab, wenn sie mit diesem gebeugten Rücken, den sie sich angewöhnt hat, vor der Staffelei sitzt und die Farbe zu dick aufträgt.

Wenn ich nur wüsste, wie ich sie zum Reden bringen kann. Nicht zum Schreien und Wüten. Ist das zu viel verlangt, zwei erwachsene, was sage ich, zwei *alte* Frauen, die miteinander reden können, ohne einander an die Gurgel zu springen? Lottes Temperament ging schon früher immer mit ihr durch, und es ist, als würde sie sich hier in Schweden mehr und mehr in einen dieser Trolle verwandeln, von denen sie so schwärmt. In eine knorrige, zu einer Baumwurzel erstarrte Kreatur voller Ingrimm, die trotzig ihre Wurzeln in den moosigen schwedischen Boden gräbt, damit nur ja keiner sie hier fortreißt. Ich schon gar nicht! Sie will nichts hören von Berlin und von früher.

Daher rede ich so viel in Gedanken mit ihr und versuche zu verstehen, was damals mit uns geschehen ist und was heute geschieht.

6

LOTTE

GESTERN BEIM FRÜHSTÜCK stritten Traute und ich uns wieder einmal über Wolfsfeld. Dass sie es noch immer nicht ertragen kann, dass ich seine Ratschläge verinnerlicht habe, ja, dass sie für mich nach wie vor existenziell sind, ärgert mich maßlos. Jeder Künstler hat einen Mentor, eine Bezugsgröße. Und Trautes kindische Eifersucht – denn etwas anderes ist es nicht, auch wenn sie es immer leugnet – geht mir auf die Nerven. Überhaupt scheint es mir, dass Traute mir nicht sehr gewogen ist in diesen Tagen, sie ist ungeduldig und reizbar, misst mit ihren Argusaugen die Spinnweben in den Ecken des Hauses und zählt die Farben auf meiner Palette, als suche sie Indizien und wolle etwas beweisen. Sie nimmt mir den Umzug nach Kalmar übel, das spüre ich, sie denkt, er würde eine Endgültigkeit besiegeln, vor der sie sich fürchtet.

Doch sie hat leicht reden, sie hat ja ein Zuhause, drüben in Deutschland, ich habe nur Käte, meine kranke kleine Schwester in Berlin und sonst niemanden und nichts, woran ich mich festhalten kann. Außer an meiner Kunst und an meiner Hoffnung, dass ich hier, in dieser herrlichen Landschaft, in den dichten Kiefernwäldern, vom Meer beschirmt, wieder zur Kunst zurückfinde. Denn meine wahre Kunst ist nicht fort, da hat Traute ganz recht, sie ist nur verschüttet wie diese armen Berliner im Krieg unter den Trümmern der Stadt. Heute ist meine Malerei gefangen in einer Kruste aus Notwendigkeit und Pflicht, aus Geldnot und nüchterner Lebenspragmatik, doch wenn ich mich hier in Kalmar einlebe und mir noch einmal einen Namen mache, dann traut sie sich vielleicht wieder hervor.

Ich bin erschöpft, ich gebe es zu. Einen Namen gemacht, das habe ich mir ja schon einmal, und der Ursprung all dessen war Wolfsfeld. Vom ersten Tag an war ich ihm verfallen. Herrje, wenn Traute dieses Wort hörte, würde sie sich umso mehr bestätigt fühlen in ihrem Wahn, dass ich in Wolfsfeld verliebt war, also sage ich es ihr lieber nicht. Dabei liegen die Dinge ganz anders! Ich wusste einfach, dass er derjenige war, der aus mir eine Künstlerin machen würde.

Wie oft ich wieder an die ersten Tage an der Akademie denken muss, seitdem Traute mit Wolfsfeld angefangen hat! Ich würde ihr ja gern davon erzählen, aber nicht, solange sie mir jedes Wort im Mund umdreht und auf dem Kriegspfad schleicht. Dabei weiß ich alles noch genau. Wie ich als Studentin versuchte, mit dem Bleistift die Rundungen des nackten Modells, das in der Mitte des Ateliers frierend auf einem Schemel hockte, so exakt nachzuzeichnen wie möglich, und mir dabei Mühe gab, nicht ständig den Kopf zu wenden. Es war gar zu verlockend, aus den Augenwinkeln nach Wolfsfeld zu suchen, der lautlos wie ein Panther durch die Reihen der Studenten schritt. Der Professor – wie seltsam, heute so von ihm zu denken – trug stets einen weißen Kittel und eine schwarze Fliege, sein dunkles Haar war an der Seite gescheitelt. Auf der Oberlippe und am Kinn stand ein gepflegter Bart, und er hatte so eine eigentümliche Art, die Augenbrauen hochzuziehen, was seine Augen größer wirken ließ und ihm den Anschein gab, immer etwas erstaunt zu sein, stets fragend in die Welt zu schauen. Das tat er tatsächlich. Und genau deshalb war er ein guter Lehrer. Er hatte keine Antworten parat, sondern nur Fragen, er ließ seine Schüler die Lösung suchen – und finden. Dabei war er keineswegs nachlässig, sondern verlangte uns alles ab. Zwang uns, immer wieder neue Farbmischungen auf der Palette herzustellen, bis der Ton getroffen war, den wir brauchten. Immer aufs Neue falsche Perspektiven auszuradieren und Details so lange zu ergänzen, bis sie haargenau richtig waren. Er war ein Handwerker. Wir Schüler hassten oder liebten ihn dafür, je nachdem, wie wir selbst veranlagt waren und wie wir die Kunst wahrnahmen.

Ich musste mich nicht fragen, zu welcher Kategorie ich gehörte. Von der ersten Begegnung an, als er mir mit diesem erstaunten, leicht spöttischen Blick ins Gesicht sah und sagte: «Fräulein Laserstein, da sind Sie also …», wusste ich, dass ich Blut und Tränen geben würde, um ihm zu genügen. Und ich stellte schnell fest, dass genau dies tatsächlich von mir verlangt wurde. Ganz anders als die Lehrer an der Schule für Gebrauchsgraphik ließ er seine Studenten nicht davonkommen mit billigen Imitaten, mit raschen Effekten. Er zwang uns, den Dingen auf den Grund zu gehen, in die Tiefe des Materials und der Farben zu dringen, bis unsere Finger und Knie zitterten und unsere Versuche auf der Leinwand annähernd dem ähnelten, was uns vorgeschwebt hatte. Und dafür verehrte ich ihn, ich finde kein besseres Wort. Traute, du elendes Stimmchen in meinem Kopf, sei still!

Wir zeichneten viele Akte in diesen ersten Tagen, und das Modell war alles andere als geduldig.

«Meister, ich erfriere», murrte die junge Frau, und tatsächlich, ihre Hände waren bereits blau angelaufen. Es war in jenem Herbst sehr kühl im Atelier des Kunstgewerbemuseums in der Prinz-Albrecht-Straße, und anders als ich, die einen Strickpullover unter meinem Kittel trug, hatte das arme Nacktmodell keinen Schutz gegen die Kälte, die aus den Ritzen herankroch.

«Mittagspause», sagte Wolfsfeld, und ich legte erleichtert die Zeichenkohle fort.

Ich betrachtete mein bisheriges Ergebnis, spürte, dass etwas nicht stimmte, und sah genauer hin, bis die Striche vor meinen Augen verschwammen. Jetzt erst erkannte ich, dass die eine Schulter viel zu hoch saß. Es sah aus, als habe die Frau auf meinem Bild einen Buckel.

Wolfsfeld reichte dem Modell einen Morgenmantel, in den sie sich zähneklappernd hüllte. Sie schlüpfte in ihre Pantoffeln und schlang eine Decke um ihre Schultern. Dann begann sie ihre Wanderung durch das Atelier, besah sich mit gerunzelter Stirn die Werke der Studenten. Bei einigen nickte sie zufrieden, bei anderen vertieften sich ihre Stirnfalten.

«Aber ich bin ja viel zu dick!», rief sie beim Anblick einer Zeichnung aus.

Der junge Mann, der danebenstand, erbleichte. «Nicht doch», sagte er beschwichtigend, doch es war vergebens, er hatte die Gunst des Modells verspielt.

«Vielleicht werden Sie ja eines Tages der neue Rubens», sagte sie, «aber mich verschonen Sie bitte! Nennen Sie niemandem meinen Namen, sonst denken die Leute, ich würde den lieben langen Tag Sahnetorte essen.»

Sie ließ ihn empört stehen und trat zu mir, sah sich meine Zeichnung an und schnalzte mit der Zunge. «Beim einen ein Dickwanst, bei der anderen 'ne Bucklige», spottete sie achselzuckend und kräuselte unzufrieden die Lippen. «Das wird ja immer schöner!»

Ehe ich etwas erwidern konnte, kam Wolfsfeld zu mir. Am

liebsten hätte ich mein Blatt mit beiden Händen bedeckt, doch das wäre kindisch gewesen. So sah ich schicksalergeben zu, wie der Professor meine Zeichnung eingehend musterte, ein Stück zurücktrat und noch einmal genauer hinsah.

«Die Perspektive stimmt nicht», sagte er zu mir. «Doch das ist nur eine Frage der Übung. Was ich dahinter sehe, ist eine Liebe zum Detail, zum Realismus, die ich sehr begrüße.»

Ich merkte mir jedes Wort und trug die Sätze danach lange wie einen Schatz mit mir herum. Als er weiterging, spürte ich, wie es in mir zu singen begann, als habe er mir einen summenden Ton eingepflanzt, der sich nun durch meine Adern weiterbewegte und anschwoll, bis er mein Herz erreichte. Ich wusste, damals schon, wie selten sein Lob war. Jetzt sah ich auch, wo der Fehler lag, er war einfach zu beheben. Ich stürzte mich regelrecht auf die Zeichnung, radierte die Schulter aus und begann von vorn.

Seit einigen Wochen war ich nun offiziell als Studentin immatrikuliert, in der Tagesklasse von Erich Wolfsfeld, bei dem ich auch schon den vierwöchigen Probekursus und die anschließende Aufnahmeprüfung reibungslos absolviert hatte. Zu meiner eigenen Überraschung, gestehe ich. Die Erinnerung an die langweilige Zeit an der Schule für Gebrauchsgraphik war bereits verblasst, als seien die zwei Jahre ein Fehler gewesen, der nun korrigiert worden war. Gar nicht mehr dachte ich an die Blumenmuster und rennenden Mäuse, die ich dort gezeichnet hatte. Manchmal fiel mir Billy ein, ihr breites Lächeln, das weizenblonde Haar. Doch auch diese Erinnerung schien merkwürdig leblos und schemenhaft. Vielleicht hatte sie inzwischen die aufdringlichen Knickerbocker geheiratet? Es war gleichgültig. Sie gehörte zu einem anderen Leben, das ich hinter mir gelassen hatte.

Manchmal denke ich, dass dies eines meiner besten Talente ist. Aufzuhören und etwas Neues zu beginnen, als seien die Dinge davor nie geschehen. Sonst könnte ich mir mein jetziges Leben in der schwedischen Provinz nicht erklären, mein tägliches Weitermachen. Warum aber klammere ich dann so an Traute? Warum kann ich nicht akzeptieren, dass auch wir heute andere sind als damals?

Die Gedanken an Wolfsfeld sind auf jeden Fall Trautes Schuld, sie hat mit ihrer Bemerkung schon wieder dafür gesorgt, dass ich mich an Berlin erinnere. Wenn sie es wüsste, wäre sie sehr zufrieden, aber ich werde den Mund halten und ihr diese Genugtuung nicht geben, das ist sicher.

Ich ging nun täglich in den großspurigen, von Martin Gropius geschaffenen Bau in der Prinz-Albrecht-Straße zwischen der Berliner Mitte und der ehemaligen Luisenstadt. Bis vor kurzem war hier das Kunstgewerbemuseum untergebracht, aber seit dessen Umzug ins Stadtschloss standen die Ausstellungsräume und Archive leer, sodass sich die Kunstklassen ausbreiten konnten. Rund um den großen Lichthof zogen sich im Erdgeschoss die Lehrsäle, die Bibliothek und die Lesesäle für das Studium der Kunsttheorie. Im ersten Stock befanden sich zur Nordseite hin die Ateliers, in denen wir Studenten unter Anleitung unserer Professoren malten, zeichneten und modellierten, sowie zwei Ziselierwerkstätten für Metallarbeiten und ein paar Räume, in denen die Gipsabdrücke getrocknet wurden. Im zweiten Geschoss schließlich lag der große Hörsaal. Es gab Gerüchte, dass die Unterrichtsanstalt bald mit der Akademie der Künste, die in Charlottenburg am Steinplatz lag, vereinigt werden sollte, der Direktor war bestrebt, beides unter ein Dach zu bringen. Doch noch fand der Unterricht in dem strahlenden Renaissancebau in der Nähe des

Askanischen Platzes statt, und ich genoss jeden Morgen den Anblick der roten Steine, der verzierten Giebel und Pilaster, die mir schon von weither zuzuwinken schienen. Ich liebte den Duft, der mir bereits über die Steintreppen entgegenwehte, sobald ich morgens das Gebäude betrat. Es roch nach Ölfarbe, Terpentin und nach feuchtem Gips. Dann beschleunigte ich meinen Schritt noch mehr, weil ich es nicht erwarten konnte, mir den Kittel überzuziehen und das glatte Holz des Pinsels oder den Bleistift in der Handfläche zu spüren. Und Erich Wolfsfeld wiederzusehen.

Die anderen Studenten drückten sich in der Pause auf dem Gang herum und aßen mitgebrachte Brote. Bisher war ich mit keinem von ihnen eine Freundschaft eingegangen, doch mir fehlte nichts. Ich war vollauf beschäftigt damit, Schritt zu halten und aus meinen Zeichnungen alles herauszuholen, was möglich war. Natürlich kannte ich inzwischen alle Kommilitonen vom Sehen und wusste von dem ein oder anderen schon den Namen und die Eigenheiten. Es waren vor allem junge Männer in der Klasse, mit mir nahmen nur drei weitere Frauen am Unterricht teil. Die Öffnung der Hochschulen für weibliche Studenten lag nicht lange zurück und hatte bisher auch nicht dafür gesorgt, dass der Anteil von Frauen und Männern gleichauf lag.

Zusammen mit dem Rest der Klasse kam nun auch Ilse Mode, eine junge Frau mit ähnlich kurz geschnittenen Haaren wie ich, wieder herein. In ihrem Kielwasser: Herbert Häfner, von dem jeder wusste, dass er sie verehrte. Jeder außer Ilse, die mit ihrer fröhlichen Art über die Galanterien des Kommilitonen hinwegzusehen schien. Doch ich war sicher, dass sie ihn demnächst erhören würde und nur noch ein wenig mit ihm spielte. Dass sie ihre Freiheit auskostete, aber am

Ende nachgeben würde. Dabei war sie eine begabte Zeichnerin mit einem energischen, expressiven Strich, um den ich sie beneidete. Vor allem dann, wenn ich mal wieder erfolglos versuchte, selbst die Fesseln der realistischen Zeichnung abzuwerfen und freier zu malen. Die Gewissenhaftigkeit, mit der ich mich wie unter Zwang den Anforderungen der genauen Darstellung unterwarf, schien mir manchmal unmodern und hoffnungslos altmodisch. Doch es half nichts. Mein Stift war nicht frei, sondern modellierte, anstatt zu zeichnen, und schälte die Figur aus dem Blatt vor mir akribisch heraus. Ich hatte das Gefühl, als seien die Umrisse der Zeichnung immer schon in dem Papier gefangen gewesen und müssten von mir befreit werden. Anders konnte ich es nicht.

Ilse trat hinter mich, betrachtete die Zeichnung, mit der ich die ganze Pause hindurch verbissen gekämpft hatte.

«Was du hier bei uns Anfängern machst, ist mir ein Rätsel», sagte sie. «Solche Zeichnungen habe ich oben bei den Meisterklassen gesehen, wenn überhaupt.»

«Meinst du?», fragte ich. Damals stürzte ich mich auf jedes Kompliment wie eine Hungernde auf Brot.

«Ganz sicher. Du hast mehr Talent als wir alle zusammen.»

Ich fürchte, dass ich rot anlief, besonders deswegen, weil Erich Wolfsfeld, der mit einem anderen Studenten über dessen Zeichnung gebeugt stand, aufsah und zu Ilses Worten nickte.

Verwirrt nahm ich den Stift wieder zur Hand und fuhr fort. Das Modell hatte sich inzwischen überreden lassen, den Morgenmantel abzulegen und eine weitere halbe Stunde nackt auf dem Schemel zu hocken. Ich nutzte die Zeit, strichelte und arbeitete den Akt immer plastischer heraus, bis ich das Gefühl hatte, mehr würde ich nicht erreichen können. Beim Zeichnen ist es ein bisschen wie beim Sahneschlagen. Man muss vor allem die Kunst des Aufhörens beherrschen, will man nicht, dass die luftige Sahne plötzlich zu Butter wird, dass die Zeichnung kippt. Also legte ich den Bleistift weg und streckte den Rücken durch. Manchmal vergaß ich, beim Zeichnen oder Malen zu atmen, vergesse es bis heute, und dann überfällt mich dieser nervtötende Schwindel.

Als ich Wolfsfelds Schritt hinter mir hörte, erwartete ich sein Urteil gelassen. Ich sah jetzt selbst, dass meine Zeichnung gelungen war. Er zog sich einen Stuhl heran und setzte sich so dicht neben mich, dass ich die Wärme seines Körpers spürte. Schweigend betrachteten wir gemeinsam die Skizze. Dann beschrieb Wolfsfeld leise, was er sah, das war eine besondere Technik seines Unterrichts, die ihn von den anderen Professoren unterschied. Er beurteilte nicht sofort, gab nicht gleich preis, was ihm gefiel oder was nicht, sondern hüllte die Striche auf dem Papier in seine Worte, gab ihnen ein Eigenleben, einen festen Grund.

«Genie ist Fleiß, Lotte», sagte er abschließend. Überrascht von der vertrauten Anrede und dem Lob wurde mir wärmer. «Sie besitzen Leidenschaft und Disziplin, beides kann man nicht lernen. Man muss es mitbringen. Sie werden weit kommen, Fräulein Laserstein, wenn Sie so bienenfleißig bleiben.»

Er betrachtete die Zeichnung noch einmal durch zusammengekniffene Augen, stutzte einen Moment und lächelte dann, als sei ihm etwas eingefallen.

«Fast ein bisschen wie frühere Werke von Max Klinger», sagte er, und mir wurde noch heißer, meine Wangen müssen geglüht haben. Ein berühmter Maler, einer der ganz Großen, der im vergangenen Jahr gestorben war. Ich wusste, dass Wolfsfeld ihn sehr bewundert hatte.

«Oder Adolph Menzel», sagte einer vom Nebentisch, der ebenfalls meine Zeichnung studierte.

Wolfsfeld nickte. «Unser Lottchen orientiert sich an den großen Realisten, das gefällt mir», sagte er. «Weiter so, Fräulein Laserstein.»

Er stand auf und ging zum nächsten Studenten. Mein Herz schlug schnell und beinahe schmerzhaft. Wolfsfeld war für seine Strenge berühmt und gefürchtet, ein Lob solchen Ausmaßes schien mir ungeheuerlich. So fühlte es sich also an, wenn man grenzenlos glücklich war, wenn man das, was man liebte, tun durfte und Anerkennung dafür bekam.

Nach wie vor sehne ich mich nach diesem Gefühl, mit ähnlicher Intensität, aber mit viel weniger Hoffnung als damals in dem Zeichensaal, als das Leben noch vor mir lag. Heute kann ich nur noch die Krümel aufsammeln, die die junge Lotte hat fallen lassen. Eine alte Frau bin ich, die ihre Scherben aufkehrt. Traute würde mir sicher recht geben, ich bemerke doch ihre missbilligenden Blicke, wenn sie betrachtet, was ich heute male. In den ersten Tagen meines Studiums an der Akademie, da hätte sie mich mal sehen sollen!

Einige jedenfalls beneideten mich. Andere meinten es weniger gut mit mir. Ich weiß noch, dass sich an jenem Tag ein anderer Student zu seinem Sitznachbarn beugte und ihm etwas zuflüsterte. Ich erinnere mich nur noch an die Nachnamen der beiden, Merkel hieß der eine, Krumm der andere.

«So eine bekommt also Lob, weil sie jedes Haar abgezeichnet und dabei keins geknickt hat, so realistisch malt sie», spottete Merkel. «Wo ist da die Kunst, frage ich dich?»

«Wolfsfeld gefällt das aber», entgegnete Krumm. «Du weißt doch, was sie sagen, er schmeißt Leute raus, weil sie

Knopflöcher nicht so zeichnen können, dass sie wie gesäumt aussehen.»

Merkel schnaubte leise. «Ich sollte ein Fernglas mitbringen, damit ich jede Pore am Modell sehe und so akkurat abzeichnen kann wie Laserstein.»

«Vor ein paar Jahren hätte so eine wie die ...» Jetzt senkte Krumm die Stimme, sodass ich den Rest nicht weiter verstehen konnte.

Merkel pflichtete ihm bei, seine Stimme war laut genug. «Da haben sich die Herren Dekane einen Bärendienst erwiesen, indem sie Frauen zur Hochschule zuließen», sagte er, «und uns auch. Jetzt müssen wir mit Professorenliebchen konkurrieren. Und die Lehrer sich mit Weibsbildern ohne Talent herumschlagen.»

Sein Nachbar lachte höhnisch auf, und beide warfen einen verstohlenen Blick in meine Richtung. Das Hochgefühl, das ich eben noch verspürt hatte, stob auseinander wie ein Schwarm Tauben, auf den die beiden einen Hund gejagt hätten. Ich schob die Oberlippe vor, was mir auf Fotos gar nicht gefällt, weil ich wie eine Ente auf Landgang wirke, und bemühte mich, einen festen, unberührten Ausdruck in mein Gesicht zu legen. Es war nicht das erste Mal, dass mir Feindseligkeit entgegenschlug, nicht alle Studenten waren begeistert davon, dass Erich Wolfsfeld sich schon so früh im Semester einen Lieblingsschüler gewählt hatte. Und noch viel weniger, dass es eine Frau war, die seine Gunst derart im Sturm erobert hatte.

Die beiden flüsterten weiter miteinander, gedämpft. Es ist wohl biestig, zu sagen, dass heute kein Hahn mehr nach ihnen kräht?

Ich wollte ihnen etwas Scharfes entgegnen, doch Ilse, die links von mir saß, warf mir einen warnenden Blick zu. «Lohnt sich nicht», sagte sie leise. «Ein paar werden immer so denken. Schlag sie mit der besten Waffe: mit deinem Bleistift.»

Beschämt lächelte ich und formte mit den Lippen: «Danke.»

Dann nahm ich ein neues Papier. Das Modell hatte inzwischen die Position gewechselt und stand nun aufrecht neben dem Schemel, die Hände hinter dem Rücken verschlungen, den Kopf sacht geneigt, die Füße über Kreuz gesetzt, was beim Zeichnen eine zusätzliche Herausforderung sein würde. Ich nahm den Stift und legte los.

Als ich nach dem letzten Kurs die breiten Steintreppen hinunterlief, weil sich der Nachmittag mit seinen dunklen Rockschößen bereits vor die großen Fenster gesetzt hatte, trat mir Wolfsfeld in den Weg. Ich erschrak. Er trug bereits Hut und Mantel, und sein Bart war über den Tag ein wenig in Unordnung geraten, was ihn jünger aussehen ließ als vorher im Atelier. Bevor ich etwas sagen konnte, hielt er mich am Ärmel fest.

«Fräulein Laserstein», fragte er, «gehen Sie gern ins Kino?» Die hohen Wände der Halle warfen ein leises Echo seiner Stimme zurück.

Ich lachte, unsicher und verlegen muss es geklungen haben. Was hatte ich schon für Erfahrungen mit Rendezvous? «Ich gehe vor allem *selten* ins Kino», sagte ich, «wenn auch gern, ja, natürlich.»

«Begleiten Sie mich heute Abend?»

Ich zögerte wieder. Ich sollte allein mit dem Professor ins Kino gehen? Erich Wolfsfeld war dafür bekannt, freundschaftlich mit seinen Schülern zu verkehren, er galt trotz seiner Strenge als nahbar und vertrauensvoll. Doch er war ein fünfzehn Jahre älterer Mann. Und ich war zu diesem Zeitpunkt noch niemals allein mit einem Mann gewesen.

Als könne er mein Zögern lesen, sagte er: «Sie wohnen in Friedenau, richtig? Kennen Sie das *Colibri*?»

Natürlich kannte ich das kleine Kino am Rheineck, ganz in der Nähe der Stierstraße, wo Stummfilme liefen.

«Es wäre nicht weit für Sie nach Hause», sagte Wolfsfeld. «Sie zeigen dort *Der Vagabund*. Mit Charlie Chaplin.»

«Ach ja?», fragte ich. In Wahrheit hatte ich den Film schon mit Käte gesehen, er hatte mir gefallen. Aber auf einmal wusste ich, dass ich Erich Wolfsfeld nicht auf die Nase binden wollte, dass ich den Film bereits kannte.

«Den würde ich gern sehen», sagte ich daher nur und lächelte.

«Wunderbar», rief er, und ich frage mich bis heute, ob es Erleichterung war, die in seiner Stimme mitschwang. Hatte er wirklich Angst gehabt, ich würde ihm einen Korb geben?

«Dann die Spätvorstellung. Ich warte dort vorm Kintopp auf Sie.»

Wie mächtig die Bilder aus der Vergangenheit jetzt vor meinem geistigen Auge auftauchen! Das ist Trautes Schuld, sie hat schon wieder dafür gesorgt, dass ich mich erinnere. Wenn sie es wüsste, wäre sie sehr zufrieden, aber ich werde den Mund halten und ihr nicht die Genugtuung geben, das ist sicher.

Denn das, woran ich mich hier zwischen Wolfsfeld und mir erinnere, wäre Wasser auf ihre Mühlen, wenn es um die Frage der Verliebtheit geht. Ihre alberne Fixierung auf eine Liebesgeschichte zwischen uns macht mich wütend, auch wenn die Anzeichen dafür immer deutlich durchschimmern und ich wohl dazu beigetragen habe, dass es so gekommen ist. Was für ein Klischee!, denke ich heute. Aber beginnt nicht jede Geschichte einer Künstlerin mit der Geschichte ihrer unstillbaren Liebe zu einem Mann? Sind nicht auch heute noch die Malerinnen unsichtbar, weil sie im Schatten eines Ehemanns stehen? Eines Mentors, eines Meisters, der ihnen den Weg weist und sie damit für alle Zeit vereinnahmt? Wie sehr muss eine Frau kämpfen, um gesehen zu werden, nicht als Muse, sondern als Künstler? Es ist ein dorniger Weg durch ein Dickicht aus Fremdbestimmung, aus Erniedrigung und gönnerhaften Sticheleien.

Und während ich das denke, frage ich mich, wie sich wohl Traute gefühlt haben muss, auch wenn sie nicht das Modell eines Mannes war, sondern das einer Frau. Ob das bis heute nachhallt? Ob das einen Unterschied macht, am Ende, wenn man die Summe des Lebens addiert und die Zahl unter dem Strich vielleicht zu niedrig ist?

Ich wage zu hoffen, dass Wolfsfelds und meine Geschichte eine andere war.

Seltsam, manche Dinge sehe ich wie auf einer Fotografie, andere habe ich völlig vergessen. Was wohl den Ausschlag dafür gibt, dass unser Gehirn einige Details so schmerzhaft deutlich speichert und andere ganz auf den Grund des Vergessens senkt? Ist es wirklich die Schicksalhaftigkeit der gemerkten Momente, oder – was ich eher glaube – handelt das Gedächtnis willkürlich und ohne größeren Plan?

Noch immer spüre ich die blendende Helle, die auf meinem nackten Körper lag, als er mich malte, irgendwann 1922. Ich schloss die Augen, obwohl die Sonnenstrahlen nicht direkt ins Atelier hereinfielen, dessen große Fenster wahrscheinlich nach Norden gingen. Doch an diesem Sommertag, an dem die Luft draußen flirrte von dem verschwenderischen Sonnenschein und den Düften der Hecken und Baumblüten, schmerzte das Licht beinahe auf der Iris. Eins der Fenster war nur angelehnt, ich hörte das Jubilieren der Vögel, die im Blattwerk der dichten Baumkronen sangen. Darunter mischten sich die Geräusche der Stadt, die immer weiter wuchs, immer lauter und dröhnender nach Raum verlangte. Und die ich so liebte.

Im Kino waren Wolfsfeld und ich bereits oft gewesen, doch das hier war neu. Ich lag nackt auf den Dielenbrettern des Ateliers und hielt mit beiden Händen die Brust bedeckt. Meine Augen glitten an meinem Körper entlang, und ich musste mir eingestehen, dass ich beim Anblick meines weichen Bauchs mit der kleinen Vertiefung des Nabels zufrieden war. Ich fühlte mich schön, was selten genug der Fall war, doch etwas an der Gegenwart des *Meisters*, wie ich Wolfsfeld inzwischen insgeheim nannte, gab mir dieses unbekannte und aufregende Gefühl, eine Frau zu sein, begehrenswert zu sein und nicht nur für meinen scharfen Blick, mein Talent gelobt zu werden, sondern wegen meines jungen, starken Körpers.

Ich weiß noch, dass ich es beim ersten Mal seltsam fand, als er mit mir in diesen Raum unterm Dach gegangen war. Ich war aufgeregt, weil er *mich* malen, *mich* als sein Modell wollte. Hastig hatte ich mich entkleidet, und er hatte gelacht und mir in aller Seelenruhe das Hemd und die Unterwäsche ausgezogen, mit so bestimmten, sicheren Gesten, dass ich wusste, es war nicht das erste Mal, dass er eine Schülerin darum bat. Doch das störte mich nicht, im Gegenteil, es gab mir meine Sicherheit zurück. Nichts würde kompliziert werden. Ich wusste damals aber auch noch nicht viel von den Seelen der Menschen, ihren Sehnsüchten und Täuschungen.

Später, nach etlichen solcher Sitzungen, waren wir eingespielt. Ein *Team*, wie er meinte. Es machte mich stolz.

«Ich werde die Skizzen niemandem zeigen», sagte er. «Noch nicht.»

«Aber wenn Sie eine Ausstellung haben, dann doch, oder?», fragte ich und kreiste mit dem Fuß, der eingeschlafen war. Das Kribbeln pflanzte sich wie Tausende Stecknadeln durch meine Blutbahn fort.

«Wir werden sehen», sagte er. «Die nächste Ausstellung in Wien wird eher großformatige Malerei zeigen und einige Graphiken. Keine kleinen Kammerstücke wie das hier.»

Ich hörte das Stricheln seines Bleistifts auf dem Papier und stellte mir vor, die spitze Mine berührte meine Haut. Als ich tief Luft holte, sagte Wolfsfeld: «Bitte stillliegen!»

Und ich gehorchte. Ich lag bewegungslos da, beobachtete die Lichtpunkte, die über die Wände des Ateliers wanderten, auf- und abblinkten wie Morsezeichen, und dachte, dass er sicher das große Bildnis von meiner Kommilitonin Paula ausstellen würde. Ihre blauen Augen leuchteten darauf so grell, beinahe unmenschlich, und ein selbstbewusstes, zufriedenes Lächeln spielte um die rot geschminkten Lippen. Eine Spur zu energisch. Es sah aus, als habe sie den Lippenstift hastig aufgetragen, denn er war sacht von Wolfsfelds Pinsel verschmiert. Oder als habe jemand sie soeben geküsst. Die rotblonden Haare waren in einem geflochtenen Kranz um den Kopf gelegt, der Pullover leuchtete mit ihrem Mund um die Wette. Ein großartiges Bild.

Ob Wolfsfeld auch von mir einst so ein Gemälde anfertigen würde?

Ich lag da und zählte die Risse in der Stuckdecke des Ateliers, lauschte dem Kratzen des Stiftes und begann zu frösteln, trotz der Sommerwärme, die draußen vor den Fenstern wartete.

Endlich war Wolfsfeld fertig. «Gut, gut», sagte er in diesem bedächtigen, beinahe fragenden Ton, den ich inzwischen so gut kannte. «Sie können aufstehen, kleine Lotte.»

Sollte es mich ärgern, dass er mich so nannte? Er konnte es nicht lassen, den Kosenamen zu verwenden, dabei siezten wir uns weiterhin, anders war es undenkbar. Und doch frage ich mich jetzt, ob es nicht anmaßend war. Vielleicht ist Traute deswegen neulich so aus der Haut gefahren, weil sie glaubte, der Kosename sei eigentlich eine Degradierung der liebkosten Person? Das wäre mir als junges Mädchen damals in Berlin nicht in den Sinn gekommen. Wie hätte ich mich deshalb an-stellen sollen? Natürlich war ich ohne Wolfsfeld ein Nichts in der Kunstwelt, er entschied über Wohl und Wehe. Die Män-ner bestimmten über uns Frauen, auch wenn die Gesetze sich schon ein Stück weit geändert hatten. Aber das Verhältnis von Macht und Gehorsam, das war das gleiche wie vor dem Krieg. Wenn ein Erich Wolfsfeld ein Fräulein Laserstein bat, eine Aktzeichnung von ihr machen zu dürfen, würde sie einen Teufel tun, sich diese Chance zu vermasseln. Davon abgesehen wollte ich nicht nein sagen, ich liebte ihn ja. Ich meine nicht die peinliche Schwärmerei eines späten Backfisches für einen Lehrer, wie die Leute sich das ausmalen. Also sei endlich still, Traute! Wenn Wolfsfeld und ich nebeneinander im dunklen Kinosaal saßen, die helle Leinwand vor uns und im Rücken die anderen Filmgäste, waren wir Freunde, Ebenbürtige. Natür-lich wusste ich, dass, sollte ich in Ungnade bei ihm fallen, mei-ne Zukunft in Scherben läge. Frauen durften damals wählen gehen, sie durften endlich studieren, doch nein sagen durften sie nicht, noch immer nicht. So weit hatte sich die Welt noch nicht verändert. Wir waren nicht unabhängig, wir waren al-lein unter Raubfischen.

Während Wolfsfeld die Stifte wegräumte, erhob ich mich und schlüpfte in Hemd und Unterhose, dann in den waden-langen Rock. Ich trat neben ihn und betrachtete die Zeichnung mit einer seltsamen Scheu. Das also sollte ich sein, mein Kör-per, wie ihn der Meister sah. Die Brust war von den Händen bedeckt, doch die helle Haut schimmerte sichtbar zwischen den Fingern der gezeichneten Frau hervor. Ihre Gesichtszüge blieben seltsam schemenhaft, das Papier verriet nur die An-deutung einer Nase, die flüchtige Linie der Stirn, wirres Haar. Dafür hatte Wolfsfeld ihre Scham genau gezeichnet, ein scharf umrissenes Dreieck, mit einer harten Linie des Bleistifts vom Schenkel abgetrennt. Ich konnte nicht sagen, ob ich die Frau auf dem Papier schön fand oder nur gewöhnlich.

Ich kleidete mich fertig an und war mir seiner Blicke be-wusst.

«Haben Sie Geld fürs Mittagessen?», fragte er.

«Ja, danke», sagte ich. Doch als habe er mich nicht gehört, griff er in den Jackenaufschlag und holte einen Schein hervor, den er mir in die Hand drückte. Und als wäre es selbstver-ständlich, griff ich danach und schob ihn in die Rocktasche.

«Danke, Professor.»

«Wie geht es zu Hause?»

«Schlecht», gab ich zu, während ich mir die Bluse zuknöpf-te. Die Inflation hatte vor unserem Hausstand nicht haltge-macht. «Wir mussten einen Untermieter aufnehmen. Einen russischen Emigranten, sehr freundlich übrigens.»

«Jung?», fragte Wolfsfeld. War das Beklemmung in seiner Stimme?

«Natürlich ist er jung. Wir sind alle arm und jung. Außer Ihnen.» Manchmal konnte ich es mir nicht verkneifen, ihn ein wenig aufzuziehen.

Er nickte, als verlöre er bereits das Interesse. Statt einer Erwiderung griff er noch einmal in seine Jacke und hielt mir mehr Geld hin, das ich, diesmal nach kurzem Zögern, ebenfalls nahm.

Die Lage war ernst, in Berlin, in Deutschland. Die Zinsen hatten sich in schwindelerregende Höhen vergaloppiert, und alles raste mit. Unter uns aber gähnte ein Abgrund, vor dem mir grauste, wenn ich hinabblickte. Nie, einfach nie war Geld übrig. Mama war eine ältere Witwe, sie war immer wieder krank und konnte daher nicht regelmäßig arbeiten, gab nur manchmal Klavierstunden. Das Gehämmer der meist unbegabten Schüler auf den Tasten unseres alten Blüthner zerrte an unseren Nerven. Käte hatte gerade erst mit dem Studium begonnen, ihr erster Verdienst lag in weiter Ferne. Als Ältere hatte ich ohnehin noch mehr die Pflicht, mir meinen Lebensunterhalt selbst zu verdienen, doch nicht immer gelang es mir besonders gut. Oft genug musste ich das Mittagessen in dieser Zeit ausfallen lassen, musste auf einen neuen Zeichenblock, auf Farben verzichten. Ab und an bekam ich einen bezahlten Auftrag.

Ich war dann hin- und hergerissen zwischen der Erleichterung wegen des Geldes und der Furcht, durch diese *Jobs* den Blick für das *Eigentliche* zu verlieren. Deshalb fertigte ich meine Musterentwürfe für die Puppenmanufaktur der Gebrüder Heise und die Zeichnungen von Gliedmaßen, von Muskelsträngen und Organen für ein anatomisches Lehrbuch erst am Abend an, um mir nichts von meiner Zeit stehlen zu lassen, die ich für die Zeichnungen an der Unterrichtsanstalt brauchte. Es war mein Brotberuf, mehr durfte es nicht werden, und selbst das war mir schon zu viel. Ich wachte über meine Kunst wie ein eifersüchtiger Liebhaber, ich wollte sie um keinen

Preis gefährden. Sie schien mir so zart, so verletzlich wie ein Kind, das ich umhegen musste.

Heute kommt mir mein Fanatismus, mein Affentanz um den Altar der Kunst, seltsam rührselig vor und peinlich. Ich habe seitdem so viele Brötchenbilder gemalt, dass ich sie nicht mehr zählen kann, denn was hilft einem der eigene Anspruch, wenn er einen verhungern lässt?

Damals jedenfalls malte und zeichnete ich wie eine Besessene, legte all meinen Fleiß und all meine Leidenschaft nur ins Künstlerische.

«Ich habe manchmal Angst, dass ich mich zu sehr ablenken lasse», sagte ich zu Wolfsfeld und steckte das Geld ein.

«Das darf nicht passieren», antwortete er und sah mich streng an. «Ablenkung ist der Tod der Kunst. Fleiß, Fokus, Hingabe ist alles.»

Ich wollte erwidern, dass ich all das genau wusste und seine Belehrungen an dieser Stelle nicht brauchte. Sein Ton war damals manchmal scharf. Lag es daran, dass auch ihm der Fokus zu entgleiten drohte? Der Zustand der Akademie war besorgniserregend, das wussten wir alle, ihre Reputation in Berlin längst zweifelhaft. Die Expressionisten belächelten die *Fachmännchen* und neuerdings auch die *Fachweibchen* der Kunstakademie, warfen den Lehrern dort Antiquiertheit und Elitedenken vor. Manchmal ärgerte ich mich, ja, schämte mich sogar bisweilen, an einer offenbar derart überholten Institution zu studieren. So viele Jahre hatten die Frauen dafür gekämpft, aufgenommen zu werden, und nun, da wir endlich diesen Sieg errungen hatten, war er wieder janusköpfig. Denn was half Gleichberechtigung, wenn diese nur das Schlechte für alle öffnete, das Rückwärtsgewandte und Minderwertige? Doch dann sah ich Wolfsfeld an, sah seine klugen Augen und wusste, dass ich bei ihm die beste Ausbildung erhielt, die ich bekommen konnte, auch wenn sich manche in Deutschland das Maul über die Akademie zerrissen. Es kam nicht auf den Ruf an, sondern auf das Lernen selbst, auf den täglichen Kampf mit Farbe und Stift und das Glück, das diesem Kampf innewohnte. Ich war am richtigen Platz, trotz allem.

«Ich werde dem Direktor einen Brief schreiben», sagte ich, und erst, als ich es aussprach, wurde mir bewusst, dass dies tatsächlich ein Ausweg sein könnte. Es musste eine Lösung für mich geben, um mich nicht von Geldsorgen auf eine Nebenstraße ziehen zu lassen, die mich fortführte von meinen Ambitionen, weg von der Kunst. Weg von allem, was ich war.

«Einen Brief?», fragte Wolfsfeld und hielt mir die Tür auf, als wir das Atelier verließen. Still und sonnig blieb der Raum hinter uns zurück, die Zeichnung von mir ruhte wohlbehalten in Wolfsfelds schwarzer Mappe, wo sie niemand sehen würde. Vorerst.

«Ja, ich bitte ihn um ein Stipendium», sagte ich und wusste plötzlich genau, wie die Worte zu Papier zu bringen waren. «Ich werde ihm schildern, dass ich nicht genug Zeit und Mittel für mein Studium habe, dass ich mit Brotkunst zum Unterhalt meiner Familie beisteuern muss, weil meine Schwester Käte in Ausbildung an der Universität ist und wir von unserer Mutter, einer mittellosen Witwe, unterhalten werden.»

«Solche Unterstützung gibt es natürlich», sagte Wolfsfeld, «eine Freistelle wäre die Lösung.»

«Das hieße, ich müsste kein Schulgeld zahlen?»

Er nickte. Wir stiegen die Treppen hinunter, Seite an Seite. Unsere Schritte hallten durch die hohen Flure. Plötzlich schien mir eine Hast darin zu liegen, als wüssten wir beide, dass die vergangenen Stunden nur geborgt gewesen waren.

«Ich werde Direktor Krampf ebenfalls ein paar Zeilen schicken, zur Sicherheit», sagte Wolfsfeld. «Spätestens im Winter müssten Sie die Bewilligung erhalten.»

Ich versicherte mich, dass niemand in der Nähe war, und gab ihm einen Kuss auf die Wange. Er ließ es geschehen, doch mehr, das wusste ich, würde er nicht erlauben. Jedenfalls nicht hier, wo jederzeit ein Augenpaar über die Brüstung lugen könnte. Waren wir allein, sah die Sache manchmal anders aus. Aber wenn ich am Anfang unserer Bekanntschaft gehofft hatte, es würde mehr sein als diese seltenen, flüchtigen Begegnungen, so war ich längst eines Besseren belehrt worden. Einen Erich Wolfsfeld fing eine Lotte Laserstein nicht einfach so ein, sein Verantwortungsgefühl für mich als Schülerin wog schwerer als ein paar Küsse. Denn auch für Wolfsfeld gab es nichts neben der Kunst, und nichts durfte die Kunst gefährden. Weil wir uns darin einig waren, konnten wir uns nah sein. Und nur ganz selten knabberte die Sehnsucht nach ihm einen feinen Riss in meinen Ehrgeiz, in diese feste Hülle aus Fleiß und Ambition, in der ich mich meistens verbarg. Doch stets vermochte ich, die Anwandlung zu überwinden, weil ich es gewohnt war, alle Hindernisse immer aus dem Weg zu räumen.

Seltsam, wie meistens im Leben das Schöne vom Schrecklichen getränkt ist.

Ich weiß noch, dass ich damals gerade an einem wichtigen Bild arbeitete, ein Porträt meiner Großmutter. Nicht die erste Zeichnung, die ich im Unterricht bei Leo von König nach einer Fotografie angefertigt hatte und die wirklich, wie Mama es versprochen hatte, im Wohnzimmer in der Stierstraße hing. Diesmal hatte ich mich an ein Ölbild gewagt. Ich war noch nicht weit, hatte bisher nur am Konzept gearbeitet und ein paar Vorstudien mit Omi in ihrem kleinen Zimmer gemacht, doch es schwebte mir bereits deutlich vor Augen. Ich verehrte damals Wilhelm Leibl, seine realistischen Porträts. Das Auge, das bei ihm auf das Objekt blickt, ist warm, menschenfreundlich. Das wollte ich auch erreichen, ich wollte das Alter, den Verfall, die Müdigkeit meiner alten Großmutter darstellen und nichts beschönigen, wollte zeigen, was viele Jahre, viel Plackerei, all die Verluste dem menschlichen Körper zufügten. Aber um jeden Preis sollte sie auf dem Bild ihre Würde bewahren, sollte trotz allem strahlen. Und je länger ich daran arbeitete, desto mehr hatte ich das Gefühl, diesen Gegensatz auflösen zu können, *beides* zeigen zu können, Hässlichkeit und Schönheit. Es schien mir unvergleichlich wichtig, dies zu erlernen.

Als ich das Gebäude verließ, roch ich an meinem Kragen noch eine Spur von Wolfsfelds Rasierwasser von unserer winzigen Berührung. Mein Puls ging aber vor allem schneller bei der Aussicht, gleich wieder mit einem Pinsel bewaffnet vor der Staffelei zu stehen und mich der scheinbar unlösbaren Aufgabe entgegenzuwerfen, bis ich sie endlich bezwungen hätte.

Wir Wolfsfeld-Schüler unternahmen oft Ausflüge ins Umland, die ganze Klasse. Fort von der steinernen Stadt, fort von den ehrwürdigen Mauern der Unterrichtsanstalt.

Seit ich in Schweden lebe, habe ich erst begriffen, was es heißt, Teil der Natur zu sein. Mein kleines Gärtchen auf Öland würde zwar keinen Preis gewinnen, es ist krumm und schief, die Hälfte der Pflanzen dort Unkraut, aber ich habe es lieb gewonnen. Ringsum ist die Insel dicht bewachsen mit tiefen Wäldern, wo der Boden unter den Füßen federt. Überall weite Moore, helle Lichtungen und windschiefe Kiefern, die sich unter dem Sturm der Jahre langsam geneigt haben, doch ihre Wurzeln klammern sich fest. Niemand kann sie hier vertreiben, und ich fürchte, ich sehne mich allzu sehr danach, ebenfalls bleiben zu dürfen, endlich einmal an einem Ort bleiben.

Zwischen den Kiefern stehen ein paar uralte Eichen, verwachsen und knorrig wie Zwerge, wie die Trolle, an die manche Småländer glauben. Über ihre sich am Boden krümmenden Stämme wuchert dunkelgrüner Efeu empor. Kerbel und Beifuß duften, die kleinen rosa Blüten des Winterliebs blitzen aus dem Graugrün hervor, und bei jedem Schritt knacken Kienäppel unter den Füßen.

Das gab es auch in Berlin, die Kiefern im Süden der Stadt und ihren Duft habe ich nicht vergessen. Aber wie, frage ich mich oft, konnten wir eigentlich Menschen sein in diesen Asphaltwüsten? Auch wenn ich manchmal, wenn die Stille so ohrenbetäubend über dem Kalmarer Meer hängt, das Versprechen der Leuchtreklamen am Kurfürstendamm und das rege Treiben auf den Straßen der Großstadt vermisse, das gebe ich zu. Das Einzigartige an Berlin ist, dass die Stadt von Wildnis umgeben liegt. In einem Urstromtal aus der Eiszeit, mit sandigen Böden, die schon immer an den Stadtmauern knabberten, mit stillen Seen und Wäldern voller schwankender Kiefern.

Wenn wir mit Wolfsfeld von Berlin aus ins Grüne fahren wollten, boten sich uns unüberschaubar viele Möglichkeiten. Ausflügler hatten die Qual der Wahl. Man bestieg die Bahn und fuhr, wohin die Nase zeigte, denn in allen Himmelsrichtungen lagen Felder, kleine, krumme Dörfchen und unzählige Seen. So viele Seen durchzogen die Mark Brandenburg,

dass das Land um Berlin, von oben betrachtet, wie ein Flicken-
teppich aussehen musste, mit Hunderten glänzenden, schim-
mernden Flächen darin. Und auf einem dieser Flecken, dem
Kölpinsee, schaukelte in jenen Frühsommertagen häufiger
mein dunkler Kopf, zusammen mit denen meiner Kollegen
von der Akademie, fröhlich auf und ab.

Im Sommer 1923 packten wir immer wieder unsere Sachen
ein, Fotoapparat, Skizzenbücher, Wasserflaschen und belegte
Brote. Auch Farben, Pinsel und kleine tragbare Staffeleien.
Dann zogen wir los. Mit dem schnaufenden Zug ging es zunächst gemächlich durch Berlin und im Norden aus der Stadt
heraus, dann öffnete sich der Blick auf blühende Felder. Gelber Raps, roter Klatschmohn, tiefblaue Kornblumen. Darüber
oft ein bewölkter Himmel mit blassblauen Lücken und Vogel-
schwärmen. Bereits im Zug überkam uns Hunger, wir waren
immer regelrecht ausgehungert. Und noch im Zug vertilgten
wir die Stullenpakete, nur die Äpfel und die harte Dauerwurst
sparten wir uns mit viel Selbstdisziplin auf. Der Höhepunkt
der Inflation stand uns bevor, und alle litten Not. Doch unsere
jungen Köpfe waren angefüllt mit Ideen, Plänen und Flausen
und triumphierten über den Leib.

Die Blechflasche mit Wasser ging herum, als der Zug die
Finow überquerte und weiter durch die Schorfheide zuckelte.
Joachimsthal, Ringenwalde, Götschendorf. Und dann: letzter
Halt Milmersdorf, ein kleiner Ort bei Templin. Hier lag der
Kölpinsee, der unser Ziel war.

Wir schulterten das Gepäck und zogen durch das Dorf
und in östlicher Richtung wieder hinaus, bis wir ans Wasser
kamen, das silbergrau wie ein Spiegel durch die Kiefern blink-
te.

Oft war es der Kommilitone Jan Plüsch, der ein Lied an-

stimmte. Am liebsten ein Fahrtenlied wie das von den Wild-
gänsen, die durch die Nacht rauschten. Doch er wurde schnell
übertönt. «Och nö, nicht das, eins mit Sommer und Sonnenschein, bitte.» Und dann schmetterten wir zusammen: *Über
meiner Heimat Frühling*. Später, wenn wir schon ein wenig lusti-
ger waren, weil in einer der Flaschen Schnaps war, sangen wir
auch Bänkellieder oder Schlager, am liebsten *Das Lied von der
Krummen Lanke*. Ich höre noch die schiefen Stimmen von Herbert und einem Studenten, den wir *Schwerstgeburt* nannten,
warum, weiß ich nicht mehr, über das Wasser scheppern, und
mittendrin Ilses hellen Sopran.

Ich lief bei diesen Ausflügen mitten unter meinen Kommilitonen und fühlte mich wohler als in den Zeichensälen,
wo wir uns gegenseitig beobachteten. Hier draußen waren
wir freier, spürten Konkurrenz und Neid weniger. Längst
waren die missgünstigen Stimmen der jungen Männer verstummt, die in den ersten Wochen des Studiums behauptet
hatten, Frauen hätten an der Akademie nichts zu suchen.
Wir alle waren wohl oder übel zusammengewachsen, nicht
jeder mochte jeden gleichermaßen, doch wir respektierten
einander. Bei Wolfsfeld waren wir nur fünfzehn Schüler, ein
zu enger Rahmen für offenen Streit. Wir vier Frauen mussten
ohnehin zusammenhalten gegen die Übermacht der Männer,
und die Kameradschaft, die zwischen uns bestand, genoss ich
sogar. Die Klasse war mein zweites Zuhause neben der kleinen
Wohnung in Friedenau bei Mulli, Omi und Käte.

Ilse und Herbert liefen nebeneinander, sie hielten sich an
den Händen. Ilse hatte den schüchternen Herbert tatsächlich
erhört und sich sogar mit ihm verlobt. Doch sie schienen es
nicht eilig zu haben mit der Ehe. Ich wusste, dass beide jüdisch
waren und eine Hochzeit auf Wunsch ihrer Familien mit auf-

wendigen Traditionen behaftet sein würde. Und Geld hatten sie alle nicht. Niemand, den ich kannte, hatte damals davon genug. Wie auch, wenn ein einziges Ei bald eine Million Mark kosten würde?

Ich sah aufs Wasser hinaus. Am anderen Ufer schaukelte ein kleines Bötchen. Dahinter zog sich der Sandstrand entlang, ein gelbbrauner Streifen vor einer schmalen Baumreihe. Ein leichter Wind, mehr ein Hauch, trieb kleine Wellen über das Wasser, kräuselte es wie eine fragende Stirn. Ich spürte wieder diese Rastlosigkeit.

«Kommt jemand mit ins Wasser?»

Zwei Kommilitonen kamen mit, vermutlich waren es Plüsch und Krumm.

«Na los, Laserstein», sagte der eine und zog mich spielerisch am Haar, «wollen wir doch mal sehen, wer am schnellsten in der Mitte des Sees ist.»

Der andere lachte. «Ihre langen Beine könnten uns gefährlich werden», sagte er, als sei ich gar nicht da.

Wir machten uns bereit.

Wie die anderen Mädchen trug ich einen Badeanzug aus dunklem Stoff, mit Hosenbeinen, die bis zur Mitte der Oberschenkel reichten, und einem ärmellosen Oberteil. Die Träger waren über meine Schultern gerutscht, als ich aufgestanden war, jetzt zog ich sie wieder zurecht. Bevor die Jungen noch eine freche Bemerkung machen konnten, lief ich ins Wasser, es spritzte um meine Beine. Der Kölpinsee war immer kalt, auch im Sommer, doch ich war preußisch genug, um nicht zu zögern.

Man führt zu Ende, was man anfängt, so habe ich es gelernt. Auch heute ertappe ich mich dabei, wie ich danach handle. Kein Buch, das ich unausgelesen fortlegen kann, kein Aquarell, so fad es auch ist, das ich halb gemalt wegwerfe. Es ist eine schrecklich deutsche Angewohnheit, immer alles bis zum bitteren Ende zu tun, den Kelch zu leeren, selbst, wenn der letzte Schluck schal schmeckt. Es hat den Deutschen einiges eingebrockt, denke ich, diese Unfähigkeit zur Nachlässigkeit, dazu, fünfe gerade sein zu lassen. Aber Disziplin ist auch etwas, das ich bewundere und das tief in meinem Wesen steckt, mich aufrecht hält wie eine Rüstung.

Und so ließ ich mich auch damals ohne Zögern ins Wasser gleiten und schwamm zügig auf die Mitte des Sees zu. Einen Moment lang blieb mir wohl wegen der Kälte die Luft weg, dann hatte ich mich daran gewöhnt und genoss es, am ganzen Körper vom silbrigen Wasser umschlossen zu sein. Hinter mir hörte ich das Planschen und theatralische Prusten von Plüsch oder Krumm, die nur schwer hineinzukommen schienen, und ahnte, dass auch Wolfsfeld mir mit seinem Blick folgte. Ich schwamm weiter hinaus auf den See, schlug fest mit den Beinen ins Wasser. Das Stimmengewirr, das am Ufer hörbar gewesen war, erstarb, nur noch ein einzelnes helles Lachen flog herüber. Ansonsten war das Platschen meiner Arme und Beine das einzige Geräusch, und das Brummen eines Flugzeugs hoch oben am Himmel, so klein wie ein Spielzeug. Man sah damals selten eines, der Versailler Vertrag verbot den serienmäßigen Bau, daher erinnere ich mich so genau an das Geräusch.

Ich drehte um, als ich fast am anderen Ufer angekommen war. Ich hatte kein Interesse daran, dort drüben anzulanden, und schwamm zurück. Als ich wenig später aus dem Wasser stieg, schlugen meine Zähne aufeinander, und ich war dankbar, als ich sah, dass ein paar der Jungen begonnen hatten, Holz aufzuschichten, damit wir ein Lagerfeuer machen konnten. Wolfsfeld saß immer noch am selben Fleck und zeichnete. Er konnte das stundenlang, so vertieft in die bittersüßen Formen, die weichen, dunklen Farben der Uckermark.

Als sich unsere Blicke trafen, lächelte er in seinen Bart und signalisierte eine lautlose Anerkennung, und ich legte mich schnell ins Gras und ließ mich von der Sonne trocknen, während kleine Wassertropfen über meine Gänsehaut perlten.

Später bildeten wir Paare und porträtierten uns gegenseitig. Ich tat mich mit Ilse zusammen. Wir setzten uns voreinander auf die Wiese und malten uns mit schnellen, hastigen Strichen, weil die Wasserfarben rasch trockneten. Ich war nie besonders gut in dieser Disziplin, es liegt mir einfach nicht. Ich bin die langsamste Malerin der Welt. Das hat Traute später auch immer gesagt, die in den folgenden Jahren mehr erdulden musste als je ein Modell zuvor. Wenn ich das ihr gegenüber nur anerkennen könnte! Wenn ich es wagen würde, ihr einmal alles zu sagen! Doch ich fürchte, es würde unserer gläsernen Verbindung einen verheerenden Sprung bescheren, wenn ich, ausgerechnet ich, mit ihr auf unsere alten Tage rührselig würde.

Dort draußen in Brandenburg entstanden sympathische kleine Bilder. Ich bemühte mich, Ilses Eigensinn einzufangen, wenn sie aufsah, das Flimmern in ihren Augen beim Blick über das Wasser, das Spiel ihrer Haare im kühlen Wind. Sie war nicht eigentlich hübsch, aber in dieser rau-lieblichen Landschaft verschmolz sie mit der Natur und wurde zu einer ganz eigenen Schönheit.

Bei der Erinnerung an den Kölpinsee spüre ich ein widerwilliges Sehnen, ein Zerren, das sich wieder in den Vordergrund drängt, wie eine kleine Wunde unter dem Fingernagel, die sich nie richtig geschlossen hat und nicht eigentlich schmerzhaft ist, aber irritiert. Diese Abwechslung in der Natur habe ich nirgendwo sonst wiedergefunden. Ruppige Felder, weich aussehende Büsche und kleine Bäume, dazwischen Obstgärten mit krummen Birnbäumen und immer wieder Wasser, das überall hervorzubrechen scheint, fast so, als sei die Erdoberfläche hier eigentlich flüssig und das Land schummele sich dazwischen. Vielleicht verschmelzen deshalb alle Ausflüge, die wir an den Kölpinsee machten, in meiner Erinnerung zu einem einzigen Tag. Ein Sommertag mit einer zunehmend dichteren Wolkendecke, die tief über dem Land hing wie ein bedrohliches Geschwader, an den unteren Rändern fast lila, dazwischen Sonnenstrahlen wie Scheinwerfer, die das gelbe Gras an den Seeufern aufleuchten ließen, als stünde es in Flammen. Und immer, scheint es mir, mussten wir am Ende vor einem Regenguss oder sogar einem Gewitter fliehen. Mussten Schutz suchen unter verkrüppelten Kiefern oder einem umgedrehten Kahn, der unvertäut im Sand des schmalen Strandes lag. Am wichtigsten war dabei stets, die Bilder zu retten. Ich weiß noch genau, dass mich Wolfsfeld bei einem dieser erfolglosen Fluchtversuche unter seine Jacke zog und sie über unsere Köpfe hielt, sodass wir darunter saßen wie in einer Höhle und den Schauer abwarteten. Der See lag vor uns wie geschmolzenes Blei, niemand konnte in unsere Behausung hineinsehen, und ich spürte seinen Atem in meinem Haar.

Vielleicht war es der gleiche Tag, an dem ich Ilse malte. Vielleicht war es auch der Ausflug, bei dem wir über *Dada* stritten.

Ein paar meiner Mitstudenten verehrten die Künstlergruppe und fanden, dass sie dem Expressionismus die Zähne zeigte.

«Gesetzlosigkeit, Formlosigkeit … Stellt euch vor, welche Freiräume das eröffnet», sagte einer meiner Kommilitonen, doch Wolfsfeld schnitt ihm das Wort ab.

«Formlosigkeit ist Faulheit», erklärte er. «Unsere Aufgabe als Künstler ist es, unser Handwerk zu lernen, um das Wesen der Welt zu zeigen.»

«Aber das ist doch genau das, was Otto Dix versucht», warf ich ein.

«Dix ist nicht *Dada*», sagte Wolfsfeld.

«Aber er hat auf der *Dada*-Messe in Berlin bei Burchard ausgestellt», sagte ich schnell, bevor er mir widersprechen konnte.

Wolfsfeld öffnete schon wieder den Mund, um etwas zu erwidern, doch Plüsch war schneller. «Lotte hat recht», sagte er, «Dix und Grosz sind nicht faul, sie verstehen ihr Handwerk, und ihre Porträts sind großartig.»

Wolfsfeld richtete sich auf. «Die *Veristen* geben vor, genau und wirklichkeitsgetreu zu malen, aber am Ende ist die Moderne doch nur wieder eine lahme Ausrede für Nachlässigkeit», sagte er. So war er immer, alles musste genau, noch genauer sein. Schmiererei, wie er es nannte, verabscheute er. Er war eben auch ein richtiger Deutscher, selbst wenn sie ihm das später absprachen.

Wie sehr ihn das getroffen haben muss!

«Dix selbst hat es gesagt», entgegnete ich, «fotografische Genauigkeit ist nicht das Ziel, darf nicht das Ziel eines Porträts sein. Es geht darum, das Äußere so darzustellen, dass das Innere, das Wesen zutage tritt. Und damit ist er doch sehr nah bei Ihnen, Professor, meinen Sie nicht?»

Wolfsfeld starrte mich an. Ich glaube, er war immer wieder überrascht, wenn seine kleine Lotte, das emsige Fräulein

Laserstein, eine eigene Meinung hatte. Ein paar Kommilitonen murmelten zustimmend, und er nickte schließlich.

Ich erinnere mich, dass wir nach diesem Gespräch alle eine Weile still waren. Das Feuer brannte, knisternd zermalmte es die kleinen Zweige, die die Jungs gesammelt hatten. Wir aßen den Rest Wurst, dann packten wir zusammen und fuhren nach Hause.

In der rüttelnden Bahn saß ich neben Ilse. Sie drückte mir die Hand. «Bist du traurig?», flüsterte sie, weil ich lange schweigend aus dem Fenster gesehen hatte. Dabei nickte sie vielsagend in die Richtung, in der Wolfsfeld saß und mit zwei Schülern fachsimpelte.

Ich schüttelte den Kopf. «Warum sollte ich?»

«Es ist ein offenes Geheimnis, dass du Wolfsfeld mehr verehrst als andere hier», sagte sie. «Und dass du seine Lieblingsschülerin bist, das brauchst du nicht zu bestreiten. Es würde mich daher nicht wundern, wenn wir eines Tages von eurer Verlobung hören.»

Da lachte ich. Noch heute höre ich dieses Lachen, eine Mischung aus Enttäuschung und Erleichterung.

«Da kannst du lange warten, Ilschen», sagte ich und zog meine Hand fort. «Für Wolfsfeld gibt es nur die Kunst. Und für mich ...»

«Ja?»

«Ich will nichts als lernen», sagte ich. «Die Liebe steht mir nur im Weg. Und im Übrigen weiß ich überhaupt nicht, was Liebe ist», fügte ich betont leichthin hinzu. «So ist es doch am besten, findest du nicht auch?»

Dann sahen wir wieder lange aus dem Fenster. Draußen ebbten die Farben ab, wurden in der Dämmerung, die mit pudrigen Schleiern herankam, fahl, dann schwarz, als verdorrte in einem wütenden Nachtfrost ganz plötzlich das Korn. Ein paar Krähen zogen schreiend ihre Kreise. So kamen wir nach Berlin zurück.

7

TRAUTE

WIR KÖNNEN NICHT zu dritt den ganzen Tag in Lottes Haus hocken, das ist für unsere Freundschaft nicht gesund. Und schließlich sollen das hier auch Ferien sein – obwohl ich immer skeptischer werde, was das angeht. Von Erholung spüre ich jedenfalls nichts, eher von einer zunehmenden Erschöpfung, was wohl an meinen kreisenden Gedanken und an Lottes Abwehr liegt. Doch Ernst, mein lieber Ernst gibt sich Mühe und liest sogar Reiseführer, redet von Ausflugszielen und touristischen Orten. Er hat es sich zur Aufgabe gemacht, die Wogen zu glätten und zwischen mir und Lotte auszugleichen. So war es schon früher, aber niemals war ich ihm dankbarer für seine stille, freundliche Anwesenheit als in diesem Sommer.

Natürlich schwärmt auch Lotte immer wieder von der südschwedischen Landschaft, von der herrlichen Natur hier, und natürlich weiß ich, was sie sich erhofft. Sie will, dass ich vertraut werde, hier, wo sie ihr neues Zuhause gewählt hat, sie will meine Absolution. Aber ich gebe sie ihr nicht, so viel Rückgrat habe ich noch. Sie ist hier so falsch wie ich, davon rücke ich nicht ab.

Gewiss lässt es sich in Kalmar gut leben, es ist wesentlich schöner als an vielen Flecken in Deutschland. Bestimmt schöner als in Berlin, wo kolossale Neubauten neben zerbombten Ruinen hochgezogen werden, wo eine Grenze mit Wachposten die Stadt durchzieht wie eine schlecht vernähte Wunde. Aber Berlin ist auch die Stadt, in der junge Männer Lottes Mutter einen Gewehrkolben in die Rippen drückten und wo die gleichen Männer heute gemächlich und unbescholten alt werden. Ist es das, was sie fernhält? Will sie sich hier in Kalmar, in dieser südschwedischen Idylle, vor diesem Wissen, dieser Erinnerung verstecken?

Ich bin in den letzten Tagen in der Stadt umhergewandert, heimlich, ohne Lotte oder Ernst, habe ihnen nur einen Zettel hinterlassen und mich zu Fuß auf den Weg durch die *Gamla staden*, die Altstadt, gemacht. Und auch heute ist mir nach einer Erkundungstour, aber ich will Lotte den Triumph nicht gönnen, also ziehe ich alleine los.

Ich laufe durch die *Kungsgatan* und dann über die schmale Brücke zum Schloss, das der Stadt vorgelagert liegt. Es ist eine Burg der Renaissance, wie ein königlicher Seehund ragt sie stolz über dem Wasser. Man hat sie auf einer winzigen Insel erbaut, und es sieht aus, als schwimme sie mitten im Meer. Überhaupt scheint die ganze Stadt auf Inseln erbaut, überall blitzt das Wasser des Sundes und der kleinen Kanäle zwischen den Häusern hervor. Ich steige die steinernen Treppen des Schlosses hinauf und umrunde die Burg auf dem Wall, immer mit Blick auf das glatte Wasser und das liebliche Grün ringsherum. Der reizende Ausblick steht in deutlichem Kontrast zu den trutzigen Steinen und Schießscharten. Man kann sich gut vorstellen, wie die Dänen im 17. Jahrhundert mit ihrer Flotte hier unten vor der Burg lagen und versuchten, die Stadt einzunehmen. Man sieht es vor sich, wie verzweifelt die Schweden um ihre Heimat kämpften, bis der Befehlshaber der Burg sie und die Stadt aufgab und die Bewohner damit den dänischen Truppen von Christian IV. in die Hände fielen. Die ganze Blüte, die Handwerkshäuser, die florierenden Geschäfte wurden zerstört. Wenige Jahre später erledigte ein Brand den Rest.

Ernst hat mir das erzählt, er kennt immer die historischen Details, bei denen ich ins Schwanken komme, er liest sie in seinen dünnseitigen Büchern. Mich deprimieren diese Geschichten, die stets von Feuer, Blut und Tränen handeln, als bestehe das Schicksal der Menschen, im Nachhinein betrachtet, aus nichts anderem als Krieg.

Wenn man von oben von der Burg aufs Meer blickt, kann man bei Niedrigwasser am Grund Steinbänke schimmern sehen. Ich frage einen älteren Herrn danach, der mit seiner Frau die Burg besucht und den ich auf Deutsch darüber reden höre. Ja, ich gehöre offensichtlich auch schon zu diesen alten Leutchen, die aus Einsamkeit fremde Menschen ansprechen. Doch er gibt mir bereitwillig Auskunft und erklärt, *Kalmar* bedeute *steinerner Grund*, und dann liest er aus dem Reiseführer vor und ich erfahre, dass die Meerenge zwischen der Stadt und der Insel Öland in früheren Zeiten als schwer befahrbar, ja gefährlich galt.

Lange schaue ich danach ins Meer hinunter. Die Steine sehen tatsächlich tückisch aus, als warten sie nur darauf, die Bäuche von hindurchfahrenden Schiffen aufzureißen.

Schließlich verlasse ich die Burg und gehe weiter durch die krummen Gassen der Altstadt, die so ganz anders sind als die neuen Straßen auf Kvarnholmen, die später, als die Schweden ihre Stadt wieder aufbauten, wie mit dem Lineal gezogen wurden. Die windschiefen Holzhäuser, dazwischen Kopfsteinpflaster und Gärten mit zarten Gewächsen, mit Moltebeerbüschen und Fettkraut, sind wirklich rührend anzusehen. Und leider, muss ich gestehen, halte ich immer wieder

Ausschau nach etwas Hässlichem, nach einem Grund, weshalb Lotte hier nicht glücklich werden kann. Ich finde nichts. Das Städtchen ist malerisch, das Licht am Tag gedämpft, aber freundlich, die Menschen zufrieden und zuvorkommend. Das Meer rauscht sanft, im Zaum gehalten von der vorgelagerten Insel, die wie ein Riegel vor der Küste liegt.

Verflixt, wieso nur fällt es mir so schwer, zu akzeptieren, dass Lotte hierbleiben möchte? Wenn ich doch selbst beim Gedanken an unsere Abreise nach Deutschland schon bange werde und fühle, wie der Liebreiz dieses Fleckens auch mich in seinen Stricken hält!

Ich habe Angst, einfach Angst, dass Lotte in diesem Liebreiz ersticken wird, dass sie unsere Kunst endgültig verliert, weil ihr Auge matt und ihre Hand gleichgültig geworden sind. Weil alles um sie herum so nichtssagend gefällig ist, dass sie keine Wahl hat, als ebenfalls gefällig zu malen. Weil sie sich damit selbst abschneidet von den Lebensadern der Kunst, von den Galerien, den Zeitungen, dem ganzen Kunstbetrieb, über den wir zwar oft gespottet haben, aber der eine Malerin wie Lotte doch am Leben erhält wie ein Sauerstoffapparat. Ein endgültiger Abschied davon ist das Ende, das muss sie doch wissen!

Beinahe widerwillig hole ich meine Leica hervor und mache ein paar Aufnahmen. Ich stecke sie neuerdings wieder öfter ein, als helfe mir das Knipsen dabei, Ordnung in die Dinge zu bringen, denen ich begegne. Ja, *Knipsen*, mehr ist es nicht. Ich bin keine Fotografin, will keine Kunst machen, ich habe einfach nicht das Zeug dazu, hatte es auch nicht, als ich jünger war, biegsamer im Geist wie in der Taille. Und heute gilt das erst recht, fürchte ich, selbst wenn ich ab und zu male und mich auch hier schon in die Dünen gesetzt und ein paar Pastelle gemacht habe. Nichts Besonderes. Meine Bestimmung ist es nicht.

Macht mich Lottes Niedergang als Künstlerin deswegen so hilflos wütend, weil er bedeutet, dass auch meine Aufgabe, mein Anteil an der Kunst damit endgültig am Ende ist? Doch das ist ja nicht neu, mein Beitrag endete an dem Tag, als Lotte den Zug bestieg, 1937. Eigentlich sogar schon etwas früher, ab Mitte der dreißiger Jahre hörten wir auf mit dem gemeinsamen Malen, ab da war es mit der Kunst für mich Essig. Ich fehle plötzlich auf allen ihren Bildern. Seitdem bin ich nicht mehr Lotte Lasersteins Modell, seitdem hat sich die Tür zur Welt der *echten* Kunst hinter mir geschlossen, als sei ich eine unartige Schülerin gewesen, die aus dem Klassenzimmer geschickt wurde.

Es ist mir fast peinlich, dass ich als *künstlerisch freischaffend* gemeldet bin, und das schon seit der Zeit nach dem Krieg, weil man ja eine Meldung machen musste. Und seitdem hänge ich in einer Mittelmäßigkeit fest, die noch beschämender wäre, wüsste ich nicht, was wir zuvor geschaffen haben, Lotte und ich.

Lange Jahre behielt ich meinen festen Glauben daran, dass Lotte im Exil neue, noch bessere Werke malen würde und, sobald es die Umstände erlaubten, zurückkäme, um in Deutschland den Erfolg zu feiern, der ihr gebührte. Doch dann kam unser Wiedersehen, ich sah ihr Leben in Stockholm und das, was von ihrer Malerei übrig geblieben war. Und dennoch schwieg ich, schweige bis heute. Warum? Weil ich hoffe, dass ich unrecht behalte? Dass Lotte nur einen Anlauf braucht, bis sie endlich den Zug nach Berlin besteigt?

Oder gibt es da noch einen anderen Grund?

In einem Brief, vor langer Zeit kurz nach dem Krieg verfasst, schrieb mir Lotte etwas, das ich seitdem nicht aus dem Kopf bekomme. Man könne beinahe vergessen, schrieb sie, vergessen, dass wir uns so lange nicht gesehen hatten, und zurückkehren zur Tagesordnung, wären da nicht *die Lücken*.

Ich habe das nie beantwortet, ich wusste nicht, wie. Zuerst dachte ich, sie meinte die zeitliche Lücke, die der Krieg gerissen hatte. Aber je mehr ich darüber grüble, desto mehr tut mir dieses Wort weh. *Lücke*. Ja, da ist eine Lücke, ein Abgrund beinahe, doch wir laufen um den Krater herum und geben alle vor, er sei nicht da, Lotte, ich, auch Ernst.

Lotte, welche Macht hast du, noch immer, über mich, sodass ich weiter schweige?

Aber selbst hier in Kalmar, in dem süßen, reizenden Kalmar, dem *Steingrund* finde ich nicht den Mut. Mir ist der Bauch aufgerissen, so wie den Seefahrerschiffen, die unversehens in Niedrigwasser gerieten. Und darum halte ich weiter den Mund und jage nur noch Gedankenfetzen nach.

Mein Ausflug nach Kalmar und in die Geschichte der Stadt gestern ist nicht unentdeckt geblieben. Ich weiß nicht, ob Lotte beleidigt ist, Ernst ist es, wenn, dann nur klammheimlich. Jedenfalls schlägt er vor, heute gemeinsam die Glashütten in Nybro, eine Stunde Autofahrt von hier, zu besichtigen.

Aber Lotte und ich sind uns ausnahmsweise einig: Das ist nichts für uns. Was Lotte abhält, weiß ich nicht, sie schüttelt bloß den Kopf und kräuselt den Mund in dieser typischen Art – und die Sache ist erledigt.

Ich persönlich war noch nie in einer solchen Hütte, doch mir hat ein Ausflug vor Jahren in eine Bergmine gereicht, und ich stelle es mir ähnlich vor – heiß, bedrückend, laut. Die trockene Luft wie Schmirgelpapier in der Kehle, der Gestank ... nein, nicht nach Kohle, aber nach brennendem Quarz. Männer, die in lange Metallröhren blasen, an deren Ende eine glühende Glasblase leuchtet wie ein Feuerball. Zugegeben, hübsch anzusehen sind diese kleinen Kunstwerke aus Glas ja, die man hier in Småland, das auch *Glasreich* genannt wird, an jeder Ecke kaufen kann. Aber ich muss wirklich nicht dabei zusehen, wie sie entstehen, auch wenn Ernst denkt, ich sei eine Banausin.

Am wenigsten behagt mir die Vorstellung von den riesigen Öfen – im Kalmarer Schloss lag eine Broschüre mit Fotos von der Tourismusbehörde, und ich habe den Fehler gemacht, einen Blick hineinzuwerfen. Seitdem verfolgen mich die Bilder von diesen Ungetümen. Ob das allen Deutschen so geht, frage ich mich, dass sie den Anblick riesenhafter eiserner Öfen nicht mehr gut ertragen können? Muss auch Lotte dabei an das Schicksal ihrer Familie denken, mit allem, was dazugehört?

Wegen Ernsts enttäuschtem Blick schlägt sie vor, stattdessen mit dem Auto ins Landesinnere zu fahren, nach Smålandsstenar. Plötzlich ist Lotte ganz eifrig und voller Unternehmungsgeist, und das steckt uns an, auch wenn Ernst und ich nicht wissen, was uns dort erwartet. Wenn sie etwas findet, wozu sie Lust hat, ist sie wieder ganz die alte Lotte, mit wippenden Locken und wedelnden, tatkräftigen Händen. Eine Autofahrt, das ist fein, die Aussicht lässt sie regelrecht aufleben.

Ernst spürt die Veränderung an ihr genau wie ich, ich sehe es in seinem Blick – eine Mischung aus Anerkennung und Furcht, wie wenn man ein Naturereignis betrachtet, von dem man noch nicht weiß, ob es einem gefährlich wird.

Wir sitzen also in Lottes kleinem Renault und fahren nach Westen. Viel haben wir bisher noch nicht von Südschweden gesehen außer Kalmar und das Meer, und ja, es ist schön, wie die Felder draußen vorüberziehen. Die Landschaft wird ständig durchbrochen von blanken Seen, und die stolzen Eichenstämme scheinen immer aufrechter zu wachsen, je weiter man sich von der Küste mit ihrem zerrenden Wind entfernt.

Lotte ist eine gute Autofahrerin, sie fährt zügig und sicher und plaudert ganz selbstverständlich dabei. Sie unterhält Ernst, der vorne neben ihr sitzt, mit ihren Trollgeschichten, und ich lehne meine Stirn an die Fensterscheibe und zähle die Bäume entlang der Allee.

Dann muss ich einen Moment eingeschlafen sein und etwas von einer ihrer Sagengestalten geträumt haben. Von einem knorrigen Wesen mit runder Nase, das mir ein Kind brachte – ein Wechselbalg, so heißt es, weil es ausgetauscht wird gegen ein Menschenkind. In meinem Traum aber konnte ich kein eigenes Kind im Tausch zurückgeben, und der Troll wurde wütend und stieß mit einer seltsamen, rumpelnden Stimme Verwünschungen aus, doch da sagt Lotte: «Wir sind da!», und weckt mich auf.

Sie hält an einem Weidezaun. Ich blinzele ins helle Licht und öffne die Autotür. Jenseits der Straße stehen vereinzelt ein paar dieser schwedischen Holzhäuschen, mit roten Wänden und strohgedeckten Dächern, und etwas weiter hinten, wo ein Wäldchen beginnt, liegt ein größeres Gehöft mit einer Pferdekoppel.

Lotte und Ernst steigen ebenfalls aus. Vor uns auf der Wiese liegen zahlreiche große, bemooste Felssteine herum, in seltsamen, kreisartigen Formationen. Dazwischen wachsen blaue Leberblümchen und gelber Löwenzahn.

«Smålandsstenar», sagt Lotte feierlich. Sie setzt ihren Strohhut auf, läuft um das Auto herum und breitet die Arme aus. Im Gesicht ein Ausdruck, der zu sagen scheint: *Wie findet ihr das?*

Ernst lehnt am Wagen und betrachtet die Steine. «Eine Grabstelle», sagt er, und ich sehe, dass sein Interesse geweckt ist – alles Historische fasziniert ihn, während mich der Gedanke an die vielen Menschen vor unserer Zeit, die alle längst tot sind, schon immer eher deprimiert hat. Ich denke nicht gern darüber nach, dass wir alle nur wie ein kurzer Windhauch sind, der über die Erde weht und dann wieder in sich zusammenfällt. Und Lotte weiß das doch eigentlich! Warum also bringt sie mich hierher, nur, um mich mit der Nase auf den Tod zu stoßen?

Ich könnte schwören, dass ihre Augen funkeln, doch sie lässt sich ihre heimliche Freude nicht anmerken, führt uns wie eine Feldherrin über die Wiese und erklärt mit Besitzerstolz in der Stimme, dass die Steine aus der Eisenzeit stammen, also seit tausend, fast zweitausend Jahren hier auf dieser Wiese überdauern.

«Es sind insgesamt fünf Steinkreise», sagt sie, «darum herum Brandgräber. Die Schweden nennen solche Felskreise *Domarringarna*. Das bedeutet *Richterringe*, weil hier wahrscheinlich auch Recht gesprochen wurde.»

Ernst greift sich meine Kamera, die noch im Auto liegt, und beginnt, die Steine zu fotografieren. Doch ich nehme ihm die Leica aus der Hand und gehe ein gutes Stück von ihm und Lotte weg, laufe mitten in die Steinkreise hinein und tue so, als würde ich das Gelände fotografieren. Ich weiß nicht, warum – vielleicht liegt es an dem Traum, der mir noch auf der Seele drückt –, aber ich muss die Tränen zurückhalten. Ich sehe alles vor mir, die keltischen Stammesleute, die Tanzenden, die

Feuer, die ihre Flammen in den schwarzen Himmel schlagen. Scheiterhaufen mit daraufliegenden Körpern, die langsam verbrennen. Und plötzlich denke ich, nicht ich, sondern Lotte sollte diesen Albdruck empfinden, *sie* ist diejenige mit den Toten, um die sie nicht trauern kann. Trotzdem spüre *ich* den Schmerz, als hätte ich ihn an ihrer Stelle auf mich genommen. Und mir wird klar: *Ich* bin es, die nicht aufhören kann, an Berlin zu denken, an die Transporte, an Lottes Mutter, an Käte und ihre Gespenster.

Dann höre ich Schritte, und auf einmal ist Lotte bei mir.

«Komm», sagt sie sanft, «das sind doch nur Steine. Ich wollte es euch bloß zeigen. Damit ihr seht, dass es hier in Schweden auch eine Geschichte gibt.»

Sie greift nach meinem Arm, ein wenig fest, aber die Geste ist bestimmt und tröstlich.

«Wir fahren weiter», sagt sie, und ich lasse mich zum Auto führen wie ein Kind.

Wir steigen ein, Ernst und Lotte und ich, nehmen die schmale Straße, bis wir in den kleinen Ort kommen, mit einer alten Bahnstation aus rotem Backstein. Vor einer Bäckerei parkt Lotte das Auto, und wir gehen hinein, trinken schwarzen Kaffee und tunken Zimtbrötchen in die Tassen.

Ernst und Lotte unterhalten sich weiter über die Geschichte von Südschweden, über die *kleinen Länder*, aus denen Småland entstanden ist, über die *Things* und die vielen Kriege mit dem Nachbarland Dänemark, über Gustav Wasa und die Aufstände der schwedischen Bauern. Ich höre mit halbem Ohr zu und lasse mich durch das süße Gebäck besänftigen.

Die ganze Zeit, scheint mir, ruht Lottes Blick auf mir, während sie mit Ernst plaudert, und sie sieht aus, als habe sie etwas an mir entdeckt, das sie nie zuvor bemerkt hat.

8

LOTTE

MANCHMAL KOMMT ES mir so vor, als lebte ich mein Leben nur zur Hälfte. Als hätte ich damals in Berlin nur halb gelebt, so wie jetzt auch wieder in Schweden, als hätte ich in mir eine angeborene Scheu, mich vollkommen einzubringen, etwas zu wagen. Das gilt auch für Männer. Eine Zeitlang hatte ich eine Bekanntschaft in Kalmar, ein Buchhändler, neben dem ich einmal auf einer Busreise saß. Er hieß Hugo, ich wette, sein Name treibt Traute um, seitdem sie in meinen Brief gelinst hat. Ein paar Mal ging ich mit ihm tanzen, seine Frau mache sich nichts aus Vergnügungen, sagte er. Oder wir tranken Tee in einer Teestube und unterhielten uns. Ich gebe zu, dass ich während einiger Wochen oft an ihn dachte, dass ich mir etwas ausmalte, was nie eintraf. Aber es war wohl auch wieder nur ein kläglicher Versuch, irgendwo zu ankern, um gegen das Gefühl, stets fremd zu sein, anzugehen. Wir hörten auf, uns zu treffen, als er krank wurde, nun nahm seine Frau wieder mehr Raum ein, und ich hatte keinen Platz mehr in dieser Dreiergruppe. So geht es mir immer wieder, ich bleibe draußen. Dort ist mir wohler.

Dabei war ich sogar einmal verlobt!

Auch wenn ich als junges Ding in Berlin eigentlich nie bei Feierlichkeiten mitmachte, so hatten wir Studenten, fern von den Vergnügungen der Metropole, doch unsere eigenen Rituale und Feste, die mir besser gefielen als die ganzen Soireen, Tanzabende und Exzesse in der Stadt.

So wie *Zinnober.*

Es war irgendwann Mitte der zwanziger Jahre, als wir anfingen damit. Ich erinnere mich besonders an ein Fest, vielleicht war es das erste, dabei müssen es viele Jahre gewesen sein, in denen ich dort war.

Der *Bowler Hat* aus schwarzem Samt war etwas zu groß, er rutschte mir immer wieder in die Stirn, was mir nur recht war. Die weiten schwarzen Hosen mit der hohen geknöpften Taille, fließende Seide, flatterten um meine Beine und wurden nur durch Hosenträger an Ort und Stelle gehalten. Dazu trug ich ein weißes Hemd mit steifem Kragen sowie weiße Handschuhe, und ich hatte mein Gesicht weiß geschminkt, mit tiefroten Lippen und einer schwarzen Träne auf meiner linken Wange. Zur Krönung hatte ich mir sogar ein kleines Bärtchen über die Lippe geklebt. Es gibt ein Foto von mir, Käte hat es gemacht, unten vor dem Haus in der Stierstraße. Ich sehe es mir heute noch gern an, eine junge, nicht besonders hübsche Frau, die sich als wunderschöner Mann verkleidet hat.

«Hey, Charlie!», wurde ich immer wieder lachend angesprochen, als ich durch die große Halle der *Vereinigten Staatsschulen* stolperte – die Schuhe mit den hohen Absätzen waren ungewohnt, und ich hatte längst beschlossen, sie bald gegen bequemere Slipper zu tauschen. Ich war Charlie Chaplin, eine weibliche Ausgabe, hatte mir das kurze Haar mit Pomade eng an den Kopf geklebt und die Wimpern so dicht getuscht, dass bei jedem Lidschlag ein Schatten über meine Augen fiel.

Es war das erste große Kostümfest der Akademie, seitdem man sie vor einigen Monaten mit der Unterrichtsanstalt des Kunstgewerbemuseums unter dem sperrigen Namen *Vereinig-*

te Staatsschulen für freie und angewandte Kunst zusammengeführt hatte. Wir nannten sie weiterhin kurz *Akademie.* Der neue Direktor, Bruno Paul, stand für eine moderne, frische Ausbildung, für die Vereinigung von Kunst und Kunsthandwerk, um der Kritik zu begegnen, die Akademie sei verstaubt und elitär. Für uns Schüler hatte die Fusion zunächst vor allem einen Ortswechsel mit sich gebracht. Wir mussten das Gebäude am Askanischen Platz verlassen und besuchten nun den Unterricht im altehrwürdigen Haus am Steinplatz in Charlottenburg, das in meinen Augen noch mehr einem Palast glich als der Gropius-Bau. Schon allein der Moment, wenn man durch das steinerne Portal in die Halle hineinkam! Wie ein Prinz, der sein Schloss betrat, fühlte ich mich an diesem Abend und passte meine Schritte diesem neuen Gefühl an, machte sie länger, gemessener, königlicher. In den schrecklichen Schuhen fiel mir das allerdings schwerer als sonst in meinen ausgetretenen Stiefeln.

«Lotte», rief Ilse und eilte quer durch die Halle auf mich zu. Sie war im *Flapper*-Kostüm, mit Zigarettenspitze und Fransenkleid, das ihre Beine deutlich zeigte. Hinter ihr kam Herbert, als bunter Harlekin verkleidet, ein schiefes Grinsen unter der roten Nase. Wieso gibt es so viele interessante Frauen, während die meisten Männer wie feuchte Lappen an ihnen hängen? Bleiche, weiche Gestalten? Traute würde mir sicher nicht zustimmen, würde mich zurechtweisen, weil ich männerfeindlich sei, wie sie immer sagt.

«Ist das ein Trubel», sagte Ilse, als sie mich erreicht hatte. In der Hand hielt sie ein Glas Punsch. «Das also ist *Zinnober.* Na, die Studentenvereinigung lässt sich nicht lumpen, wenn schon feiern, dann richtig.»

«Was feiern wir heute überhaupt?», fragte ich. Bisher hatte

ich die Tatsache, dass wir an diesem Abend verkleidet in die Kunstschule kommen sollten, fraglos akzeptiert, hatte Mutter und Käte erzählt, dass es ein Kostümfest in der Akademie gäbe, und sie hatten begeistert mitgeholfen bei meiner Verwandlung.

«Es ist eine Benefizveranstaltung», sagte Krumm, der zu uns getreten war. Gemäß seinem etwas biederen Humor hatte er sich als Maler verkleidet, wie man ihn wohl in Paris auf der *Place du Tertre* finden würde, mit gezwirbeltem Spitzbart, Barett und hölzerner Palette in der Hand. Diese legte er nun auf eine Steinstufe, um sich ebenfalls ein Glas Punsch zu holen.

«Für wen?», fragte ich.

«Für bedürftige Studenten», sagte Ilse.

Ich musste lachen. «Sind wir das nicht alle?»

«Manche mehr als andere, Lottchen», sagte Ilse. «Ich weiß, du hast eine Freistelle, aber es gibt etliche Schüler, die neben dem Schulgeld nicht genug Mittel haben, um ein Dach über dem Kopf zu bezahlen. Sie gehen mittags in die Suppenküchen der *Quäker* und sollen nun von dem Erlös dieses Abends einen Notgroschen bekommen.»

Ich schämte mich ein wenig, weil Ilse wusste, dass ich ein Stipendium erhielt, aber offenbar nicht arm genug war, um weiterer Unterstützung wert zu sein. Es stimmte, ich hing auf der haardünnen Grenze zwischen bettelarm und einfach nur normal arm. Zu Hause ging es, seitdem wir Bobby, unseren zahlenden Untermieter hatten, etwas besser. Was längst nicht *gut* bedeutete.

Seltsam, wie das Thema Geld mein ganzes Leben bestimmt, bis heute. Ich kann behaupten, dass ich mein Leben lang nie die Arbeit gescheut habe, dass ich mich abgestrampelt, mir tagtäglich die Finger wundgearbeitet habe. Meine Rückenschmerzen vom stundenlangen Hocken auf unbequemen Stühlen vor der Leinwand verlassen mich heute gar nicht mehr. Und dennoch war ich doch fast immer arm, solange ich denken kann. Kann man dafür die Umstände verantwortlich machen? Warum ist es derart demütigend, wenn man kein Geld hat, warum schämt man sich so für die Armut? Denn es ist doch weniges im Leben so peinvoll wie die Armut, die dafür sorgt, dass man in unwürdige Kriecherei nach jeder Münze verfällt, dass man nachts vom Geld träumt. Allerdings würde ich als Künstlerin behaupten, nichts ist so traurig und beschämend, wie wenn man für gute Arbeit miserabel entlohnt wird. Es scheint mir ähnlich wie das Gefühl, von einem Geliebten verstoßen zu werden. Wobei ich da eigentlich nicht mitreden kann.

Auch Traute hat es mir nie geglaubt – aber es gab damals wirklich einen Verlobten. Palo Vidor. Ich habe ihr seinen Namen wieder und wieder gesagt, als machte ihn dies wirklicher, doch sie hat nur gelacht.

Ich glaube, dass er bei jener Party damals auftauchte, er stand plötzlich am anderen Ende der Halle an die Bar gelehnt, die die Helfer der Studentenvereinigung aus langen Zeichentischen und mit weißen Laken als Tischtücher improvisiert hatten. Palo war dunkel, feingliedrig, einige Jahre älter als ich. Ich meine, dass er stets einen ernsten, beinahe verschlossenen Ausdruck hatte, aber vielleicht war das seinen schwarzen Augen und dem bereits schütteren Haar geschuldet. Er stammte aus Budapest, und sowenig ich sein Aussehen aus meiner lückenhaften Erinnerung rekonstruieren kann, so deutlich ist mir doch seine Stimme noch im Ohr, mit dem kehligen R, obwohl er ausgezeichnet Deutsch sprach. Nur bei den Zischlauten kam er immer wieder durcheinander, sprach manch-

mal S wie *Sch* aus und das Z zu sanft, zu stimmhaft. Die Worte
aus seinem Mund klangen warm und aufregend. Und sie be-
schworen etwas herauf, das ich gar nicht kennen konnte: An-
klänge an die Habsburger Monarchie, ein riesiges Kulturreich
an der Donau, an die Revolution der Ungarn, mit der sie so
voller Stolz gegen die Übermacht der Österreicher gekämpft
und schließlich gewonnen hatten. An den Blick von der Ket-
tenbrücke über die schimmernde Donau bei Nacht, wenn die
Lichter der Burg aufs Wasser fielen. Ich war nie in Budapest
gewesen, aber ich hatte eine Postkarte von ihm bekommen,
als er seine Familie besuchte, und stellte mir die Stadt seitdem
stets dunkel und romantisch vor.

Palo hatte bereits überall studiert, bevor er nach Berlin
gekommen war, in Budapest, München, Wien. Seit einigen
Jahren lernte er nun in den *Ateliers für Malerei und Plastik* des
Bildhauers Arthur Lewin-Funcke, ließ sich von Willy Jaeckel
unterrichten und studierte nebenher Kunstgeschichte. Mir
ist schleierhaft, wie er das alles schaffte und trotzdem noch
genug schlief, aber es könnte ein Grund dafür gewesen sein,
dass wir uns nicht sehr oft trafen. Oder unsere Begeisterung
füreinander war nie groß genug, jedenfalls nicht ausreichend,
um uns gegenseitig Zeit zu stehlen, geschweige denn zu heiraten.

Ich weiß nicht einmal mehr sicher, wie es zu unserer Verlobung überhaupt kam. Gab es einen Kniefall, gab es süßes
Gestammel und Tränen? Wohl eher nicht. Wahrscheinlich
hatten wir nach einigen Besuchen im Kintopp und mehreren
gemeinsam getrunkenen Tassen Kaffee beschlossen, dass
wir die Sache der Schicklichkeit halber ernsthaft betrachten
sollten. Obwohl mir – auch wenn ich den Skandal nie gesucht
habe – die meiste Zeit meines Lebens nicht wichtig war, was

sich *schickte*. Doch ich bin sicher – bei diesem *Zinnober*-Fest galten wir als Verlobte.

Palo kam zu uns herüber. Er hatte sich mit seinem Kostüm kaum Mühe gegeben, nur eine Maske mit Federn besorgt, die ihm an einem Gummiband um den Hals baumelte, weil er sie im Gesicht wohl zu unbequem fand. Er wirkte wie immer zurückhaltend und sehr in sich gekehrt, und darin waren wir uns nicht unähnlich, denn auch ich galt als bieder und unnahbar. Obwohl ich mich selbst gar nicht so sah, aber das ist eben die Krux daran, dass man niemals der sein kann, der man will, wenn einen die Außenwelt in eine Form gegossen hat. Manchmal ist es dann leichter, diese Form nicht zu zerbrechen, sondern mitzuspielen.

Palo kannte meine Kollegen, wir hatten ein paar Mal in den vergangenen Monaten zusammen zu Mittag gegessen, auch zweimal eine Ausstellung besucht. Es gab ein Händeschütteln reihum und einen Kuss für mich auf die Wange, wobei ihm meine steife Hutkrempe gegen die Schläfe stieß. Mein angeklebter Bart geriet ins Rutschen.

«Charlie Chaplin küsst man eben nicht so leicht», sagte ich herausfordernd.

«Mit diesem schrecklichen Bart ohnehin nicht», gab Palo zurück. «Ich wünschte, du würdest ihn abnehmen, Lotte.»

Ich fummelte daran herum, bis er wieder an Ort und Stelle saß, und trank meinen Punsch.

Wir plauderten weiter, und dann begann die Band so ohrenbetäubend zu spielen, dass jedes Gespräch erstickte und wir nur noch schweigend und lächelnd, unsere Gläser umklammernd, zum Rhythmus wippten.

«Kleine Lotte», sagte plötzlich jemand in mein Ohr, und ich spürte Wolfsfelds Hand auf meinem Arm. Er war unbemerkt durch das Gewühl zu uns gekommen. Er hatte sich als Dandy verkleidet, mit Strohhut, Gamaschen und Uhrenkette. Es stand ihm hervorragend. «Möchten Sie tanzen?»

Ich zögerte, doch es schien nicht so, als sei Palo wild darauf, mich auf die Tanzfläche zu ziehen, wo jetzt schon eine Menge Leute einander herumwirbelten. Und was war dabei? Also ließ ich mich von Wolfsfeld mitnehmen, klammerte mich an seine Hand und versuchte, mich nicht allzu krampfig zu bewegen.

Eine Tänzerin war ich, weiß Gott, nie, das war Traute, die sogar eine richtige Ausbildung gemacht hatte, kurz bevor wir uns kennenlernten. Atemgymnastik bei Elsa Gindler und Ausdruckstanz bei Mary Wigman. Alles, was mit Bewegung zu tun hatte. Sogar einen Schein als Skilehrerin machte sie. *Traute, du talentiertes Biest!* Doch ich schweife ab und will mich lieber erinnern, wie es bei dem Kostümfest zuging, wo ich von dir, *Hundchen*, noch nicht das Geringste wusste.

Wolfsfeld bemühte sich nach Kräften, so wie er es bei allem tat, und wir gaben ein ganz passables Paar ab, jedenfalls für den Moment. Nach zwei Liedern hatte ich jedoch genug, und er sah es mir wohl an, denn er führte mich an den Rand der Tanzfläche, wo wir uns in eine der großen Fensternischen lehnten. An uns vorbei zogen lachende, kreischende Figuren mit den aberwitzigsten Kostümen.

«Sie sehen nicht begeistert aus», sagte Wolfsfeld und zog die Augenbrauen in seiner unnachahmlichen Art hoch. «Lassen Sie uns an die Luft gehen.»

Ich folgte ihm erleichtert. «Muss man das immer, begeistert aussehen?», fragte ich.

«*Immer* …» Er lachte leise. «Nun, davon kann bei Ihnen ohnehin keine Rede sein. Sie sehen dauernd schrecklich konzentriert aus, als zerbrächen Sie sich jede Sekunde den Kopf über etwas furchtbar Wichtiges.»

Bevor ich wusste, was ich sagen sollte, waren wir im Hof angelangt. Kalte Abendluft wehte uns entgegen, es roch nach Schnee. Die alten knorrigen Bäume reckten ihre kahlen Zweige über die ausladende, frostige Rasenfläche in den Nachthimmel, sie raschelten elegant, als hätten sie schon alles gesehen und eine Gleichgültigkeit gegenüber dem Lauf der Welt entwickelt. Die dicken Mauern des Gebäudes umschlossen uns wie eine Festung. Eine Festung der Kunst, die ihre Liebsten beschützen würde, ein Bollwerk gegen das garstige Draußen, das uns Zeit und Energie raubte. So dachte ich jedenfalls damals. Oder denke ich das nur heute, in der Rückschau, da ich weiß, wozu *das Draußen* nur eine Dekade später fähig sein würde? Was es mit der Kunst, wie wir sie kannten und liebten, tun würde?

«Wann werden Sie heiraten?», fragte mich Wolfsfeld und zündete sich einen Zigarillo an.

Überrascht sah ich ihn an. «Ich weiß es noch nicht», erwiderte ich irritiert. Wie kam er bloß auf dieses Thema?

«Wir waren lange nicht mehr im Kino», sagte er dann unvermittelt.

«Ich nehme an, Sie haben zu viele Verpflichtungen?» Ich lauschte genau auf seine Antwort, um herauszufinden, ob in seiner Stimme eine Spur Bedauern mitschwang. Doch ich konnte es nicht sagen.

«Es ist besser so», sagte er und zog an seinem Glimmstängel, der Rauch roch beißend. «Sie sind jung, Sie werden diesen jungen Mann heiraten und eine Familie mit ihm gründen.»

Er kannte Palo offenbar vom Sehen, hatte uns in den vergangenen Monaten vielleicht sogar beobachtet und Akademie-Klatsch gehört und zog nun seine Schlüsse.

«Woher wissen Sie das?», fragte ich spöttisch.

«Ich gehe mit offenen Augen durch die Welt. Einsamkeit steht einer Frau nicht, es macht sie bitter und alt.»

«Ach, und ein Leben ohne Ehemann ist automatisch einsam?» Ich wusste selbst nicht, wie aus unserem Geplauder ein ernstes Gespräch geworden war. Aus den Fenstern und Türen drang Lachen und Gläserklirren, weitere Paare kamen heraus, eng umschlungen, um die eisige Luft im Garten für einen Moment zu genießen und als Kulisse für ihre Amouren zu benutzen.

Wolfsfeld schien mich lange zu betrachten.

«Verzeihen Sie», sagte er endlich, «es steht mir nicht zu, Sie zu beurteilen. Sie sind eine Ausnahme unter den Frauen, das gebe ich gern zu.»

Wir schwiegen eine Weile.

«Warum der Ungar?», fragte er dann, und ich fürchte, ich hatte keine gute Antwort. Als ich nur mit den Schultern zuckte, fügte er hinzu: «Lassen Sie sich eins gesagt sein. Es ist gut und schön, wenn Sie in Anstand leben wollen, aber wenn dieser junge Mann Sie bremst, wenn er Ihrer Kunst im Weg zu stehen droht, dann jagen Sie ihn zum Teufel. Versprochen?»

Jetzt klang seine Stimme eindringlich, so, als sei es ihm wirklich wichtig, dass ich ihm das Versprechen gab.

Ich sah ihn fest an. Der gepflegte Schnurrbart, die klugen dunklen Augen, all das war sehr vertraut. «Ich verspreche es», sagte ich. «Wissen Sie, meine Mutter erzählt gern eine alberne Anekdote von mir als Kind.»

«Ja?»

«Ein Junge, der Sohn einer Nachbarin in Danzig, hat mich

angeblich gefragt, ob ich später einmal seine Frau werden würde. Sie wissen schon, wenn Kinder spielen, sie seien Erwachsene? Jedenfalls erzählt Mama, meine Antwort sei gewesen: *Gib dir keine Mühe, ich werde niemals heiraten. Ich widme mein Leben der Kunst.*»

Ich lachte, um die schweren Worte zu entkräften, doch Wolfsfeld sah mich weiter so ernst an, dass mir seltsam ums Herz wurde.

Leise sagte ich: «Können Sie sich das vorstellen? Eine kleine Idiotin wie ich, die solche großen Reden schwingt? Ich fürchte, es ist eine dieser Geschichten, die sich Eltern gern ausdenken, damit ihre Kinder nicht gewöhnlich scheinen.»

«Ich denke, Kinder wissen genau, was sie sagen, und wir Erwachsenen sind die Idioten, die Kinderspiele spielen und denken, sie bedeuteten nichts», sagte er. «Jedenfalls bestätigt dies nur meine väterliche Warnung von eben. Wenn ein Mann Ihnen Ihre Kunst streitig machen sollte, nehmen Sie die Beine in die Hand und laufen Sie fort. Denn Lotte», er trat den Zigarillo aus und streifte mit der Hand meine Schulter, «Sie haben Talent. Mehr als alle in der Klasse! Und das muss für Sie Priorität haben.»

Mit diesen Worten ging er wieder hinein, und ich sah durchs Fenster, wie er sich einer Gruppe Lehrer anschloss, die lachten und Wein tranken. Meine Freude am *Zinnober* war vorüber, wehte einfach so fort im Nachtwind über die Dächer von Charlottenburg.

Auf der Suche nach meinem Mantel ging auch ich wieder hinein, da rief Ilse, ich solle kommen, wir wollten ein Foto machen von der ganzen Klasse. Widerstrebend ließ ich mich mitziehen, und wir schlichen hoch ins Atelier, wo schon die anderen warteten. Irgendjemand hatte einen Fotoapparat, ich weiß nicht, wer, und arrangierte uns vor einer der bunt bemalten Wände. Unser Kommilitone *Schwerstgeburt* steckte in einem Teufelskostüm, das erinnere ich noch, mit einer Kappe mit Hörnern. Und eins der anderen Mädchen trug einen traurigen Witwenschleier, durch den sie sicher kaum etwas sah. Der Apparat surrte und hielt unsere halbseidene Truppe in den schäbigen Verkleidungen fest, wie wir dort Arm in Arm zusammensaßen, als gehörten wir für alle Zeiten zueinander.

Ich glaube, dass man das in der Jugend leicht denkt, dass alles für die Ewigkeit ist, vor allem Freundschaft, Liebe, dieses ganze Zeug.

Das Foto habe ich nie gesehen.

Dann radelte ich durch die Dunkelheit nach Hause, dick eingehüllt in meinen Mantel und mit einer geschminkten Träne auf der Wange. Mein Atem stand weiß in der Schwärze. Und erst, als ich in die Stierstraße einbog, fiel mir ein, dass ich mich nicht von Palo verabschiedet hatte. Armer Palo!

War es Zufall oder nicht, dass wir wenige Wochen nach diesem Gespräch zwischen Charlie Chaplin und einem Dandy namens Wolfsfeld unsere Verlobung lösten? Es ist merkwürdig, aber so wenig, wie ich mich an das Versprechen selbst erinnere, so wenig weiß ich noch, wie wir es beendeten. Vermutlich gab es auch einfach nicht den einen Moment, an dem wir uns voneinander lossagten, vielmehr drifteten wir, wie zwei kleine Schiffe in der Strömung, voneinander fort? Einer muss aufgeben, wenn zwei begabt sind und beide etwas erreichen wollen, denke ich mir. Welche Frau will schon gern im Schatten eines anderen, männlichen Künstlers malen, stets mit seinem Namen verbunden sein?

Palo ging nach Chile, viele taten das damals, als Europa in

den zwanziger Jahren ins Chaos taumelte wie eine beschwipste Jungfrau. Er kehrte Deutschland, seinen Studien und mir, der lieblosen Verlobten, den Rücken zu. Wer könnte ihm das übelnehmen? Auf meiner Seele, muss ich gestehen, hat er keinen Abdruck hinterlassen, und auch sonst scheint es mir im Nachhinein, dass er wie ein Schemen an mir vorbeiging, nichts hinterlassend als ein vages Interesse für den Kubismus.

Ich habe niemals Erinnerungsstücke gesammelt, habe keine hübsche Schachtel mit Souvenirs wie manche Leute. Von Palo blieb noch eine weitere Postkarte, er nannte mich in dem kurzen Text seine *liebste Lotte*. Aber auch sie ging irgendwann verloren, ob bei meiner Flucht oder später im Chaos meiner ersten Stockholmer Behausung, weiß ich nicht. Papier ist geduldig, sagt man, und diese geschriebenen Worte waren zärtlicher, als ich unsere Bekanntschaft in Erinnerung habe. Doch wer weiß schon alles, was damals war, noch so genau? Vielleicht ist meine Liebschaft mit dem ungarischen Kerl am Ende auch nur eine Anekdote wie die meiner Mutter über mich und den eifrigen Nachbarsjungen.

Daheim in Friedenau lief das Leben jedenfalls in den immer gleichen Bahnen weiter. Doch gerade deshalb war ich gern in der Wohnung meiner Mutter. Die Außenwelt schien mir hier nichts anhaben zu können, die Zeit spielte keine Rolle. Wer ich war und wer ich sein wollte in der Welt der Kunst, war unwichtig, denn in den engen Räumen, der muffigen, aber warmen Küche war ich in erster Linie Tochter, Enkelin, Schwester. Und das genügte an diesem Ort vollkommen.

Trotzdem hatte meine Familie großes Interesse an meiner Entwicklung als Künstlerin. Die drei unterstützten mich, sosehr sie konnten. Meine Großmutter Ida oft auch ganz praktisch, indem sie mir Modell saß, endlich richtig Modell saß. Dann war es lange Zeit ganz still in ihrem kleinen Zimmerchen, nur ihre leisen, pfeifenden Atemzüge waren zu hören und das Knarren des Schemels, auf dem ich vor der Leinwand hockte und eifrig an dem Bild herumpinselte.

«Mädchen», sagte Omi irgendwann, und ich hörte die Ungeduld aus ihrer Stimme, «geht das gar nicht voran? Ich möchte noch den Strickstrumpf fertigbekommen heute, nicht alle sind wir große Künstlerinnen und können von Jux und Dollerei leben.»

Die Luft in der engen Stube war stickig, die Ölfarben rochen intensiv, und ich spürte, wie die Zeitspanne, für die meine Großmutter mich noch aushalten würde, verstrich. Ihre Unruhe steckte mich an.

«Es ist nur – ich möchte, dass das Bild etwas Besonderes wird», sagte ich. «Ich will, dass alle sehen können, was ich bei Professor Wolfsfeld gelernt habe. Nächstes Jahr soll ich seine Meisterklasse besuchen, in wenigen Jahren den Abschluss machen. Eine Künstlerin muss sich weiterentwickeln, und dieses Porträt von dir möchte ich schon so lange malen, aber es will nicht gelingen.»

«Zeig her», sagte Omi und winkte mich heran. Ich schleppte die Leinwand zu ihr und hielt sie ins spärliche Licht.

Schnaufend betrachtete sie ihr eigenes Porträt, so lange, dass ich schon fürchtete, sie schliefe gleich ein. Dann sagte sie: «Das ist Unsinn, Lotte.»

«Ja?» Ich war überrascht, verletzt.

«Du willst mir zu sehr gefallen, willst mir Gutes tun. Aber

Kindchen, dort drüben hängt ein Spiegel, und ich sehe mich jeden Tag. Ich bin nicht so blühend und rosig wie diese Dame auf dem Bild.» Sie nickte in Richtung Leinwand. «Ich bin eine Greisin, eine alte Vettel.»

Ich wollte protestieren, doch sie gab mir einen kleinen Schlag auf den Arm und schüttelte energisch den Kopf, sodass ihr Doppelkinn sanft zitterte.

«Keine Widerrede, Mädchen», sagte sie streng. «Mal mich richtig oder lass es. Aber du willst doch eine Künstlerin sein und keine zweitklassige Porträtmalerin auf dem Jahrmarkt. Dann vergiss, dass du meine Enkelin bist, vergiss, wovor du Angst hast, und male!»

Es war der Moment, an dem ich erkannte, dass ich die Künstlerin Lotte Laserstein in die Stierstraße hereinlassen und sie über die Tochter, die Enkelin, die Schwester stellen musste. Dass ich die beiden Existenzen nicht länger voneinander trennen durfte, dass mein ganzes Wesen zur Künstlerin werden musste, wenn ich nicht länger zulassen wollte, dass mein Rückzug ins Private mich in meiner Entwicklung aufhielte. Die Trennung zwischen Arbeit und Leben durfte ich nicht länger aufrechterhalten, sonst würde ich niemals frei malen können und so gut, wie ich es ersehnte.

Ich habe mich bis heute daran gehalten, und es hat mich durch viel Schweres getragen. Die Wirklichkeit und die Kunst sind keine Gegner, sondern Verbündete, und schon damals trug ich meine einzige Wirklichkeit im Malkasten mit mir herum. Das war auch dann noch so, als mir alles genommen wurde.

Meine Großmutter schloss die Augen, sie schien erschöpft.

«Versuchen wir es in einer halben Stunde noch einmal»,

sagte sie. «Geh ums Karree und komm dann wieder, frisch und ohne Furcht.»

Ich nickte, obgleich der Zweifel an mir nagte, und stellte das Bild wieder auf die Leinwand. Dabei fiel mein Blick auf den Spiegel hinter Großmutter, ich sah mich selbst darin, und mir kam eine Idee. Vielleicht, dachte ich, würde der Spiegel mir helfen, eine andere zu werden. Mich selbst in meine Kunst hineinzuholen und sie so auf eine neue Stufe zu heben.

Als ich nach einem längeren Spaziergang wieder in die kleine Wohnung zurückkam, stürmte ich ins Zimmer meiner Großmutter. Der Wind hatte mich durchgepustet und alles, was mich zurückgehalten hatte, fortgeweht. Plötzlich wusste ich, dass ich es konnte und was es brauchte. Ich bat Omi, sich wieder aufrecht hinzusetzen und sich ihre weiße Schürze umzulegen, denn mir war klar geworden, dass dieses Bild Kontraste benötigte. Das leuchtende Weiß auf ihrem schwarzen Alltagskleid ließ ihr Gesicht stärker hervortreten, die roten Schürzenbänder, die um ihren Hals lagen, brachten etwas Gebieterisches ins Bild hinein.

Ich weiß noch, dass ich den Pinsel packte wie das Zaumzeug eines Pferdes, das ich zügeln wollte, und als ob mir das Werkzeug plötzlich gehorchte, entstand auf der Leinwand das Porträt, von dem ich seit Monaten träumte. Das Gesicht der alten Frau – denn auf einmal erlaubte ich mir, so von ihr zu denken – leuchtete fahl und teigig, ihre blassblauen Augen waren wässrig und getrübt. Doch der entschlossene Zug um den Mund, eine Mischung aus mürrischer Skepsis und gelassener Abwesenheit, ließ ihren Ausdruck kontemplativ wirken. Bei ihrem Anblick fragte man sich unwillkürlich, woran sie dachte. Ob sie ihr Leben vorbeiziehen sah? Die Arbeit, Krankheiten, Verlust und Tod, aber auch die Liebe darin und die Emsigkeit, die ihre knotigen, dicken Finger gegeben hatten, den Willen, nicht aufzugeben, sich zusammenzureißen. All das legte ich ihr in Körper und Gesicht, ließ sie kraftvoll und durchscheinend zugleich wirken.

Und dann malte ich mich selbst in das Bild hinein. Es war das erste Mal, dass ich mich als Malerin auf einer Leinwand verewigte, wie es die großen Meister, die Männer, seit jeher getan haben. Goya, Velázquez und all die anderen, die sich als Künstler für gottgleich hielten und ihre Rolle als Erschaffer mit Farbe auf die Leinwand bannten. Ich malte mich so, wie ich mich im Spiegel hinter meiner Großmutter sah, eine Frau im weißen Kittel, gesichtslos, mit dunklen Haaren, die das Gesicht umrahmten, und den Blick auf den Betrachter gerichtet. So scheint es jedenfalls, denn eigentlich betrachte ich mich im Spiegelbild selbst.

Seitdem habe ich dieses Spiel mit der Perspektive oft wiederholt, habe mich in viele Bilder hineingeschmuggelt und so den Spiegel eine andere Wahrheit erfinden lassen. Weil eigentlich ich, Lotte Laserstein, dieses Werk erschaffen habe und es nur durch mich in die Welt gekommen ist. Und niemals wieder hat mir dieses Vorgehen derartige Freude bereitet wie damals, im stickigen, halbdunklen Zimmer als junge Studentin mit meiner Omi.

Doch etwas stimmte immer noch nicht mit dem Bild. Ich war zwar zufrieden mit dem, was ich bisher aus dem Porträt gemacht hatte – obgleich die Figur meiner Großmutter noch einige Arbeitsstunden erfordern würde –, und wusste jetzt, welcher Weg der richtige war. Aber etwas fehlte, etwas war falsch.

Dann wurde es mir klar. Wenn ich mich im Spiegel sah und ins Bild setzte, musste ich auch das Spiegelbild meiner Großmutter hineinmalen, musste sie verdoppeln, sie zweimal malen, denn ich sah sie von hinten, sah die Lehne ihres Stuhls und ihren Hinterkopf mit der dunklen Haube, sah sogar einen winzigen Ansatz ihres Profils. Und so setzte ich dieses fehlende Puzzleteil hinzu und merkte, dass ich etwas für mich ganz Neues tat. Ich zeigte dem Betrachter nicht nur das Bild, das Produkt, sondern malte den Schaffensprozess mit.

Einen Augenblick lang fürchtete ich, das Offenlegen, diese neue Transparenz, könnte dem Bild schaden, es minderwertig machen. Doch dann betrachtete ich es noch einmal und fand es gut. Ich war eben eine Handwerkerin, wie Wolfsfeld nicht müde wurde zu betonen, und nun war mein Handwerk selbst Teil des Kunstwerks geworden.

Ich habe diese Technik danach viele Male angewandt, der Spiegel wurde zu einem unverzichtbaren Instrument beim Malen. Traute und ich haben auf diese Weise meine besten Bilder geschaffen. Doch noch gab es keine Traute in meinem Leben, noch hatte ich sie nicht getroffen. Wenn wir von der Vergangenheit sprechen, auf unsere seltsame, vorsichtige, kreisende Art, dann kann ich kaum glauben, dass ich sie in all diesen ersten Jahren, als ich anfing, mich als Malerin zu begreifen, nicht gekannt habe. Und auch später nahm sie wenig Anteil an meinem Alltag in Friedenau, wir verbrachten die gemeinsame Zeit meistens im Atelier, eingeschlossen in unseren Kokon. Traute war nur ein paar Mal zu Besuch bei mir zu Hause in der Stierstraße, obwohl ich dort bis weit in die dreißiger Jahre lebte, als ich längst erwachsen war und unsere Geschichte, Trautes und meine, bereits eng geknüpft war.

An diesem Tag aber war ich mit meiner Großmutter allein, die immer müder wurde.

«Ich bringe dir einen Tee», sagte ich, doch sie schüttelte den Kopf.

«Ein Goldwasser.» Sie nickte bestimmt zur Vitrine hinüber, wo hinter Glas die Likörflasche stand. Ich nahm sie gehorsam heraus und schenkte ihr einen Schnaps ein, in eins der schönen, geschliffenen Gläser mit zarter Gravur, die sie aus Danzig mitgebracht hatte.

Omi trank mit beeindruckender Schnelligkeit und stellte das Glas mit singendem Ton auf ein Tischchen neben ihrem Ohrensessel. «So, Lotte», sagte sie, «und nun reich mir das Garn und nimm deinen stinkenden Ölschinken hier raus, ehe ich ohnmächtig werde. Besser wird's nicht.»

Sie hatte recht. Ich trug das noch feuchte Bild behutsam hinaus und hörte, bevor ich die Tür hinter mir schloss, bereits das Klackern der Stricknadeln. Meiner Großmutter Ida Birnbaum aus Danzig konnte nicht allzu viel imponieren, nicht einmal eine Enkelin an der berühmten Kunstakademie, und ich nahm mir zum wiederholten Male vor, ihr darin nachzueifern.

Draußen auf dem Flur begegnete ich Bobby. Unser Untermieter stammte aus Leningrad. Er war vor den Wirren des Bürgerkriegs mit seiner Verlobten nach Berlin geflohen, und das Mädchen war, so erzählte er es einmal mit unbewegter Miene, kurz darauf an Diphtherie gestorben. Bobby war Journalist, er schrieb kleine Artikel für die russische Zeitschrift *Vešč*, was übersetzt *Gegenstand* hieß, wie er uns erklärte. Es war eine Zeitschrift, die den Austausch zwischen russischen und westlichen Künstlern förderte und sich mit dem Konstruktivismus auseinandersetzte. Überhaupt war es erstaunlich, wie sehr die russischen Emigranten Berlin und die Kunstszene damals prägten. Russische Zeitungen, russische Verlage, russische Gasthäuser. Schaschlik, Wodka, Balalaika-Musik und die russische Traurigkeit. Wir hatten Bobby zugeteilt bekommen, einen freundlichen jungen Mann mit einem kleinen Riss in der Seele, der mir oft Modell stand, mit einer Engelsgeduld, die wahrlich nicht viele Modelle mitbringen, damals wie heute. Er hatte einen hübschen Kopf, war feingliedrig und sehr zurückhaltend.

«Was macht die Kunst?», fragte er mich mit seinem angenehmen, weichen Akzent.

Ich zeigte ihm die Leinwand und das Gesicht meiner Großmutter, auf dem noch die Farbe glänzte. Er nickte anerkennend.

«Irgendwann werden wir in den Zeitschriften über Sie lesen.»

«Bald, hoffe ich.»

Wir lachten, doch ich hatte es genau so gemeint. Ich wollte ins Rampenlicht, nicht wegen des Lichts selbst, auf Lorbeeren war ich nie scharf, sondern weil es der Beweis wäre, dass ich gut war. Dass ich mich genug konzentrierte auf die Aufgabe, Malerin zu werden. Später gewann ich dann alle möglichen Preise, und ich habe sie gern angenommen, vor allem das Geld, wenn es denn mal welches gab. Aber als ich meine Großmutter porträtierte und mit Bobby im düsteren Flur in der Stierstraße fachsimpelte, da ahnte ich noch nicht, was kommen könnte, da ging es mir nur um das Erschaffen von Großem.

Bobby schien das auch zu denken. Noch einmal betrachtete er das Bild. «Wenn ich nur wüsste», sagte er nachdenklich, «welchem Stil ich Sie zuordnen kann. Sie sind wie ein schlüpfriger Fisch, so sagt man, ja? Der gleitet mir durch die Finger.» Er sah mich ernst an. «Was sind Sie? Expressionistin wohl kaum, aber Naturalistin? Das ist doch vorbei, Fräulein Laserstein, das ist doch letztes Jahrhundert.»

«Was ich mache, ist weder modern noch akademisch»,

sagte ich. «Es ist eben *meine* Kunst, die von Lotte Laserstein. Reicht das nicht?»

Wie immer, wenn wir an diesen Punkt kamen, stritten wir uns.

«Konstruktivismus, Kubismus, diese ganze Geometrie ist mir zuwider», sagte ich heftig. «Überhaupt, tote Formen und Gestein interessieren mich nicht, leere Landschaft, die in Dreiecke zerfällt ... Alles, was mich interessiert, sind die Menschen.»

«Dabei sind Sie menschenscheu», sagte Bobby und grinste schelmisch, das konnte er gut, von einem großen Ohr zum anderen.

«Na und?», sagte ich trotzig. «Beim Malen nicht.»

Und das stimmte, es stimmt bis heute. Auf der Leinwand kann ich einem Menschen so nahekommen, wie es geht, kann in ihn, in seine Falten, seine Haut, seine Augenhöhlen, seine Seele hineinkriechen – und ihn mir dabei mit Farbe vom Leib halten.

Warum denke ich schon wieder an Traute, wenn ich mich an diesen Tag zurückerinnere? Ja, vielleicht, weil mir in jenem Moment, dort im Flur mit Bobby, klar wurde, dass ich ein Modell brauchte. Ein festes Modell, das mir allein gehörte, nicht eins der professionellen Modelle an der Kunstakademie am Steinplatz, deren Körper sich mir nur für wenige Stunden anbot, denn das war mir nie genug. Ich wollte mich in das Modell versenken, in die Körperformen, die Farben, den Charakter und das Schicksal, das hinter der Oberfläche schimmerte und lockte. Meine Großmutter war willig gewesen, doch schon die wenigen Stunden hatten sich als zu anstrengend für sie herausgestellt. Auch Bobby hatte mir schon Modell gesessen, mehrfach, doch er hatte seinen Job, seine Zeit war knapp bemessen. Und, ich sage es ganz ehrlich, ich malte ohnehin lieber Frauen, das ist bis heute so. Ich finde leichter Zugang zu ihrer Seele, ihrem Sein. Und ihrer Schönheit, die tiefer geht als bei Männern.

Ja, dachte ich dort im Flur, ich brauchte ein Modell, eins mit Ausdauer und Begeisterung für die Sache, für die Kunst. Für meine Kunst. Doch woher nehmen und nicht stehlen? Denn das Modell dürfte kein Geld verlangen, das konnte ich mir noch immer nicht leisten.

Dann fiel mir noch etwas ein, weil Bobby über meine naturalistische Malweise gelacht hatte. «Paul Westheim schreibt im *Kunstblatt*, dass der *Neue Naturalismus* kommt», erklärte ich. «Er wird alles bisher Dagewesene, Expressionismus und Malerei der Funktion, in den Schatten stellen.»

«Und Sie sind eine von diesen neuen Naturalisten?»

«Noch nicht», erwiderte ich, und mit einem Mal wurde mir ganz leicht. «Aber bald. Nur allzu bald.»

«Dann denken Sie, wenn es so weit ist, an Ihren lieben Freund Bobby und geben Sie ihm ein Interview, ja? Den Herausgeber unserer Zeitschrift werde ich schon überzeugen, das zu drucken.»

Nun, Ilja Ehrenburg, der Herausgeber des *Gegenstand*, interessierte sich nicht für Lotte Laserstein, die neue Naturalistin. Doch damals, vor der Tür meiner Großmutter, mit dem Geruch von Linsen und Speck in der Nase, hatten Bobby und ich Spaß an der Vorstellung, wie er mich interviewen und mit dem Artikel reich und berühmt werden würde.

Reich und berühmt, ach, das sind wir beide nicht geworden. Zwar hatte ich Erfolg, aber ich bin nicht weit gekommen, die Zeit war dagegen, und mein Charakter offenbar nicht hart genug, um alle Widrigkeiten zu überwinden. Andererseits hätte ich das auch nicht gekonnt, nur, um zu gefallen, mich so ganz ins Moderne zu verwandeln. Traute, das wäre doch fade gewesen, meinst du nicht auch?

9

TRAUTE

HEUTE BESUCHEN WIR, Ernst, Lotte und ich, eine Ausstellung. Hier im *Konstmuseet* in der Stadt waren vor einigen Jahren auch ein paar von Lottes Bildern ausgestellt, mit *schönem Erfolg*, behauptet sie. Ich möchte wissen, was das heutzutage heißt, wahrscheinlich nicht mehr, als dass zwei, drei gutbürgerliche Familien Lotte anschließend zu sich bestellt haben und sie ihre Kinder malen ließen. Für die leere Wand über dem Sofa. Überhaupt malt Lotte so viele Kinder in diesen Tagen, dass ich mich frage, ob da mehr dahintersteckt. Etwa eine alte Sehnsucht? An dieses Thema wollen wir aber beide, aus guten Gründen, nicht rühren, also halte ich den Mund und bewundere lächelnd die Porträts auf Lottes Staffelei, die *allerliebst* sind.

Kinder konnte Lotte tatsächlich schon immer malen wie niemand sonst, sie erfasst ihre kleinen Seelen, kommt ihnen so mühelos nah, als sei sie eine Mutter von mindestens fünf eigenen. Sie selbst sagte einmal, das Verständnis für Kinder sei nicht das Ergebnis von Mutterschaft, sondern ein angeborenes Talent. Ein wenig anstrengen muss ich mich bei solchen Aussagen immer, nicht mit der Wimper zu zucken, denn ist es nicht seltsam, wie wenig Kinder um uns sind, die wir alle keine Mütter wurden? Lotte, ihre Schwester und auch ich. Mit uns versiegt der Strom der Generationen, und ich muss mich zusammenreißen, um nicht zu denken, wir *vertrocknen.*

Die Ausstellung zeigt irgendeinen zeitgenössischen Bildhauer, sie ist nicht der Rede wert, ich muss es leider so sagen, auch wenn ich keine Expertin bin, geschweige denn eine Künstlerin. Ja, wieder höre ich Ernst, der die Vorzüge meiner Fotografien lobt und immer betont, dass ich damals in Berlin für ein, zwei mittelgroße Ateliers gearbeitet habe. Zu einer Zeit, als die Fotografie plötzlich einen Schub bekam durch die neuen Techniken, die kleinen Handkameras und vor allem die Magazine, die im Berlin der Weimarer Zeit verkauft wurden wie frische Schrippen und die großen Bedarf an Fotografen hatten. Bezahlt hätten sie mich mit klingender Münze, meint er.

Ich kann nur sagen, viel hat da nicht geklingelt. Hätte ich nicht Ernst gehabt, der für meinen Unterhalt sorgte, und Lotte, die mir von ihren kargen Mitteln ab und an etwas zusteckte, hätte ich von dem wenigen Geld, das ich mit eigenen kleinen beruflichen Ausflügen verdiente, herzhaft verhungern können, denn es war weniger als nichts. Doch Ernst sieht mich gern als verkannte Künstlerin, und mir soll es recht sein. Heute nehme ich in Deutschland wieder Aufträge an, kleine, einfache Arbeiten, für eine Werbeanzeige oder eine Dokumentation. Je weniger künstlerisch, desto lieber ist es mir. Ein paar Wettbewerbe habe ich wohl auch mit meinen Pastellen gewonnen, doch das zählt nicht.

Wie ich im Museum feststellen muss, hat die abstrakte Moderne auch Schweden fest im Griff, und es herrscht wenig Sinn für Lottes klugen, sinnlichen Realismus, fürchte ich, wie überall in Europa. Das Misstrauen vor dem Naturalismus, den die Nazis so verehrten und der deshalb für alle Zeiten anrüchig ist, sitzt tief. Was also bedeutet das für eine jüdische Malerin, die eben die Welt malen will, wie sie sie sieht? Die nicht nur Dreiecke und rollende Bälle zeichnen oder eine Leinwand unifarben bestreichen und daran ein Schild mit einer Jahreszahl hängen will? Ich sehe, wie Lotte strauchelt, wie sie unterzugehen droht in dieser Belanglosigkeit der aktuellen Kunst, dabei ist ihre Kunst doch moderner als alles andere! Was kann moderner sein als die Wahrhaftigkeit?

Wir streifen gelangweilt durch die Räume des Museums, lächeln falsch nach hier und da und tun so, als sei das, was wir hier sehen, eine Offenbarung, um nur ja kein Misstrauen zu säen. Ich weiß, wenn Lotte nicht finanziell von den Kuratoren abhängig wäre, wenn sie nicht Brotkunst machen müsste, dann könnte sie endlich wieder so malen, wie sie es versteht, endlich wieder in die Tiefe gehen. Ich bin wirklich entsetzt von der Konventionalität, mit der sie neuerdings malt, Landschaften, Kindchen, sogar Blumen! Als sei sie gelähmt vor Angst. Doch bisher hüte ich meine Zunge. Wer bin ich, dass ich sie verletzen muss, wenn ihre Situation doch unausweichlich scheint? Und weshalb erwarte ich von ihr mehr als von mir selbst?

Später, beim dünnen schwedischen Kaffee mit einem von Lottes Bekannten, einem freundlichen Mann namens Walter, der sich mit Ernst angeregt über Exilschriftsteller unterhält, ergibt sich aber doch Gelegenheit, sie danach zu fragen, was sie sich in Kalmar erwartet. Ich muss es wagen.

«Mein *Hundchen*, ich verstehe die Frage nicht.»

Es fällt mir schwer, das zu glauben. Außerdem provoziert mich der Kosename, und da werde ich ein wenig gemein.

«Was bleibt dir hier zu tun?», hake ich nach. «Willst du auf ewig langweilige Gören malen, Stadträte und Würdenträger und sogar Blumenkübel?»

Lotte schiebt so schnutig wie immer ihre Oberlippe über die Vorderzähne und guckt missmutig drein, dabei denkt sie wahrscheinlich, dass ihre Miene Überlegenheit ausdrückt. Es ist aber reiner Trotz, der Trotz des ertappten Kindes.

«Leben muss man doch!», ruft sie. «Ich kann keine Aufträge ablehnen, nicht hier in diesem kleinen Städtchen, wo jeder mich kennt. Das kann ich mir nicht leisten. Und du würdest es auch nicht.»

Ich zucke mit den Schultern und nippe an meinem scheußlichen Kaffee. Lotte beugt sich vor.

«Außerdem, Traute, erinnere dich an das, was Wolfsfeld immer sagte. Wenn man erst einmal richtig gut ist, wenn man endlich was erreicht hat in der Kunst, dann kräht kein Hahn mehr nach einem. Und so sehe ich das jetzt, selbst Leibl, selbst Menzel wurden verkannt, daher ist das eine Ehre für mich und eigentlich nur ein Kompliment.»

Ich schweige, ratlos. Lotte lügt sich etwas in die Tasche, sie weiß es selbst, und sie weiß, dass ich es weiß. Doch wozu soll ich sie weiter quälen? Seit Wolfsfeld gestorben ist, sind seine Worte für sie noch mehr als je zuvor in Stein gemeißelt. Eine Ikone, das ist er für sie geworden, die man nicht anrühren darf.

Aber je länger ich sie hier sehe, desto weniger verstehe ich, weshalb sie nicht nach Berlin zurückgeht. Oder doch, ich ahne es, aber ist das ein Grund? Welch Irrsinn, dass sich die Lebenden die Schuld am Tod der anderen geben! Es ist diese vermeintliche Schande der Überlebenden, die Scham darüber, nicht im Lager vergast worden zu sein, die so viele im Exil hält, selbst jetzt, da der Weg zurück geebnet wäre. Ich finde es verstörend, dass sich die Opfer schämen für die Taten der Verbrecher, die sich an ihresgleichen vergangen haben, die sie aus der eigenen Heimat getrieben und nicht selten ins Nichts gestürzt haben. Aber so ist es mit der Scham, sie trifft die Falschen, die *Beschämten* und nicht die Täter. Doch wäre es jetzt nicht ein Leichtes, das Blatt zu wenden? Würde eine Künstlerin wie Lotte nicht mit offenen Armen in Berlin empfangen werden? Würde man ihr in Deutschland oder anderswo nicht selbst die lächerlichen Bildchen, die sie heute malt, aus den Händen reißen und an die wartenden Wände der Nationalgalerien hängen? Sie ist es wert, und sie ist zu schade, um hier in diesem flachen, freundlichen Land zu versauern, wo ihre Talente brachliegen und sie den Großbürgern mit dem Geld im Portemonnaie um den Bart malen muss. Denn noch immer, nach all den Jahren, den Auszeichnungen und Preisen, den Medaillen und Ausstellungen ist sie abhängig.

Aber ich verstehe auch Lotte nicht. Nach all der Zeit ist die einzige Meinung, die für sie zählt, noch immer nur die von Wolfsfeld, selbst posthum. Was ich denke, ist ihr offensichtlich egal. Er war der *Meister*, ich verstehe das, der Experte und ein *Mann*, obwohl sie sonst dieser Spezies so ausgesucht misstrauisch begegnet. Und nur, weil er einmal etwas von dem verkannten Genie gesagt hat, will sie an ihrer Situation nichts ändern? Ihren derzeitigen Mangel an Erfolg nicht erkennen, nicht rechtzeitig dagegen angehen, sondern stehen bleiben und warten, als habe sie alle Zeit der Welt?

Manchmal sehe ich durchaus, dass meine Wut auf Lottes Leben hier in Schweden wohl aus mir selbst kommt, dass ich um meinetwillen zornig bin. Kann man auf ein Land eifersüchtig sein, das einem die Freundin entreißt? Das unsere Freundschaft reduziert auf ein paar Besuche im Jahr, auf höfliche Briefe, in denen doch nie das geschrieben wird, was wir wirklich denken?

Beim Briefeschreiben gerinnt die Zeit, und man hat zu viel Gelegenheit, zu grübeln und umzuformulieren. Dann greift die Zensur im Kopf, und man schneidet hier etwas fort und dort, bis es nur noch Banalitäten sind, die auf dem Papier stehen. Doch die Entfernung zwischen Lotte und mir macht eine echte Begegnung mit innigen Momenten unmöglich, alles wird durch diese absurde Ferienstimmung überdeckt, bei der wir schon am ersten Tag an die Abreise denken. War das immer so in den vergangenen Jahren? Habe ich das einfach nicht gemerkt oder habe es vielleicht nicht merken wollen? Jetzt ist da diese verdammte Lücke, von der ich manchmal sogar träume, als wäre sie ein eigenes Wesen, das zwischen uns steht.

Aber wenn ich es mir ehrlich eingestehe, so gab es diese Lücke vielleicht auch früher schon, in Berlin, bevor Lotte fortging und das Meer zwischen uns legte.

Schweden hat Lottes Kunst jedenfalls endgültig verschluckt, *unsere* Kunst und damit auch mich, ihr Modell. Mögen hier noch so viele Ausstellungen gemacht werden, mögen alte Grabstellen und wuchtige Paläste wie das Kalmarer Schloss von der Größe der schwedischen Geschichte und Kultur zeugen – mit Lottes Malerei hat das alles doch nichts zu tun. Ihre Bilder brauchen Berlin, brauchen die Großstadt, die Weite des Gedankens, das Schroffe, Urbane, die Psychologie des Städters. In der lieblichen Landschaft Smålands *muss* Lotte daher verkümmern zum Provinziellen. Und wenn sie bleibt, ist alles vorbei. Daran glaube ich ganz fest, und ich weiß, dass sie es nicht hören will, aber muss ich ihr nicht die Wahrheit sagen? Das ging doch früher, zu unseren Zeiten im Atelier, auch immer. Da hat sie Wert auf meine Meinung gelegt. Wie oft habe ich etwas zurechtgerückt, wie oft angezweifelt, was einfach nicht gut war? Ich möchte behaupten, dass Lottes Kunst meinen Stempel trug und nicht nur meinen Körper, mein Gesicht abbildete, sondern meine Seele eingehaucht bekam.

Niemals jedoch würde ich das Lotte heute sagen! Es soll nicht klingen, als würde ich einen Anspruch erheben, was ich nicht tue! Aber es schmerzt, dabei zuzusehen, wie sie als Künstlerin immer weiter ins Belanglose abrutscht. Wie sie in den Morast der Mittelmäßigkeit abrutscht und damit auch unsere gemeinsame Kunst auslöscht und das, was wir waren. Das, was wir noch hätten sein können.

Eine Zeichnung von Lotte geht mir nicht aus dem Kopf, sondern spukt seit gestern schon buchstäblich darin herum. Ich kannte Lotte damals noch nicht, es war zu der Zeit, als sie mit Wolfsfeld ins Kino ging und nicht mit mir, als sie sich von ihm zeichnen ließ, seine Muse war, seine Lieblingsschülerin. Seine Geliebte? Jedenfalls machte sich Lotte damals daran, sich selbst zu zeichnen, so wie Wolfsfeld sie gesehen haben muss. 1923 war das, in ihrer Anfangszeit an der Akademie. Sie trägt auf dem Bild eine Art Büßerhemd, der Blick ist ernst in den Spiegel gerichtet, zum Betrachter hin, und die linke Hand hält ihre linke Brust umklammert. Die Haare hat sie so streng, wie sie es gern hatte, nach hinten gekämmt und am Hinterkopf geflochten. Ihr Gesichtsausdruck ist, wie so oft, eine Mischung aus Herausforderung und Schüchternheit, und mit dieser ewigen Schnute sieht sie aus dem Bild heraus.

Ich habe die Zeichnung so lange nicht angesehen, doch gestern fand ich sie lose in einer Mappe liegend, die Lotte in ihrem Haus aufbewahrt. Ich war allein – Lotte beim Einkaufen, Ernst im Garten – und blätterte die Bilder so durch, ohne Ziel. Und dabei segelte die Zeichnung zu Boden, ein dünnes Blatt, die linke obere Ecke zerfranst.

Seitdem denke ich, dass da etwas in ihrem Blick liegt, etwas schlummert hinter der Ernsthaftigkeit, die in seltsamem Kontrast zu der provokanten Geste steht. Ich glaube, es ist

Scham, die Scham der Unterlegenen. Lotte hat sich für Wolfsfeld ausgezogen, so wie ich mich für sie auszog. Doch wir waren Freundinnen, er aber war ihr Mentor, ihr *zunftmeisterlicher Instruktor*. Er hatte kein Recht, es von ihr zu verlangen, und tat es dennoch. Sie wiederum profitierte von seiner Aufmerksamkeit, all die Zeit an der Kunstakademie und sogar darüber hinaus, als er nach dem Meisterabschluss erwirkte, dass sie weiterhin die Ateliers nutzen durfte und nichts dafür bezahlen musste. Aber der Gipfel der Vereinnahmung ist eigentlich die Tatsache, dass er die Bilder, die er von ihr machte, mit *ihrem* Namen signierte. Als sei nicht nur die Zeichnung, sondern auch ihre Signatur sein Eigentum. Eine alte, akademische Gewohnheit der beiden, ein nur von den zweien verstandener Scherz, vielleicht, aber dennoch eine Frechheit.

Warum nur macht mich das so wütend, warum bringt es mich so durcheinander? Und was hat es zu tun mit ihrem Leben hier, in der schwedischen Provinz? Ich weiß es nicht, aber mir scheint, alles hat miteinander zu tun, alles ist miteinander verwoben, bildet ein Spinnennetz, in dem wir beide zappeln und kleben, ohne zu wissen, weshalb.

Vielleicht ist es deshalb nur gut, dass ich nicht den Mut habe, mit Lotte über damals zu reden. Ich kann ja keinen klaren Gedanken fassen. Alles schwappt in meinem Kopf durcheinander wie Treibgut auf den Wellen einer fremden Bucht. Die Erinnerungen klappern umher, und ich springe hierhin, dorthin und versuche, alle einzusammeln und in meinen Rocktaschen zu sichern, um sie später zu sortieren, doch sie gleiten mir aus den Fingern. Und obwohl der Horizont hier in Südschweden so akkurat scheint wie die Straßen auf Kvarnholmen, so spüre ich doch, wie das Chaos dahinter aufbricht und mich mit Macht zu überschwemmen droht. Wie ich an diesem armseligen Strand von Kalmar die Orientierung verliere.

In welcher Himmelsrichtung liegt Berlin? Nicht einmal das kann ich sagen. Es ist, als hätte diese Stadt nur in unseren Jugendträumen existiert und uns danach ausgespuckt und vergessen. Und vielleicht geht es uns wie Alice, die am Ende ihrer Abenteuer aus dem Kaninchenloch herauskommt und denkt, alles sei ein Traum gewesen.

Lotte, hast du mir deswegen ein ganzes Jahr nach dem Ende des Krieges nicht geschrieben, weil du nicht an Berlin erinnert werden wolltest? Du hast geschwiegen und mich auf Abstand gehalten, weil du es dir in deinem Exil bequem einrichten konntest, ohne Nachrichten von mir freier warst. Ich wage nicht, darüber nachzudenken, was geschehen wäre, wenn nicht Ernst, der vernünftige, pflichtbewusste Ernst, schließlich Kontakt zu dir aufgenommen hätte. Wärst du am Ende glücklicher gewesen, wenn ich nicht wieder in dein Leben gekommen wäre, dich in Schweden heimgesucht hätte?

Nun rüttele ich an deiner Festung, geistere neugierig durch dein Haus mit meiner Melancholie, halte dir fehlenden Ehrgeiz vor und weigere mich, dir erneut Modell zu sitzen. Wer weiß, was davon für dich das Schlimmste ist?

10

LOTTE

HUNDCHEN! IN GEDANKEN darf ich dich doch wohl noch so
nennen, wenn du mir schon den Mund verbietest? Erinnerst
du den Moment, als alles begann? Oder hast du Furcht davor?
Ich weiß, auch du denkst in diesem Sommer besonders viel an
damals. Aber wenn wir erst einmal am Beginn angelangt sind,
müssen wir uns an *alles* erinnern, auch an das Schwere, an das
Ende. Ich versuche, Mut zu fassen und die Erinnerungen zuzulassen. Denn der Beginn ist so glorreich, so voller Freude,
dass mir bei dem Gedanken daran ganz flau wird. Aus Sorge,
unsere Geschichte könnte irgendwann ganz und gar enden.

Es war ein kalter, trister Tag im Dezember 1924. Zwei Wochen vor Weihnachten, vermute ich, jedenfalls war es schon
ordentlich frostig. Im Atelier, das weiß ich noch, hatten wir
ein Fenster vergessen zu schließen, und über Nacht waren die
Wasserleitungen eingefroren. Wolfsfeld war übler Laune, und
wir Studenten strichelten und kritzelten mit kalten Händen
so vor uns hin, hatten kein Wasser und keine Energie. Unser
männliches Aktmodell, das immerhin zur Arbeit erschienen
war, obwohl die Omnibusse wegen der vereisten Straßen alle
Verspätung hatten, war ebenfalls grantig und weigerte sich,
nackt zu posieren, sodass wir mit einer Teilstudie seines unteren Beins vorliebnehmen mussten. An den großen Fenstern
hing ein weißer, nackter Winterhimmel.

Ich wollte in den freien Stunden des Nachmittags an einem Selbstporträt weiterarbeiten, es lehnte mit dem Rücken zu mir an der Wand des Ateliers. Wolfsfeld ermutigte uns immer wieder, uns selbst zu malen, er sagte, auf der Suche nach dem eigenen Gesicht könne man große Entdeckungen machen. Ja, wenn ich Selbstporträts so hätte malen können wie er, dann hätte ich wohl nichts anderes getan. Es gibt eins von ihm, das ihn als jungen Mann zeigt, er sieht aus wie ein griechischer Philosoph, mit wildem Kinnbart und hoher, in breite Falten gezogener Stirn. Das Bild eines Genies. Ich dagegen litt schon während der Arbeit unter meinem Anblick im Spiegel, litt daran, dass ich mich nicht schön genug fand. Ich hasste meine Zähne und versuchte sie beim Lachen immer unter meiner Oberlippe zu verbergen. Selbst mein ernstes Gesicht war mir oft nicht geheuer. Dieser dusslige Quatsch der Jugend mit dem Äußeren! Die falsche Eitelkeit aber störte mich in meinem Tun und stand zwischen mir und der Kunst. Ich bin sicher, dass der *Meister* dieses Problem nicht kannte und daher auch nicht wusste, was er von manchen von uns verlangte.

Als die Mittagspause begann, hatte ich kaum etwas zuwege gebracht. Meine Finger waren nicht so sehr von der Kälte als von der Angst vor dem Kommenden so gelähmt, dass ich sogar die einfache Skizze des Fußes nicht zufriedenstellend beenden konnte. Jeder Anfänger hätte das besser vermocht.

Die Pause war eine Erlösung. Irgendjemand fragte mich, ob ich zum Mittagessen mitkommen wolle in eins der umliegenden Cafés in Charlottenburg, wo es für ein paar Groschen einfache Mahlzeiten und schwarzen Kaffee gab. Wenn wir wieder einmal gar kein Geld hatten, nahmen wir nur den Kaffee, beobachteten die anderen Gäste und stritten uns über Kunst. Oder vielleicht nicht einmal über Kunst, wahrscheinlich ging es oft genug um Nebensächlichkeiten und ich habe die Gespräche über Kleider, Tratsch und belanglose Kinofilme einfach vergessen, die wir als Studenten unzweifelhaft führten. Darin war ich schon immer gut, das Unwichtige auszublenden, mich nicht zu belasten mit unnützem Ballast.

Jedenfalls lehnte ich an diesem Tag, warum auch immer, alle Angebote ab und stapfte müde und hungrig, im Bauch ein Gefühl des Versagens, die Treppen der Akademie hinunter. Ich lief durch die Hardenbergstraße nach Nordwesten, Richtung *Knie*, ein großer Platz, an dem sechs Straßen sternförmig aufeinandertrafen. Viele Automobile fuhren hier, die meisten folgten dem breiten Boulevard nach Norden, Richtung Spandau. Aber auch Pferdefuhrwerke donnerten vorüber, Radler, Omnibusse, schwarze Droschken kreuzten durcheinander. Das *Hochhaus am Knie* ragte in den hellen Winterhimmel und schien, wie der Bug eines Luxuspassagierschiffes, durch den Verkehr zu pflügen. Direkt daneben befand sich die Studentenversorgung der Quäker, die im Erdgeschoss eines ehemaligen Ladens eine Suppenküche eingerichtet hatten. Ich war schon öfter hier gewesen, seit Ilse mir davon erzählt hatte. In manchen Wochen reichte meine Barschaft einfach nicht für eines der Cafés, auch nicht fürs *Aschinger*, wo man doch immerhin Brötchen satt essen konnte.

Bei den Quäkern bekam man, wenn man seinen Studentenausweis vorzeigte, einen Teller Suppe und eine Scheibe Brot umsonst. Es war eine sonderbare Einrichtung. Das AFSC, das *American Friends Service Committee*, war dafür zuständig, in Deutschland notleidende Menschen zu versorgen. *Kinderspeisung* hieß das eigentlich, aber schnell nannten wir das Ganze *Quäkerspeisung*. Ich verstand nicht so richtig, was diese Menschen wollten, woran sie glaubten und weshalb sie sich dazu verstiegen hatten, nach Europa zu kommen und hier in Berlin Suppe zu verteilen. Doch ich fragte nicht, weshalb sie es taten, sondern stellte mich vor den langen Tischen in die Schlange und wartete, bis ich an der Reihe war.

Etliche Studenten und einige verschmutzte Kinder in abgerissenen Kleidern waren unter den Wartenden. Es herrschte eine quirlige, außergewöhnliche Stimmung, und ich hatte plötzlich das Bedürfnis, den Moment auf Papier festzuhalten. Das war selten der Fall, ich ließ mich nicht oft von Alltagsszenen zum Zeichnen verführen, ein Heinrich Zille war ich nie. Bin es auch hier in Schweden nicht geworden, wo ich mich in den ersten Jahren durchaus an Pleinair-Malerei versucht habe und daran, schnell, mit raschen Pinselstrichen, die Landschaft einzufangen, doch nur mit mäßigem Erfolg, wie ich sehr wohl weiß.

Aber etwas an der Art, wie diese wilden Straßenkinder da lammfromm auf ihren Teller warteten, wie ihre verschmutzten Wangen beim Eintauchen des Löffels in die Suppe zu glühen begannen, ließ mich in der Tasche nach meinem schmalen Skizzenblock und einem Bleistiftstummel greifen und draufloszeichnen. Die Schlange rückte langsam vor, ich stand weit hinten und hatte, wie es plötzlich schien, alle Zeit der Welt. Rasch skizzierte ich den schmucklosen Raum, die Tische mit den Töpfen darauf und die zerkratzten Schöpfkellen aus Blech, dann die Kinder mit ihren großen Augen in den Hungergesichtern, ihr verfilztes Haar, die rutschenden Strümpfe. Viele waren sogar barfuß, trugen keine Schuhe, und das im Dezember! Die Inflation hatte aus unzähligen Familien elendige Existenzen gemacht, das wusste ich zwar, doch hier konnte ich der traurigen Realität nicht ausweichen wie im Atelier, wenn ich mich über die Staffelei beugte, oder wenn ich mit Wolfsfeld ins Kino ging, in Galerien herumlief oder Kostümfeste besuchte. Hier, nur wenige Minuten vom Steinplatz entfernt, pulsierte das wahre Leben in all seinen Abgründen, seinem Schmutz und Elend. Aber ich sah auch die Hoffnung in den Augen der kleinen Gestalten, als sie die Brotscheiben verschlangen, ich sah die Lust am Essen und am gemeinsamen Spiel in den Ecken der Suppenküche.

«Haben Sie keinen Hunger?»

Ich sah auf, und da stand eine junge Frau, fast noch ein Mädchen, hinter dem Tisch. Irgendetwas traf mich an der Schläfe, ein kleiner Schlag, wie von einer elektrischen Entladung, wenn man an eine Leitung fasst.

«Hier», sagte sie und hielt mir einen Teller hin, der mit Suppe gefüllt war und dampfte. «Nehmen Sie schon, hinter Ihnen wollen auch noch welche etwas zu essen.»

Verschämt steckte ich den Skizzenblock ein, als habe sie mich bei etwas ertappt, und griff nach dem Teller. Er war heißer, als ich erwartet hatte, und ich musste ihn auf dem Tisch abstellen, um mir nicht die Fingerspitzen zu verbrennen.

Die Frau lachte leise. «Sie haben Glück, ist die erste Kelle aus dem frischen Topf.»

Tatsächlich, der dampfende Bottich vor ihr war bis zum Rand gefüllt. Die Suppe roch appetitlich, aber auf einmal war mir der Hals eng. Ich stammelte einen Dank und balancierte den Teller mit Hilfe eines Taschentuchs an den Rand des Raumes, wo weitere lange Tische aufgebaut waren, an denen man die Mahlzeit essen konnte.

Verstohlen blickte ich mich nach der Frau um und beobachtete, wie sie dem nächsten eine ordentliche Kelle in den Teller schöpfte. Sie hatte ein längliches Gesicht, schmal, aber ausdrucksstark, und die vollkommensten rot geschminkten

Lippen, die ich je gesehen hatte. Dazu eine Stupsnase, die nicht albern wirkte, sondern rührend. Wenn sie die Augen senkte, wie jetzt, als sie sich zu einem Kind herunterbeugte, sah sie aus wie ein Filmstar. Ihr halblanges Haar hatte sie im Nacken festgesteckt, wohl, damit es ihr nicht bei der Arbeit ins Gesicht fiel.

Jahre später schnitt ich es ihr ab, und Ernst, der liebe, geduldige Ernst, tobte und wütete. Doch schon wieder überhole ich mich in meinen Gedanken selbst.

Was mich am meisten an dieser Unbekannten in der Suppenküche faszinierte, waren ihre Bewegungen, die vollkommene Balance, in der alle Glieder ihres Körpers miteinander in Verbindung standen, die fließenden Gesten beim Schöpfen und Weiterreichen der Suppe, die Harmonie ihres Ausdrucks beim Lachen und Senken des Kinns. Sie schien so sicher in der Welt zu stehen, als wüchsen ihre Beine direkt aus dem Erdboden, und doch hatte sie etwas von einer Elfe, etwas Luftiges, Überirdisches an sich. Vom ersten Blick an war ich wie gebannt, und ich gestehe, dass eine große Portion Neid darin mitschwang.

Wie eingebildet wäre Traute, wenn ich ihr das heute erzählen würde! Doch ich hüte mich davor. Es gibt auch wenig Gelegenheit, jetzt, da sie wie ein graues Gespenst durch meinen Garten und mein Haus schleicht und ihre Schönheit, ihren Prachtkörper unter weiten Pullovern verbirgt.

Hastig löffelte ich die Suppe, verbrannte mir zusätzlich zu meinen Fingerspitzen die Zunge. Ich zwang mich, langsamer zu essen, zumal mir klar war, dass jede Verlängerung meiner Frist in der Nähe dieser jungen Frau zu meinen Gunsten wäre. Gewonnene Zeit, um zu überlegen, was zu tun war. Denn *dass* etwas zu tun war, daran hatte ich nicht einen Augenblick lang Zweifel. Eine derartige Chance durfte nicht ungenutzt verstreichen, nicht, nachdem ich seit Wochen wusste, dass ich mein eigenes Modell finden musste. Hier war es.

Nach und nach leerte sich die Suppenküche, am Ende waren die Töpfe bis auf den tiefen Grund erschöpft, und die Helferinnen begannen, das Geschirr einzusammeln und die Kinder nach und nach hinaus auf die Straße zu scheuchen. Einige der Frauen trugen die strenge Kleidung der Quäker, ein langes schwarzes Kleid mit spitz zulaufendem Kragen und einer weißen Haube. Ein ungewohntes Bild, wie aus dem vergangenen Jahrhundert. Doch die junge Frau, die mir die Suppe gegeben hatte, war nach der neuesten Mode gekleidet, der wadenlange Rock betonte ihre schmale Figur und die knabenhaften Hüften. Die Ärmel ihrer Bluse fielen weit auseinander, darüber hatte sie eine Schürze gebunden.

Ich holte tief Luft und ging erneut zu ihr hinüber. Sie stapelte schmutzige Teller auf einen Haufen und sah erst auf, als ich direkt neben ihr stand.

«Nachschlag gibt es nicht.»

Ich schüttelte den Kopf und reichte ihr meinen leeren Teller. Als sie danach griff, hielt ich ihn fest.

«Sind Sie Fotomodell?», fragte ich.

Sie lachte laut auf und zeigte die herrlichen Zähne in ihrem schönen Mund. «Wie kommen Sie denn darauf?»

«Nur so ein Gefühl.»

«Ich fotografiere selbst. Allerdings nur kleines, dummes Zeug.»

Das hatte ich nicht erwartet, und schnell, bevor ich es mir anders überlegen konnte, fragte ich: «Würden Sie mir mal Modell sitzen?»

Sie sah mich aus ihren klugen, etwas traurigen Augen an. «Sie sind Künstlerin?»

Ich nickte und erklärte: «Ich studiere Malerei bei Professor Wolfsfeld an der Kunsthochschule.»

«Nie gehört», sagte sie. «Die Akademie kenne ich aber natürlich. Ich interessiere mich für Kunst und gehe in fast alle Ausstellungen, wenn ich kann.» Sie überlegte einen Moment und deutete dann auf meine Tasche, in der mein Zeichenblock steckte. «Was haben Sie da vorhin gezeichnet?»

«Nichts Besonderes», sagte ich ausweichend. Die Skizze schien mir auf einmal erbärmlich.

«Zeigen Sie mal.»

Nervös zog ich den Block heraus, blätterte ihn auf und hielt ihn ihr hin. Ich fühlte mich wie in der Abschlussprüfung. Sie wischte sich die Hände an der Schürze ab und betrachtete mit ernstem Gesicht die Zeichnung. Wie eine Lehrerin sah sie auf einmal aus, aber mit einem immer noch lieblichen Gesicht. Endlich nickte sie.

«Das ist ziemlich gut.»

Bei jedem anderen wäre ich wegen eines solch pauschalen Urteils aus der Haut gefahren, hätte ihn mit einer spitzen Bemerkung in seine Schranken gewiesen. Doch bei ihr machte es mir nichts aus. Ich spürte, dass ihr Urteil kein blindes Kompliment war, sondern auf der Grundlage eines untrüglichen Geschmacks gefällt worden war, was ihm Glaubhaftigkeit und Wert verlieh.

Ich nahm den Block wieder an mich, warf selbst einen Blick auf das Blatt und musste ihr recht geben. Die Zeichnung war gut. Nicht so gut wie die von Zille oder Kollwitz, aber doch gelungen.

«Also?», fragte ich, plötzlich ungeduldig.

«Ich mach's», sagte sie und lächelte. «Aber erst müssen Sie mir Ihren Namen verraten.»

Ich steckte den Skizzenblock weg und reichte ihr die Hand. Wie alles an ihr waren auch ihre Hände schmal, aber kräftig, mit warmen langen Fingern und gepflegten Nägeln.

«Ich bin Lotte. Lotte Laserstein.»

«Und ich heiße Gertrud Süssenbach.»

Gertrud? Erstaunt runzelte ich die Stirn. Sie sah nicht aus wie eine Gertrud. Der Nachname passte schon besser zu ihrem liebreizenden Gesicht und den schönen Lippen, die aussahen, als sei Honig darauf gestrichen.

«Was haben Sie?»

Ich hatte sie wohl zu lange angestarrt.

«Nichts», beeilte ich mich zu sagen. «Nur klingt Gertrud so streng, und Sie wirken kein bisschen streng.»

«Ich kann auch streng sein», sagte sie lachend. «Zum Beispiel, wenn die Gören mir frech kommen.» Und damit wandte sie sich zu ein paar übriggebliebenen Kindern, die sich in einer Ecke des Raumes herumdrückten und offenbar wenig Lust hatten, hinaus in die Kälte zu gehen. Wie zum Beweis rief Gertrud ihnen mit gespielter Entrüstung zu: «Raus mit euch, ihr Steppkes, sonst gibt es morgen keine Suppe für euch.» Und wie auf Kommando nickten die kleinen Ganoven und trollten sich ergeben durch die Tür. Gertrud schien über Zauberkräfte zu verfügen, mit denen sie nicht nur über mich einen Bann gelegt hatte.

Während sie anschließend mit athletischen, energischen Strichen den Tisch abwischte, blickte sie mich amüsiert an. «Einige Freunde nennen mich Traute, vielleicht sagt Ihnen das ja mehr zu?»

«Das passt», sagte ich und spürte eine seltsame Erleichterung. Den Namen konnte ich unbefangener aussprechen. «Und *haben* Sie auch Traute?»

Sie rollte mit den Augen. «Wenn Sie wüssten, wie oft ich das höre.»

Ich spürte, dass ich rot wurde. Wie gern wäre ich origineller gewesen. Doch sie ließ mich nicht lange hängen, legte den Lappen weg und sah mich herausfordernd an.

«Finden Sie es heraus.»

Ich nickte. «Wann können wir uns treffen?»

Sie überlegte nur eine Winzigkeit. «Gleich morgen, wenn Sie möchten. Heute habe ich noch eine Verabredung.»

«Ein Rendezvous?», fragte ich und ärgerte mich über das eifersüchtige Kratzen im Hals.

«Tja, wie man's nimmt», sagte sie. «Der junge Mann hat sich da noch nicht festgelegt. Wir trinken nur einen Kaffee.» Dann kicherte sie. «Wenn Sie schon *meinen* Namen zu streng finden, was würden Sie dann erst zu seinem sagen?»

«Wieso?», fragte ich.

«Er heißt Ernst.»

Wir sahen uns an und prusteten los. Sie hatte ein ansteckendes Lachen, ein Lachen, das man nicht vergaß.

Heute lässt sie es mich nicht mehr so oft hören, doch manchmal klingt es durchs Haus, wenn Ernst sie aufzieht mit einer alten Albernheit, und dann ist der Klang wie Wundsalbe auf meine Schrammen.

«Dann morgen», sagte ich. «Ich arbeite in einem der Ateliers in dem Akademiegebäude am Steinplatz.»

«Kenne ich», sagte Traute. «Wann soll ich da sein?»

«Haben Sie morgen hier Dienst?»

«Nein», sagte sie, «ich arbeite nur als Aushilfe in der Suppenküche. Heute musste ich einspringen, weil eine Kollegin ihre kranke Mutter besucht, aber morgen bin ich frei wie ein Vogel.»

«Dann gerne gleich am Vormittag, da ist das Licht am besten.» Ich wusste selbst nicht, weshalb ich es so eilig hatte, aber mir schien es plötzlich unheimlich wichtig, zwischen uns so schnell wie möglich ein Komplott zu schmieden und keinen unnötigen Tag vergehen zu lassen. Gleichzeitig wollte ich nicht, dass sie meine Ungeduld, ja Gier bemerkte, deshalb fügte ich noch hinzu: «Es wird ja schon so früh dunkel jetzt.»

Auf einmal wirkte Traute nervös, sie leckte sich die Lippen.

«Ich habe das noch nie getan», sagte sie.

«Das macht nichts.» Ich dachte an meine erste Sitzung als Modell bei Wolfsfeld. Die kühle Luft auf meiner Haut, als er mich auszog. Ich betrachtete Traute verstohlen und nahm mir vor, nicht mit der Tür ins Haus zu fallen. Erst einmal würde ich sie angezogen malen, starke Porträts, die nicht zu viel Haut zeigten. Dann würde ich weitersehen.

Meine Nerven flatterten ein bisschen bei dem Gedanken daran, dass ich sie womöglich wirklich als mein Modell gewinnen würde. Ich durfte nichts überstürzen, nahm ich mir vor, durfte sie nicht verschrecken oder brüskieren.

So anmutig, als sei es ihr Ballettkleid, zog Traute jetzt ihre Schürze aus und knüllte sie unter dem Tisch zusammen. Dann schlüpfte sie in einen braunen Mantel, dessen Kragen abgerieben war, und schlang einen gestrickten Wollschal um ihren Schwanenhals. Zuletzt stülpte sie eine Filzkappe über das dunkle Haar.

Wir waren inzwischen fast die einzigen Menschen in dem großen Raum, nur einige Frauen beseitigten noch die letzten Reste der Unordnung. Mit erstaunlicher Selbstverständlichkeit griff Traute mich am Arm und zog mich hinaus auf die Straße. Dort suchte sie in ihrer Manteltasche nach Zigaretten und steckte sich eine an. Blauer Qualm verhüllte für einen Moment ihr Gesicht. Das Gesicht einer Königin, dachte ich.

«Mögen Sie?» Traute hielt mir die Zigarette hin.

Ich sog gehorsam daran, ein Hauch Lippenstift war daran kleben geblieben, ein dunkles Rot, das weiß ich noch. Diese Farbe trug sie immer. Ich habe vieles vergessen, Gesichter, Gespräche, Menschen, von deren Schicksal ich heute nichts mehr weiß, ja ganze Jahre. Doch dieser erste, intime Moment mit Traute auf der Straße, unser weißer Atem in der Luft, der sich mit dem beißenden Zigarettenrauch mischte, als tanzten Rauch und Hauch miteinander einen uralten Reigen, das Knacken der gefrorenen Zweige in den Bäumen über uns – all das liegt mir wie eine Fotografie im Gedächtnis. Nein, nicht nur im Kopf, die Erinnerung lebt in meinem ganzen Körper. Ich rieche noch die leisen Schwaden der salzigen Suppe, die mit uns aus der Tür der Quäkerspeisung hinauswehten, und Trautes zartes Parfüm in der kalten Winterluft. Maiglöckchen im Dezember. Und ich spüre förmlich, wie sich die rot gefleckte Zigarette an meine Lippen schmiegt, schmecke den Tabak darin. Vor allem aber weiß ich noch, wie ich mich fühlte, so ungewohnt leicht im Kopf, im wahrsten Sinne des Wortes *leichtsinnig*, mit einer tanzenden, fiebrigen Nervosität auf der Brust.

Vielleicht erinnere ich mich ungenau, vielleicht hatte der Moment längst nicht so viel Schicksalhaftigkeit, wie ich es mir heute einbilde, mit dem Wissen um all die Dinge, die folgten. Aber ich weiß noch, wie ich immer wieder dachte: *Das ist es, jetzt beginnt es.*

Als es schließlich keinerlei Grund mehr gab, miteinander in der Kälte zu bibbern, trennten wir uns. Traute schien es nicht eilig zu haben, zu der Verabredung mit ihrem Ernst zu kommen, doch wir reichten uns die Hand und sagten: «Bis morgen.»

Dann ging sie Richtung Untergrundbahn, zur Station *Am Knie*, die unter den Platz gebaut worden war, und ich lief zurück nach Südwesten in die Hardenbergstraße. Ich weiß noch, dass eine dünne Schneedecke auf dem Platz lag und dass die vielen Fuhrwerke und Automobile, die Straßenbahnen und Fahrräder ein scheinbar wirres, aber auf den zweiten Blick streng geometrisches dunkles Muster hineingezeichnet hatten. Als sei der Platz ein Spinnennetz, in dem wir kleinen, meist schwarz und braun gekleideten Gestalten kribbelten und krabbelten wie Fliegen, ohne recht zu wissen, wohin und warum.

Doch ich, eines dieser winzigen Tierchen im großen Berlin, spürte, wie es in mir pochte und drängte, mich zur Staffelei zurückdrängte. Mit Trautes Gesicht vor Augen und einem wachsenden Wunsch, die Schönheit der Welt auf Leinwand zu bannen, sie nicht zu verlieren an den Augenblick, sondern ihren natürlichen Verfall aufzuhalten. Und für die Ewigkeit zu bewahren.

11

TRAUTE

ERNST IST HEUTE nach Stockholm gefahren, er hat ein *Meeting*, wie er sagt, am *Dramaten*, dem Königlichen Dramatischen Theater. Das *königlich* betonte er besonders.

Ich muss immer lächeln, wenn er so eifrig tut, die Bezeichnungen so präzise ausspricht, doch dann schäme ich mich, weil ich die Dinge, mit denen er sich so leidenschaftlich beschäftigt – das Theater, seine Bücher –, so selten ernst nehme, oft kaum zuhöre, wenn er mit mir darüber spricht. Manchmal bemerke ich erst nach Minuten, dass ich auf seinen Mund starre, während er erzählt, ohne etwas zu hören. Wie in einem der Stummfilme, die heute so altmodisch wirken, dass man sich kaum mehr vorstellen kann, wie viel Vergnügen wir an ihnen hatten, als wir jung waren.

Es gibt hier in Kalmar ein Kino, das *Saga* in der *Södra vägen* im Norden der Altstadt. Es ist sehr urig in einer alten Gartenvilla untergebracht. Sie spielen einige Filme auf Englisch, und obwohl mein Sprachverstehen etwas eingerostet ist, haben Lotte und ich dort bereits zwei angenehme Abende verbracht. In die Sessel des Vorführraums versunken, mit Eiskonfekt milde gestimmt, saßen wir nebeneinander und verstanden beide nur die Hälfte, doch ich spürte unsere alte Einigkeit wie lange nicht mehr. Ich werde ihr vorschlagen, dass wir nun, da Ernst das ganze Wochenende fort sein wird, noch einmal hingehen.

Ja, an Bildern hatte ich immer Freude, an bewegten, an gemalten. Vor allem an Lottes, und an *unseren* Bildern. Ernsts Worte dagegen wirken auf mich oft so störrisch, so einsam in der Luft hängend. Je genauer, sorgfältiger er sie wählt, desto weniger scheinen sie mir das abzubilden, was sie sagen sollen.

Ich bin meist froh, dass er mit nach Schweden gekommen ist. Seine Anwesenheit ist störend und beruhigend zugleich. Er ist der Puffer zwischen Lotte und mir, der verhindert, dass die Luft explodiert, aber manchmal bin ich auch sicher, dass er der Störfaktor ist, der uns trennt. Dabei könnte niemand toleranter, großzügiger sein als Ernst, er nimmt so viel Rücksicht, dass ich manchmal ein rabenschwarzes Gewissen habe. Trotzdem war seine bloße Existenz als *mein Mann* schon immer ein Körnchen im Getriebe der Beziehung zwischen Lotte und mir, und ich frage mich, was gewesen wäre, wenn ich, wie Lotte, ebenfalls nie geheiratet hätte. Wäre es einfacher gewesen zwischen uns, hätte es ein Gleichgewicht hergestellt? Oder hätte diese Freiheit uns wie ein Katalysator zu einem endgültigen Bruch getrieben? Weil da nichts gewesen wäre, das unsere Gefühle füreinander auf natürliche Weise beschnitt und uns die Regeln diktierte?

Manchmal wünschte ich, wir hätten die Regeln öfter gebrochen. Hätten uns nicht geschert um Ernst, meine Ehe, die Meinung der Welt. Doch das werde ich Lotte nicht sagen. Ich denke, sie weiß es ohnehin, so wie ich auch meine, alles über sie zu wissen. Doch das ist ein Trugschluss, oder?

Als ich Lottes Modell wurde, hatte ich nicht einmal verstanden, dass es Regeln gab. Ich war knapp über zwanzig Jahre alt und voller Lebenshunger. Ich erging mich in Schwärmerei für die Kunst und die Künstler, versuchte mich mit eigenen, recht lächerlichen Zeichnungen, rannte in Ausstellungen und traf mich halbherzig mit Ernst, weil ich dachte, es müsse so sein, dass man sich einen Kavalier erwählt, der einen beschützt und ausführt. Alle meine Freundinnen machten es so. Eine Mutter, die mich hätte leiten können, hatte ich nicht mehr, ich war überhaupt beängstigend allein auf der Welt, wurzellos und ohne rechten Willen. Auch brauchte ich ständig Geld. Denn mein einziges Ziel war es, etwas zu erleben, aber worin dieses Erleben bestehen sollte, das wusste ich nicht.

Und dann bekam ich das Angebot von einer Bekannten, bei den Quäkern auszuhelfen, es gab einen lächerlichen Lohn am Ende des Tages und eine warme Mahlzeit obendrauf. Was meine Arbeit anging, so war ich nie wählerisch, manchmal denke ich, ich war von Anfang an ohne eigene Leidenschaft, ohne wirkliche *Liebe* zu dem, was ich tat. Nein, das stimmt nicht. Die Bildhauerei, die machte mir wirklich eine Zeitlang Freude, doch das war später. Damals, fürchte ich, war ich eigentlich eine recht langweilige Person, aber wenigstens mit einem passablen Gesicht und einer schönen Figur. Ich entsprach diesem Bild der *neuen Frau*, das gerade aufgekommen war. Alle wollten groß und schlank, herb und kühl aussehen, aber trotzdem mit diesem gewissen Schmelz femininer Schönheit unter der spröden Fassade. Ich weiß nicht, wann mir klar wurde, dass ich genau diesem Typ entsprach, nach dem sich plötzlich alle verzehrten, ohne, dass ich etwas dazu tat. Ich hätte daraus ja Kapital schlagen können, denke ich heute, hätte Schauspielerin werden können, Mannequin oder wenigstens Sekretärin, doch da kam mir wieder mein fehlender Wille dazwischen. Das, was Lotte im Überfluss hatte, dieses eiserne Bestreben, voranzukommen, etwas zu bewirken in der Welt, das hatte ich nie in besonderem Maße. Und so wurde ich eben

Lottes Modell, und ich glaube, *das* habe ich wirklich gut gekonnt. Ich stolperte da mehr hinein, als dass ich es herbeigesehnt hätte, doch wir wuchsen zusammen, Lotte und ich, wir wurden zu einer Person, und es war egal, wer den Pinsel hielt und wer ihn *aushielt.*

Hätte ich geahnt, wie sehr es mein Leben verändern würde, als da bei den Quäkern diese etwas grob aussehende Person in Hosen zu mir an den Suppentopf kam und so unverblümt fragte, ob sie mich malen dürfte, als sei ich eine besonders hübsche Siamkatze für ihre Sammlung – wer weiß, wie meine Antwort ausgefallen wäre? Denn unsere Begegnung hat nicht nur den Lauf meines Lebens verändert, das hätte mich nicht besonders abgeschreckt, sondern sie hat *mich* verändert, sie hat aus mir eine andere Traute gemacht. Ich war vorher recht sorglos, trotz der dummen Tuberkulose, die in frühen Jahren meine kostbare Lebenszeit gefressen hatte, und so gut wie frei von inneren Zwängen und falschen Sehnsüchten. Durch Lotte dann kam ich mit einem verborgenen Ort in mir in Berührung. Wie ein U-Boot, das am Grund des Ozeans den Sand aufwühlte und etwas freiließ, was dort unten festhing und nun an die Oberfläche aufstieg. Ich entdeckte, dass ich auch Furcht kannte. Nicht nur die Furcht vor dem Tod, die wohl jedem Menschen eigen ist, denn das ist unsere Natur, und die mir schon vertraut war, denn Tuberkulose ist kein Pappenstiel und führte damals noch oft zu einem raschen Ende. Doch nein, es war etwas anderes, es war die Furcht, etwas zu verlieren, das einem teuer ist. Die Angst, nicht genug zu sein und darum verstoßen zu werden. Und auf einmal erinnerte ich mich an meine Kindheit, an die Armut und den frühen Tod meiner Eltern, die Einsamkeit und das peinliche, nagende Gefühl, ohne Liebe zu sein. War das nicht widersinnig? Denn ich wusste ja, dass Lotte mich liebte, ich sah es in der ersten Sekunde unserer Begegnung in ihrem Gesicht, das nie etwas verbergen konnte. Aber gerade dieses Wissen um die Liebe ließ in mir Panik aufsteigen, denn wenn die Liebe so plötzlich kam, konnte sie dann nicht genauso schnell wieder verlöschen?

Vielleicht klammerte ich mich deshalb ab diesem Zeitpunkt umso mehr an Ernst, den ich bis zur Begegnung mit Lotte nicht einmal wirklich als ernsthaften Kandidaten gesehen hatte. Doch nun schien mir seine Verlässlichkeit, sein biederer Humor, die Wärme in seinen Armen wie eine Versicherung gegen das Unglück.

Ich weiß nicht, ob ich das alles immer schon gewusst habe. Aber spätestens jetzt, da ich in diesem merkwürdigen Spalt zwischen Vertrautheit und Ablehnung mit Lotte in Kalmar festhänge, grüble ich viel über den Anfang nach. Für jeden von uns ist die Möglichkeit, dass wir ein vorbestimmtes Schicksal haben, ein verlockender Gedanke. Er lässt unser Leben weniger willkürlich und beliebig aussehen, und er birgt die Vorstellung, dass wir eine Bedeutsamkeit haben, die über unser irdisches Dasein hinausgeht, weil für uns die Strippen gezogen werden. Vielleicht war es also mein Schicksal, Lotte zu füttern, als sie hungrig war, und mich dann von ihr mitziehen zu lassen in die Mitte der Dinge, in die Welt der Kunst, wo alles plötzlich eine Bedeutung bekam?

Doch was bedeutet das für mein Jetzt, mein Heute? Braucht sie mich noch, gehört sie weiter zu mir? Noch immer spüre ich unsere Verbundenheit, aber viel schwächer, voller Zaudern. Denn die Kunst, die uns miteinander verband, die dritte Strähne in unserem Zopf, gibt es nicht mehr, und ohne sie, ohne das Bindemittel zwischen uns, sind wir haltlos geworden. Wir wissen nicht, wohin mit unseren Händen und Worten.

Manchmal wünschte ich, ich könnte aus meiner eigenen Kraft heraus etwas schaffen, das uns erneut aufrichtet. Aber ich fürchte Lottes Blick auf meine natürlich unbedeutende Kunst, fürchte mich davor, mich selbst zu ernst zu nehmen und das, was ich erschaffe, als etwas *Richtiges* zu sehen.

Ich habe mich verändert, das schon, doch was, wenn Lotte das nicht sehen will? Wenn sie es womöglich anmaßend findet, dass ich mich vordränge mit etwas Eigenem? Unsere Rollen waren klar verteilt, immer schon, ich war das Modell, sie die Malerin. In dieser Konstellation beendete sie meinen Zustand von Belanglosigkeit, sie gab mir Ziel und Sinn. Aber manchmal kommt mir der Gedanke: Wäre ich seltener unglücklich gewesen, wenn ich sie niemals getroffen hätte? Wenn ich mich in der Sicherheit meiner Mittelmäßigkeit gewiegt hätte und dort zur Ruhe gekommen wäre?

12

LOTTE

JETZT, JETZT BEGANN ES! Auf meine Begegnung mit Traute in der Suppenküche folgten Wochen, ja Monate des Arbeitseifers, des Taumels, anders kann ich es nicht sagen. Es war, als hätte ich durch sie erst das Sehen gelernt, als habe sie mir Zugang zu meinem inneren Grundwasser gegeben, das nun endlich sprudelte und mich tränkte wie ein durstiges Pferd. Dennoch lag nichts Hastiges in unserer Arbeit, von Anfang an schien mir unsere Zusammenarbeit wie eine immer schon gekannte Routine.

Ich malte Traute gleich dreifach. Das Bild würde *Drei Schwestern* heißen, eine Trinitas wie die *Drei Grazien*, doch die Gesichter dieser Drillinge gelangen mir dabei zunächst nicht, es gab keine Ähnlichkeit. Also zeichnete ich Trautes Gesicht erst einmal auf Papier, um es kennenzulernen, ich wollte es in- und auswendig ergründen. Und es war, als würde ich mit dem Bleistift unser Verhältnis entstehen lassen, festigen und uns aneinanderbinden mit der Kunst. Außerdem genoss ich die plötzliche Regelmäßigkeit meines Alltags. Traute kam immer morgens und setzte sich vor die hohen Fenster oben im Atelier am Steinplatz, das ich mit Ilse Mode teilte. Ich kochte uns Kaffee und dann malte ich bis zum Mittagessen. Es waren wiederkehrende Rituale – Schritte auf den steinernen Treppen draußen, Zurechtrücken des Stuhls, Kaffee, Zeichenblock, schließlich das Geläut der Glocken, das von der nahen Kirche herüberklang. Und meine Zufriedenheit, den Schaffensprozess mit jemandem zu teilen, grenzte an Seligkeit. Von mir aus hätte es ewig andauern können. Denn wenn ich zuvor oft gezaudert hatte beim Malen, nicht sicher war, was ich zeigen wollte, und meinen Wert nicht kannte, so war Schluss damit, sobald Traute mir Modell saß. Sie hatte so etwas Warmes, Erdiges, alles an ihr war wahrhaftig und gab meinen Bildern eine Standfestigkeit und gleichzeitig etwas Schwebendes, was ich bisher immer vergeblich gesucht hatte. In ihrem Blick lag etwas, ich hätte es Hunderte, Tausende Male malen wollen, und immer wäre der Ausdruck neu gewesen und doch immer auch vertraut. Sie schien mir wie eine zeitlose Gestalt – und so sehe ich sie noch heute, auch wenn Traute sich verbittet, dass ich sie anstarre. Eine Figur aus einem Märchen oder einem Mythos. Eine Madonna und eine Göre zugleich, manchmal hart wie ein Mann und dann wieder weich, mit fließenden Formen und Farben.

Jeder Tag mit Traute war ein Erwachen und jede Stunde ohne sie vergeudet. Daher sorgte ich dafür, dass wir uns so oft wie möglich sahen, und ich spürte zu meiner Überraschung, dass auch sie sich auf unsere Arbeitstreffen freute, dass auch ich ihr einen neuen Sinn gab, indem ich sie als mein Modell auswählte. Dabei weiß ich – eigentlich wählte *sie mich*!

Doch schon nach nicht einmal einem Jahr kam die erste Zäsur und mit ihr die Erkenntnis, dass ich mich abhängig gemacht hatte, ohne es zu bemerken.

Unsere Bekanntschaft war gerade im Begriff, in eine zarte Freundschaft überzugehen, da wurden wir jäh unterbrochen. Traute musste fort. Kaum hatte ich mein Modell gefunden, kaum hatten wir uns in die gemeinsame Arbeit vertieft, musste ich sie wieder ziehen lassen. Und alles wegen dieser grässlichen Krankheit, die sie schwach und kaputt machte.

Der Tag des Abschieds war bittersüß. Die Terrasse des *Café Josty* war, wie immer, gut besucht, alle Plätze belegt. Ich hatte den letzten freien Tisch für zwei Personen ergattert, nicht ohne Ellenbogen einzusetzen, weil ein Flegel mit Melone ihn mir in letzter Sekunde hatte streitig machen wollen. Nun saß er schmollend drinnen an der Bar und kritzelte mit wichtiger Miene in sein Notizheft, als flösse ihm soeben *der* wichtigste Roman der *Neuen Sachlichkeit* aus der Bleistiftmine. Und mit dieser Überzeugung war er sicher nicht allein, gerade an diesem Ort meinte damals jeder Zweite, er sei der neue Hemingway.

Nun, ich bin sicher, auch heute gibt es solche Orte in Berlin, sie sehen anders aus als das *Josty*, sind nach dem Krieg an anderen Stellen der Stadt gesprossen, aber diese fiebrige Hoffnung, Großes schaffen zu können, wenn man sich nur genug anstrengt, die steht sicher auch heute wieder vielen jungen Leuten auf die Stirn geschrieben. Ich kenne das Gefühl selbst nur allzu gut, es hat mich erst spät verlassen, als ich eigentlich schon zu alt war, um an Märchen zu glauben. Noch heute, wenn der Flieder in meinem schwedischen Garten duftet oder wenn der Mond des Nachts wie ein helles Gesicht über dem Sund leuchtet, taucht es wieder auf, streckt seinen Kasperle-Kopf aus der Kiste meines Gedächtnisses und bittet darum, Gehör zu finden. Ein Stimmchen flüstert dann, dass ich zu Großem und Schönem bestimmt bin, dass die Welt darauf wartet, von mir erobert zu werden. Dass ich malen solle wie der Teufel, und dann würde endlich alles gut.

Ich weiß aber, dass dies ein Trugbild ist, dass die Zeit vergangen ist und die Welt sich ohne mich weitergedreht hat. Das Wissen darum hat, neben aller Bitterkeit, etwas Befreiendes.

Es ist zu spät, ich bin zu alt. Und doch – malen zu können bis zum Schluss, bis zum allerletzten Atemzug, das wäre schön.

Damals aber, auf einem der harten Holzstühle auf der Terrasse des *Josty* war ich noch voller Träume und Ambitionen. Ich war jung, furchtbar jung, und Traute, auf die ich dort, rauchend und nervös in der Zeitung blätternd, wartete, war noch jünger. Einundzwanzig, vielleicht zweiundzwanzig Jahre? Endlich erspähte ich in dem Meer aus Hüten und Hauben ihre Filzkappe und sprang auf, winkte ihr, damit sie zu mir käme. Traute war so blass, wie ich sie nie wieder gesehen habe, selbst heute nicht, da uns allen der Krieg und die Verfolgung in den Knochen stecken, auch wenn wir so tun, als sei das vorbei.

Hustend setzte sie sich, griff wortlos nach meiner Zigarette und zog daran, einmal, zweimal, dann hustete sie schlimmer als zuvor und drückte die Glut in den silbernen Aschenbecher auf dem Tisch.

«Wann geht deine Bahn?», fragte ich und versuchte, meine Bangigkeit nicht zu zeigen, doch gerade deswegen klang meine Stimme kläglicher als je.

«In einer Stunde.»

Die schönen Züge ihres Gesichts wirkten an diesem Tag besonders scharf gezogen, wie mit einem sehr spitzen Stift ins Papier mehr geritzt als gezeichnet. Die Wangenknochen glichen den bleichen Überbleibseln eines Meerestieres, vom ewigen Wellengang ausgewaschen, die weiche Haut darüber eingedellt. Es erschien mir plötzlich alles so ungerecht, wie es nur ein junges, dummes Mädchen empfinden kann, das von der Welt erwartet, dass diese sich nur um sie und ihre Vertraute drehen darf.

«Warum sitzt du hier draußen, es ist viel zu kalt», beschwerte sie sich.

Ich zuckte mit den Schultern, hatte sofort ein schlechtes Gewissen, weil ich die Kranke dem Oktoberwind auf der Terrasse aussetzte.

Auch der Kellner fragte frostig nach unseren Wünschen, und wir bestellten Mokka und zwei Stück Kuchen, die wir anschließend schweigend auf unseren Tellern mit der spitzen Gabel zerbröselten, keine von uns hatte Appetit.

Am Nebentisch umwarb ein geckenhaft gekleideter Affe eine junge Dame in Hosen, weiter hinten stritten zwei alte Herren mit Schnauzbart lautstark über eine Theaterkritik. Mein Blick glitt ins Innere des Cafés, wo ich an einem der Tische neben der Theke eine junge Frau sitzen sah. Sie trug ein blaues Kostüm und einen dazu passenden Hut, zog sich mit ruhigen Bewegungen die Handschuhe aus und bestellte etwas beim Kellner. Ich bewunderte die Selbstverständlichkeit ihrer weiblichen Gesten und Mimik, und plötzlich kam mir Billy in den Sinn, ich hatte lange nicht an sie gedacht. Aber nun stand ihr herzförmiges Gesicht wieder vor mir, ebenso wie die Erinnerungen an jenen Nachmittag im Café, an dem ich mich so überflüssig gefühlt hatte wie ein drittes Rad am Wagen, wie eine prüde Anstandsdame. So wenige Jahre war das her, doch seitdem hatte sich viel verändert für uns Frauen in der Stadt.

Die Dame drinnen nahm jetzt mit entschiedenem, aber gelassenem Blick die Zeitung auf und begann zu lesen, arbeitete sich Stück für Stück durch die Artikel. In kleinen Schlucken trank sie ihren Likör, der neben der dampfenden Kaffeetasse stand. Dann holte sie ein ledergebundenes Buch hervor und begann, sorgfältig hineinzuschreiben. War sie eine Journalistin, eine Schriftstellerin?

Auch ich war in diesen wenigen Jahren eine andere geworden, hatte mir nach und nach meinen Platz erkämpft, der noch kurz zuvor Männern vorbehalten gewesen war. Doch nicht alles von der alten Lotte hatte ich abschütteln können. Immer noch beschlich mich die Angst, wie Luft behandelt zu werden, sobald ich einen Moment nicht wachsam genug wäre. Auch fürchtete ich nach wie vor, dass ich im Ringen um die Kunst, nach dem vollkommenen Gemälde am Ende leer ausgehen würde. Und immer noch fühlte ich mich überflüssig, sobald Ernst in Trautes Nähe auftauchte und aus zwei Freundinnen, einer Malerin und ihrem Lieblingsmodell, ein windschiefes Kleeblatt wurde.

«Du ziehst schon wieder deine Schnute», sagte Traute und riss mich aus meinen trüben Gedanken. Der Herbstwind fegte ein paar Kastanienblätter an uns vorbei, und ich fröstelte, zog rasch meinen Schal enger und zündete mir eine neue Zigarette an.

«Und?»

«Sie steht dir nicht. Du siehst aus wie eine Ente, Lottchen.»

Sie lachte leise, und ich musste auch lachen, obwohl die Trauer in meiner Kehle würgte. Ich hasste Abschiede, und dies war der bisher schwerste von allen.

«Du schreibst mir doch?», fragte ich und schämte mich der winselnden Schwäche in meiner Stimme, wie bei einem Hund, dabei war doch Traute das *Hundchen*, nicht ich. Oder?

«Jede Woche, mindestens», sagte sie, und ich hatte das Gefühl, dass sie die gleiche beruhigende Antwort ihrer Mutter beim Abschied ins Ferienlager gegeben hätte, eine gnädige, bequeme Lüge.

Dabei hatte Traute damals gar keine Mutter mehr, sie war eine Waise. Wie kommt es eigentlich, dass ich sie nie nach ihren Eltern gefragt habe? Das Fehlen ihrer Vergangenheit, ihrer Kindheit war niemals ein Thema zwischen uns, weil uns stets das Jetzt bestimmte, vermute ich. Oder vielleicht drehte ich mich zu sehr um meine Person, mein Schicksal, und empfand Trautes Existenz als zu selbstverständlich, um nachzufragen?

Jedenfalls nahm ich das Versprechen, mir zu schreiben, hin, es war alles, was ich bekommen würde.

Sie sah mich mit ihren dunklen, melancholischen Augen an, die ihr noch mehr Seelentiefe verliehen. Äußerlich war sie das hübsche Mädchen, der Prototyp eines Tennisgirls, nach dessen Ideal damals alle Welt verrückt war, aber ich erkannte ein stilles Wasser nur zu gut.

«Versprich mir, dass du nicht Trübsal bläst», verlangte sie, «sondern dass du arbeitest wie ein Pferd, während ich weg bin. Nur weil ich in so einem dämlichen Sanatorium meine Zeit totschlagen muss, sollst du nicht zurückfallen. Du bist jetzt Meisterschülerin, vergiss das nicht.»

«Als ob ich das vergessen würde», sagte ich gekränkt. «Wolfsfeld triezt uns mehr denn je. Und was sonst soll ich tun, als zu arbeiten? Wenn du weg bist, macht ja nichts Spaß.»

Sie schnaubte. «Du könntest dich mal verabreden», sagte sie, «mit deinen Freunden von der Akademie.»

«Ich habe keine Freunde», sagte ich. «Nur Kollegen. Das ist ein Unterschied.»

«Und was bin dann ich?», fragte sie mit diesem hübschen Lächeln auf ihrem perfekt geschwungenen Mund. «Schließlich arbeiten wir doch auch zusammen.»

«Das kann man kaum vergleichen, *Hundchen*», sagte ich. «Du bist mein Modell. Und meine beste Freundin.»

«Da bin ich aber froh», sagte sie und griff nach meiner Hand, drückte sie kurz und ließ dann wieder los. Der Abdruck ihrer kalten, schlanken Finger schien noch lange auf meiner Haut zu haften.

Warum, Traute, berühren wir uns heute so selten? Es ist, als hätten wir es verlernt. Aber womöglich ist das eine Begleiterscheinung des Alterns, als seien unsere Körper im Auflösungsprozess und wir müssten sie schonen, dürften sie nicht unachtsamen Erschütterungen aussetzen? Ist Zärtlichkeit, ja die Körperlichkeit selbst, der Jugend vorbehalten?

«Jetzt mal ehrlich», sagte sie leise, «du musst mehr unter Leute kommen. Manchmal habe ich das Gefühl, du bist eine Nonne, immer fleißig, immer arbeitsam, aber wo bleibt der Spaß? Wo bleiben die Abenteuer?»

«Sieh mich an», sagte ich und spürte, wie das Selbstmitleid an mir hochkroch. «Wer sehnt sich schon nach einem Abenteuer mit *mir*?»

Sie lachte spöttisch. «Da frag mal deinen Professor Wolfsfeld, der hätte sicher eine Antwort parat», sagte sie. «Du bist im Übrigen sehr schön, und wenn ich zurück bin, werde ich ein paar Fotos von dir machen, Porträts, und dir beweisen, wie verführerisch du bist.»

Ich spürte, wie ich rot anlief. Ich freute mich schrecklich.

«Bis dahin solltest du an unseren Bildern weiterarbeiten», sagte sie dann. «Ich habe das Gefühl, du kannst viel mehr herausholen. *Die Schwestern* –»

«Die lasse ich, wie sie sind», sagte ich schnell. «Man muss wissen, wann es genug ist beim Malen.»

«Jetzt komm mir nicht wieder mit deiner geschlagenen Sahne.» Sie machte eine wegwerfende Handbewegung. «Das Bild ist gut, das sehe ich ja, auch wenn ich keinerlei Ähnlichkeiten mit meinen bildhaften Schwestern habe, das musst du zugeben. Aber die Farben!»

«Sei nicht dämlich, die fehlende Ähnlichkeit ist Absicht», sagte ich eine Spur zu heftig, «das weißt du genau! Es geht nicht um Porträtähnlichkeit, es geht um den Ausdruck, um die Komposition.» Ich dachte nach. «Außerdem, ob du willst oder nicht, die Nase ist deine», fügte ich hinzu und gab ihr mit dem Finger einen Nasenstüber.

«Und dieses schreckliche Braun?»

«Ich finde, es passt genau», sagte ich. «Ich will mich nicht bei den *Neusachlichen* einschmeicheln, indem ich ihnen nach der Pinselspitze male. Ich male realistisch und fertig!»

«Du bist die Künstlerin», erwiderte Traute, und ich sah, dass sie mir nicht zustimmen wollte, aber auch nicht mehr zu widersprechen wusste. «Ich bin nur das Modell. Ich meine aber, es könnte den Bildern nicht schaden, wenn du in ein paar Tagen, wenn ich längst über die verschneiten Spitzen der Alpen gucke und mich nach dir sehne, ins Atelier gingest. Allein, ohne mich und *vor allem* ohne Ilse, die sich dort dauernd herumdrückt und immer eine Meinung hat. Und dann siehst du dir alles noch einmal in Ruhe an. Vielleicht erkennst du dann, was ich meine.»

«Vielleicht.»

Ich hatte kaum noch zugehört, nachdem sie gesagt hatte, dass sie mich vermissen würde.

Wir schwiegen wieder. Um uns klapperte leise Geschirr, und eine seltsame Ungemütlichkeit verbreitete sich.

«Was wird denn Ernst ohne dich anfangen?», fragte ich schließlich.

«Ach, Ernst.»

Sie sah über den Potsdamer Platz hinweg, folgte mit den Augen einer bimmelnden Straßenbahn. Neben uns knallten ein paar Kastanien aufs Pflaster, die dicken grünen Schalen sprangen auf. «Er will mich heiraten, weißt du?»

«Natürlich will er das.»

«Ich habe gesagt, er muss sich gedulden. Ich weiß noch nicht, was ich darüber denke.»

Ich wagte es nicht, zu atmen, um ihr nur ja nicht Anlass zu geben, zu glauben, ich hätte dazu eine Meinung.

«Kommt er zum Bahnhof?»

Traute trank den Rest aus ihrer Mokkatasse und verzog das Gesicht. Der letzte Schluck war immer kalt und bitter. Dann schüttelte sie den Kopf.

«Ich habe mich heute Morgen von ihm verabschiedet. Im Übrigen wird er mich in den Bergen besuchen kommen.»

Ich war neidisch, aber ich wollte es ihr auf keinen Fall zeigen und kniff mir unter dem Tisch mit den Nägeln ins Fleisch meines Handballens. Scheinbar unbekümmert sah ich wieder hinein ins warme Innere des *Josty*, zu der jungen Frau im blauen Kostüm. Sie schrieb noch immer, pure Konzentration im Blick. Woran sie wohl arbeitete? Auf einmal bekam ich Lust, sie zu malen. Das passierte mir ja selten, dass ich spontane Szenen einfangen wollte. Am meisten inspirierte mich immer noch die Zweisamkeit mit einem Modell. Wie zwischen mir und Traute, aber notfalls auch den anderen, die ich vor meine Staffelei setzte und bat, stundenlang zu erstarren. In dieser geschützten Atmosphäre konnte ich mich ihnen nähern, konnte ihr Wesen erfassen, die Schwingungen ihrer Haut, ihrer Seele. Die Emsigkeit und die unerbittliche Entschlossenheit der Frau am Tisch dort drinnen rührte mich an. Und ich hegte auch Bewunderung für ihr erwachsenes Auftreten, ihre Selbstzufriedenheit, die weit entfernt von Arroganz war.

Wir zahlten, besser gesagt, ich zahlte und kratzte dafür meine letzten Groschen zusammen. Der Kellner räumte ab, nahm das Geld und ging ohne Dank. Ich vermute, weil das

Trinkgeld, wie meistens in diesen Jahren, mager ausgefallen war. Arm waren wir immer noch, oder schon wieder.

«Dass ich durch diese vermaledeite Tuberkulose dem armen alten Berlin ausgerechnet im Winter den Rücken kehren muss», schimpfte Traute, als sie sich bei mir einhakte. Wir liefen die Leipziger Straße entlang Richtung Potsdamer Bahnhof. «Der Winter ist meine liebste Zeit.»

Ich schüttelte den Kopf. «Der Winter in Berlin ist wie ein Friedhof», sagte ich, «dunkel, kalt und elend, als lebte man in einer Gruft.»

«Aber sieh doch die ganzen Lichter, die Leuchtreklame, all das Glitzern.» Traute deutete über die Straße zu den herrschaftlichen Kaufhäusern, den Cafés und dem *Grand Hotel*. Hunderte Lichter funkelten auf der schwarzen Straße.

«Das alles sieht man im Sommer nicht halb so gut.» Sie stöhnte. «In meiner Einöde in den Bergen werde ich versauern. Ich könnte nie woanders leben als in Berlin, du nicht auch, Lotte? Hier fühlt man sich lebendig, hier ist was los!»

Ich nickte, mochte es mir auch gar nicht vorstellen, an einem anderen Ort zu leben, selbst wenn ich mich manchmal unbestimmt nach dem Meer sehnte, das mir als Kind so vertraut gewesen war. Doch das Landleben schien mir ebenfalls erschreckend, auch wenn ich die Weiten der Uckermark an den stillen Wochenenden, wenn wir dort zeichneten und schwammen, liebte.

Seltsamerweise dachte ich damals, dass es auf dem weiten, flachen Land enger, würgender sein musste als in den dichtbebauten Straßen von Berlin, wo sich die gegenüberliegenden Fenster in den Mietskasernen gegenseitig belauerten. Trotzdem flog der Geist hier freier über den Asphalt, dachte ich. Nun, ich habe dazugelernt, heute bevorzuge ich das

Landleben, Ruhe und Frieden, vielleicht eine Alterserscheinung.

«Jetzt komm, ich bin spät dran», drängte Traute.

Wir eilten weiter und erreichten wenig später die Bahnhofshalle. Ich sah hinauf zu den beiden mächtigen Türmen, die sie flankierten, und war beeindruckt von ihrer Beständigkeit. Mein Leben drohte sich angesichts der Abreise von Traute erneut zu Schall und Rauch zu verflüchtigen. Denn sie verlieh, seit ich sie kannte, allem Form. Meinen Bildern, meinen Gedanken. Aber ich würde einen Teufel tun, das ihr gegenüber zuzugeben.

Traute zog mich zur Plattform, wo ich eine Bahnsteigkarte lösen musste, erst dann wurden wir vom Sperrenschaffner, der sich an die Mütze tippte, durch das Eisengitter gelassen, das die Halle vom Bahnsteig trennte. Der Zug stand bereits da, und die ersten Fahrgäste schickten sich an, einzusteigen. Eine ältere Dame trug, obwohl die Mode sich längst geändert hatte, ein langes, enges Kleid, einen sogenannten *Humpelrock*, der sich beim Einstieg um ihre Knöchel schlang. Ein Schaffner schob sie unter Prusten hinein.

Traute und ich lächelten uns an, in Kleidungsfragen waren wir uns einig. Ich trug am liebsten Hosen, weite Hosen mit fallendem Stoff um die Beine, luftig und sportlich. Auch wenn Traute deutlich athletischer war als ich, eben ein Tänzertyp, spielte um ihre schmalen Unterschenkel stets ein modisch geschnittener Rock. Sie trug durchsichtige Strümpfe dazu und flache Stiefel.

«Einsteigen bitte», schnarrte die Stimme des Schaffners durch die Luft, und wir fuhren zusammen und klammerten uns aneinander fest.

Ich weiß noch, dass mich der absurde Gedanke durchzuckte, die Freundin festzuhalten, sie nicht einsteigen zu lassen. Doch ich hatte in den vergangenen Wochen ihrem keuchenden Husten gelauscht, sie immer mehr verschwinden sehen, und wusste, sie brauchte diese Kur.

«Soll ich mitfahren?», fragte ich plötzlich, ohne nachzudenken.

«Nicht doch, Lottchen, sei kein Dummkopf.» Der Ton ihrer Stimme ließ keinen Widerspruch zu, und es stand mir nicht an, dramatisch zu werden, also verkniff ich mir jedes weitere Wort. Fühlte nur, wie ihre schmale Hand aus meinen Fingern glitt, und sah, wie ihre Stiefel die Stufen erklommen. Sie trug den Koffer fest in der Hand. Dann wurde sie von der Zugtür verschluckt.

Durch die Fensterscheibe erspähte ich ihren Kopf mit der Kappe und beobachtete, wie sie sich durch die vielen Leute drinnen im Abteil zwängte und auf einen Fensterplatz zusteuerte. Sie schob das Fenster hinunter und achtete nicht auf das Schimpfen einer mitreisenden Dame, die offenbar sofort zu frieren begann. Ihr Lächeln sehe ich noch.

«Pass auf dich auf, Lottchen, und auch auf Ernst. Lad ihn auf einen Kaffee ein.»

Ich nickte. «Er hat mir versprochen, dich zu ersetzen, so gut er kann, und will mir sogar Modell sitzen.»

«Das ist fein. Du, und wenn ich wiederkomme …»

Das schrille Pfeifen des Signals übertönte den Rest des Satzes. Schnaufend setzte sich der Zug in Bewegung. Traute winkte noch einmal, dann schimpfte die Dame neben ihr: «Machen Sie endlich das Fenster zu, es zieht wie Hechtsuppe!»

Achselzuckend gehorchte Traute und schloss das Fenster mit einem lauten Rumms. Noch einen Moment konnte ich ihr Gesicht hinter der Scheibe sehen, dann rollte die Eisenbahn an mir vorbei, gewann an Fahrt und nahm Traute mit sich, wie eine eiserne Schlange, die ihre Beute verschluckt hatte und nun satt und zufrieden davonkroch. Und dann war sie fort.

Der Winter ohne Traute war endlos. Im Nachhinein erinnert, lag über diesen Wochen ein Nebel, der alles zu durchdringen schien, der mich lähmte, mich müde und abgeschlagen fühlen ließ. Ich malte und zeichnete lustlos und eher pflichtbewusst, wickelte endlose Fäden für Omi zu Wollknäueln auf, ging Mama in der Küche zur Hand und ackerte mich schlafwandelnd durch dicke Wälzer über Kunstgeschichte und Maltechniken in Vorbereitung auf die Meisterprüfung, die im übernächsten Jahr drohte. Ich feierte Weihnachten in der Stierstraße, mit Eierpunsch und Kartoffelsalat, weil die wirtschaftliche Lage zu Hause wieder etwas besser war. Und ich schrieb Briefe an Traute. Lange, durchkonstruierte Briefe, sorgsam auf zu viel Gefühl durchsucht. Ich berichtete ihr haarklein, was ich tat, mit wem ich sprach, was ich aß. Es waren geschwätzige Briefe und doch eigentlich stumm, ohne Inhalt. Das Wesentliche, nämlich, dass meine Kunst ohne sie nicht mehr gelang, nichts mehr wert war, sagte ich nicht. Dafür wuchs meine Wut, denn das Malen hatte mir, bevor ich sie kannte, reine Freude gemacht, doch nun, da sie fort war, schien ihre Seele aus allen Bildern herausgeschnitten. Zurück blieben Leere und Langeweile.

Immerhin gab es noch die anderen Schüler an der Akademie, so war ich nicht ganz einsam und mein Kopf notdürftig beschäftigt durch die Fachgespräche. Ilse und ich teilten uns weiterhin das Atelier, weshalb ich eigentlich auch nie wirklich allein war, jedenfalls nicht physisch. Unsere Meisterklasse schien noch mehr zusammengewachsen als zuvor. Je näher das Ende kam, desto enger knüpften wir uns aneinander, vermutlich in der gemeinsamen Angst, bald allein in die Welt hinausziehen und dort bestehen zu müssen. Nicht als gehätschelte Schüler, sondern als Künstler. Als Erwachsene. Nichts war furchterregender, als zu versagen. Nichts zermürbender als die Angst, ohne Traute sein zu müssen.

Als das Frühjahr 1926 endlich anbrach, zeugten die blühenden roten und weißen Kerzen auf den Kastanien davon, dass es sich in die kalten Tage geschlichen hatte und nun mit voller Macht ausbreitete. An einem dieser ersten warmen Frühlingstage lagen wir im Innenhof der Akademie und aßen unter freiem Himmel zu Mittag. Alle hatten zu Hause so viele Brote geschmiert, wie es möglich war, und wir breiteten unsere Schätze auf einer Decke aus und teilten geschwisterlich miteinander. Auch ich griff zu, ich hatte wie immer Hunger, als wüte in meinem Bauch ein wildes Tier, dabei hatte ich erst wenige Stunden zuvor in der Küche in der Stierstraße gefrühstückt. Doch das hier war besser, Schmalzstullen von Ilse, die Verwandte auf dem Land hatte.

Diese gemeinsamen Pausen genoss ich mittlerweile sehr, gerade weil ich sonst gern für mich blieb. Wenn man Furcht hat, sich aus eigenem Antrieb anderen Menschen zu nähern, ist es immer am leichtesten, man läuft in einer Herde mit. Unter Tieren, die ähnlich riechen wie man selbst, in meinem Fall nach Terpentin und Leinöl, und die einem wohlgesinnt waren, trotz der Konkurrenz, die bei aller Freundschaftlichkeit immer zwischen uns herrschte.

Auch Wolfsfeld war dabei, er hatte sich in eine leere Schubkarre gesetzt und kaute an einem belegten Brot. Ein wenig

Butter hing in seinem Bart, der das Kinn bedeckte. Meine Verwirrung, was ihn anging, hatte sich in den vergangenen Monaten gelegt. Wir sahen einander seltener außerhalb des Unterrichts, es war, als sei unsere Zeit als Vertraute still und unbemerkt abgelaufen. Sein Urteil bedeutete mir immer noch alles, doch seine Nähe war nicht mehr so lebenswichtig wie vor einem Jahr. Man munkelte, er träfe sich mit einer jungen Schauspielerin, oder war es eine Tänzerin? Diese Neuigkeit gab mir jedenfalls keinen Stich, nicht den leisesten.

Ich ging gern allein ins Kino, manchmal besuchte ich eine Vorstellung, wie früher, mit Traute oder Käte. Doch meine Schwester war leider oft müde vom nächtelangen Büffeln für die Promotion, ihre Konstitution war schon immer schwach, ihre Augen überempfindlich.

Käte! Wenn ich jetzt an sie denke, klemmt sich mein Hals zu. Sie sitzt in diesem deutschen Kurbad und leidet, und ich schaffe es nicht einmal, jede Woche zu schreiben. Dabei trifft hier ein Brief nach dem anderen von ihr ein, beinahe täglich. Vollgeschriebene Bögen, auf denen sie ihr Elend schildert, so wie der, den Traute heimlich las. Das glaube ich jedenfalls, sie fragt seitdem oft nach Käte, mit leisem Vorwurf, wie ich finde.

Ich weiß, Käte wartet wie eine Durstende auf Nachricht von mir, doch manchmal ist es mir eine zu große Bürde, immer für sie da zu sein. Früher gab es in unserer kleinen warmen Hausgemeinschaft auch noch Mulli und Omi, aber heute sind es nur noch Käte und ich, und sie klammert an mir, als sei ich der rettende Ast in einem tosenden Fluss.

Es war leichter, als sie nach Kriegsende mit mir in Stockholm lebte, da fanden wir zu einem schwesterlichen Rhythmus und konnten uns mit dem Alltag begnügen. Doch jetzt weilt sie so weit fort, ist mir so schrecklich unterlegen, und das ist nie gut, nicht zwischen Liebenden, nicht zwischen Geschwistern. Wir hatten einen unsinnigen Streit, als wir vor kurzem einmal telefonierten. Sie warf mir vor, sie wäre für mich nur ein Klotz am Bein, und am Tag darauf schrieb sie mir eine bitterböse Karte, in der sie mich daran erinnerte, dass ich ohne ihre Hilfe vor vielen Jahren ums Leben gekommen wäre. Ich weiß, sie meint jenen Tag, an dem wir als Mädchen auf dem Lietzensee in Charlottenburg über das Eis gingen und ich einbrach. Ich hatte Todesangst, niemals wieder verspürte ich eine solche Panik, nicht einmal später, als wir alle erneut vom Tod bedroht waren. Damals schrie Käte ein paar anderen Kindern zu, sie sollten sich bäuchlings aufs Eis legen und eine Kette bilden. Käte! Die sonst nie die Stimme erhob und kaum für sich selbst sprechen konnte! Und dann packte sie meine Hände mit ihren nassen Fäustlingen und zog mich liegend auf dem Eis heraus. Schnatternd und zitternd liefen wir beide nach Hause und verheimlichten den Vorfall vor Mama, die zum Glück nicht daheim war. Es war wie ein kleines Komplott, teils, weil es uns nicht erlaubt war, auf unbekannte Eisflächen zu gehen, teils, weil wir Mulli die Aufregung ersparen wollten.

Also ja, Käte hatte mir das Leben gerettet, und ich würde wirklich gern das ihre retten, aber es steht nicht in meiner Macht, sie glücklich zu machen. Ihre Melancholie ist heute so tief wie dieses verdammte Loch im See, damals vor etlichen Jahrzehnten. Was kein Wunder ist, bei allem, was sie später in jenen Berliner Jahren durchmachen musste, als die Welt in den Abgrund stürzte.

Aber unter dem hellen, weiten Frühlingshimmel im Garten der Akademie damals ahnte ich nichts von ihrem Schicksal und dem von unzähligen anderen Juden in Berlin. Ich weiß noch, dass wir an jenem Tag über die Situation der jüdischen

Künstler ganz allgemein sprachen. Unsere Lage war komplizierter geworden, die Anzeichen, dass wir es schwer haben würden, häuften sich.

Unsere Lage? Keine Ahnung, ob ich mich damals einfach so dazuzählte. Über mein eigenes Jüdischsein hatte ich, bisher jedenfalls, selten nachgedacht. Nun geschah es allerdings doch öfter, gezwungenermaßen. Wenn es in den Straßen von Berlin zu Übergriffen auf Juden kam, wenn die rechtsnationale Presse gegen das *Weltjudentum* hetzte und ich die Schlagzeilen im Vorübergehen am Zeitungsstand sah, wurde es mir wieder bewusst. Aber immer nur von außen wurde ich daran erinnert, dass ich Jüdin war, nie von innen. In meiner Familie hatte die Religion keinerlei Rolle gespielt, Bildung, Bürgerlichkeit, Liberalität waren die Werte, an denen sich Mulli und Omi orientierten.

«Arnold Schönberg ist verdammt klug gewesen», sagte Ilse wütend. «Er ließ sich nicht von Kandinskys schönen Reden einlullen, ließ sich nicht locken an die Musikschule. Denn die Professoren in Weimar und Dessau sind nicht so harmlos, wie sie tun, sie machen den Juden gern das Leben schwer. So wie der Rest der Welt.»

«Das sind Einzelne», sagte *Schwerstgeburt* und strich sich die blonden Haare aus der Stirn, als sei er verlegen.

«Sind es nicht», sagte Ilse, «es sind weit mehr, als es das Bauhaus verdient hätte. Ich meine, dort wird wirklich Revolutionäres geschaffen, sie drehen den ganzen Kunstbegriff um, etwas, das wir in Berlin hätten hinbekommen müssen. Doch die Akademie hier ist immer noch zu verstaubt. Während hier vor allem *geredet* wird, *machen* die am Bauhaus bereits, schaffen Tatsachen. Aber der Judenhass, der dort herrscht, verhindert eine wirklich gute Bewegung.»

Unser Kommilitone schwieg, er suchte nach Worten. Hilfesuchend sah er sich um, und wirklich, Jan sprang ihm bei.

«Man muss das große Ganze sehen», sagte er zu Ilse, woraufhin sich ihr Gesicht verfärbte, doch er schien es nicht zu bemerken. «Was die Lehrer in Weimar und jetzt auch in Dessau durchgesetzt haben, ist einzigartig. Die Verbindung von Kunst und Handwerk, die Vorkurse, in denen endlich alle gleich sind, Professorensohn wie Metallschweißer, und in denen alle die gleichen Übungen machen, das ist was!»

«Schöne Gleichheit, die Juden ausschließt», schimpfte Ilse und blitzte ihn an.

Er hob entschuldigend die Schultern. «Du darfst das nicht persönlich nehmen.» Dann senkte er die Stimme und sah aus den Augenwinkeln hinüber zu Wolfsfeld. «Manchmal hab ich schon gedacht, ob ich nicht auch nach Dessau soll. Alles ist dort so viel freier, die Lehrmethoden viel moderner als hier bei uns im ollen Berlin. Sie haben dort diesen ganzen alten Krempel über Bord geworfen und schaffen etwas gänzlich Neues.»

Wolfsfeld, wenn er Jans Worte denn überhaupt gehört hatte, war klug genug, um sich aus seiner Position des Lehrers heraus zunächst nicht einzumischen, er verschlang stattdessen still den Rest seiner Stulle und blinzelte in den Himmel hinauf.

Auch Wolfsfeld war Jude. Auch ihn haben sie später vertrieben, trotz der Kaiser-Wilhelm-Medaille für den *Bogenschützen*, trotz des *Deutschen Künstlerbunds*. Er hatte im Weltkrieg bei einer Spezialgruppe gedient, hatte dort, so erzählte er mir irgendwann, die Technik, Bilder von marschierenden Truppen mit Schuhcreme zu malen, verfeinert, denn Farben hatte er nicht. Am Ende war er trotzdem nicht deutsch genug, dabei hat niemand so deutsche Bilder wie er gemalt, so deutsche Landschaften und Gesichter.

Sein Realismus hätte Wasser auf die Mühlen der realismusversessenen Nazis sein können. Doch er war Jude, und nichts anderes hatte später vor dieser Tatsache Bestand. Auch meine Bilder waren den Nazis nicht um ihrer selbst willen zuwider, nein, es war die *Rasse* ihrer Malerin, die sie zu Verfemten machte.

Ilse schüttelte den Kopf. «Du bist ein Kindskopf, Plüsch. Du siehst immer nur das Neue, das Abenteuer. Wahrscheinlich imponiert dir die Bauhaus-Mode mit den kurzen Ponys in der Stirn und die Tatsache, dass sie ohne Krawatte ins Gasthaus gehen. Das kannst du auch hier machen.»

«Aber hier interessiert das keinen, das ist es ja!», sagte Jan und stöhnte. «In Berlin hat man schon alles gesehen, da kann man nicht mehr viel Neues wagen. In Weimar, in Dessau da ist es eine Revolution, sich im offenen Hemd ins Café zu setzen. Alles ist so neu, so aufregend!»

«Und doch hängen sie alten Vorurteilen nach, als wäre das Antijüdische und der Hass gegen alles Fremde ihnen eingepflanzt», sagte Ilse. «Die Jugend und ihr Innovationsgeist helfen rein gar nicht dabei, Vorurteile über Bord zu werfen und jeden Menschen, egal welcher Religion und welcher Rasse, als gleichwertig anzusehen.»

«Womit wir wieder bei Schönberg wären», warf Herbert ein, der bisher still dabeigesessen hatte.

Ich nutzte den Moment, da alle zu ihm sahen, und griff mir das letzte Schmalzbrot. Nur Wolfsfeld hatte es gesehen und blinzelte mir zu.

«Wieso?», fragte Jan.

«Weil er genau das an Kandinsky geschrieben hat. Dass wir Juden offenbar keine Menschen sind, dass wir keine Deutschen, keine Europäer sind in den Augen dieser Hetzer. Wenn das mal keine Prophezeiung war und wir unser blaues Wunder in dieser schönen Republik erleben.»

Alle schwiegen eine Weile. Über uns raschelte das noch junge, hellgrüne Laub in den Zweigen, als ein sanfter Wind hindurchfuhr. Die Mauern der *Vereinigten Staatsschulen* wirkten immer noch wie die einer schützenden Burg, altehrwürdig, uneinnehmbar. In Dessau lernten die Bauhaus-Schüler in einem brandneuen, scheinbar schwebenden Gebäude, das fast nur aus Luft und Glas bestand, ich hatte eine Postkarte davon gesehen, die damals zuhauf kursierten. Aber mir waren die alten, schönen Steine der Berliner Akademie lieber, sie atmeten so viel Geschichte, besaßen Würde und strahlten eine große Ruhe aus. In einem Atelier aus Glas wäre ich mir beobachtet, ja ausspioniert vorgekommen, wie in einem Terrarium.

Während damals, Mitte der zwanziger Jahre, alle vom Bauhaus sprachen, vom Konstruktivismus, von der Moderne, von *Dada*, als seien es Vorboten des Heilands, hielt ich mich zurück. Warum musste diese neue Schule alles, was in der Kunst bisher gut und schön gewesen war, hinwegfegen? Mit einem riesigen Besen, der brutal auskehrte und nichts als blanke Bretter, schimmerndes Metall und sinnlose Wörter zurückließ.

Wenn ich meine Bilder betrachtete, kam ich mir manchmal hoffnungslos altmodisch vor, dabei war ich noch jung, zählte doch eigentlich zur Avantgarde? Besonders oft stand ich in den ersten Frühlingswochen von 1926 vor dem Bildnis, das ich zuletzt von Traute gemalt hatte, bevor sie in die Berge abgehauen war. *In Andacht* hatte ich es getauft, und es zeigte sie in stiller, ja betender Pose, in einem dunklen Hemd, das aussah wie ein Büßerkleid. Ihr trauriges, aber umso schöneres Gesicht hatte sie abgewandt, die Arme still übereinandergelegt. Sie hatte recht gehabt, als sie die Farben kritisierte, alles war in

Braun, Schwarz und Hautfarbe gehalten, sehr akademisch. Sie sah darauf aus wie eine Maria Magdalena des 19. Jahrhunderts. Ich hatte das Porträt im Stil des Neoklassizismus gemalt und immer wieder an Anselm Feuerbachs *Nanna* gedacht. Meine Traute ist auf dem Bild in eine ebensolche dunkle, warme Melancholie gehüllt wie die Frau in Feuerbachs Gemälde, der Betrachter muss ebenso atemlos zu ihrer Schönheit aufblicken. Ich hatte Traute, während ich sie malte, alles über diese Muse erzählt, die für den Maler ihren Mann und ihre Kinder verließ und sich ihm ganz anvertraute, sich seiner Eifersucht und fanatischen Liebe auslieferte. Traute hatte gelacht, nur kurz, denn sie wusste, wie sehr ich es verabscheute, wenn sie beim Modellsitzen wackelte, und gesagt, dass es nicht die klügste Entscheidung einer Frau sei, ihr Gefängnis zu verlassen, nur um es gegen einen neuen Kerker einzutauschen. Pfiffiges Mädchen, meine Traute.

Ein bisschen ging es mir so mit den Leuten am Bauhaus, sie schienen mir viel zu selbstsicher. Sie beanspruchten in meinen Augen die Deutungshoheit über die Moderne. Aber nur, weil man ein paar Arbeiterkinder zu Malkursen zuließ und Krawattenstreiks in Cafés anzettelte, war man noch lange kein großer Künstler oder gar Revolutionär. Und in ihrem Modernismus waren diese Dussel wieder so elitär, dass sie es kaum bemerkten, wenn sich Antisemitismus in ihre Reihen schlich.

Als ich etwas Ähnliches nun laut in der Runde äußerte, lachte Herbert.

«Ich fürchte, das Bauhaus hat bei Lotte einen wunden Punkt getroffen», sagte er. «Angeblich müssen sie dort auch Porträts von bewegten Modellen zeichnen. Das wäre dein persönlicher Albtraum, Lottchen, oder? So lahm, wie du beim Zeichnen bist?»

Ich schlug nach ihm, es sollte spielerisch aussehen, doch ich war beleidigt. Es war ein Volltreffer – und leider auch die Wahrheit.

«Ich sehe es wie Lotte», sagte Ilse und lächelte mich an. «Solange Frauen und Juden nicht Teil einer Bewegung sein dürfen, ist es keine revolutionäre Sache, sondern nur eine Ansammlung eitler Männer, die sich für Götter halten. Doch das sind sie nicht, selbst, wenn sie Kandinsky heißen.»

Ein paar Mitschülerinnen lachten, unsere jungen Kommilitonen sahen eher betreten drein, fand ich.

Wolfsfeld nickte und trat seine Zigarette im Gras aus.

«Genug jetzt, Sie alle haben eine Meinung und vertreten diese gern, das ist gut. Doch nun sollten wir unsere Mittagspause beenden. Auch am Bauhaus herrscht, wie ich höre, ein äußerst strenges Regime, was die Pausenzeiten angeht, der Unterricht dort entfällt niemals.» Er erhob sich. «Herr Plüsch, wenn Sie also überlegen, den Studienort zu wechseln, erwarten Sie nicht nur Wein, Weib und Gesang dort.» Jan errötete und schüttelte den Kopf, doch Wolfsfeld beachtete ihn nicht weiter und fuhr fort: «Wir hier in Berlin sollten der Tradition alle Ehre machen und ebenfalls hart arbeiten, damit wir nicht zurückfallen. Sonst erinnert sich die Welt später nur noch an Itten, Klee und Kandinsky, aber nicht an Wolfsfeld.» Er grinste schief.

Ich weiß noch, dass ich dachte, wie reichlich egozentrisch seine Begründung klang, als seien wir Schüler vor allem dazu da, unseren Lehrer ins unsterbliche Gedächtnis der Kunstgeschichte zu schreiben. Und es war das erste Mal, dass ich über etwas, das Wolfsfeld sagte, verärgert war. Doch ich vergaß es gleich wieder, denn in diesem Moment kamen zwei Gestalten aus dem Hauptgebäude.

«Lotte», rief der eine, es war Krumm, der jetzt erst aus dem Atelier kam. «Du hast Besuch.»

Ich sah Krumms hohe Gestalt auf mich zukommen, daneben entdeckte ich einen dunklen Schopf. Die Haare waren kürzer, als ich sie in Erinnerung hatte, sie musste sie dort in den Bergen abgeschnitten haben. Ihr schmales Gesicht wirkte jetzt noch schärfer, noch strahlender. Sie trug einen roten Pullover, so leuchtend wie im Sommer die Himbeeren im Vorgarten bei uns in Friedenau.

Traute war wieder in Berlin.

13

TRAUTE

KAUM EINEN TAG ist Ernst fort aus Kalmar, und schon gibt es
wieder Streit. Lotte hat sich in den Kopf gesetzt, dass sie mich
malen will, und ich habe keine Lust. Es ist wahnsinnig anstrengend, und auch, wenn ich das Modellsitzen früher ohne
Pause stundenlang aushielt, so sieht es doch heute anders aus.
Meine Gelenke schmerzen, besonders hier im kalten Seewind,
und ich habe stets schreckliche Sehnsucht nach einer großen
Tasse heißen Tee und einem Schmöker, in dem man, in eine
Wolldecke gehüllt, versinken kann. Wenn Lotte doch nur einmal so entgegenkommend wäre, mich in dieser Position zu
malen, die sich ihr einfach gerade anbietet, aber nein, sie will
etwas anderes, eine komplizierte Pose am Strand unten. Sie
zeigt auf eines der alten Fotos von mir, die sie rührenderweise
im Flur, der zum Wohnzimmer führt, aufgehängt hat. Darauf
bin ich fünfunddreißig Jahre jünger als heute, ich trage einen
schwarzen Badeanzug und springe wie ein Füllen in der Gischt
herum, ausgelassen und albern und fürchterlich geschmeidig.

«Ich kann das nicht mehr», sage ich zu ihr und sehe sofort,
wie sich der Widerspruch in ihren Augen zurechtsetzt. Nichts
liebt Lotte so wie Widerspruch, ich sollte es inzwischen wissen
und ihn nicht noch anstacheln. Aber habe ich etwa kein Recht
auf eine eigene Meinung, ja, auf meinen Körper, nicht einmal
heute?

«Natürlich kannst du», sagt sie ungerührt, «du bist keinen Tag gealtert, *Hundch*...» An der Stelle beißt sie sich auf die Lippen, immerhin das. «Du bist taufrisch, Traute», fährt sie dann fort, und ich rechne es ihr hoch an, dass sie sich bemüht. Aber halbnackt im eisigen Wasser herumhampeln, das will ich trotzdem nicht.

«Ich will nichts mehr davon hören», erkläre ich, «stell dich doch selber da an den Strand und erstarre zur Salzsäule, ich lese mein Buch weiter.»

«Früher wäre dir ein Buch egal gewesen, wenn es der Kunst gedient hätte», sagt sie vorwurfsvoll.

Da kann ich nicht mehr anders, und es platzt aus mir heraus: «*Deiner* Kunst, meinst du wohl!»

Für einen Moment wirkt sie überrascht, dann kräuselt sie auf ihre einmalige, spöttische Art die Lippen. «Egal, wessen Kunst. Da hast du früher auch nicht unterschieden. Aber heute ist plötzlich alles meins oder deins, stimmt's?»

Es tut mir weh, das zu hören, als sei ich in diesem Punkt nicht immer großzügig gewesen, als hätte ich je verlangt, dass auf unseren Bildern neben *L. Laserstein* auch noch *T. Süssenbach* stünde. Oder später, nach meiner Heirat, *T. Rose*, auch wenn da nicht mehr viel Neues kam. Nein, die Bilder tragen nur mein Gesicht, nicht meinen Namen, und ich habe das niemals angezweifelt. Wie kann mir Lotte da heute vorwerfen, ich sei kleinlich?

Doch ich schweige. Ich will nicht, dass wir uns überwerfen, sodass am Ende gar nichts mehr übrig ist. Dass ich im schlimmsten Fall gleich heute von hier fortgehen müsste im Streit, das wäre nicht richtig. Und wohin sollte ich denn auch gehen? Ernst ist in Stockholm, noch bis nächste Woche, und er hat das Scheckbuch mitgenommen und das meiste Bargeld.

Dass es in der heutigen Zeit immer noch so ist, dass man als Ehefrau eigentlich hilflos ist, ganz und gar dem Ehemann ausgeliefert! Das macht mich wütend. Aber natürlich ist es meine Schuld, warum habe ich nicht einmal ein eigenes Bankkonto, obwohl ich von mir selbst immer sagen würde, ich sei eine emanzipierte Frau? Das ist unverzeihlich. Aber auch typisch: Wir Frauen legen uns so oft die eiserne Kette selbst um den Hals und wundern uns dann, wenn sie uns wundscheuert.

Die rasch ziehenden Wolken scheinen es jedenfalls eilig zu haben, von hier fortzukommen. Verstimmt trotten Lotte und ich später doch noch zum Meer, was auch sonst bleibt uns zu tun? Ich beobachte die schwappenden Wellen, heute mit gelblicher Gischt, wie das schäumende Maul eines Löwen, der immer wieder nach dem Sand schnappt und kleine Haufen mit sich reißt. Alles hier ist so unstet, der Wind, der an meinen Haaren zerrt, die Möwen, die kreischend über das Meer hinwegstürzen, als würden sie fliehen, das Wasser, das den Boden unter meinen nackten Zehen aushöhlt und gurgelnd alles zunichtemacht, was meine Hände in den nassen Sand zeichnen, wenn ich mich bücke.

Irgendwo hinter mir sitzt Lotte, das *Kalmar Slott* mit dem breiten Schlossturm im Rücken, und skizziert. Ich fürchte, dass sie trotz meiner Weigerung, für sie zu posieren, versucht, mich aus der Ferne festzuhalten, wie ich am Strand auf und ab stapfe. Bewegte Dinge zu zeichnen gelingt ihr fast nie, und dann ist sie unzufrieden und wie gelähmt. Warum versucht sie es dennoch immer wieder?

Nun, ich schätze, einige von uns – ich nicht – sind mit einem zu großen Willen ausgestattet, der sie zwingt, wie Sklaven an den unlösbaren Aufgaben ihres Lebens festzuhalten, sich daran festzubeißen wie ein kleiner Kläffer an einem Stock, anstatt zu akzeptieren, dass sie für manches eben nicht geschaffen sind. Doch andererseits bringt wohl erst dieser hartnäckige Biss wahre Größe hervor.

Auch wenn ich nicht zu diesen Menschen zähle, die meinen, sie könnten alles, wenn sie es nur wollen, so hatte ich doch vor dem Krieg das sichere Gefühl, dass mir das Leben zustand, das ich mir wünschte. Manchmal, wenn ich mir alte Fotos ansehe, wundere ich mich über die Energie, die Gewissheit in meinem Blick. Lotte sagt, ich gucke immer traurig auf Fotos, aber ich sehe das nicht auf den alten Bildern, ich sehe eine junge Frau mit Lebenshunger und Abenteuerlust. Vielleicht ließ ich mich nicht unterkriegen, gerade, weil ich in meiner Jugend nicht wusste, ob ich die Krankheit besiegen würde. Doch wo ist diese Frau geblieben? Sie scheint im Krieg verlorengegangen zu sein, sie ist mir heute so fern. Damals haben wir alle gedacht, es würde ewig so weitergehen mit unserer Freiheit, unserer Kraft. Jeden Tag, selbst im Fieber und der Krankheit zum Trotz, wachte ich auf mit diesem Kribbeln in der Brust, als wüchse das Glück auf den Pflastersteinen der Stadt wie Löwenzahn und müsste nur im Vorbeigehen gepflückt werden.

Heute suche ich bisweilen noch dieses Gefühl, doch die Gehsteige sind leer, die Blumen am Wegesrand schlaff und unansehnlich. Das Kribbeln ist verschwunden und hat einer bleiernen Schwere Platz gemacht. Ist das nur das Alter? Oder wurde uns allen, die wir den Krieg überlebten, ob im Versteck, im Exil oder inmitten der Bombenhölle, etwas gestohlen?

Ich sehe Lotte und mich wie auf einer alten, vergilbten Fotografie, wie wir uns damals, in der Suppenküche, zum ersten Mal begegneten. Es ist ein rührendes Bild. Lottes Gesicht ist in meiner Erinnerung sehr jung, mit vollen Wangen und dem kurzen, streng nach hinten gekämmten Haar, die Lippen wie heute stets leicht geschürzt. Seelenruhig wartete ich ab, bis sie sich nach dem Essen endlich einen Ruck gab und zu mir kam. Seit Jahren schon hatte ich mir den Kopf zerbrochen, wie ich mehr über die Kunst erfahren, wie ich den Künstlern, die ich verehrte, nahekommen könnte. Dabei war ich sicher kein Künstlerliebchen, wollte weder entdeckt werden, noch war ich scharf auf Partys mit Champagner. Nein, mich interessierte wirklich das Handwerk, die Produktion von Kunst, an der ich mich bisher so erfolglos versucht hatte. Und mit Lotte öffnete sich mir diese Welt. Gemeinsam haben wir Neues geschaffen, wirklich bedeutende Dinge. Zumindest hege ich die stille Hoffnung, dass ich meinen Anteil daran hatte, auch wenn Lotte natürlich den Pinsel hielt, die Arbeit am Bild ausführte. Doch ich verrichtete die *Körperarbeit*, ich gab meinen Leib hin, mein Gesicht, und machte beides der Kunst untertan. Überraschend schnell, muss ich gestehen, verblasste die Kunst in ihrer Wichtigkeit, und an ihre Stelle trat die Malerin selbst, trat Lotte. *Ihr* wollte ich gefallen, *ihr* zu Diensten sein. Dass sie mich bald ihr *Hundchen* rief, zeigte, wie sehr wir einander in diesem Wunsch verstanden. Nur woher kommt dann jetzt diese Wut, die mich neuerdings bei dem alten Kosenamen überfällt?

Ich finde, Lotte hat kein Recht mehr dazu. Das alles gehört einer vergangenen Epoche an. Seit unserem ersten höflichen Wiedersehen nach dem Krieg wagte sie es ja auch lange Zeit nicht mehr, mich so zu nennen. Bis jetzt. Aber Lotte ist nicht dumm, sie weiß um das Gewicht von Worten, von Namen, also kann das kein Zufall sein.

Die Verletzung in ihrer Miene, als ich sie neulich anherrschte, sie solle mich nicht so nennen, muss ich mir auf die Rechnung schreiben, ich hatte sie nicht gewarnt. Doch denkt Lotte wirklich, seit damals habe sich nichts geändert? Die äußeren Bedingungen, die schon, Häuser, Ateliers, Länder, Politik – aber nicht *wir*, nicht das, was wir waren? Nun, sie denkt falsch. Das Äußere hat das Innere geändert, es hat Einfluss auf meinen Geist genommen und etwas in mir zerstört, das ich für unzerstörbar hielt.

Ich weiß noch, wie ich in den Monaten unserer ersten Trennung wegen meiner Kur im Liegestuhl im Garten des Sanatoriums lag und über die schneebedeckten Berge blickte. Ich war jung und heimwehkrank und voller verwirrender Gefühle. Wie sehr ich mich nach zu Hause sehnte, nach Berlin. Nach Lotte vor allem! Und auch nach Ernst, ja, Ernst war ein feiner Kamerad, er ist es noch. Bis heute ist er mir eine Stütze ohnegleichen, und vielleicht liebte ich ihn damals bereits. Wäre er jetzt nicht in Stockholm, stünde er sicher in Lottes Küche und kochte uns Tee, damit wir, wenn wir später heraufkämen, warm und versorgt wären. So ist er immer. Doch damals tränten meine Augen nicht seinetwegen und auch nicht wegen der blendenden Berggipfel, sondern wegen der Ferne, die zwischen mir und Lotte lag. Zwischen Lotte und mir und dem großen Ganzen, das ich in ihrer Gegenwart spürte.

Damals ahnte ich nicht, wie sehr diese Ferne Jahre später wachsen würde, wie oft und wie lange wir noch voneinander getrennt sein würden. Hätte ich es gewusst, hätte ich im Gebirge wohl geheult wie ein Schlosshund und wäre von den Schwestern gerügt worden, weil ich meine Erholung, meine Genesung gefährdete. So aber habe ich nicht lange gejammert, sondern stattdessen das Beste aus der Trennung gemacht und Skistunden genommen, um mir die Zeit zu vertreiben. Und das war ein großer Spaß!

Es ist ein Segen, ein Glück, dass wir nichts davon wissen, was auf uns zukommt, welche Prüfungen uns bevorstehen.

Heute weine ich nicht mehr. In ein, zwei Wochen fahren Ernst und ich wieder nach Deutschland und lassen Lotte hier zurück. In der Fremde, von der sie so tut, als sei sie ihr vertraut. Es wird schmerzen, aber weinen werde ich nicht.

Manchmal denke ich, dass Lotte wie ein Kind ist, dass ich sie beschützen muss, sie heimholen, zu mir nach Hause holen und mich dort um sie kümmern muss. Dann wieder halte ich das für einen seltsamen, fast abstoßenden Gedanken, so, als trauerte ich wegen des Kindes, das keine von uns jemals hatte, und ersetzte es durch Lotte, was natürlich ganz und gar nicht geht. Es ist überdies albern, denn Lotte ist stark, eine große, gestandene Frau mit weißen Strähnen in den schwarzen Haaren, ein wenig füllig und keineswegs schutzbedürftig. Ich dagegen werde immer schmaler und leichter, der Wind weht hier durch meine Glieder wie durch Papier. Und doch spüre ich, dass Lotte mich braucht. Dass sie so zart im Inneren ist wie ich von außen. Aber das ahnt natürlich niemand, weil sie niemanden an sich heranlässt. Was fängt sie hier nur an, den ganzen Tag, eine Fremde unter Fremden? An dieser lieblichen Küste, die ja nicht einmal nach Deutschland zeigt, sondern den Blick nur nach Osten hin öffnet. Natürlich ist Lotte meist allein, auch wenn sie leichtfertig mit den Namen ihrer Bekannten umherwirft wie mit bunten Jonglierbällen. Ich bin sicher, sie bedeuten ihr alle nichts.

Neulich fiel mir wieder ein, dass Lotte sogar einmal verheiratet war, jedenfalls auf dem Papier. Heute ist sie die Witwe eines schwedischen Juden namens Sven Marcus, der laut Lotte schwerkrank war und nur für die Eheschließung nach Stockholm reiste und die Heiratsurkunde unterschrieb, damit sie im Land bleiben konnte. Eine großherzige Tat, doch Lotte wird nicht gern daran erinnert, sie pflegt lieber die Geschichte, dass die Schweden sie wegen ihrer Kunst behalten haben. Was lachhaft ist angesichts ihrer Schwierigkeiten, hier ausgestellt zu werden und etwas zu verkaufen.

Lotte und ihr *Mann* haben sich nach der Eheschließung nie wieder gesehen, und dieser Herr Marcus ist längst gestorben. Und die anderen Namen? Die Neumanns, die Öijes, Walter Lindenthal? *Din Hugo*, wie Käte schrieb, Lottes Freund? Das sind Namen, die manchmal fallen, wenn sie von ihrem schwedischen Leben spricht, Lotte streut sie ein wie knappes Salz ins Essen, damit wir nur ja nicht denken, sie sei einsam. Aber seit wir hier sind, hat es nicht ein einziges Mal an der Tür geläutet. Wo sind die anderen Emigranten, die Künstler, die Deutschen? Um Lotte herum herrscht eine große Leere. Sie war, weiß Gott, noch nie gut darin, Kontakte zu knüpfen, geschweige denn, zu pflegen. Dass Ernst und ich sie jetzt wieder besuchen, dass wir drei noch immer Freunde sind nach all den Jahren, grenzt an ein Wunder.

Was aber, wenn wir abreisen? Wenn das ohnehin verwelkte Kleeblatt auseinandergerissen wird?

Aus den Augenwinkeln sehe ich sie am Ufer hocken, mit dem Strohhut, den sie jeden Tag trägt, wie eine patente, fröhliche Gärtnerin sieht sie damit aus. Ihre Augen haben noch immer dieses Funkeln unter den schweren Lidern, das mir schon vor drei Jahrzehnten so gefallen hat, als ich ihr den Suppenteller reichte und fand, dass in ihrem Gesicht eine seltsame Mischung aus Trotz und Verletzlichkeit stand, aus Schalk und biederem Ernst. Sie sitzt da und strichelt hektisch auf ihrem Skizzenblock herum, sieht nicht die spielenden Kinder, die um sie herum Haken schlagen, riecht nicht das Gras der Wie-

se, die bis zu dem kleinen Strand reicht. Sie wirkt ganz einge-
sponnen in ihre Kunst, für die sie schon immer bereit war, alles
zu opfern, und für die sie alles andere aufgegeben hat. Diesen
geheimnisvollen Verlobten namens Palo, ihren *Meister* Wolfsfeld und auch ihre Familie. Denn als sie damals nach Schweden flüchtete und etliche ihrer Bilder mitnahm, da rettete sie
nicht nur ihr eigenes Leben – was ihr wohl gar nicht bewusst
war –, sondern auch ihre Werke, ihre *Kinder.* Längst hatte sie
die Bilder zu ihrer neuen Familie erwählt, und die konnte sie
nicht im Stich lassen. Wohl aber ihre Schwester, ihre Mutter,
mich. Ja, auch mich hat sie im Stich gelassen. Sie scharte ihre
leblosen Malereien um sich, all die Skizzen und Ölschinken,
auf denen ich war, doch das Original ließ sie zurück.

Lotte würde wohl behaupten, dass ich selbst Anteil daran
hatte. Es sei eigentlich meine Schuld, ich hätte sie fortgesto-
ßen, ausgeschlossen aus meiner Verbindung mit Ernst und sie
zur Emigration gedrängt. Und vielleicht ist das auch nur gerecht. Ich tat es wohl aus Selbstschutz, schnitt sie aus meinem
Leben, bevor sie wirklich abfuhr.

Ob sie damals nach der Flucht in ihrer ersten, winzigen
Wohnung in Stockholm, wo man nicht von der Küche ins
Badezimmer laufen konnte, weil unzählbare Leinwände den
Weg versperrten – ob sie da mein Gesicht auf den geretteten
Bildern betrachtete und sich an mich erinnerte, an *uns?*

Oder warum, Lotte, hast du ein Jahr nach Kriegsende noch
immer geschwiegen, warum hast du nicht sofort versucht,
mich zu finden? Immer wieder stelle ich mir diese Frage. Ich
glaube, das ist die schlimmste Frage von allen. Und ich muss
sie mir genauso stellen, denn damals schickte ich Ernst vor,
dass er dir schriebe, als sei meine eigene Hand gelähmt.

Es hat eine seltsame Bewandtnis mit der Erinnerung. Erst

schmiegt sie sich an dich wie eine alte Katze, umschmeichelt dich, lässt dich zufrieden seufzen, wiegt dich wie ein Kind in Sicherheit. Doch dann kommen die dunklen Bilder, die bösen Stunden zurück. Als habest du sie ebenfalls eingeladen, und Schmerz, Verrat, Scham stürzen auf dich ein wie Hexen, schlagen ihre Krallen in dich und lösen die wahre Erinnerung aus dir heraus.

Lotte weiß das, deswegen wehrt sie sich gegen die Erinnerung, deswegen lenkt sie immer ab, sobald ich anfange, von früher zu sprechen. Aber ich habe immer an die heilende Kraft der Worte geglaubt, daran, dass man sich aussprechen kann und dann eine Chance besteht, dass alles gut wird. Aber vielleicht irre ich mich? Ich wusste jedenfalls nicht, bevor ich in diesem Sommer herkam, wie böse ich auf Lotte bin. Wie böse ich all die Jahre auf sie war, seitdem sie Berlin und mir den Rücken gekehrt hat. Und jetzt, da ich meine Wut endlich spüre, kann ich die Vergangenheit nicht mehr abschütteln, sie klebt an mir wie Pattex. Nun weiß ich nicht wohin mit meinen Erinnerungen, mit meinen Gefühlen. Denn nach all den Jahren, all den Stunden mit Lotte sehe ich sie wieder wie eine Fremde. Nicht wie die junge Frau mit dem wilden Blick in der Suppenküche, an deren Anblick ich mich so erfreute, ja, mit der ich eine Begegnung herbeifieberte, sondern wie eine weit entfernte Skulptur in einem Park. Eine Skulptur in einem Pavillon aus Glas, die stets das Gesicht abgewendet hat und sich kühl auf einem Podest nur um sich selbst dreht.

14

LOTTE

TRAUTE IST SO schrecklich sentimental, ich verabscheue es, wenn sie diese dramatische Traurigkeit im Gesicht vor sich herträgt wie eine Flagge auf halbmast, sodass jeder auch gleich sehen muss, wie schlimm es um sie steht. Es ist mir so zuwider! Und doch, muss ich gestehen, habe auch ich zuweilen solche Anwandlungen. Und wenn man erst einmal damit angefangen hat, dürstet es einen nach den traurigen Erinnerungen wie nach einem Glas Wein am Ende eines langen Tages, um darin zu schwelgen und sich einen dicken Kopf zu holen.

In bittern Zügen trinke ich die Erinnerung an unsere Jahre in Berlin und suche nach dem Punkt, an dem etwas geschah, was Traute und mich entzweite. Doch noch bin ich nicht dort angelangt.

Wenn ich an mein erstes eigenes Atelier denke, beschleicht mich eine dumme Sehnsucht. Nicht, weil der Raum besonders schön war, er verdiente kaum den Namen. Ein unrenovierter Dachboden in einem Mietshaus, in dem es schrecklich zog, und eine enge, ärmliche Kammer daneben. Nein, nichts daran war heimelig, nichts pompös oder romantisch. Aber es bedeutete für mich Freiheit. Freiheit und Aufbruch als Künstlerin.

Im Mai 1927 legte ich endlich die Meisterprüfung ab. Ich sage *endlich*, weil ich es nicht erwarten konnte, völlig frei zu sein, dabei war ich schon Wochen vorher erstarrt vor Angst, was danach kommen würde.

Fünfeinhalb Jahre hatte ich mit dem Kunststudium verbracht, fünfeinhalb Jahre unter Wolfsfelds Fittichen. Er wusste um meine Zukunftsängste und kannte meine finanzielle Situation.

«Werden Sie meine Assistentin», sagte er und schrieb einen schrecklich peinlichen Brief an die akademische Leitung, und natürlich wurde sein Ersuchen postwendend abgelehnt. Also gab es keinen Grund mehr für mich, in seinem Atelier zu arbeiten, und auch keine Erlaubnis von oben. Heute weiß ich, dass diese Ablehnung, die ich zunächst bitterlich beklagte, meine Rettung war. Mich davor bewahrte, eine lächerliche Figur im Schatten des *Meisters* zu werden. Eine ewige Schülerin und nur geduldet. Stattdessen war ich gezwungen, meine Werke abholen zu lassen, meine Fächer auszuräumen, allen *Ade* zu sagen und eine Meldung ans Berliner Adressbuch zu machen, dass ich jetzt woanders arbeitete. Der Eintrag lautete: *Lotte Laserstein, Malerin.* Es war nicht viel, aber immerhin etwas.

«Bist du sicher?», fragte mich Käte, die mich an einem dieser frühsommerlichen Tage 1927 nach Wilmersdorf begleitete. Sie hatte schulfrei, irgendein Feiertag muss es gewesen sein, denn sie unterrichtete ja inzwischen an einem Gymnasium. Trotzdem wohnten wir noch immer bei Mama und Omi.

Von der Stierstraße war es nicht weit, die Räume, die ich anmieten wollte, lagen in der Friedrichsruher Straße an der Peripherie der Stadt. Südwestlich winkte der schicke Bezirk Grunewald mit seinen Stadtvillen und Limousinen, nordöstlich die Innenstadt. Im Westen lag das Nichts, dort endete Berlin bereits nach wenigen Metern.

Wir stiegen am Bahnhof Hohenzollerndamm aus der Vorortbahn, und Käte machte der Unsicherheit Luft, die wir schon beim Blick auf den Stadtplan verspürt hatten.

«Hierher?», fragte sie. «In dieses Niemandsland?» In den letzten Jahren waren für die vielen Zuzügler neue Wohnungen wie Unkraut aus dem Boden geschossen, und man fühlte sich nicht einmal mehr wie in Berlin. «Hierher sollst du jeden Tag zur Arbeit kommen?»

«Papperlapapp», sagte ich in bester Nachahmung unserer Oma Ida, die wie keine Zweite die Kunst beherrschte, Bedenken mit einem einzigen Wort fortzuwischen. «Es ist spottbillig, und der Zug fährt auch. Ich brauche ein Atelier, oder wie lange soll ich mein ganzes Zeug auf dem Treppenabsatz in der Stierstraße und im feuchten Keller lagern?»

Käte betrachtete die langen Häuserreihen skeptisch. «Wenn ich an dich als freie Künstlerin gedacht habe, habe ich immer eins von diesen akademischen Ateliers am Savignyplatz vor mir gesehen oder an der Budapester Straße. Mit einem Mittagessen im *Romanischen Café*.»

Ich wusste genau, was sie meinte. Wir alle wünschten uns an mondäne, aufregende Orte. Doch die Wirklichkeit sah nun einmal anders aus. Ich war eine junge Malerin ohne Ausstellung, ohne Verkaufszahlen und ohne Namen. Meine Karriere, von der sich erst herausstellen musste, ob sie überhaupt Bestand haben würde, begann gerade erst. Noch lagen die nächsten Monate leer und blind vor mir. Nur ein paar feste Größen gab es darin: meine Staffelei, Pinsel, Farben, Kreide, Graphitstifte. Und mein Modell. Es musste reichen.

«Träumen können wir später», sagte ich zu Käte und zog sie die Straße entlang. Sie kannte die Existenzsorgen, denen ich mich plötzlich gegenübersah, selbst gut. Geldknappheit, karge Mahlzeiten, das war ihr vertraut. Doch ihre Situation war anders, sie hatte nicht das Gefühl, allein in den Tigerkäfig zu springen, den der Berliner Kunstbetrieb für eine unbekannte Malerin darstellte, ohne zu wissen, ob man darin zerfleischt würde.

Vor dem Haus wartete ein dicker Mann auf uns, mit speckiger Mütze und klobigen Schuhen. Er schwitzte und sagte mürrisch: «Da sindse ja endlich.»

Ich sah überrascht auf meine Armbanduhr. Wir waren zehn Minuten zu früh. Doch ich hielt es nicht für angezeigt, ihn darauf hinzuweisen.

Schnaufend stieg er uns voran die Treppe der Mietskaserne hinauf bis unters Dach, oben angelangt schloss er umständlich die Tür auf. Wir traten ein, und vor uns öffnete sich ein weiter Raum mit einer breiten Fensterfront nach beiden Seiten hin, durch die das Licht dieses Junitages fiel. Es roch staubig und nach abgestandener Luft, die Decke war niedriger, als ich es mir in meinen romantischen Träumen ausgemalt hatte, doch die Helligkeit und die Weite des Zimmers waren ideal. Von einer Wand ging eine schmale Tür ab.

«Darf ich?», fragte ich.

Er nickte, trat von einem Bein aufs andere und schien nur darauf zu warten, dass wir endlich zum Vertraglichen kamen. Vorsichtig öffnete ich die Tür und schaute in die Kammer hinein. Sie war etwas dunkler, doch immer noch groß genug, um hier drei, vier Staffeleien oder einen Tisch hineinzuzwängen.

Käte lugte mir über die Schulter. «Hier könntest du sogar schlafen», sagte sie. Doch ich schüttelte den Kopf.

«Ich bleibe bei euch wohnen», sagte ich. «Aber ich werde über kurz oder lang Schüler annehmen müssen, um Geld zu verdienen, und dafür wäre es ideal.»

Zweifelnd beäugte Käte den engen Raum. «Hier drin, in diesem Kabuff, willst du unterrichten?»

«Ich kann niemanden in meinem Atelier herumtrampeln lassen», sagte ich. «Nicht, wenn ich ernsthaft Kunst machen will, das verstehst du doch?»

Ich weiß noch, dass sie über mich lachte, auf diese stille Art, die sie an sich hatte. Sie war in allem die jüngere Schwester, sanfter, zarter, ernster als ich, heute noch mehr als früher. Während ich immer mit dem Kopf durch die Wand musste, brachte sie Mauern durch ein freundliches Wort zum Einstürzen.

«Du magst eigentlich keine Menschen, oder?», fragte sie.

«Doch! Dich und Mulli und Omi. Und Wolfsfeld», sagte ich trotzig.

«Und Traute ...» Käte sah mich verschmitzt an. Sie kannte mich gut.

«Kann sein», sagte ich und versuchte, in meinen Ton nichts als Leichtigkeit zu legen.

«*Traute und Lotte sitzen auf dem Dach ...*», begann sie leise zu singen, und ich kniff sie spielerisch in den Arm.

«Auf diesem Dach, von dem du da trällerst, sitzen, wenn ich die Zeichen richtig deute, vor allem Käte und Olly», sagte ich, und ich weiß noch, dass sich ihr zartes Gesicht leicht verfärbte.

Rose Ollendorf hatte mit meiner Schwester zusammen studiert, und sie hingen seit kurzem aneinander wie zwei Kletten. Doch obwohl damals in Berlin eine große Offenheit in der Liebe herrschte – egal, wo sie hinfiel –, sprachen wir nicht über solche Dinge. Nur in diesem leicht flirrenden, scherzhaften Ton, mit dem meine Schwester und ich uns Wichtiges scheinbar nebenbei mitteilten. Ich wusste ohnehin, dass sie mit Olly nicht nur die Tage verbrachte. Wenn sie nachts nicht nach Hause kam und sich am nächsten Tag im Morgengrauen in unsere Wohnung schlich, hatte sie verräterisch fiebrige

Wangen und wankte summend und traumtänzerisch in die Küche, um sich einen starken Kaffee zu kochen. Ich freute mich für sie. Warum auch nicht? Es war eine neue Zeit, die ein Guckloch in die beschlagene Scheibe der alten Gesellschaft rieb, um den Blick durchzulassen auf eine bessere, eine freiere Zukunft. Wir irrten uns freilich gewaltig, wenn wir hofften, sie sei von Dauer.

Dem Hauswirt wurde es irgendwann zu bunt mit unserer Trödelei. «Wat is denn nun?» Er schien die Geduld zu verlieren.

«Ich nehme die Räume», sagte ich, denn ich wollte dieses Atelier unbedingt, ich hatte es eigentlich sofort gewusst.

In seinem argwöhnischen Gesicht sah ich die Erleichterung, weil er nun wenigstens nicht seine Zeit mit uns verschwendet hatte. Er zog einen zerknitterten Mietvertrag aus der Westentasche und hielt ihn mir hin. Ich überflog die Seiten, alles schien in Ordnung. Auch Käte sah hinein, sie war eine schnelle, geübte Leserin, und nickte schließlich.

Der Mann schraubte einen Füllfederhalter auf, und ich unterschrieb mit meinem vollen Namen, *Lotte Meta Ida Laserstein*.

Kopfschüttelnd sah er mir zu. «Wozu die feinen Leute immer so viele Namen brauchen», grunzte er, «als wäre eener nich jut jenug.»

Damit stopfte er den Vertrag zurück unter seinen Westenaufschlag und hielt mir die schwielige Hand hin. Ich schlug ein. Käte und ich sahen uns an. *Feine Leute* waren wir vielleicht in den Augen dieses vierschrötigen Kerls, aber eigentlich lebten wir mehr als bescheiden.

«Miete im Voraus. Wasser und Gas wird extra abjerechnet.»

Als ich ihm die entsprechende Summe in die Hand drückte, fischte er den Schlüssel hervor und reichte ihn mir.

«Denn mal Waidmannsheil. Oder wat sagt man so bei Leuten wie Ihnen?»

Für einen Moment erschrak ich, weil ich dachte, er meinte die Juden. Dann verstand ich, dass er über die Künstler sprach.

Ich zuckte die Schultern. «*Toi, toi, toi?*»

«Wie Se meinen, Frollein. Na denne.» Damit schickte er sich an, zu gehen. Im letzten Moment drehte er sich noch einmal um. «Und keene Viecher, nich vajessen», sagte er und drohte mit einem dicken Zeigefinger. «Haustiere und Ruhestörung sind untersagt. Auf Wiedersehn!» Dann schlug die Tür hinter ihm zu, und seine Schritte verklangen im Treppenhaus.

«Verflixt», sagte ich zu Käte, «und dabei wollte ich so gern einen Papagei haben.»

«Warum das denn?» Entgeistert sah sie mich an.

«Damit es hier nicht den ganzen Tag so totenstill ist», erklärte ich. «Damit ich ein wenig Gesellschaft habe.»

«Schwesterchen, über dich wundert man sich manchmal», sagte sie. «Deine trampelnden Schüler willst du in dieses Verlies sperren, damit sie deine Kunst nicht stören, aber du sehnst dich nach einem sprechenden Papagei?»

«Den Papagei kann ich in einen Käfig setzen und ein Tuch drüber breiten», sagte ich.

Ich ignorierte Kätes Stirnrunzeln. Ich hatte es reichlich satt, dass man mir immer wieder vorwarf, ich sei menschenscheu und feindselig. Es war schwierig, mit den Menschen gut auszukommen. Ich war höflich, doch ich mied enge Kontakte. War ich deswegen ein Unmensch? Immer wieder hatte ich das Gefühl, dass mich die anderen, ihre Gespräche, ihre endlosen Befindlichkeiten auslaugten, mich müde machten und ich keine Kraft mehr übrig hatte für die Kunst. Die meisten Menschen mochte ich am liebsten, wenn sie reglos vor meiner

Staffelei saßen und weder sprachen noch etwas von mir wollten. Weshalb nur war das immer wieder Anlass für Kritik?

Ich trat ans Fenster, rüttelte an dem Griff und bekam es schließlich auf. Käte stellte sich neben mich und befühlte prüfend das Eisen.

«Ich frage mich, ob diese Räume hier oben überhaupt offiziell vermietet werden dürfen», sagte sie. «Sie sind jedenfalls in einem erbärmlichen Zustand.»

«Immerhin gibt es fließendes Wasser.» Ich deutete auf ein tiefes Waschbecken an der Wand. «Und die Miete ist affenniedrig.»

«Ja, weil es ein Affenkäfig ist», erwiderte sie, doch ich spürte, dass ihr der Blick auf die Stadt ebenso gut gefiel wie mir. «Dieser Hauswirt ist ein echtes Schlitzohr.»

«Es ist genau das, was ich brauche», schnitt ich ihre Bedenken ab und deutete hinaus. «Spürst du es nicht?»

«Was?»

«Die Freiheit. Als flöge man über die Dächer dahin.»

«Ja», sagte sie nur, und wir starrten eine Weile schweigend hinaus.

Weit, weit unter uns lag das Trottoir der Friedrichsruher Straße. Aus dem Fenster des Ateliers sah man eine Brache, dahinter führten die glänzenden Schienen der Vorortbahn entlang wie die feuchte Spur einer Schnecke, die in der Sonne glitzerte. Weiter hinten erhoben sich Schuppen, flache Baracken und Lagerhütten, neben denen Holzstämme aufgeschichtet waren. Erst hinter dem Braun und Grau des Holzlagers wuchs die Stadt empor mit ihren roten und grauen Dächern, Kirchtürmen und hohen Neubauten, die wie Gewächse in den blauen Himmel sprossen. Dort lag der Kurfürstendamm. Dort pulsierte das Leben.

Als ich an jenem Tag aus diesen Fenstern sah, Käte neben mir, war ich glücklich. *Mein* Atelier, gemietet für ein paar Mark im Monat. Hier würde ich mich beweisen. Und auf einmal, zum ersten Mal seit dem Abschied von den *Vereinigten Staatsschulen*, glaubte ich selbst daran, dass es gelingen könnte.

«Woher nimmst du denn diese armen Schüler eigentlich, die du in die Besenkammer einsperren willst?», fragte Käte und wanderte im leeren Raum auf und ab. Die Dielenbretter knarrten unter ihren Schritten.

«Tatsächlich habe ich bereits eine», sagte ich, «sie heißt Hedda Kohn. Wolfsfeld hat sie an mich weiterempfohlen.»

«Wolfsfeld, dein großer Wohltäter.» Käte musterte mich mit hochgezogenen Brauen. «Für dich würde er wohl alles tun.»

«Nicht mehr», sagte ich, aber sie hatte natürlich recht. Denn ich würde wohl Wolfsfelds Lieblingsschülerin bleiben, selbst nach meinem Abschluss. Und er blieb mein Mentor. Nicht mehr und nicht weniger. Und wenn ich je etwas anderes von ihm gewollt hatte, so war dieses Gefühl verpufft wie der Rauch seiner Zigaretten. Ein anderes Gesicht hatte sich vor seinen gepflegten Bart geschoben, das mich, meine Gedanken, ganz und gar ausfüllte.

«Jedenfalls sorgt er sich offensichtlich weiter um dich und empfiehlt dich als Lehrerin», sagte Käte.

Ich zuckte mit den Schultern, warf einen letzten Blick durch den Raum, dann traten wir aus der Tür. Ich nahm den Schlüssel und sperrte zu. Mein eigenes Schloss, in meiner eigenen Tür zu meinem Atelier. Nun war es an der Zeit, mir einen Namen zu machen, zu malen wie der Teufel und vielleicht bald etwas auszustellen. Jeder in der Stadt sollte wissen, dass man sich den Namen Lotte Laserstein merken musste.

So dachte ich damals, in der überschießenden Zuversicht der Jugend.

Dabei gab es, wenn ich mich recht erinnere, zu diesem Zeitpunkt kaum einen Hinweis auf große Erfolge. Eine Goldmedaille hatte ich erhalten, immerhin. Kurz bevor ich in die Meisterklasse eingetreten war, vom Ministerium für Wissenschaft und Kunst verliehen für besondere künstlerische Leistungen. Natürlich war es Wolfsfeld gewesen, der mich empfohlen hatte. Ich war stolz auf die Auszeichnung und wusste doch, dass es eine Medaille für eine Schülerin war. Zur Künstlerin machte sie mich noch lange nicht.

«Es wird Zeit für etwas Großes», dachte ich, vielleicht sagte ich es sogar zu Käte.

Wir hatten den Bahnhof erreicht, doch das Wetter war herrlich, und wir beschlossen, zu Fuß zu gehen und das Geld für die Fahrkarten zu sparen. Es waren keine dreißig Minuten bis Friedenau. In Zukunft würde ich diesen Weg noch oft gehen. Vielleicht sollte ich irgendwo ein Fahrrad auftreiben, doch die Dinger waren damals furchtbar teuer, und mein alter, verrosteter Drahtesel hatte seinen Geist längst aufgegeben.

«Und was wirst du nun in deinem neuen Atelier als Erstes malen?», fragte Käte. Ich weiß es noch, weil diese Frage damals auch meine Gedanken beherrschte.

«Einen Akt», sagte ich, leise und so beiläufig wie möglich. Trotzdem leuchteten Kätes Augen zufrieden auf.

«Von Traute», sagte sie.

«Von Traute», bestätigte ich und war Käte dankbar, dass sie nichts hinzufügte.

Wir liefen weiter durch die Straßen, die Gelbbirken und Robinien blühten in Berlin um diese Jahreszeit prächtig. Nie werde ich vergessen, wie die Stadt in diesem Juni roch, als ich summend vor Freude neben Käte hertrabte. Nach Blumen und Erde, nach sonnenerwärmten Holzbänken und der Farbe, mit der die Fahrbahnen auf den Straßen frisch markiert wurden.

An diesem Tag begann alles, so scheint es mir. Auch das Ende. Doch wir ahnten nichts davon, ahnten nicht, dass Käte und Mama sich in wenigen Jahren schon nicht mehr auf die Holzbänke setzen durften, als ich schon im Exil war. Nein, Käte und ich plauderten munter dahin, wahrscheinlich über einen Kinofilm oder über Großmutters Husten, der dieses Jahr gar nicht weichen wollte, bis wir vor der Wohnungstür in der Stierstraße standen. Ich weiß noch, dass ich, während Käte schon hineinging, einen Moment stehen blieb und in den wolkenlosen Himmel sah – und im Geiste schon das Bild von Traute komponierte.

In der Zeit, die auf die Unterschrift des Mietvertrags folgte, arbeitete ich wie besessen. Auf Knien scheuerte ich den Boden des Ateliers in Wilmersdorf, während die Sonne in breiten Streifen hereinfiel. Die Luft war heiß, doch ich liebte es und hielt mein glühendes Gesicht weit aus dem Fenster. Ich putzte auch die Glasscheiben und ahnte, dass es das erste Mal in der Geschichte des Gebäudes war, dass dies jemand tat. Da, wo ich bereits mit dem Leder entlanggefahren war, strahlte der Himmel knallblau hindurch, an den anderen Stellen war er noch dunkelgrau, wie kurz vor einem Gewitter.

Eines Abends, als ich wieder einmal bis zum Einbruch der Dunkelheit in den Räumen herumgefuhrwerkt hatte, zog tatsächlich ein Gewitter auf. Schwankend zwischen Todesangst und Begeisterung sah ich, wie die Blitze, gezackten Riesenschlangen gleich, über den schwarzen Himmel fuhren und das Licht in den Fenstern der Stadt flackerte. Ich hörte, wie die ungeheuren Luftmassen sich dort oben über den Dächern einen rasenden Kampf lieferten, einander donnernd anbrüllten und nur voneinander abließen, um kurz darauf wieder aufeinanderzuprallen und mit lautem Getöse erneut zu poltern, als seien sie wütende Riesen, die Berlin unter sich zermalmen wollten.

Ob es Jahre später für Traute, für Mulli, Käte und Olly und für all die anderen, die ich in Berlin zurückließ, so ähnlich war, als die Bomben auf die Stadt fielen und sie aus den verdunkelten Fenstern furchtsam in den Himmel starrten, der über ihnen zusammenstürzte?

Es war ein Schauspiel, wie man es nicht oft im Leben sieht, und auch wenn ich sicher noch weitere Unwetter dort oben im Atelier erlebt habe in den folgenden Jahren, so ist mir doch dieses erste Gewitter in Erinnerung geblieben. So wie alles, was uns zum ersten Mal begegnet, einen besonderen Zauber auf unser Gedächtnis ausübt. Nicht umsonst denke ich schließlich immer wieder an die erste Begegnung mit Traute, an die Zigarette mit ihrem Lippenstift daran, dabei ist das nun wirklich das unwichtigste aller Details unserer Freundschaft.

Am nächsten Tag schleppte ich Stück für Stück meine Gerätschaften hinauf unters Dach. Die Staffeleien, Farbeimer, Kisten und Kästen voller Pinsel und Stifte, riesige Papierrollen und leere Leinwände. Auch zwei Zeichentische mussten her. Ich erstand welche auf einem Markt am Alexanderplatz und steckte zwei Bengeln ein paar Groschen zu, damit sie mir die Möbel nach Wilmersdorf karrten und heraufbrachten. An die Wände pinnte ich einige Zeichnungen, die mir gut gefielen, von mir, aber auch von Kollegen aus der Schule, die sie mir im Laufe der Jahre geschenkt hatten. Und einige Fotografien hängte ich auf, denn in den vergangenen Semestern hatten immer mehr Studenten einen Fotoapparat, und es gab jede Menge Schnappschüsse und Gruppenfotos. Einige Aufnahmen waren besser gelungen als andere, doch ich mochte auch die, die keinen künstlerischen Anspruch besaßen. Sie zeigten unsere Klasse, beim Zeichnen, beim Baden im Kölpinsee, beim gemeinsamen Mittagsschläfchen – und auch über den Zeichentischen zusammengesunken und schnarchend.

Eins der Bilder war ein gestelltes Gruppenbild, wir hatten uns aufgereiht und sahen freundlich und lächelnd in die Kamera. Mitten unter uns Wolfsfeld, ein jüngerer Wolfsfeld mit weniger Sorgenfalten als später, da ich ihn im Exil in London besuchte. Ich stand auf dieser Fotografie hinter ihm, wahrscheinlich auf einer Kiste, und blickte dümmlich schwärmend auf seinen Pomadescheitel hinab. Wenn ich das Bild lange betrachtete, missfiel mir meine Haltung. Wie ein dümmliches Kind sah ich aus, dabei war es erst zwei Jahre her. Ich hatte es trotzdem mit Hilfe einer Stecknadel an die Wand meines Ateliers gespießt. Es half ja nichts. Durch diese Klasse, diesen Lehrer, aber vor allem durch mich selbst, war ich zu der Künstlerin geworden, als die ich heute die Räume über den Dächern bezog. Also hatte das Bild auch eine Berechtigung, hier unter allen anderen zu hängen, selbst wenn es nur allzu sehr von meiner kindlichen Schwärmerei für Wolfsfeld zeugte.

Schließlich war alles fertig oder zumindest bezugsbereit. Hedda Kohn, die gleich in der folgenden Woche ihre ersten Stunden bei mir nahm, zeigte sich beeindruckt von dem unendlichen Blick bis nach Berlin und war nicht im Geringsten pikiert, als ich sie anschließend in die Besenkammer dirigierte und sie bat, an einem der Zeichentische Platz zu nehmen. Ich entdeckte bald, dass Unterricht nicht die permanente Anwesenheit der Lehrerin erforderte, dass meine Schüler im Gegenteil freier und besser arbeiteten, wenn ich sie öfter allein ließ. Meist begnügte ich mich mit einigen Impulsen am Anfang der Zeichenstunde, verschwand dann für längere Zeit nach nebenan und malte dort still und vergnügt vor mich hin, ohne dass mich jemand störte. Ich fütterte Freddy, den illegalen Papagei, und sah nur ab und zu bei meinen Schülern vorbei. Es fiel mir viel leichter, als ich es mir vorgestellt hatte.

Vor allem aber nutzte ich die Zeit für meine Arbeit mit Traute. Ohne die Argusaugen von Ilse, die uns während der gemeinsamen Zeit im Atelier am Steinplatz beobachtet hatte, fühlte ich mich freier und mutiger als je zuvor. Ich weiß nicht mehr, wann mir klar geworden war, dass ich ein Aktbild von Traute malen wollte. Wahrscheinlich schon in der Sekunde, als ich sie zum ersten Mal sah. Und irgendwann in jenem ersten Sommer in der Friedrichsruher Straße muss ich immer öfter daran gedacht haben.

Traute war inzwischen mit den Künstlerkreisen vertraut. Ihr Verlobter Ernst arbeitete am Theater, und auch dort ging es freizügig und teilweise sogar ziemlich derb zu und viel weniger empfindlich, als man das heute, in der steifen Nachkriegszeit, noch erwarten würde. Sie wusste also, dass Aktmalerei eins der wichtigsten Sujets der Gegenwartskunst war. Erst wenn ich einen Akt gemalt haben würde, der mich als Meisterin meines Fachs auswies, konnte ich mich unter den Großen etablieren.

Doch im Spätsommer 1927, als die Blätter an den Birken langsam zu welken begannen, als die Tage kürzer wurden und wir die zartrosa Verfärbung des Himmels jeden Abend früher beobachten konnten, malte ich zunächst ein anderes Bild. Es war ein Doppelbildnis von Traute und mir, und ich glaube, dass mir das Malen an einem Werk nie wieder solchen Heidenspaß gemacht hat.

Von Anfang an wusste ich, dass ich das Bild nicht im eigentlichen Atelier, sondern in der Kammer malen wollte. Ich brauchte einen engen, knapp beschnittenen Raum, wollte uns nah beieinander und in sehr direkter Ansicht im Bild haben. So schleppten wir die große Staffelei hinüber, öffneten das schräge Fensterchen, um den Mief des Unterrichts auszulüften, und trugen noch einen hohen Spiegel hinein.

«Wo willst du mich haben?», fragte Traute. Sie war es gewohnt, dass ich klare Anweisungen gab und sie entsprechend platzierte, auch wenn sie dann oft genug noch eigene Einfälle beisteuerte.

Ich schob sie ein wenig im Raum herum, dafür machte sie sich schlaff wie eine Puppe, damit ich an ihr herumbiegen und drehen konnte, wie ich wollte. Doch nichts gefiel mir. Alles wirkte falsch, gestellt oder pathetisch. Und welche Rolle sollte ich bei dem Ganzen einnehmen?

«Stell dich mal nicht vor die Leinwand, sondern dahinter. Hinter mich, sodass du mir über die Schulter schaust», sagte ich plötzlich und beobachtete im Spiegel, wie Traute hinter mich trat. Dann hob ich den Pinsel, als malte ich das, was ich im Spiegel sah: die Reflexion meines Modells und daneben mich, in dynamischer Position an der Leinwand.

«Das ist es», sagte ich. «Ich bin die Malerin, du meine Freundin, mein *Compagnon*, der mir kritisch über die Schulter linst, am besten mit einer selbstbewussten Haltung.»

«Dann machen wir es so», sagte Traute und stellte sich breitbeinig auf, stemmte eine Hand in die Hüfte und hielt den

Kopf schräg, als betrachte sie fachmännisch das entstehende Bild.

Ich selbst beugte mich in der Hüfte vor, damit es so aussah, als sei ich in Bewegung, als setzte ich soeben, vor den Augen des Betrachters, die entscheidenden Pinselstriche. Die Leinwand war im Spiegel nur am Rande zu erahnen, das Bild selbst, so wurde mir klar, durfte keine große Rolle spielen. Es ging, wie schon beim Porträt meiner Großmutter, um den Prozess. Und um Traute und mich, zwei Frauen, die gemeinsam Kunst machten.

Kurz dachte ich an andere Bilder wie dieses, von Dix, von Schad, alles männliche Künstler, die auch zwei Frauen gemeinsam abgebildet hatten. Doch ich wusste, dass ich etwas anderes zeigen wollte als eine erotische Frauenfreundschaft oder eine verklärte Freundinnenszene. Traute und ich waren eine Arbeitsgemeinschaft *und* Freundinnen. Das sollte die Welt sehen!

Ich skizzierte den Aufbau nur kurz, denn plötzlich ging mir alles schneller und leichter von der Hand als an der Akademie, wo über der Arbeit stets der Anspruch so vieler fremder Augen gehangen hatte. Ein akademischer Überbau hatte dort alles, was ich tat, überschattet: Gedanken an Perspektive, Geometrie, Farbgebung, Mischungsverhältnis, Stofflichkeit, Beschaffenheit der Leinwand und so vieles mehr, das nun, hoch in den Lüften auf meinem *Olymp*, wie Traute zu sagen pflegte, von mir abfiel wie Staub.

Rasch begann ich mit dem Mischen der Farben, ich wählte gedeckte Töne, die sich harmonisch miteinander verbanden, fast wie von selbst. In den Arbeitspausen aßen wir Butterbrote und tranken Milch, die ich in der Molkerei an der Bahnstation erstanden hatte. Wir saßen auf dem Boden der Kammer, eingeschlossen von den engen Wänden wie in einem Schneckenhaus, wischten uns die Milchbärte aus den Gesichtern und sprachen über nichts anderes als das Bild. Es roch betäubend nach Leinöl und Terpentin. Und wir spürten beide das euphorisierende Gefühl eines Neuanfangs, einer unerhörten Sensation, die da entstand.

«Ich habe noch nie ein Bild gesehen, in dem das Modell auf *dieser* Seite der Leinwand steht», sagte Traute. «Ebenbürtig mit der Malerin, sozusagen.»

Sie hatte schon immer ein Gespür für Nuancen.

«Findest du das albern?»

«Was?», fragte sie.

«Dass wir beide auf derselben Seite stehen. Wirkt das zu gestellt?»

«Es ist genau richtig», sagte sie. «Du selbst sagst doch immer, dass wir zusammen an einem Bild arbeiten. Wie oft schon stand ich hinter dir in den vergangenen Monaten und habe etwas angemerkt? Wie oft schon haben wir uns gestritten, weil du dachtest, ich sei zu kritisch?»

Es stimmte. Ich wartete immer auf Trautes Meinung, sehnte sie herbei und fürchtete gleichzeitig ein hartes Wort, das konnte ich nicht gut vertragen. Nicht einmal von ihr. Besonders nicht von ihr.

Das ist heute nicht anders, nein, es ist schlimmer. Ich fürchte Trautes Meinung so sehr, dass wir hier in Kalmar umeinander schleichen wie Katzen auf heißen Steinen und ich mir am liebsten die Ohren zuhalten würde, wenn sie den Mund aufmacht, aus Angst vor Schelte.

«Na, siehst du», sagte sie, als ich schweigend nickte.

«Ja, es ist *unsere* Kunst», bestätigte ich. «Wir können viel erreichen, glaub mir.»

Es klang steif, ich hörte es selbst. Was ich eigentlich sagen wollte, war: *Was mache ich nur, wenn du wieder gehst?* Doch ich brachte es nicht über die Lippen.

Wie schrecklich ist die Angst vor der eigenen Blöße, wenn man jemanden liebt und nicht weiß, ob das Gefühl erwidert wird. Wie schrecklich ist die Liebe.

Heute weiß ich davon nicht mehr viel. Es ist, als legten die Gefühle sich im Alter müde nieder, wie ein herunterbrennendes Feuer. Sie fahren nicht mehr so scharf und flackernd empor, sobald jemand an sie rührt. Damals, als junge Frau, war jede Sekunde entflammbar, jede sanfte Melodie geeignet, dass ich zu ihr weinte, jeder Blick ein Messer.

Angstvoll beobachtete ich Traute aus den Augenwinkeln dabei, wie sie ihr Brot aufaß und den letzten Schluck Milch aus einem Zahnputzbecher trank. Ihr Gesicht war arglos und schrecklich jung.

«Ich finde keinen Namen für das Gemälde», sagte ich nach einer Weile. «Was meinst du? *An der Staffelei?* Oder *Unter dem Dach?*» Ich dachte an die vielen berühmten Werke, die in Dachkammern entstanden waren, dachte an Paris, an Toulouse-Lautrec, an *La Bohème.* Doch es passte nicht.

«Nenn es *Zwei Mädchen*», sagte Traute, und ich nickte sofort. *Das* war der Titel unseres ersten gemeinsamen Bildes, denn nichts anderes waren wir. Und nichts anderes wollte ich damals neben Traute sein als eines von zwei Mädchen. Trautes Mädchen, ihre beste Freundin.

Nichts anderes? Zum Glück kann niemand die Lüge hören, die ich in meinem Mund verschließe.

Am Abend liefen wir durch den dunkelgoldenen Spätsommertag an den Schienen entlang Richtung Halensee. Der Kurfürstendamm war auf dieser Höhe schon viel belebter als damals, Anfang der zwanziger Jahre, als ich mit Billy dort herumlief. In dichter Folge rauschten die Automobile den breiten Boulevard entlang Richtung Stadt, man sah kaum noch Pferdefuhrwerke. Der letzte Postwagen mit Zugpferden hatte in diesem Jahr seinen Dienst aufgegeben, auch die Briefe und Päckchen wurden nun motorisiert ins Postamt gefahren.

Mir scheint es, dass damals alles raste, hetzte, rannte, hastete – als jagte uns alle eine unsichtbare Kraft. Sie trieb die Menschen vor sich her wie auf einer Rennbahn. Vielleicht war die Schuhmode der Damenwelt deshalb flach, wegen des Tempos, das uns abverlangt wurde. Auf den Bürgersteigen liefen die Passanten wie in Zeitraffer, kaum einer sah auf, alle blickten nur auf die Straße zu ihren Füßen, als sei jeder Schritt wichtig, damit die Geschwindigkeit sie nicht mitriss, umwarf und unter sich begrub.

Auch ich hatte es immer so eilig. Ich wollte schnell vorankommen, wollte endlich den großen Wurf schaffen, war atemlos bei dem Gedanken daran, ich könnte endlich erste Erfolge feiern. Dieses rastlose Berlin finde ich heute nur in alten Romanen wieder. Und in der Erinnerung an jene Tage, an denen ich mit Traute nach unserer Arbeit im Atelier durch Berlin lief. Vorbei an Litfaßsäulen mit Werbeplakaten für Theater und Varietés, vorbei am Drehorgelspieler, an Ständen mit Körben der ersten Pilzernte, an Zeitungskiosken, von denen uns die Schlagzeilen ansprangen wie übermütige Hunde. Die Gazetten erschienen mehrmals am Tag, es gab eine Morgen-, eine Mittags- und eine Abendausgabe, als hätten es auch die Druckbuchstaben eilig und versuchten, einander zu überholen, um nur ja nicht selbst überholt zu werden.

Unversehens fanden Traute und ich uns vor der Tür des kleinen Cafés wieder, in dem ich einst Billy und meinem

Leben als Kunstgewerblerin den Rücken gekehrt hatte. Im Schaufenster standen noch immer die gleichen alten Torten und Napfkuchen, und drinnen roch es wie gewohnt nach kaltem Rauch und Würstchen.

Wir zwängten uns an einen der schmalen Tische, bestellten Kaffee und in einem Anfall von Übermut je ein Glas Pfirsichbowle, die auf der Karte angeboten wurde.

«Auf die *Mädchen*!», sagte Traute, und wir stießen an.

Ein junger, hochgewachsener Mann mit einem Scheitel wie frisch lackiert und natürlich ohne jeglichen Schimmer, was sie meinte, rief vom Nebentisch: «Hört, hört!»

Ich musste kichern, weil ich mich an die Zeiten erinnerte, als Billy auf jeden noch so langweiligen Flirt einstieg, und ich fragte mich kurz, ob meine frühere Freundin aus der Kropp'schen Kunstschule heute wohl längst verheiratet war und das zweite oder dritte Kind bekam. Umso dankbarer war ich, als Traute auf den Annäherungsversuch unseres Tischnachbarn nur mit einem Augenrollen in meine Richtung reagierte und sich genüsslich eine Zigarette anzündete.

Doch der Mann ließ nicht locker. «Darf ich Ihnen einen Kaffee spendieren, die Damen?»

«Danke», sagte Traute mit einem Ton, der in unnachahmlicher Weise eisig und höflich zugleich war, «aber heute bleiben wir unter uns.» Sie griff nach meiner Hand, streichelte sie kurz und zwinkerte mir schelmisch zu.

Wie so oft erinnerte sie mich an eine Königin, und das erfüllte mich mit Stolz. Besitzerstolz, fürchte ich. Ich erwiderte den Druck ihrer Finger, bis sie die Hand fortzog.

Ich glaube, an diesem Nachmittag fiel die Entscheidung, dass wir als Nächstes einen Akt wagen würden. Traute fand das weit weniger verwegen als ich.

«Es wird Zeit, dass du etwas Programmatisches machst», sagte sie leise, aber bestimmt. «Ein Bild, mit dem du zeigst, was du kannst und wer du bist. Nämlich eine Malerin in ihrem eigenen Atelier, die weiß, wo ihre Fähigkeiten liegen, und die sich der Öffentlichkeit präsentiert wie einer von den alten Meistern. Keine Schülerin mehr, Lotte, eine Künstlerin!» Sie stockte kurz. «Es *muss* ein Akt sein.»

Bei dem Wort lief ihr nun doch eine feine Röte über die Schläfe bis zum Wangenknochen. Ich sah es mit Erstaunen, denn sie war nicht schüchtern und sie flirtete auch nie, sondern sagte meistens geradeheraus, was sie dachte. Nicht so tramplig wie ich, sondern fein, klug und gewählt.

«Ich meine, ich weiß, dass du es kannst, ich habe deine Zeichnungen gesehen …»

«Aber das ist etwas anderes, diese Nackedeis», sagte ich und bemerkte jetzt erst, dass ich sehr laut sprach und die anderen Gäste aufhorchten, also senkte ich meine Stimme und erklärte: «Das sind akademische Studien von der Kunstschule, wir hatten professionelle Aktmodelle.»

«Denkst du, ich kann das nicht so gut wie die?» Traute schürzte die Lippen, als sei sie beleidigt.

«Quatsch», fuhr ich auf, und wieder drehten sich die Köpfe zu uns herum. «Du kannst stillsitzen wie keine Zweite, warum nicht auch nackt?»

Sie starrte mich an, dann platzte sie mit ihrem ansteckenden Lachen heraus. «Also ist es abgemacht. Gleich, wenn wir fertig mit den Mädchen in der Dachkammer sind. Einverstanden?»

«Topp», sagte ich, als hätten wir eine Wette abgeschlossen. Und doch musste ich noch eine Frage stellen.

«Und Ernst?»

Sie winkte ab. «Er wird es verstehen. Es geht um die Kunst.»

«Ja», sagte ich. «Es geht nur um die Kunst.» Aber offensichtlich klang ich nicht überzeugt.

«Komm schon», sagte sie, «Kopf hoch. Ernst ist meine Sache, ich werde es ihm schon verklickern. Er weiß, dass du und ich ...» Sie unterbrach sich, suchte nach Worten. «Er liebt dich, weißt du das?»

Ich runzelte die Stirn. Das Wort schien mir zu stark, doch ich wusste, was sie meinte.

«Er liebt deine Kunst und auch die Rolle, die ich darin spiele», sagte sie. «Jedenfalls musst du dir deinen Kopf nicht über ihn zerbrechen. Und ich sollte das auch nicht tun. Wir sind nicht einmal verheiratet.»

Es ist seltsam, aber tatsächlich habe ich mich seit diesem Gespräch nie mehr gefragt, was Ernst denken oder was er wollen könnte, und tue es noch heute nicht. Dabei erhob ich einen Anspruch auf seine Verlobte, seine spätere Ehefrau, der eigentlich ungeheuerlich war. Doch er verzieh mir alles, die Aktbilder, die Stunden, Tage, Wochen mit Traute in meinem Atelier. Die Reisen, die ich mit ihr unternahm, allein, ohne ihn. All das hat er klaglos hingenommen und nicht hinterfragt. Warum? Ich denke, dass er wohl von Anfang an wusste, er würde nicht die ganze Traute bekommen, und da nahm er eben mit der halben vorlieb. Am Ende war es eine kluge Entscheidung. Und wir beide, Ernst und ich, sind uns in dieser Sache ganz ähnlich. Er bekam die Alltagstraute, während mir, ich muss es so sagen, die Sonntagstraute gehörte. Und damit bin ich mehr als zufrieden gewesen. Ich denke, dass ich es sogar besser getroffen hatte. Ich war ein Glückspilz, bin es bis heute. Selbst in diesem Sommer hier in Schweden, da Traute so seltsam missmutig ist wie ein altes Waschweib und mir die meiste Zeit den Rücken zudreht. Selbst jetzt frage ich mich, wie ich dieses unerhörte Glück verdient habe. Und womit ich es am Ende bezahlen muss.

.

15

TRAUTE

GESTERN WAR EIN guter Abend mit Lotte, der erste, seitdem ich hier in Kalmar angekommen bin, glaube ich. Die dumme Geschichte mit dem *Hundchen*, mit Madeleine, haben wir beide seit ein paar Tagen nicht mehr erwähnt.

Ich habe angeboten, etwas zu kochen, obwohl das nicht meine Stärke ist – aber was ist schon meine Stärke, außer das Stillsitzen, wie Lotte immer betont hat? –, und sie war einverstanden. Zu zweit tranken wir eine ganze Flasche Wein aus, und das machte alles einfacher. Wir kicherten wie zwei Schulmädchen über irgendetwas, das Ernst gesagt hatte, als er aus Stockholm telefonierte. Er hat manchmal eine zu drollige Art, zu sprechen, er bringt immer Sprichwörter durcheinander, sagt *Da liegt der Hund im Pfeffer!* oder *Sie ist mir hochhaus überlegen*, als kombiniere sein Hirn im entscheidenden Moment die Worte verkehrt miteinander.

Mit Lotte kann man herrlich tratschen, wenn man nicht selbst die Zielscheibe ihres bissigen Humors ist, und so verlief der Abend vergnüglich. Bevor ich so betrunken war, dass es brenzlig geworden wäre, weil ich mit irgendetwas hätte herausplatzen können, sagte ich *gute Nacht* und ließ sie am dunklen Tisch zurück. Stieg in meine Kammer unter das Dach und lauschte benommen dem Wind, während sich die Balken über meinem Kopf zu drehen schienen.

Dennoch habe ich heute Morgen keinen schweren Kopf und liege nun schon seit einer Weile wach im Bett, behaglich auf ein dickes Kissen gestützt, während Lotte unten im Haus rumpelt und räumt wie ein Poltergeist.

Wir sprachen, nach mehreren Gläsern Wein, auch über unser erstes Aktbild, in unserer seltsamen Art, ein Thema zu umkreisen, so wie ein Tier auf leisen Pfoten um den Milchtopf schleicht. Immer auf dem Sprung. Wir erinnerten uns daran, wie *In meinem Atelier* entstand, und lachten über die verbeulte Metallkiste, die es dafür brauchte. Dieses Gemälde wird für uns immer wie ein Spiegel sein, ein Spiegel, in dem wir uns beide betrachten und uns wirklich *sehen*. Und zwar nicht nur, weil es mit Hilfe eines Spiegels entstand wie so viele unserer Doppelporträts, sondern vor allem, weil es uns zeigt, wie wir waren, wie wir sein wollten, aber auch wie wir niemals mehr sein können.

Zum Glück ist es verkauft, seit langer Zeit, eine Entscheidung, die Lotte nicht leichtgefallen ist – auch wenn der Verkauf sie nicht in solche Verzweiflung gestürzt hat wie bei manchen anderen. Ich sage, *zum Glück*, weil ich nicht gern von Bildern meiner Nacktheit umgeben bin, nicht einmal meiner jugendlichen Nacktheit. Wer wird schon gern daran erinnert, dass er verfällt? Wie soll ich mich fühlen, wenn ich vor Augen habe, dass alles Malenswerte an mir verschwindet? Dass ich zu einer alten Krähe verwittere? Es ist schmerzlich, das kann niemand leugnen, ich am allerwenigsten. Vor allem da ich in meinem Leben eigentlich nur eine Aufgabe hatte, die es wert ist, erzählt zu werden, nämlich, Lottes Modell zu sein.

Manchmal denke ich, dass der Groll, den ich ihrem neuen Zuhause gegenüber hege, diesem Kalmar, daher rührt, dass dieses scheinbar endgültige Einrichten in der Provinz mir zeigt, wie alles dem Ende zustrebt. In Stockholm, nun, da lebte sie wenigstens in einer europäischen Großstadt! Die sind alle irgendwie miteinander verbunden wie durch unsichtbare Adern, und Stockholm schien mir nie sehr weit entfernt, obwohl es natürlich viel weiter nördlich liegt als Kalmar. Von hier aber führt kein Weg zurück in Lottes altes Leben, es führt kein noch so schmaler Pfad mehr in *unsere* guten Jahre. Für die Welt bedeutet sie nichts mehr, gilt als verschollen, an einen fremden Strand gespült, und ihre Kunst ist vergangen. Und weil es Lotte Laserstein nicht mehr gibt, bin ich nicht länger ihr Modell, jedenfalls nicht mit allem, was dieser Name einmal bedeutete. Heute ist sie nur noch Lotte, ein bisschen zu dick, mit weißen Haarsträhnen, ihrem albernen Strohhut und den klobigen Schuhen, die man hier auf dem Land trägt. Eine Frau, die träge schwedische Politiker malt und Kinder von Aufsichtsräten. Und Blumengestecke.

Für mich aber bleibt sie dieselbe, bleibt meine Freundin Lotte, *obwohl* wir nicht mehr dieselben sind. Und genau deshalb, glaube ich manchmal, müssen wir uns neu erfinden. Müssen unsere Verbindung neu denken, sie schärfen und, vielleicht, auf links drehen?

Seit wir hier sind, habe ich ab und zu die komische Vorstellung, dass ich Lotte zeichnen sollte. Nicht, weil ich denke, dass ich es besonders gut könnte – ihre Selbstporträts sind immer noch mit das Beste, was sie je gemalt hat, niemand könnte sie darin übertreffen, am wenigsten ich. Sondern ich spiele mit dem Gedanken, weil ich zu gern wüsste, wie es sich anfühlt. Ob es einen Unterschied machen würde. Vielleicht würde sie mir dann mehr gehören, so wie ich ihr einst gehört habe. Ein- oder zweimal habe ich bereits Bleistift und Notizblock herausgenommen, heimlich, und mich vor eine der Fotografien gesetzt, die unten hängen. Aber nie, wenn Lotte oder Ernst im Haus waren! Ein paar Ansätze habe ich also unternommen, nur erste Skizzen, und keine habe ich beendet. Ich verstecke sie unter meinen Kleidern hier oben im Dachzimmer. Nicht auszudenken, was Lotte sagen würde, wenn sie die Blätter fände! Allein wenn ich versuche, die Zeichnungen mit ihren Augen zu sehen, zerfließen sie vor mir in ein undefinierbares Geschmiere. Lottes Gesicht zerfällt, ich bekomme es einfach nicht richtig hin, kritzle und radiere so vor mich hin und gebe irgendwann lustlos auf. Aber gleichzeitig ärgert es mich, dass ich mich nicht traue, ihr die Skizzen zu zeigen. Schließlich hat auch sie Fehler gemacht, damals, beim Malen im Atelier, hat die Farben falsch abgemischt, die Perspektive verfehlt, wusste nicht weiter – und dann war doch *ich* es, die mit ihr einen Weg fand, die sie korrigierte und eine Idee hatte für eine bessere Komposition, sodass das Bild am Ende gut wurde. Jeder Künstler braucht ein Korrektiv, braucht jemanden, der ihn antreibt, ihn weitertreibt, der Widerworte gibt, aber auch Komplimente, alles zu seiner Zeit. Lotte hatte so jemanden in mir, und warum sollte ich das nicht auch einmal in ihr haben? Warum sollten wir nicht wieder zusammenfinden, in der Kunst? Die Hingabe neu entfachen, das Vertrauen wiedergewinnen?

Alles andere kann ich nicht akzeptieren, hörst du, Lotte? Ich werde nicht eher aufgeben, bis ich dich zum Sprechen kriege. Vorher wirst du mich nicht los.

16

LOTTE

MIR SCHEINT, DASS ich nie wieder so viele Skizzen, so viele Vorstudien angefertigt habe wie für das erste Aktbild von Traute. Es war eine richtige Vernarrtheit damals, im Herbst 1927, sie trieb mich dazu, bis tief in die Nacht bei äußerst schlechtem Licht auf meinem Studienblock herumzukritzeln und Detailstudien von Trautes Schulter, ihren Händen, ihrem Haar anzufertigen, bis man aus all diesen einzelnen Zeichnungen hundert Trautes hätte zusammensetzen können.

Doch ich wollte nur das Original.

Ich hatte mir in den Kopf gesetzt, auf eine große Holzplatte zu malen, und zwar *alla prima*, wie die alten Meister. Es mag prätentiös klingen, aber ich wollte mich in die Tradition der großen Maler einschreiben, genau wie Traute es im Café gemeint hatte.

Und dafür brauchte ich eine Metallkiste.

«Man malt direkt aufs Holz, in nur einer Farbschicht», erklärte ich voller Eifer und hoffte, dass Traute meine Idee gutheißen würde. «Es ist also eine ganz unmittelbare Kunst, eine, die im Moment entsteht. Deshalb muss es schnell gehen, damit die Farbe nicht trocknet.»

Sie lachte. «Das liegt dir aber nicht, Lotte», feixte sie.

«Ich weiß», sagte ich ungeduldig, «aber wenn ich später an diesem Bild gemessen werden will, sollen alle über die Unmittelbarkeit der Wirkung staunen. Und das geht nicht, wenn ich wochenlang auf die durchgetrocknete Farbe die nächste Schicht setze. Das wirkt dann zu durchkomponiert.»

«Was hast du also vor?», fragte Traute. Sie kannte mich, sie wusste, dass ich bereits einen Plan hatte.

«Ich werde eine Kiste bauen, aus Metall, und das Bild darin aufbewahren, bis wir weiterarbeiten», sagte ich. «So bleiben die Farben feucht und frisch.»

«Du simulierst die Unmittelbarkeit also einfach?» Traute kicherte. «Sie mogeln, Fräulein Laserstein.»

«Du Dussel», sagte ich, «es ist kein Mogeln, wenn das Ergebnis genial ist. Die Idee zählt, die Phantasie von der Perfektion, verstehst du das nicht?»

«Und ob», erwiderte sie hochmütig. «Man könnte sagen, ich habe diese Haltung erfunden.»

Und damit war alles geklärt. Ich ließ von einem Schweißer eine Metallkiste anfertigen, in die ich die Holzplatte am Abend ganz versenken konnte wie in einen Sarg und die das Bild luftdicht abschloss, sodass es jedes Mal, wenn wir weitermachten, so feucht ans Licht kam, als hätte ich eben erst den letzten Pinselstrich getan.

Am liebsten hätte ich die Arbeit gar nicht unterbrochen, aber schlafen und essen mussten wir. Außerdem war die liegende, halb verdrehte Position, die ich Traute zumutete, schwer zu halten und herausfordernd bis auf die Knochen. Doch sie beklagte sich selten. Einmal schlief sie während einer Sitzung tatsächlich ein, und ich nutzte die Gelegenheit, mich atemlos neben sie zu hocken und sie zu betrachten. Heimlich griff ich nach Papier und Kohle und stahl eine Skizze von ihr, ja wirklich, wie ein Dieb fühlte ich mich. Es war albern, denn sie hatte sich für das Ölbild ja bereits ausgezogen und lag mit vollem Einverständnis nackt vor mir. Aber nun, da sie schlief, fertigte ich diese geheime Zeichnung von ihr an, die nur mir gehören würde.

Ich hüte sie bis heute und finde, dass man nach wie vor sieht, dass Traute darauf wirklich schläft, während sie für das Gemälde nur die Augen geschlossen hielt. Leider ist das kein gutes Zeugnis für mich als Malerin, aber so ist es nun mal. Etwas an der Art, wie ihr Gesicht auf der geheimen Zeichnung hingegossen und entspannt auf dem Kissen liegt, wie sie den Kopf in den angewinkelten Arm schmiegt, löst beim Betrachten eine große Ruhe und Zärtlichkeit aus.

In den Wochen, in denen ich an dem Gemälde arbeitete, fraß ich mich durch dicke Kunstbände, besah mir all diese Wunderwerke, studierte die Farbtöne, den Pinselschwung, die vollendeten Kompositionen, studierte immer wieder die Bilder der Großen, an denen ich mich orientierte: Tizians *Venus von Urbino*, die *Schlummernde Venus* von Giorgione, die ja die erste ihrer Art war, schließlich mein geliebter Velázquez, dessen liebreizender Rückenakt in einen Spiegel schaut, der von einem hübschen Amor gehalten wird.

Überhaupt schien mir die Frage der Perspektiven elementar.

Vorne lag Traute, mit ihren starken Hüftknochen, dem langen Hals und dem abgewandten Kopf, dahinter saß ich an der Staffelei, mit konzentriertem Blick, und malte sie. Das erinnert an das Velázquez-Gemälde *Las Meninas*, in dem der Maler inmitten der Hoffräulein steht, direkt hinter der Kronprinzessin, wodurch er ein selbstverständliches Element des Dargestellten wird und gleichzeitig doch dessen Urheber bleibt. Der spanische Großmeister regt in diesem Werk zum Nachdenken über die Darstellbarkeit von Wirklichkeit an, und daran biss ich mir ebenfalls die Zähne aus. Denn was ist die Realität als das, was wir daraus machen? Gibt es nicht so viele Perspektiven darauf, wie es Menschen gibt?

Deshalb war es meine Aufgabe, meine *Arbeit* als Künstlerin, zu entscheiden, was ich malte und was ich wegließ. Zwar träumte ich mich in die Mitte der alten Maler, als sei ich ihnen ebenbürtig, versuchte, ein Aushängeschild zu schaffen, das ihnen zur Ehre gereichte. Aber ich wollte es auch ganz anders machen als sie. Und schon damals entschied ich, dass *meine* einzige Wirklichkeit die Kunst war, in der *ich* die Welt erkannte und verstand, und dass ich die Entscheidung darüber zu treffen hatte, was richtig war.

Traute half mir dabei. Immer wieder standen wir vor unserem Bild, kniffen die Augen zusammen, traten davon weg, kamen nahe heran, und sprachen über Farben, Licht und Szenerie.

Der Blick aus den breiten Fenstern des Ateliers war die ideale Kulisse für mein Vorhaben. Traute sollte vor diesem atemberaubenden Panorama der fernen Stadt liegen, in luftiger Höhe schweben, ganz allein mit mir, ihrer Schöpferin. Denn auch mich selbst wollte ich wieder hineinmalen, als treuer, strenger Handwerker an der Staffelei. Ein eiserner Arbeiter mit Pinsel und Palette. Ich malte mich im weißen Kittel, am Hals fest zugeknöpft, fast wie ein Priester oder ein Arzt. Damals trug ich die Haare sehr kurz, so kurz wie nie zuvor. Aber gegen Ende der 1920er Jahre wurden die Frisuren immer geometrischer, so wie die Bilder meiner Kollegen, die ich *kühn* und *kühl* zugleich fand. Vielleicht ist es daher auch kein Zufall, dass beide Worte sich nur durch den letzten Buchstaben unterscheiden. Damals mussten wir, wenn wir etwas Neues erschaffen wollten, mit dem Pinsel so präzise und todesmutig arbeiten wie mit dem Skalpell, nur eine hauchfeine Linie trennte Leben von Tod, trennte Kunst von Tand.

Ich denke, das ist immer noch so, doch nicht mehr viele Menschen sehen in heutigen Zeiten diesen schmalen Grat. Jedenfalls scheint es mir so, wenn ich Ausstellungen besuche, auf denen freudetrunkene Glotzgesichter umherstehen und auf farbige Grässlichkeiten starren wie auf den Heiland. Dann könnte ich würgen wegen der Belanglosigkeit, die sie umgibt.

Traute und ich rangen oft miteinander in diesen Wochen, ja Monaten, in denen das Gemälde in seiner konservierten *alla-prima*-Art entstand, quälend langsam und doch mit merkwürdiger Hast. Es war anstrengend für sie, so lange wie festgefroren auf den Laken zu liegen, während ihre Hand oder ihr Bein einschlief. Wenn sie dann doch einmal murrte, nannte ich sie undankbar und wankelmütig, einmal warf ich ihr sogar vor, verantwortungslos zu sein. Es war ein ständiges Ringen um die Kunst.

Meine Schülerin Hedda schaute manchmal vorbei, wenn wir arbeiteten, sagte jedoch nichts, sondern betrachtete nur argwöhnisch das Bild, auf dem die Farben zusammen mit den Jahreszeiten wechselten. Wir hatten die Arbeit im Herbst begonnen, als die Bäume vor den Fenstern bunt leuchteten. Dann kam der Winter, fegte das Laub hinweg und machte einem grauen, kühlen Licht Platz. Schließlich fiel Schnee. Weiß schimmerten die Dächer der Lagerschuppen und der fernen Gebäude Berlins, und das Licht wurde wieder heller, reiner, wie es nur ein verschneiter Wintertag durchs Fenster schicken kann. Und so passten sich die Farben den Jahreszeiten an, diese wuchsen gleichsam in das Holz hinein.

Ich liebte vor allem dieses winterliche Licht, die Schwerelosigkeit des Bildes, seine flirrende Atmosphäre. Einmal sagte

Traute: «Es ist ein Meisterwerk. Du hast recht, dafür muss ich alles aushalten.»

Ich freute mich diebisch, schwieg jedoch.

«Die Figuren», ergänzte sie, «sind ganz altmeisterlich. Akademisch, wie bei einem Holbein oder wie bei Lucas Cranach.» Sie trat näher heran. «Guck mal, wie genau man alles erkennt, selbst meine abgeschubberten Ellenbogen, jede Pore. Aber hinten, die Stadt, sieht aus, als seist du am Ende doch in der Moderne angekommen.»

«Wohl eher im 19. Jahrhundert», erwiderte ich.

Sie lachte. «Für dich ist das die Moderne, weiter gehst du nicht.»

Damals dachten wir das wirklich, aber heute muss ich gestehen, dass ich später, nach dem Krieg, doch einige unrühmliche Ausflüge in diese Moderne gemacht habe, um meine Brötchen zu verdienen. In jenen Jahren mit Traute hingegen, 1927, 1928, noch vor meiner ersten Ausstellung, konnte ich es mir offenbar leisten, idealistisch zu sein und nicht nach dem Markt zu malen.

Arm war ich natürlich trotzdem.

Wenn ich nicht an dem Traute-Akt arbeitete, gab ich Unterricht, denn damals brauchte ich neben Brot, Kohlen und Kleidung, mehr als je zuvor, Geld für Farben. So hastete ich oft zwischen Atelier und Kammer hin und her, wo sich zu Hedda noch eine weitere Frau und zwei junge Männer als meine Schüler gesellt hatten. Ich gab Ratschläge, zeigte Techniken und flitzte dann wieder zu Traute, die bibbernd vor dem Öfchen im Atelier hockte und sich vor den nächsten zwei Stunden regungslosem Verharren ohne Kleider fürchtete.

Trotzdem fühlte ich mich nicht zerrissen, ich hatte in diesem Winter und in den ersten Frühlingstagen des Jahres 1928

Bärenkräfte. Und wenn ich bisher oft das Gefühl gehabt hatte, meine Pflichten fräßen mich auf, so schien es mir nun, als befeuerten sie sich gegenseitig und trieben mich immer weiter voran. Nur wohin, das wusste ich noch nicht.

Als das Gemälde im März endlich fertig war, standen Traute und ich ein letztes Mal gemeinsam davor. Die Farben waren getrocknet, die Metallkiste hatte ausgedient. Nun durfte das Bild in der Gegenwart ankommen, sich manifestieren, in der Welt sein.

Traute behauptet, ich hätte mehrfach gesagt, meine Bilder seien meine Kinder, doch ich kann mir nicht vorstellen, etwas derart Abgeschmacktes wirklich je laut gesagt zu haben. Aber ich erinnere mich, dass ich damals beim Anblick des Aktbildes zum ersten und einzigen Mal das *Gefühl* hatte, es sei mein Kind. Nein, *unser* Kind, Trautes und meines, das wir in Liebe, in Schmerz und unter Tränen gezeugt, geboren und aufgezogen hatten. Traute hatte wochenlang Muskelkater und schließlich eine gehörige Erkältung von den langen Sitzungen davongetragen, und mein Kreuz schmerzte nach den endlosen Stunden vor der Staffelei, denn wenn mich die Arbeitswut packt, kann ich nicht anders, als mich mit viel – zu viel? – Kraft durch die Aufgabe hindurchzuquälen. Als schwimme ich durch einen Kanal, der links und rechts nur schroffe Betonwände hat und mich zwingt, immer weiterzumachen. Dabei ziehe ich die Schultern hoch, halte den Pinsel verkrampft in der Faust und atme nicht richtig. Die Quittung folgt auf dem Fuß, damals wie heute, allerdings muss ich sagen, dass ein solches Fieber wie in jenem Winter hier in Kalmar nicht mehr von mir Besitz ergreift. Als junge Künstlerin gab es nur *alles oder nichts*.

Es ist so, wie ich einmal zu ein paar dummen Hühnern sagte, die hier in Schweden in den Ferien zu mir kamen und *ein wenig malen* wollten – man kann nicht *ein wenig malen.* Entweder man malt, oder man malt nicht. Und wenn man sich für die Kunst entscheidet, dann entscheidet man sich ebenso für Glück wie für Schmerz.

Ich ahne, dass es mit der Elternschaft ähnlich sein muss, doch wissen kann ich es nicht.

«Das ist es», sagte Traute mit Stolz in der Stimme. «Damit wirst du groß rauskommen.» Sie griff nach meinem Arm und riss ihn hoch, als sei sie ein Preisrichter bei einem Boxkampf und ich Max Schmeling.

«So einfach ist es nicht», sagte ich und würgte an einem Kloß in der Kehle herum.

Traute trug einen Wollrock und einen dicken, dunkelroten Pullover, der ihren Körper verbarg, als hätte sie niemals für einen Akt posiert. Alles wirkte plötzlich seltsam endgültig, so, als käme ich von einer Reise aus einem phantastischen Land zurück in die Wirklichkeit. Eine Wirklichkeit, die grau war und leer. Schon oft war es mir so ergangen, wenn das Fieber von mir abfiel und ein Bild fertig war. Aufzuhören war schrecklich. Und dieses Mal war es ganz besonders schrecklich.

Traute erkannte meine Melancholie und schloss mich in die Arme, barg meinen Kopf an ihrem Hals, an dem ich jede Sehne, jede Ader kannte. Ich sog ihren Duft ein, ein französisches Parfüm, dessen Namen heute niemand mehr kennt, doch damals trug ihn halb Berlin. An Traute aber roch er nur nach ihr.

«Sei nicht traurig», sagte sie, und bis heute rührt mich, wie sehr sie mich verstand. «Das hier ist nicht das Ende. Es ist der Anfang.»

Dann nahm sie ein großes weißes Laken, das am Boden lag,

und breitete es über die Holzplatte. Und für einen Moment hatte ich das Bild vor Augen, wie im pathologischen Institut ein Leichnam zugedeckt wird. Aber die Sonne stand vor den breiten Fenstern, hell und zuversichtlich beschien sie die Stadt. Traute zog aus ihrer Rocktasche eine schwarze Puderdose, klappte sie auf, betrachtete sich kurz in dem kleinen Spiegel und begann, sich die Nase zu pudern.

Da kam mir die Idee für mein nächstes Bild.

Immer weiter voran gehe ich in unserer Geschichte, immer schneller. Seit Traute hier ist und angefangen hat, von damals zu sprechen, fallen mir immer mehr Dinge ein, von denen ich dachte, sie seien längst verschüttet. Und auch die alte Hast ist wieder da, sie treibt mich an, will mich zwingen, Kleinigkeiten in der Erinnerung auszulassen und in großen Sprüngen weiterzumachen. Doch ich wehre mich dagegen. Ich habe angefangen, und nun will ich auch richtig hindurchkommen und mir alles ins Gedächtnis rufen, das dort schlummert. Immer wieder das Preußische in mir!

Das erste Mal, dass eins meiner Bilder öffentlich ausgestellt wurde, war im Frühjahr 1928. Meiner Mutter und Käte gegenüber hatte ich behauptet, ich sei nicht aufgeregt. Doch als ich über den Pariser Platz auf das ehrwürdige Gebäude der *Preußischen Akademie der Künste* zulief, zitterten mir plötzlich die Knie. Vor dem *Palais Arnim* parkten schwarze Limousinen und kleinere Automobile, elegant gekleidete Menschen strömten durch den Haupteingang, und ich prüfte zum hundertsten Mal, ob mir das Kleid hinten wirklich nicht hochgerutscht war, sondern alles an Ort und Stelle saß. Meine Strümpfe schlugen an den Knien Falten, doch das ließ sich nicht mehr ändern. Ich trug in diesen Jahren meistens keine Kleider, sondern Hosen, doch an dem Tag hatte meine Mulli darauf bestanden, dass ich mich *erwachsen* kleidete, und ich hatte sie nicht verärgern wollen. Denn auch wenn sie nicht oft aus der Stierstraße herauskam, so vertraute ich doch ihrem Urteil, gerade wenn es um gesellschaftliche Fragen ging.

«Meine Tochter!», hatte sie mit Stolz im Gesicht gesagt, als sie mir die Knöpfe am Rücken schloss und die graue Seide glattstrich. «Eine eigene Ausstellung!»

«Wohl kaum eine *eigene*», hatte ich sie berichtigt, «es wird nur ein Bild von mir zu sehen sein, eines neben über dreihundert anderen.»

«Kleinvieh macht auch Mist», war ihre vorhersehbare Antwort gewesen, die mich dennoch beruhigte. Wenn meine Mutter angesichts der Tatsache, dass ein Bild ihrer Tochter bei der Frühlingsausstellung der *Kunstakademie* gezeigt würde, so ruhig bleiben konnte, dann gab es für mich wohl keinen Grund zur Nervosität.

Sie und Käte würden später ebenfalls kommen, doch ich wollte auch die Festreden hören und war früher dran als die beiden. Und nun stand ich vor dem Gebäude und sah die Lichter, die Autos und vornehmen Kleider der Damen, die auch *mein* Bild anschauen würden – wenn auch vielleicht nur im Vorbeigehen –, und da wurde mir mulmig.

Zum Glück musste ich nicht allein die heiligen Hallen betreten, denn Traute erwartete mich am Eingang, neben sich Ernst, der sie untergehakt hatte. Doch als sie mich sah, befreite sie sich aus seinem Griff und rannte auf mich zu. Sie fiel mir um den Hals, und mein Herzschlag beruhigte sich ein wenig. Ich war nicht allein, ich kam mit meiner besten Freundin.

«Du bist aber schick», sagte sie und gab mir einen anerkennenden Klaps auf den Arm. Dabei war *sie* es, die sich schick gemacht hatte, in dem schwarzen Fransenkleid, das sie immer trug, wenn es einen feierlichen Anlass gab. Sie richtete den leichten Schal um ihre Schultern und zog mich zu Ernst hinüber, der mich mit seinem freundlichen, leisen Lächeln und seinem arglosen Händedruck begrüßte.

Zu dritt untergehakt zogen wir ins Palais ein wie drei Gladiatoren in die Arena. Drinnen stießen wir auf Wolfsfeld, der unsere Dreieinigkeit spaltete, mich in die Arme schloss und mit seinen Lippen meine Wange streifte. Ich erkannte sein Rasierwasser wieder, doch obwohl ich es so oft gerochen hatte, war es mir fremd.

«Kleine Lotte», sagte er, «ich bin so stolz auf Sie. Sie glauben nicht, wie oft ich auf Ihre Arbeit angesprochen wurde. Sogar die Presse wartet auf Sie.»

Verwirrt sah ich in die Richtung, in die er wies.

Ein Reporter mit einer schwarzrandigen Brille und einem Notizblock im Anschlag kam herüber. Seine Fliege hing schief.

«Fräulein Laserstein», sagte er, «ich schreibe für die *Berliner Morgenpost*. Würden Sie mir ein paar Fragen beantworten?»

Traute stieß mich in die Rippen. «Menschenskind», flüsterte sie vernehmlich, «die Mottenpost!»

Ich lächelte den Journalisten an. «Was möchten Sie wissen?»

«Wie war es, bei Erich Wolfsfeld ausgebildet zu werden?»

«Es war wunderbar», sagte ich, ohne nachzudenken. Dann erst sah ich Wolfsfelds Gesicht und spürte, wie mir die Röte ins Gesicht stieg. «Unsere Klasse war ein Glücksfall für mich. Wolfsfeld, ich meine, *Professor* Wolfsfeld hat sehr viel Wert auf

Technik gelegt, uns das Handwerk beigebracht, wie in einer mittelalterlichen Zunft. Verstehen Sie?»

Der Journalist sah mich zweifelnd an. «Ich dachte, es ginge bei diesen Meisterklassen um *Kunst*», sagte er, «oder ist das an den *Vereinigten Staatsschulen* anders?»

Ich spürte, dass er mich in eine Ecke manövrierte, die weder für mich noch für Wolfsfeld vorteilhaft wäre. «Sie haben mich falsch verstanden», sagte ich schnell, «natürlich geht es um Kunst. Wenn Sie es genau wissen wollen, geht es nie, niemals um etwas anderes, jedenfalls nicht für mich.»

Ich wollte so dringend, dass er verstand, was die Kunst mir bedeutete, doch mir fehlten die Worte. Aus den Augenwinkeln sah ich, dass Wolfsfeld unruhig wurde. Auch Traute trat neben mir nervös von einem Bein aufs andere.

«Haben Sie Fräulein Lasersteins Bild überhaupt schon gesehen?», fragte sie schließlich. «Ich führe Sie gern hin, damit Sie einen Eindruck von ihrer *Kunst* bekommen, für die Sie sich ja derart interessieren.»

Ich hörte den unterdrückten Ärger in ihrer Stimme und die Sorge, wie bei einer Löwenmutter, die Unheil für ihre Jungen witterte. Sie glaubte wohl, sie müsste und könnte mich beschützen, auch heute denkt sie das noch, aber es ist so eine Sache mit mir, ich lasse mir nicht gern helfen. An diesem Abend jedoch war ich überfordert genug, um es zuzulassen.

Der Reporter wirkte leicht benommen. «Und Sie sind …?»

«Gertrud Süssenbach», erklärte Traute huldvoll, nahm ihn beim Arm und führte ihn fort, nicht ohne mir zuzuzwinkern. Zu dem Journalisten gewandt sagte sie: «Kommen Sie! Ich habe gehört, hier soll es irgendwo Champagner geben, ich hätte schrecklich gern ein Glas.» Dann verschwanden sie im Gedränge und ließen mich etwas ratlos zurück.

Ernst lachte leise. «Traute macht das schon, am Ende des Tages wird dieser arme Mann eine glänzende Kritik schreiben. Sie verzaubert jeden.»

«Ich weiß», sagte ich und sah ihr nach.

Wolfsfeld war mittlerweile ins Gespräch mit einer blonden Schönheit vertieft, die bei jedem zweiten Wort von ihm ihre langen Haare zurückwarf und glockenhell kicherte. Es war wohl eine der Tänzerinnen, mit denen er sich traf, vielleicht sogar die, die er später geheiratet hat, kurz bevor er Deutschland verlassen musste. Doch an diesem Abend interessierte es mich mäßig, und ich winkte ihm nur noch einmal zu und bahnte mir mit Ernst einen Weg zur Halle, wo an großen Stellwänden die Bilder der Frühlingsausstellung hingen.

Mir war bewusst gewesen, dass es viele bekannte Namen sein würden, doch die Fülle der großen Künstler und jungen Talente, die hier auf mich einprasselte, war überwältigend. Ich sah Bilder von Christian Schad, Willy Jaeckel, George Grosz. Auf dem Gemälde *Brandenburger Tor* von Oskar Kokoschka war auch das Gebäude abgebildet, in dem wir uns an diesem Abend befanden, mit einem gewittrigen blauen Himmel über dem Pariser Platz. Daneben hing Max Pechsteins *Mutter und Kind*, ein Motiv, das er immer wieder gemalt hat.

Ein Stück weiter hinten sah ich Traute und den Reporter stehen, sie hielten Gläser in der Hand, und Traute sprach angeregt auf ihn ein. Über ihren Köpfen erspähte ich das Bild eines mir unbekannten Malers, es zeigte eine Szene im Café. Offenbar hatte man versucht, thematische Zusammenhänge herzustellen, denn direkt daneben hing mein Bild.

Ich schluckte.

Obwohl ich ja wusste, dass es hier hängen würde, obwohl ich all den Aufwand des heutigen Abends nur aus dieser Tatsache heraus betrieb, war es ein Schock, es zu sehen. Unter all den anderen Werken, so, als gehörte es wirklich hierher, in die Öffentlichkeit, zu den anderen Berühmtheiten.

Ich vermute, dass Ernst damals auf mich einredete, das tut er bis heute gern, doch ich ließ ihn stehen, als sei er plötzlich unsichtbar, als seien alle Stimmen um mich herum in jener Sekunde verstummt, eingefroren angesichts dieser Ungeheuerlichkeit.

Langsam ging ich auf mein Bild zu, schlug gedankenverloren einen Haken um den Reporter und Traute, und trat vor die Stellwand.

Das Gemälde trug ein kleines weißes Pappschild, das an die untere, rechte Ecke gepinnt war. *Lotte Laserstein: Bildnis*, stand dort. Mehr nicht. Der Titel war mir bis zum Schluss nicht gelungen, es war, als hätte ich nach der glücklichen Fertigstellung des Bildes keine Kraft mehr für diese Nebensache übrig gehabt. Hätte ich es doch *Im Gasthaus* genannt, dachte ich, oder *Im Café*. Denn es zeigte eine Frau, die an einem Tisch im Kaffeehaus saß, sich dort die Handschuhe auszog und mit ernstem, konzentriertem Gesicht zur Seite blickte. Hinter ihr sah man den Wirt am Zapfhahn, einen Kellner mit Schürze, eine weitere junge Frau, die sitzend die Menükarte studierte. Ursprünglich hatte ich beim Malen an die Frau gedacht, die ich vor Jahren im *Josty* durch die Scheibe betrachtet hatte, als ich Traute zur Kur in die Berge verabschiedete. Ein paar Mal war ich seit Anfang des Jahres, als ich noch am Aktbild im Atelier arbeitete, durch die Cafés der Stadt gezogen und hatte andere Frauen beobachtet. Keine *Girls*, die sich schminkten, kokettierten, flirteten, keine leichtbekleideten *Vamps*, die in den Lokalen Männerbekanntschaften suchten wie seinerzeit Billy, sondern arbeitende, gebildete, selbstbewusste Frauen.

Frauen in schlichter, erlesener Kleidung, die allein kamen, allein blieben und das Restaurant allein wieder verließen. Die ihren Hunger stillten, lasen, schrieben oder einfach nachdachten, während sie den Lärm der Großstadt an sich vorbeiziehen ließen. Sie imponierten mir in ihrer selbstverständlichen Gelassenheit, mit der sie die Frage des Kellners, ob es bei einem Gedeck bleibe, mit *Ja* beantworteten, mit der sie einen Likör bestellten, einen Cognac, drei Zigaretten. Sie besuchten das Café mit derselben Haltung wie ein *Mann*, ohne dass sie einen solchen imitierten, denn sie trugen sehr wohl Make-up, teure Strümpfe, Parfüm. Sie waren sich ihrer Weiblichkeit bewusst, ohne sie als Strategie zu nutzen, und das gefiel mir außerordentlich.

Noch einmal ließ ich meinen Blick prüfend über das Bild wandern. Alles stimmte. Das tiefe Schwarz des Kostüms der jungen Frau, ihre herben, aber dennoch empfindsamen Gesichtszüge, ihr versunkener Blick. Trotz ihrer bescheidenen Zurückgezogenheit und der eleganten Strenge ihrer Körperhaltung war sie das Zentrum der Szenerie, dominierte alles. Genau so hatte ich sie in Erinnerung. Und es war mir gelungen, all das mit wenigen, gedeckten Farben auf die Leinwand zu bannen.

Das Bild ist heute verloren, liegt wahrscheinlich unter Trümmern in Berlin begraben, wie so viele meiner Bilder, die ich zurückließ, als ich ging. *Ging?* Ich floh, in buchstäblich letzter Sekunde, auch wenn ich das damals nicht einmal vor mir selbst zugeben mochte und so tat, als reiste ich nur zu einer Ausstellung. Aber ich blieb am Leben. Und was ist schon ein verschüttetes Stück Leinwand gegen die Rettung eines Menschenlebens? Dennoch trauere ich um dieses Bild, denn es war meine Einladung in die Welt der Kunst, damals in Berlin.

«Wirklich nicht übel», sagte plötzlich eine Stimme hinter mir. Es war der Schreiberling von der *Morgenpost*, der mit Traute hinter mich getreten war. «Und es ist wirklich Ihre erste Ausstellung, Fräulein Laserstein? Das ist beachtlich.»

Er machte sich rasch eine Notiz auf seinem Block. «Nur dass die Dame keine besondere Schönheit ist, lässt sich nicht leugnen», sagte er. Der Champagner schien ihn ein wenig gelockert zu haben, auf seiner Stirn stand ein feiner Schweißfilm. Er rückte seine Fliege zurecht und blickte zu Traute.

«Sagten Sie nicht, dass Sie das bevorzugte Modell der Künstlerin seien?», fragte er.

Traute nickte und schwieg, mit diesem geheimnisvollen Lächeln, das mir bis in die Magengrube strahlte.

«Dann sollten Sie dort im Café sitzen», sagte der Mann. «*Sie* wären nicht lang allein am Tisch geblieben, so viel ist sicher.»

Ernst war herangetreten und räusperte sich, er legte Traute unauffällig, aber unmissverständlich eine Hand auf ihren Arm. Ich verkniff mir ein Grinsen. Der gute Ernst, wer hätte gedacht, dass ein Löwenherz unter seinem Wollpullunder schlug?

«Wissen Sie», sagte ich zu dem Journalisten, «das ist ja kein neues Sujet, eine Frau in einer Bar, roter Mund, schöne Beine – und dennoch wollte ich etwas anderes zeigen.»

Natürlich wusste ich, dass eine solche Erklärung an ihn verschwendet war, doch ich konnte es nicht lassen.

«Sie denken an Dix?», fragte er mich und leckte sich die Lippen. «An Schads *Romanisches Café*?»

«Gewiss», sagte ich. «Sie müssen zugeben, dass die Bilder entweder wegen der ausgesuchten Hässlichkeit oder der Schönheit der abgebildeten Frauen bekannt sind. Aber ich wollte eine *normale* Frau zeigen, eine, die nicht wegen ihres Äußeren auffällt.»

«Das verstehe ich nicht», sagte der Mann und kratzte sich am Kopf. «Was ist denn sonst an einer Frau so interessant, wenn nicht ihr Körper, ihr Gesicht? Zumal für eine Malerin?»

Ich begann, ihn mehr und mehr zu verabscheuen.

«Sie müssen das auch nicht verstehen», sagte ich und zuckte mit den Achseln.

Er deutete auf Traute. «Mit der da im Bild hätten Sie jedenfalls alle Blicke auf das Werk gezogen. So bleibt es ein technisch gut ausgeführtes, etwas eigenartiges kleines Bildnis.» Damit schrieb er ein paar letzte Worte in sein Heft, klappte es zu und tippte sich, mit einem Blick auf Ernst und Traute, die jetzt eng beieinanderstanden, grüßend an die Stirn. Dann trollte er sich endlich.

Zum Glück kamen in diesem Moment Käte und Mama zu uns. Sie hatten sich feingemacht, und ich war gerührt, dass sie dies meinetwegen getan hatten. Besonders unsere Mulli, die sich selten ins Zentrum der Stadt wagte.

«Lotte, wie wunderbar», sagte sie, betrachtete das Bild und nickte anerkennend. Auch Käte trat heran, besah es sich in Ruhe und gratulierte mir.

Ich gab die stolze Gastgeberin. «Mama, Käte, darf ich euch Gertrud Süssenbach vorstellen?», sagte ich. «Und Ernst Rose, ihren Verlobten?»

Sie schüttelten sich die Hände, und ich bemerkte, dass meine Schwester Traute unauffällig musterte. Während Ernst für alle Champagner brachte und so für Ablenkung sorgte, wisperte sie in mein Ohr: «Das ist also die berühmte Traute.» Sie hatte das Bild in meinem Atelier gesehen und fügte nun schmunzelnd hinzu: «Angezogen ist sie auch sehr hübsch.»

Wir kicherten in geheimer Verschwörung. Es tat gut, eine

weitere Verbündete zu haben, selbst wenn meine Schwester und ich nur einen schweigenden Pakt geschlossen hatten.

Es wurde spät an diesem Abend. Der Champagner war längst ausgetrunken, die Lichter gedämpft, als meine Mutter und Käte sich verabschiedeten. Ernst schien tief in ein Gespräch mit einem Schriftsteller versunken, dessen Namen die Welt heute kaum noch kennt. Damals wurde er viel besprochen, und Ernst erhoffte sich vielleicht etwas von ihm.

Traute lehnte sich an mich, bettete ihren Kopf an meine Schulter, und ich legte meine Wange an ihren Scheitel. Ihr Haar roch so vertraut, warm und ganz sacht nach Ölfarbe, als habe sie zu viel Zeit in meinem Atelier verbracht und der Duft unserer Kunst sei darin hängengeblieben.

«Wie geht es denn nun weiter?», fragte sie.

Ich zuckte nur die Schultern. «Erst einmal warte ich auf das Ergebnis des Wettbewerbs.»

«Für *Das schönste deutsche Frauenporträt*?»

Ich nickte und schloss die Augen. Ich hatte ein weiteres Bild bei einem Malwettbewerb eingereicht, den die Parfümerie *Elida* ausgeschrieben hatte, ohne mir viel davon zu versprechen. Der Perlwein rann durch meine Adern, mir war angenehm schummrig, und ich fühlte mich leicht und geborgen.

«Mal sehen, was es taugt, *Das Mädchen mit der Puderdose*», sagte ich und sah sie zögernd an. «Sei nicht böse, dass ich dich nicht als Modell genommen habe. Die Idee ist trotzdem von dir.»

«Ich weiß, Lottchen», sagte Traute und gab mir einen flüchtigen Kuss auf die Wange, wie das sanfte Picken eines Vogels, so küsste sie mich damals immer. Als könnte sie sich nicht entscheiden, ob es wirklich ein Kuss sein sollte. «Was würdest du nur ohne mich machen?»

In ihrem Lächeln lag eine Aufforderung, schien mir. So folgte ich ihr hinaus aus der Halle und in die Dunkelheit, die sich über den Pariser Platz gesenkt hatte. Und es war, als schritten wir mitten durch Kokoschkas Bild.

17

TRAUTE

ICH FÜHLE MICH in diesen Tagen immer mehr wie eine Detektivin auf der Suche nach Beweisen, nach Argumenten dafür, dass ich recht habe und Lotte nicht hierhergehört nach Kalmar. Ich mag mich selbst nicht in dieser Rolle, denn wer bin ich, dass ich ihr Vorschriften machen könnte, wie und wo sie zu leben hat? Mein Leben in Bremerhaven ist auch alles andere als glamourös, und ich bin nicht produktiv genug, um meine Existenz zu rechtfertigen, auch wenn ich mir Mühe gebe, das schon. Doch ich kann nicht anders, alle meine Sinne sind geschärft für jedes noch so leise Zeichen, dass dieser angeblich glorreiche Empfang in der Provinz nicht der Auftakt einer neuen Karriere ist, sondern der Anfang vom Ende.

Die Liste der Gründe ist lang. Da wäre Lottes häufige schlechte Laune, die sich mit Phasen betonter Fröhlichkeit abwechselt, beides Seismographen dafür, dass auch sie den Trugschluss spürt. Die billigen Bildchen, die sie regelrecht vor mir versteckt, das Fehlen künstlerischer Kontakte, das Schweigen des Telefons. Die Tatsache, dass ihr einstiger Arbeitseifer, der einer wütenden Feuersbrunst gleichkam, derart abgeebbt ist, dass sie halbe Tage damit verbringt, draußen mit einer herrenlosen Katze zu spielen. Oder mir einen Tee nach dem anderen zu kochen, um dann in brütendem Schweigen neben mir zu sitzen und auf eine zermürbende Art mit dem Löffel gegen die Tasse zu schlagen, immer und immer wieder.

Aber heute glaube ich, *den* entscheidenden Beweis antreten zu können.

Verzeih mir, Lotte, dass ich wie eine Schnüfflerin dein Unglück aufsauge und verwalte, aber ich kann nicht anders. Ich bereite mich auf das Kreuzverhör mit dir vor und weiß, ich brauche gute Argumente, sonst fegst du mich mit einem einzigen beißenden Wort aus deinem Leben.

Lotte hat einen Termin bei Hultberg, dem Kunsthändler, bei dem sie ihre Bilder in Kommission gibt und hofft, dass sie jemanden interessieren. Allein diese Vorstellung! Wenn man bedenkt, dass sie Ende der zwanziger Jahre in Berlin nicht lange zu warten brauchte, bis jemand nach einer Ausstellung auf sie zukam, staatliche Behörden, wohlhabende Sammler, Bewunderer ihrer Werke, und sie bat, einfach einen Preis zu nennen! Ich weiß noch, wie wir jubelten, als das erste Bild, die *Frau im Gasthaus*, für gutes Geld an einen Käufer ging. Das war der Anfang – und Lotte bald eine gefragte Malerin!

Doch heute, da bin ich mir sicher, verscherbelt sie ihre Bilder wie ein Hausierer an Hultberg, der ab und an mit einem Lieferwagen hier herunterfährt, und schickt ihre Werke fort wie Kinder während des Krieges, um ihnen Leid zu ersparen. Es kommt mir unwürdig und traurig vor.

Ich spüre ihren Unmut, als ich mit zu Hultberg will, den sie zum Mittagessen in einem Restaurant treffen soll. Aber ich bestehe darauf, bin mir sicher, eine erneute Bestätigung für meine Ahnung zu erhalten. Und so kommt es!

Hultberg ist ein kleiner, magerer Mann in grauen Flanellhosen und mit dieser gierigen Höflichkeit im Blick, die allen Händlern eigen ist. Er versucht, seine Eile zu verbergen, lauscht scheinbar interessiert Lottes Ausführungen zu ihren neuen Bildern, die er zuvor nur mit einem Blick gestreift hat. Ich verstehe kaum etwas von den umherfliegenden schwedischen Sätzen. Mir scheint, als laufe draußen im Laster schon der Motor, damit der selbsternannte Kunsthändler Kalmar so schnell wie möglich mit seiner Beute den Rücken zukehren kann.

Als wir nach dem Essen – er bezahlt immerhin, sogar für mich, was ich ihm als höfliche Geste anrechnen muss – zurückgehen und Lottes Bilder verladen, kann ich meinen Schrecken kaum verbergen. Auf der Ladefläche türmen sich Unrat, Kitsch und Tinnef wie im Inneren eines Kramladens. Vergoldete Spiegelrahmen, Ölbilder von röhrenden Hirschen im Wald, bemalte Vasen und antike Stühle, hoch gestapelt. Dahinein schiebt Lotte mit einer Miene höchster Verachtung ihre armen, mit einem Laken umwickelten Bildchen. An einem Rahmen rutscht der Stoff beim Einladen zur Seite und enthüllt ein Aquarellmeer mit Seebrücke. Im Vergleich zu den anderen Bildern im Wagen ein Meisterwerk, aber doch nicht gut genug für die Signatur, die besonders selbstbewusst am unteren Rand steht, als habe Lotte versucht, mit ihrem Namen zu retten, was zu retten ist.

Mit einer hastigen Geste zieht sie das Laken wieder zurecht, als breite sie eine Decke über eine entblößte Sterbende, um ihr die letzte Würde zu bewahren. Mich würgt es bei diesem armseligen Anblick in der Kehle.

Auf dem Rückweg sprechen wir kein Wort. Die roten Holzhäuser leuchten in der Nachmittagssonne, der Himmel über uns spannt sich tiefblau bis zum Meer. Am Hafen schreien und zanken die Möwen, flattern fett umher und versuchen, einen Fisch oder ein liegen gebliebenes Brötchen zu ergattern.

An der Mole bleiben wir stehen, und Lotte kauft an einer der kleinen Buden für uns ein Eis. Schweigend blicken wir aufs Wasser, die salzige Luft treibt mir Tränen in die Augen, und ich schmecke nichts.

An dem schmalen Strand beobachten wir ein paar Kinder in Badehosen, und ich erinnere mich plötzlich an einen Ausflug mit Lotte zur *Krummen Lanke*, einem kleinen, merkwürdig gekrümmten See im Süden Berlins. Wir waren mit den Fahrrädern hingefahren, die warme Luft flatterte um unsere nackten Beine, und Lotte hatte sich, kaum angekommen, mit ein paar halbwüchsigen Jungen angefreundet, die an der kleinen, morastigen Badestelle von einem umgestürzten Baumstamm ins Wasser sprangen. Ich weiß noch, wie Lotte sofort Hose und Hemd auszog, sie trug einen schwarzen Badeanzug darunter, und sich zu ihnen gesellte. Die Jungen ließen sie so selbstverständlich mitmachen, als würden sie sich schon seit Ewigkeiten kennen. Dabei muss Lotte in ihren Augen wie eine ältere Dame gewirkt haben. Doch Lotte fand schnell Zugang zu Jüngeren. So schroff und kantig sie oft wirkte, wenn sie mit Gleichaltrigen sprach, so gelöst verhielt sie sich im Kreis von Kindern und jungen Leuten. Das machte sie auch zu einer guten Lehrerin – ihre Ungeduld traf nur die Alten. Dem Nachwuchs gewährte sie automatisch Kredit und ließ sich ganz auf ihr Gegenüber ein, erwartete wenig und bekam viel. So auch von diesen Flegeln am See in Berlin, die Lotte sogar nass spritzten und ganz ohne Scheu mit ihr scherzten, bis es langsam kühl wurde und sich einer nach dem anderen artig verabschiedete. Mich würdigten sie keines Blickes, doch mir war das gleichgültig. Mir reichte es, auf einem Handtuch am Seeufer zu sitzen, mit halbgeschlossenen Augen zu träumen und auf Lottes Lachen zu horchen.

Und gerade, als ich Lotte an die *Krumme Lanke* erinnern will, sagt sie: «Weißt du noch, unsere Ausflüge an die Berliner Seen?»

Etwas an dem Licht und dem Geräusch der badenden, wasserspritzenden Kinder hatte uns beide an damals erinnert, an unsere leichten, hellen, unbeschwerten Sommer.

Wenige waren es nur, bevor die Nazis kamen und uns auseinanderrissen.

18

LOTTE

HEUTE HABE ICH dem guten, alten Hultberg ein paar armselige Bildchen übergeben und muss nun hoffen und bangen, dass jemand in Stockholm ein Aquarell für den Platz über dem Sofa kaufen möchte. Oder, noch schlimmer, für eine Zahnarztpraxis.

Immer noch, nach all den Jahren ohne wirklichen Erfolg in Schweden, trage ich diese furchtbare Arroganz mit mir herum. Als hätte ich das Recht auf Anerkennung gepachtet, als machten ein paar gute Jahre in den Zwanzigern eine Künstlerin für alle Zeiten erhaben darüber, Kunst für Geld zu malen. Aber wem mache ich etwas vor? Ich bin doch längst so weit von dieser Erhabenheit entfernt, wie man nur sein kann. Ich sollte froh sein über jeden Gynäkologen mit einer Vorliebe für melancholische kleine Seestückchen aus Kalmar, über jeden neureichen Kunstdilettanten, der ein bisschen Farbe in seinen Neubau in Bromma oder Östermalm bringen will.

Vielleicht erinnere ich mich deshalb wieder so oft an den Anfang, weil ich das Ende nicht wahrhaben will? An diese goldenen Tage 1928, 1929, als ich ausgestellt wurde, Wettbewerbe gewann und die Welt mir plötzlich zu Füßen lag?

Mir fällt eine Begegnung mit Wolfsfeld ein, in der *Mampe-Likörstube* am Kurfürstendamm. Als er hereinkam und wir uns die Hände schüttelten, spürte ich den kalten Wind, den er in den Kleidern hereintrug. Das *Mampe*, wie wir sagten, war brechend voll. Der schöne Kachelofen mit den gebrannten, glänzenden Keramikfliesen bullerte neben dem Tisch, an dem ich saß. Ein Kellner kam vorbei und stellte mit beiläufiger Geste eine Tasse Kaffee auf dem Tisch ab. Ich setzte mich wieder auf die Polsterbank.

«Der Herr?», fragte der Kellner.

«Einen Mokka, stark, und einen Likör, bitte», sagte Wolfsfeld und hängte Hut und Mantel an einen goldenen Haken. Er war etwas atemlos, und es gefiel mir, dass er sich offenbar meinetwegen beeilt hatte. Aus seiner ledernen Tasche zog er ein Magazin und legte es auf den Tisch. Dann setzte er sich auf den Stuhl mir gegenüber.

Neugierig griff ich nach der Zeitschrift und blätterte sie durch. Wolfsfeld hatte eine Seite mit einem Kniff in der Ecke markiert. Ein Gemälde war darauf abgedruckt, es zeigte ein junges Mädchen mit dunklen Haaren, einem rundlichen Gesicht und in einer dunkelroten Bluse, die sich selbst in dem kleinen Spiegel einer Puderdose betrachtete.

«Donnerwetter», sagte ich. «Dass sie es so schnell drucken würden, ahnte ich nicht.» Dann las ich den Untertitel zum Bild: «*Das schönste deutsche Frauenporträt. Wettbewerb der Parfümerie Elida mit dem Reichsverband bildender Künste.*»

Ich blickte zu Wolfsfeld hoch. Er nickte anerkennend.

«Ein schöner Erfolg, kleine Lotte. Im November wird man es zusammen mit den fünfundzwanzig anderen Bildern aus der Endauswahl in der *Galerie Gurlitt* zeigen, wussten Sie das schon?»

«Ich hatte einen Anruf …», sagte ich so bescheiden wie möglich. Ich wollte nicht, dass Wolfsfeld meine Nervosität bemerkte.

Der Name *Gurlitt* war wie ein Zauberspruch, verschaffte mir eine Gänsehaut, weil er einem Künstler Tür und Tor öffnete. Ich versuchte zwar, nicht allzu sehr nach links und rechts zu sehen, mich nicht mit anderen zu vergleichen. Doch alles, was Rang und Namen hatte, stellte damals bei *Gurlitt* aus. Und die Vorstellung, dass mein *Mädchen mit der Puderdose*, wie ich es heimlich nannte, obwohl ich es offiziell erneut unter dem schlichten Titel *Bildnis* eingereicht hatte, als wäre ich immer noch eine Schülerin der Akademie ... dass dieses Bild dort an den heiligen Wänden hängen würde, ließ mir die Haare zu Berge stehen. Denn die *Kunsthandlung Fritz Gurlitt* war eine Institution! Sie lag in der Potsdamer Straße, in der Nähe des Potsdamer Platzes, und wurde inzwischen nicht mehr vom Namensgeber, der im Jahr meiner Geburt verstorben war, sondern von seinem Sohn Wolfgang geführt, der auch den Familienverlag leitete. Die Liste der Künstler, die in seiner Galerie ausgestellt und so von einem größeren Publikum entdeckt wurden, war lang. Feuerbach, Böcklin, Leibl, Liebermann – sie alle hatten dort ihren Anfang genommen. Und nun würde bald, in wenigen Wochen, dort auch der Name Laserstein auf einem kleinen Schild unter meinem Puderdosen-Mädchen kleben. Es war wie ein Traum, und ich wollte mich manchmal kneifen, um sicher zu sein, dass ich wach war.

Nun, und heute werde ich von Hultberg vertreten, diesem graugesichtigen Männlein, der seinen Ramschladen ebenfalls *Kunsthandlung* nennt! Der Unterschied zwischen diesen beiden Orten ist wie Tag und Nacht, und leider weiß auch Traute das ganz genau. Sie hat den armen Mann heute beim Mittagessen mit ihren Blicken regelrecht aufgespießt, als handle er mit Frauen oder Kindersklaven, aber nicht mit Kunst.

Der Kellner brachte Wolfsfelds Bestellung.

«Sie hat ein ausdrucksstarkes, frisches Gesicht», sagte Wolfsfeld und deutete auf das abgedruckte Bild in der Zeitschrift. «Und Ihnen ist es sehr gut gelungen, nicht dieses langweilige Traumfrauenbild zu malen, das man jetzt überall sieht. Diesen Typus der koketten Frau, die nur auf ihr Äußeres bedacht ist. Ihr Mädchen ist eine junge Frau aus Fleisch und Blut, die mit beiden Füßen im Leben steht.»

Er trank einen Schluck aus dem Likörglas mit dem *Mampe*-Schriftzug.

Eifrig nickte ich. Wie immer tat es mir unendlich gut, sein Lob zu hören, es war nach wie vor immens wichtig für mich. Ich weiß, dass es Traute damals schon geärgert hat und heute noch viel mehr, aber ich konnte nie anders, als auf ihn zu hören. Wolfsfeld war mein wichtigster Lehrer, wird immer mein Lehrer bleiben, selbst jetzt, fast fünf Jahre nach seinem Tod. Seine Stimme, seine Worte, die höre ich noch immer und bin dankbar für jede Silbe.

«Genau das wollte ich erreichen», sagte ich. «Sie ist jung, aber autonom und steht nur sich selbst Rede und Antwort, wie sie sich da im Spiegel ansieht.»

Lisa, die Cousine unseres russischen Untermieters Bobby, hatte mir für das Porträt Modell gesessen.

Ich wusste, dass es für junge Frauen in Berlin wichtiger als je war, gepflegt auszusehen, hübsch und adrett. Seit dem Einzug in den Arbeitsmarkt war ihr Körper paradoxerweise noch mehr zur Ware geworden, die nun ihrem *Boss* gehörte. Die Sekretärinnen waren das Aushängeschild der Büros, die Verkäuferinnen repräsentierten das Geschäft, hinter dessen Ladentisch sie standen. Eine adrette Frisur, perfektes Make-up, das waren Grundvoraussetzungen für eine Einstellung. Mir widerstrebte das, und ich dankte manchmal dem Schicksal, dass ich als Künstlerin dieser Ökonomisierung des Aussehens nicht unterworfen war. Dass ich nicht mit meinem Gesicht, mit meiner Figur Bilder verkaufte, sondern die Kunst sich *durch sich selbst* anpries.

In meinen Bildern stellte ich die Wirklichkeit her, der ich mich im wahren Leben verweigerte, wenn ich morgens nach dem Aufstehen zu Hosen und weiten Pullovern griff. Wenn ich meinen Körper in einen Malkittel hüllte wie in eine Schutzschicht, weil ich darin unangreifbar und unweiblich war – und erst damit eine im wahrsten Sinne *private* Person. Eine Frau konnte eigentlich niemals privat sein, sie war immer in den Augen der Welt zuallererst eine Frau.

War? Ich würde wetten, es ist noch so! Doch ab einem gewissen Alter wirft eine Frau diese Fesseln ab, weil sie ohnehin von niemandem mehr gesehen wird. Eine Künstlerin dagegen, selbst eine junge, kann mit etwas Geschick eine Person ohne Körper und Geschlecht sein. Und sie kann sich, wie ich es versuchte, hinter ihren Bildern verbergen.

«Und war Ihr Lieblingsmodell, Fräulein Süssenbach, nicht eifersüchtig, dass Sie für einen wichtigen Wettbewerb eine andere gemalt haben?», fragte Wolfsfeld.

Ich lächelte. Er wusste so wenig von Trautes und meiner Verschwörung, dachte so sehr in seinen eigenen, männlichen Kategorien.

«Traute kennt meine Arbeitsweise», wehrte ich ab. «Sie sitzt mir bereits jetzt so oft Modell, dass ich ihr den Aufwand kaum vergüten kann. Außerdem ist sie sehr beschäftigt, sie macht eine Ausbildung als Fotografin. Und sie weiß, dass ein künstlerisches Werk Abwechslung nötig hat, viele Facetten und Experimente braucht.» Ich trank von meinem Kaffee. «Die Gesichter der russischen Einwanderer interessieren mich. Ihre Physiognomie und die Symmetrie ihrer Gesichter ist faszinierend. Zudem war Lisa ein sehr geduldiges Modell, sie hielt die Puderdose, bis ihr fast die Arme abfielen.»

Beim Gedanken an Lisa werden schöne Erinnerungen wach. Bobbys fröhliche Cousine und ich hatten viel Spaß dabei, sie vor dem Spiegel in meinem Atelier zu positionieren und ihren Bubikopf zurechtzuzupfen, bis er die richtige Mischung aus lockerer und aparter Frisur hatte. Sie hatte sich sorgfältig geschminkt und lange den ernsten, skeptischen Blick geübt, der trotzdem eine ungeheure Selbstsicherheit und fröhliche Gelassenheit ausdrückte. Und mir machte es einen Heidenspaß, jedes winzige Detail ganz genau zu malen, mit der feinsten Pinselspitze, die ich besaß, jedes Haar ihrer Brauen zum Leben zu erwecken, das Funkeln in ihre dunkle Iris zu setzen, die gepflegten Fingernägel an ihren beinahe noch kindlichen Händen zu malen, mit denen sie Puderdose und Wattebausch hielt.

«Wie geht es denn Fräulein Süssenbach?», fragte Wolfsfeld. «Haben sie und Herr Rose endlich geheiratet?»

Ich schüttelte den Kopf. «Sie haben Zeit, denke ich.»

«Allzu viel Zeit sollte man sich in diesen Dingen nicht lassen, sonst verpasst man den richtigen Moment», erwiderte er, und mir schien, er mied meinen Blick.

«Sprechen Sie aus Erfahrung?»

«Vielleicht.» Er nestelte an seinem Zigarettenetui, steckte sich schließlich eine an und hielt es dann mir hin. Doch ich lehnte ab, ich rauchte nur mit Traute, hoch über den Dächern von Berlin, wenn wir in meinem Atelier die Dämmerung über die Stadt heranschleichen sahen und auf dem Grammophon, das ich in die Dachräume geschleppt hatte, die immer gleichen Platten hörten.

«Warum haben *Sie* niemals geheiratet?», hörte ich mich plötzlich fragen.

Er dachte nach, zuckte dann mit den Schultern. «In meinem Namen steckt das Wort *Wolf*», sagte er endlich, «und vielleicht bin ich das, ein einsames Exemplar. Ich hätte gern eine Herde gehabt, eine Familie, wer weiß? Doch dann würde ich nicht so arbeiten können, wie ich es gerne tue.» Er zog an der Zigarette, dass die Glut rot aufleuchtete, und betrachtete mich nachdenklich. «Aber wem erzähle ich das?»

Ich nickte. «Es stimmt, Beziehungen zu anderen Menschen gefährden unsere Beziehung zur Kunst, nicht wahr?»

«Oft», sagte er, «es sei denn, die Kunst ist das verbindende Element. Dann könnte es klappen. Aber selbst dann wird man feststellen, dass die Kunst eine eifersüchtige Geliebte ist und uns schneller trennt als verbindet, wenn man ihr nicht genug Aufmerksamkeit schenkt.» Auf einmal sah er schrecklich ernst aus. «Nein, Lotte, das wäre alles zu brenzlig geworden.»

Plötzlich war mir das Gespräch zu intim, ich wollte gar nicht mehr wissen, wovon er genau sprach. Ich hoffte, er würde schweigen.

Tatsächlich saßen wir eine Weile still beieinander, meine Finger kämmten die Fransen des Tischtuchs, immer wieder. Es waren Rosen darauf gestickt, feinstielige, üppig blühende Rosen, und ich fragte mich, ob sie vielleicht einer der Absolventen der Schule für Gebrauchsgraphik entworfen hatte, der ich als junges Ding rechtzeitig entflohen war.

«Werden Sie weitere Modelle in der russischen Gemeinschaft suchen?», fragte Wolfsfeld endlich und wechselte damit zum Glück das Thema.

«Ich denke, ja», erklärte ich. «Kennen Sie mein anderes

Russisches Mädchen? Oder meinen *Mongolen*, den ich im letzten Jahr gemalt habe?»

Mit diesen Bildern hatte ich mich abgelenkt, als Traute in die Berge verschwunden war, es waren große, auffällige *en-face*-Porträts, für die mir russische Emigranten mit flachen Gesichtern und mandelförmigen Feueraugen Modell gestanden hatten, alles Bekannte von Bobby.

«Die müssen Sie mir einmal zeigen», sagte Wolfsfeld. Doch ich sah ihm an, dass er schon mit dem Gedanken beim Aufbruch war. Seine Kaffeetasse war leer, ebenso das Likörglas, und er winkte bereits dem Kellner wegen der Rechnung.

Das Stimmengewirr um uns herum war weiter angeschwollen, immer mehr Menschen drängten ins *Mampe* und umkreisten wie Geier unseren Tisch. Es war Feierabend. Ausgehzeit. Ich höre noch das Klappern der Absätze auf dem Kurfürstendamm draußen, die Rufe der Passanten und das Hupen der drängelnden Automobile, das wie trübes Abwaschwasser hereinschwappte, sobald sich die Lokaltür öffnete.

Manchmal, wenn ich an den Kurfürstendamm denke und an die guten, ja fetten Jahre, als alles seinen Anfang nahm und wir dachten, es würde ab jetzt immer weiter bergauf gehen – wenn ich an diese Zeit denke, sehe ich, wie eine nachträgliche Warnung, auch die Scherben auf dem Trottoir wieder vor mir, höre die gebrüllten Rufe der SA, das Trampeln von Stiefeln im Gleichschritt. Nur zwei, drei Jahre später, im Herbst 1931, wenn ich mich richtig erinnere, wurden auf dem Boulevard, direkt vor Mampes Likörstube, jüdische Passanten niedergeschlagen.

Doch an diesem goldenen Abend auf meiner Polsterbank, mit dem Geschmack von Kaffee und einer Prise Größenwahn im Mund, ahnte ich noch nichts davon.

Wolfsfeld bezahlte und stand auf. Er nahm seine Sachen vom Haken und reichte mir die Hand, hielt sie einen Moment fest und sah mich eindringlich an. Seine braunen Augen, wie die eines klugen Hundes, habe ich immer sehr gern gehabt.

«Jedenfalls herzlichen Glückwunsch», sagte er. «Ich bin sehr stolz auf Sie. Lotte Laserstein, diesen Namen wird unsere hungrige Stadt sich merken müssen, und jeder windige Redakteur sollte sich meine Worte auf einen Notizzettel schreiben und an seine Pinnwand hängen. Wir werden Großes von Ihnen hören.» Er lächelte. «Und ich bin froh, sagen zu können, dass ich einen kleinen Anteil zu Ihrem Erfolg beisteuern durfte.»

«Den allergrößten.» Mehr bekam ich nicht heraus, weil mir ein seltsames Gefühl schmerzhaft auf die Kehle drückte.

Dieses Treffen im *Mampe* schien mir plötzlich allzu sehr wie ein Abschied. Dabei würde ich Wolfsfeld sicher bald wiedersehen, würde ihm immer wieder über den Weg laufen, auf den Kunstpfaden Berlins. Und doch – wir waren andere geworden.

«Adieu», sagte er. Dann winkte er mir noch einmal zu und ging.

Sofort kam ein turtelndes Pärchen näher heran, sie lauerten schon eine geraume Weile darauf, dass ich den Tisch freigab und sie auf die Polsterbank lassen würde, damit sie dort ineinander versinken konnten. Ich tat ihnen den Gefallen und stand auf.

«Fräulein?»

Ich drehte mich um. Die junge Frau, mit stark gepudertem Gesicht und einem entzückenden, flachen Hütchen auf dem blonden Bubikopf, hielt mir die aufgeschlagene Zeitschrift entgegen. «Sie haben etwas vergessen.»

Mein russisches Mädchen blickte mir entgegen wie ein

Kind, das man in der Straßenbahn zurückgelassen hatte. Ich griff nach dem Magazin und spürte einen Besitzerstolz, der wie eine heiße Welle über mich schwappte.

«Was für ein Bild ist das?», fragte die Dame und deutete auf die Abbildung.

«Es ist meine Eintrittskarte», sagte ich.

Ihr Mund formte mit den blassrosa Lippen ein fragendes *Oh*. Aber ehe sie nachhaken konnte, rollte ich das Magazin unter dem Arm zusammen, spürte sogleich die Verheißung und das ungeheure Versprechen, das von den Seiten ausging, sodass ich ein Jauchzen unterdrücken musste, und stürmte aus dem Lokal.

19

TRAUTE

DIE JAHRE MIT Lotte in Berlin waren die besten meines Lebens. Für unsere Arbeit gab ich alles, was ich an Zeit und Energie besaß, und ich übertreibe nicht, wenn ich sage, dass wir arbeiteten wie die Pferde. Wir waren uns so sicher, dass Lottes Bilder den Durchbruch bedeuten würden, obwohl alle Wahrscheinlichkeit dagegen sprach, denn wie viele brotlose Künstler hofften damals in Berlin auf den ersehnten Erfolg? Wir aber jagten mit unerschütterlichem Arbeitseifer einer glorreichen Zeit entgegen. Deswegen litten wir nicht unter der Anstrengung, deswegen brauchten wir nicht viel Schlaf. Wir widmeten unsere Zeit der Kunst.

Lotte ging ohnehin beinahe nie aus, sie war keins von diesen Mädchen der Boheme, die sich nächtelang in Tanzdielen herumtrieben, Rauschgift nahmen, eine Liebelei riskierten. Sie schien manchmal fast ein bisschen bieder, ja altbacken, während ich, ich schäme mich nicht, es zuzugeben, mich stets bemühte, *chic* zu sein, *à la mode*. Ich achtete auf mein Äußeres, entsprach auch mehr dem Typ der Zeit. Und ich hatte einen Verlobten, mit dem ich ausging, wie es verliebte Paare eben tun. Ins Gasthaus, zu einem Tanztee, zu einem Tennismatch. Oh ja, überall sah man diese hübschen *Tennisgirls*, in den Magazinen, auf Werbeplakaten, es war beinahe eine Religion. Alle waren im Berlin der zwanziger Jahre verrückt danach, und jeder, der etwas auf sich hielt, spielte Tennis, vor allem die Frauen. Wir spielten auch, Ernst und ich, jedenfalls versuchten wir es, doch ich fürchte, ich sah mehr aus wie eine Tennisspielerin, als dass ich wirklich eine war.

Und Boxen! Himmel, wie wir alle den Boxkampf liebten, es war, als manifestiere sich in dieser Disziplin eine Hoffnung, die alle Deutschen teilten: dass jeder Moment ein Glückstreffer sein konnte! Dass man, wenn man nur hart genug trainierte und sich anstrengte, aus diesem Loch der Depression, der Reparationszahlungen, der Inflation herausflattern könnte wie ein Phönix. Denn auch wenn ich sage, diese Jahre – 1928, 1929 – seien die schönsten für mich gewesen, so darf ich doch nicht verschweigen, dass es für das Land schwere Zeiten waren. Die kurze Erholung in der Mitte der Dekade, in der alle aufgeatmet hatten, war jäh von einer noch schlimmeren Wirtschaftskrise beendet worden. Die Rezession stürzte Deutschland erneut ins Chaos, jeden Tag meldeten neue Firmen Konkurs an, Banken schlossen, Familien stürzten ins Nichts, Verzweifelte sprangen in die Spree. Auf dem Weg ins Atelier oder zur Schule hockten an allen Straßenecken Bettler, Waisen, Prostituierte, Invalide ohne Aussicht auf Arbeit und flehten mich an, ihnen zu helfen.

Aber während der Strudel, der das Land erfasst hatte und alles mit sich riss, immer schneller herumwirbelte, immer rascher in die Tiefe stürzte, in die schwarze Mitte hinein, in den Abgrund – während die Welt draußen vor die Hunde ging, sahen Lotte und ich von unserem Ausguck aus zu, als stünden wir am Bug eines Schiffes wie zwei unbeirrbare, unbeeindruckte Kapitäne. Oder waren wir eher blinde Passagiere? Für uns fühlte es sich nicht nach Untergang an, sondern nach Aufbruch, es ging doch gerade erst los! Wir standen im Atelier hoch über den Dächern der Stadt, so versunken in unsere kleinen, miteinander verwobenen Leben, dass uns nur wenig etwas anhaben konnte.

Doch das ist das Seltsame mit der menschlichen Seele, dass sie eigentlich unabhängig ist von vielen äußeren Dingen, von denen man erwarten würde, dass sie einen Effekt auf sie ausüben müssten. Denn so winzige, so unbedeutende Details, kleinste Worte, Nuancen können sie berühren und zerstören, wohingegen große Bewegungen und Bedrohungen sie manchmal völlig unversehrt in unserem Inneren lassen. So war es mit Lotte und mir. Und auf gewisse Weise bin ich froh über unsere Unwissenheit, unsere Naivität, die uns etwas Gnade schenkte.

Lottes beste Bilder entstanden in diesen wenigen Jahren, finde ich: ihre *Tennisspielerin*, für die ich ihr am Rande eines Tennisfeldes Modell saß, ihr *Motorradfahrer* in seiner kernigen Lederkluft, deren Knarzen man beim Betrachten zu hören meint. Aber sie fertigte auch diverse großartige Porträts von klugen Frauen an wie der Redakteurin Ola Alsen, die die *Elegante Welt* herausgab, oder der Essayistin Polly Tieck, die für ihren witzigen, scharfen Stil bekannt war. Sie waren Lotte ebenbürtig, starke Frauen, die sich in Männerberufen behaupteten und dabei ihre Weiblichkeit nicht vergaßen, etwas, das Lotte immer bewunderte. Und doch malte sie die Porträtierten auf Augenhöhe und derart lebensecht und präzise, dass ich immer staunte, wenn ich die Bilder in ihrem Atelier sah.

Dass wir aus diesen fruchtbaren, vollen Jahren so derart ins Nichts rutschen würden wie in das Loch auf einem zugefrorenen See, hätte ich nicht für möglich gehalten. Manchmal denke ich, dass mir dieser Absturz immer noch in den Knochen sitzt, mich zittrig macht und instabil. Und ich deshalb jeden Fuß so vorsichtig setze, um mir nicht das Rückgrat zu brechen.

Als wir neulich über die Sommer in Berlin sprachen, über die Seen rundherum, sagte Lotte, sie wolle eine Reise mit mir machen, nach Ascona. An den Lago Maggiore zum Malen, vielleicht im nächsten Jahr, ich solle Ernst fragen. Ich muss ihn natürlich nicht fragen, wir haben es in unserer Ehe immer so gehalten, dass wir frei in diesen Entscheidungen sind. Es wäre ja auch nicht die erste Reise, die ich allein mit Lotte unternehme, und er bekäme dann täglich eine Postkarte von uns.

Doch seit diesem Sommer hier in Kalmar bin ich nicht mehr sicher, welche Rolle ich in Lottes Leben spiele.

Ascona klingt natürlich verlockend, vielleicht könnte ich dort sogar ebenfalls etwas malen, mich im fast schon italienischen Licht an ein, zwei Aquarellen versuchen. Aber ist das nicht die armselige Phantasie einer gealterten Frau, die immer *etwas mit Kunst* machen wollte und am Ende kitschige Seeimpressionen malt, die nicht mal ein vorüberflanierender Tourist kaufen würde? Ganz zu schweigen von meinen stümperhaften Bleistiftskizzen, die ich immer noch vor Lotte versteckt halte. Ich kann mich einfach nicht entschließen, ihr diesen Teil von mir zu zeigen. Ist das nicht seltsam? Denn was könnte schon passieren, außer, dass sie lacht? Wäre das wirklich so schlimm? Früher haben wir viel gelacht, wir haben uns nicht so furchtbar ernst genommen wie heute, wo wir nur auf die Schwächen der anderen lauern und uns gegenseitig misstrauen. Früher, in Berlin, war ein Lachen billig zu haben, während es heute einen unerschwinglichen Preis zu haben scheint.

Nein, wenn ich eine Reise mit Lotte machen wollte, dann wäre es eine Zeitreise ins Jahr 1928, als die Kunst, unsere

Arbeit für uns beide reichte. Ich sage bewusst *unsere Arbeit*, denn gemeinhin wird die Tätigkeit des Modells nicht als Teil des Schaffensprozesses angesehen und die Tätigkeit einer Künstlerin nicht als *Arbeit*. Aber was für Lotte die Malerei war, war für mich die Fotografie.

Das Fotografieren machte mir diebische Freude, weil es einmal unsere Rollen umdrehte. Vor meiner Linse wurde Lotte zu *meinem* Modell, und ich hatte großen, manchmal heimlichen Spaß dabei, sie herumzukommandieren, ihr Gesten und Ausdrücke zu diktieren, die sie bereitwillig, aber oft unbeholfen ausführte. Sie war wirklich kein begabtes Modell, ihr fehlte vollkommen die Fähigkeit, sich zu verstellen, zu schauspielern. Immer sah man die Verlegenheit um ihr Lächeln flattern, immer wusste sie von sich selbst, wie hölzern, ja linkisch sie sich bewegte. Sie hat sich nie für schön gehalten, obwohl sie gerade dann, wenn sie in sich selbst versunken und geistesabwesend arbeitete, zu einer wirklichen Schönheit wurde. Doch sobald ihr Bewusstsein wieder einsetzte und sie krampfhaft versuchte, eine gute Figur zu machen, sah sie aus wie eine beleidigte Ente, und dann musste ich mir manchmal hinter meiner Kamera derart das Lachen verbeißen, dass mir die Mundwinkel schmerzten. Es ist mir geglückt, ein paar wirklich gute Aufnahmen von Lotte zu machen, ein paar Abzüge davon hängen daheim in unserer Wohnung in Bremerhaven. Ein Foto aber habe ich versteckt, wie ein Schulmädchen einen Liebesbrief in der Unterwäsche im Kleiderschrank verbirgt. Kannst du dir das vorstellen, Lotte? Auf diesem Foto siehst du mich so an, dass ich es keinem zeigen will. Nicht einmal Ernst, obwohl die Zeiten, in denen er meine Kleider nach Geheimnissen hätte durchsuchen können, lange vorbei sind. Aber nicht einmal ihm will ich es geben. Denn mag er auch der toleranteste unter den Ehemännern sein, mag er auch noch so viel Verständnis für uns und ja, sogar Liebe für Lotte aufbringen, dieser Blick wäre selbst für ihn zu viel. Oder denke ich das nur, weil ich ja weiß, dass *ich* es war, die sie bisweilen so angesehen hat? Wäre das Foto für einen außenstehenden Betrachter vielleicht gar nichts Besonderes?

Doch damals, als wir uns mit meiner kleinen Leica oft auch gegenseitig fotografierten, mit Hüten und Federboas geschmückt und herrliche Grimassen schneidend, da gab es nur uns beide in der Welt, und alles andere war egal, war nurmehr Tand und schmückendes Beiwerk.

Lotte ahnt nichts von diesem Foto. Ich halte es unter Verschluss und hole es nur ab und zu hervor, wenn ich in der Nacht wieder einmal einen dieser Träume hatte, in denen ich niemals ihr Modell werde. In denen es Lotte und Traute, Traute und Lotte nicht gegeben hat. In denen ich auf meinem Weg zur Arbeit in der Suppenküche aufgehalten werde und der Teller, von dem sie aß, von einer der Quäkerinnen abgespült wird und Lotte längst fort ist.

Solche Träume hatte ich viele während des Krieges und auch später noch, in Bremerhaven, ich kann mich nicht aus ihnen befreien. Aber wenn ich hier in Kalmar aus ihnen erwache, höre ich wenigstens gleich Lottes schwere Schritte unten im Haus – sie ist immer früh auf –, das ist ein Trost. Sie holt mich mühelos in die Gegenwart zurück, und ein neuer Tag beginnt, an dem wir gemeinsam mit der Vergangenheit ringen.

20

LOTTE

WIR STRITTEN NICHT oft, Traute und ich. Doch in den letzten Wochen im Jahr 1929 war eine Anspannung in unsere Beziehung getreten, die ich nicht recht deuten konnte.

Wir arbeiteten mehr als je zuvor, meine Arbeiten waren inzwischen einer größeren Öffentlichkeit bekannt. Zeitschriften mit hohen Auflagen druckten meine Bilder, seitdem die Werbe- und Modewelt durch den *Elida*-Wettbewerb auf mich aufmerksam geworden war. Dabei weigerte ich mich, mich der *Frauenkunst* zuordnen zu lassen, dieser neuen weiblichen Künstlerinnenzunft, deren Vertreterinnen angeblich *gefühlvoll* und *hübsch* malten – was auch immer das heißen mochte – und deren Werke männliche Kritiker herablassend belächelten. Auch mit der *Neuen Sachlichkeit* war ich keine Liaison eingegangen. Ich malte damals einfach, wie mir der Pinsel gewachsen war. Und es zahlte sich aus. Den ersten Ausstellungsbeteiligungen in der *Preußischen Akademie der Künste* und bei *Gurlitt* waren viele weitere gefolgt, beinahe jeden Monat hing eines meiner Bilder in einer der Galerien Berlins und geisterte in Form von wohlwollenden Besprechungen durch die Zeitungen und Kunstmagazine. Wolfsfelds Prophezeiung, dass ich es zu etwas bringen würde, schien sich zu bewahrheiten. Auch Kaufanfragen bekam ich natürlich, unter anderem für das Bild *Im Gasthaus*, das von der Stadtmagistratur erworben wurde, und so verfügte ich zum ersten Mal in meinem Leben über ein wenig Geld. Doch anstatt jauchzend durch die Straßen zu laufen und es in den einladenden Restaurants zu verprassen, hockte ich tagein, tagaus mit Traute oben im Atelier und malte mir die Finger wund, um die Glückssträhne nur ja nicht zu durchbrechen. Und trotz unserer Produktivität hing etwas zwischen uns, eine ungreifbare Kühle, die vorher nicht spürbar gewesen war. Manchmal schien mir mein Erfolg das Problem zu sein, als ginge Traute mehr und mehr auf, dass sie als Modell zwar einen großen Anteil an den Bildern, nicht jedoch an der Rezeption und dem Ruhm hatte. Dabei betonte ich ihre herausragende Rolle, sooft ich konnte, doch vielleicht war das nicht genug?

Traute als Modell war weiterhin ausdauernd, doch an manchen Tagen konnte oder mochte sie sich einfach nicht so konzentrieren, wie ich das verlangte. Dann ärgerte ich mich, weil ich spürte, dass ich meine Zeit verschwendete. Dass mein Modell nicht ganz *bei mir* war, sondern an etwas anderes dachte, das außerhalb meines Ateliers lag. Ich fand dann nicht zur gewohnten Form, zur nötigen Konzentration, es war, als brauchte ich nicht nur Trautes Körper, sondern ihre ganze Seele, die mit meiner im selben Takt schwingen musste, um gute Bilder zu machen. Dass ich sie dafür verantwortlich machte, was sicher ungerecht, aber vielleicht auch menschlich.

Im Streit fällt es mir noch heute schwer, mich zusammenzureißen. Vielleicht presst Traute deswegen in letzter Zeit so oft die Lippen zusammen? Sie will mich nicht reizen, sie fürchtet meinen Zorn. Dabei macht mich ihr Schweigen, das in meinen Ohren so vorwurfsvoll dröhnt, umso wütender, weil ich ja doch höre, was sie mir vorwirft. Vielleicht beginne ich mich deshalb so genau zu erinnern, an alles, woran ich jahrelang nicht denken wollte – um sie, trotz allem, am Ende zu beschwichtigen? Aber ich kann sie nicht noch einmal um Verzeihung bitten für alles, was ich ihr zugemutet und an Schmerzen zugefügt habe.

«Ich bin erschöpft», sagte sie an einem dieser schlechten Tage in Berlin.

Tatsächlich entdeckte ich unter ihren schönen Augen graue Schatten und eine feine Linie zwischen den Augenbrauen. Doch das machte mich nur noch wütender, weil ich wusste, dass ich die Schuld an ihrer Müdigkeit trug. Ich ging nicht darauf ein. Stattdessen glitt mein Blick über ihren Körper, und ich prüfte erneut den Aufbau, die Pose ihres ausgestreckten Arms, den Habitus der Finger, der natürlich wirken sollte, aber viel zu verkrampft war.

«Nimm den Schwamm in die andere Hand», sagte ich, nur um kurz darauf wieder aufzustöhnen. «Nicht so! Traute, *so* würdest du dich doch nicht wirklich waschen?»

Sie ließ den Schwamm fallen und drehte sich zu mir, in den Augen nichts als Missfallen. «Wenn du mich schon fragst», blaffte sie, «muss ich dir sagen, dass ich mich *überhaupt nie* so im Sitzen waschen würde, so um mich selbst verrenkt wie eine Kobra, in einem ungeheizten Atelier. Und mit einer zänkischen Beobachterin.»

«Ich bin nicht zänkisch», versuchte ich einzulenken, «ich will nur, dass das Bild gut wird. Nein, nicht gut, phänomenal. So brillant, dass niemand sich jemals wieder an *Susanna im Bade* erinnern wird, sondern nur noch an dich.»

«Vielleicht ist das genau das Problem.» Sie schnaubte, griff nach ihrem Unterhemd, das zerknüllt am Boden lag, zog es über und funkelte mich an. «Ich mag es nicht, wie du mich heute anstarrst, so grimmig wie ein Ungeheuer, das überlegt, in welches Bein es zuerst beißen soll.»

«Du bist reichlich albern», sagte ich und schmiss den Pinsel zurück in den Malkasten, dass die Farbe aufspritzte.

«Ich bin nicht dein Eigentum.» Der Vorwurf fühlte sich an, als gebe sie mir eine Ohrfeige, wie einem unfolgsamen Kind.

«Daran musst *du* mich kaum erinnern, *Frau Rose*.»

«Du weißt sehr gut, dass ich nicht heiße wie er.»

«Ja, und weißt *du* etwas? Ich beglückwünsche Ernst dazu, dass er sich noch immer nicht an dich gekettet hat, so streitlustig, wie du dauernd bist.»

Auf ihre Wangen flog jetzt eine fiebrige Röte, die ich gut an ihr kannte. Es war die Farbe der Erregung und der Wut, und für einen Moment spürte ich Genugtuung, weil ich es vermochte, sie so schnell aus der Fassung zu bringen.

Traute ging ans Fenster und schlang die Arme um sich selbst. Ihre langen, schmalen Beine hatten eine Gänsehaut. Schon tat sie mir leid.

«Setz dich kurz vor den Ofen», sagte ich, «wenn du eine Pause brauchst. Ich muss ohnehin mal nach drüben.» Ein paar meiner Schüler saßen nebenan in der Kammer und lauschten wahrscheinlich unserem Streit.

Traute hockte sich mit grimmigem Gesicht vor das Öfchen, das leider im Winter nicht genug Wärme für den großen Raum mit den breiten Fenstern abgab, durch die es schrecklich zog. Ich seufzte und warf ihr einen aufmunternden Blick zu, doch sie wandte das Gesicht ab.

Dieser Streit, an den ich mich mit erstaunlicher Klarheit erinnere, führte dann letztlich zu einem ganz neuen Bild, das Traute und ich machten. So ist es ja manchmal, dass ein Konflikt, wenn er nach einem heimlichen Schwelen offen zutage tritt, etwas Reinigendes hat, eine Kraft wie eine Feuersbrunst, und endlich eine ungeheure Energie für etwas Neues freisetzt.

Zunächst aber ging ich mit besonders lauten Schritten zur Verbindungstür, die zum Unterrichtsraum führte, sodass mögliche Lauscher sich rechtzeitig zurückziehen konnten. Durch die Dachluke fiel graues Licht in den engen Raum. Drei Augenpaare schauten auf, mit unschuldigem Ausdruck im Blick.

Ich stellte mich hinter meine jüngste Schülerin und betrachtete ihre Zeichnung mit zusammengekniffenen Augen. Frieda war begabt, das hatte ich schon am ersten Tag erkannt, als sie noch etwas unbeholfen mit Bleistift auf Papier herumstrichelte. Ihr fehlte nur die Technik, doch sie hatte einen eindringlichen Blick auf die Dinge, schien sie aus einem Winkel zu betrachten, der dem Rest der Welt verborgen blieb. Sie erinnerte mich mit schmerzhafter Eindringlichkeit an mich selbst als junge Studentin und an die ersten Tage bei Wolfsfeld. Eine Welle von Wehmut schwappte über mich, die Sehnsucht, ebenfalls wieder von vorn beginnen zu können. Doch ich riss mich zusammen. Ich hasste Kitsch und Nostalgie! Beides lähmt uns und verstellt den freien Blick auf unser Dasein, was für einen Künstler der Tod ist. Das spürte ich schon als junge Frau, und je älter ich werde, desto mehr fürchte ich nostalgische Anflüge. Doch leider kommen sie heute öfter und stets unangekündigt und jagen mir noch mehr Angst ein.

Meine Schüler damals waren äußerst diszipliniert. Trotz der Enge der Bodenkammer, dem eher spärlichen Licht und der Tatsache, dass ich nur bekleidete Modelle erlaubte, weil es unschön gewesen wäre, wenn meine Schützlinge mit der Nase an die Pobacke des armen Modells gestoßen wären. Manchmal kam eine Schauspielerin, die einen Häuserblock weiter lebte und sich gern ein paar Groschen dazuverdiente, mal ein junger Witwer, der als Portier in der Straße arbeitete. Wenn kein

Modell aufzutreiben war, ließ ich meine Schüler sich gegenseitig porträtieren, wie wir es seinerzeit mit den Kommilitonen aus der Klasse bei Wolfsfeld auch getan hatten.

Ich bestand auf festen Unterrichtszeiten, denn Kunst ist in erster Linie Disziplin, und nicht umsonst steckt das Wort *Leiden* in *Leidenschaft*. So hatte Wolfsfeld es mich gelehrt, und so lehrte ich es Hedda, Frieda, Gottfried und wie sie alle hießen. Ich erwartete sie morgens pünktlich um 9 Uhr und ließ sie bis zur Mittagspause arbeiten. Und ich machte die Erfahrung, dass es mich schrecklich aus dem Konzept brachte, wenn sie während der Arbeit durch mein Atelier tigerten, also verbat ich mir das. Vielleicht war ich einfach schon immer ein eifersüchtiger Mensch, aber ich verschloss mein Atelier vor meinen Schülern und sperrte auch Traute damit buchstäblich weg, denn niemand außer mir sollte sie malen.

Ob ich wirklich so ein harter und gnadenloser Charakter bin, wie Käte manchmal behauptet, wenn sie sich über meine Schroffheit und meine zu kurzen Briefe ärgert? Ich kann das nicht beantworten, es fehlt mir wie den meisten Menschen an Abstand, um über mich selbst zu urteilen. Und Traute mag ich dazu lieber gar nicht erst befragen.

Fest steht, dass ich als junge Malerin ein großes Bedürfnis nach Ruhe und Konzentration hatte und dass ich meine Kunst über die der anderen Leute stellte. Nichts davon finde ich persönlich besonders abstoßend oder verwerflich, aber ich habe die Erfahrung gemacht, dass meine Mitmenschen dies manchmal anders wahrnahmen, mich kühl und verschroben fanden. Nun, daran lässt sich jetzt nichts mehr ändern, also hat es keinen Sinn, darüber zu lamentieren.

Ich war eine strenge, aber auch eine sehr engagierte Lehrerin. Dabei vermied ich die permanente Instruktion, sondern zeigte nur manchmal, wie man etwas machte, dann ging ich wieder. Man kann mir aber nicht vorwerfen, dass dies aus Faulheit geschah, denn oft genug ließ ich die Schüler sogar am Sonntag kommen, wenn es dringend war, wenn eine Aufnahmeprüfung bevorstand oder ein Auftrag beendet werden musste. Und vor allem machte es mir Freude, mich mit den jungen Leuten zu umgeben, die Welt durch ihre Augen zu sehen. Ich wollte sie dabei nur nicht gern sehr nah bei mir haben, ich brauchte Abstand, Raum zum Atmen. Und dieses Bedürfnis verspüre ich bis heute.

Meine Schwester Käte nimmt mir das übel, denn sie würde gern jeden Urlaub bei mir verbringen, und sie fleht mich jetzt schon an, dieses Jahr an Weihnachten zu kommen, wenn sie von der Kur zurück ist. Doch Berlin ist mir heute fremd wie der Mond. Einmal bin ich nach dem Krieg dort gewesen, mir war schrecklich bange vor dem Wiedersehen, und es war ein trauriges, ja niederschmetterndes Erlebnis. Ich habe nicht vor, es zu wiederholen, auch wenn Käte jetzt wieder in Berlin wohnt und dort sicher sehr einsam ist. In jedem Brief bettelt sie, ich möge kommen, doch ich werde es nicht tun. Ich kriege keine Luft, wenn ich an meine Schwester unterm Tannenbaum im Immenweg denke. Ich gehöre dort nicht hin, und in der Wohnung ist es, als weile man unter Geistern. Ich werde nicht fahren.

Dabei wird mir klar, dass ich auch in jenen Jahren, als mein Erfolg sich dem Höhepunkt näherte, kaum zu Hause gewesen bin, damals noch in der Stierstraße. Was machten sie dort ohne mich, Käte, Omi und Mulli? Meine Schwester unterrichtete am Lyzeum, Mama erledigte einen Großteil der Hausarbeit und musste sich zunehmend unserer Großmutter widmen, die inzwischen bettlägerig war. Omi kam nicht mehr aus ihrem Zimmer, und ich denke, Mama rieb sich auf, um es ihr so behaglich wie möglich zu machen, bis sie 1931 starb.

Ich fühlte mich in dieser Zeit seltsam fern von ihnen, als sei ich in jenen Jahren erst wirklich erwachsen geworden, flügge. Dabei lebten wir weiterhin zusammen, ich teilte mir nach wie vor mit Käte ein Zimmer, als seien wir Backfische, und lief jeden Tag nach Wilmersdorf. Mein Atelier wurde zu meinem neuen Zuhause, die vielen Stufen hoch bis unters Dach, die ich meistens rennend nahm, der weite Raum mit dem Blick auf die Bahnschienen und dahinter die Dächer der Stadt.

Hier wohnte ich mit Traute. Traute liegend, auf einem Stuhl hockend, vor dem Spiegel stehend, Traute mit roter Kappe, bei der Morgentoilette, mit Krawatte, mit beiden Händen im zerwühlten dichten Haar. Nach wenigen Jahren füllte sie mein gesamtes Werk praktisch vollkommen aus, und – das fiel mir noch schwerer, zuzugeben – auch meine Gedanken. Aber immer wieder ging sie am Abend fort, ließ mich zurück mit einem Gemälde, auf dem die Ölfarbe langsam trocknete, den Rahmen, die wie Skelette an den Wänden lehnten, und der nackten Staffelei. Sie verließ mich, um mit Ernst ins Kino zu gehen, zu einer seiner sterbenslangweiligen Dichterlesungen oder den Diskussionsabenden im Dramatikerverein. Wie konnte sie nur, wenn sie doch auch bei mir hätte bleiben können? Mit mir gemeinsam die Nacht durch die riesigen Fenster heranziehen sehen und lange noch reden und dann auch schweigen können? Wie hatte ich nur derart von Trautes Launen abhängig werden können?

An jenem Tag, als ich bei Frieda im Kabuff stand, ihr knappe Anweisungen gab und nebenan mein Modell schmollend am Ofen wusste, blieb Trautes Laune so gründlich verdorben, das weiß ich noch genau.

Die beiden anderen Schüler verabschiedeten sich, als der Unterricht vorbei war, und polterten die Treppe hinunter. Frieda aber blieb sitzen.

«Können Sie mir einmal zeigen, wie ich diese Schattierung hier hinbekomme?», fragte sie. Sie war höchstens zwanzig, hübsch, in meiner Erinnerung hat sie sogar Zöpfe, auch wenn das unwahrscheinlich ist für eine Kunstschülerin zu jener Zeit. Wir trugen alle diese burschikosen, geometrischen Frisuren, mit denen wir uns der Zunft der Exzentriker zugehörig zeigen wollten.

Meine Frisur wechselte in diesen Jahren von hartem Herrenschnitt zu Bubikopf, und schon wenig später trug ich die Haare wieder länger und mit einem Knoten im Nacken. Ich hatte immer das Gefühl, dass mein Aussehen von geringster Wichtigkeit war, weil ich doch die Schaffende war und nicht die, auf die der Blick des Betrachters fiel. Im Nachhinein kommt mir das seltsam vor, denn auf so vielen Bildern, die ich damals malte, bin doch *ich* mein eigenes Modell. Es scheint mir, dass ich der Frage nach meiner von mir als mangelhaft empfundenen Schönheit aus dem Weg ging, indem ich mein Äußeres einfach zu ignorieren versuchte. Wie herrlich ist da das Alter, das aus uns allen alte Vetteln macht, uns unsichtbar werden lässt – und damit endlich frei!

Ich nahm Frieda den Stift aus der Hand und beugte mich über das Papier, dabei streifte ich ihre Schulter. Plötzlich war mir die Enge des Raums noch bewusster, als ich an ihrer Zeichnung ein wenig herumstrichelte.

«Lotte?»

Traute stand in der Tür, eine schwarze Silhouette vor dem hellen Rechteck zum Atelier.

Rasch richtete ich mich wieder auf. Frieda murmelte einen

Dank, griff nach ihrer Tasche, legte sich den Lederriemen mit einer seltsam eckigen Bewegung über die Schulter und zwängte sich an uns vorbei. Sie verschwand eilig.

Traute war im Türrahmen stehen geblieben, sie rührte sich nicht, sondern sah mich lange schweigend an. Ich konnte ihr Gesicht im Gegenlicht nicht sehen, doch ich spürte die Missbilligung fast körperlich, als hätte sie mich gemaßregelt.

«Komm», sagte ich und ging an ihr vorbei ins Atelier. Ich war beinahe überrascht, als sie mir tatsächlich wortlos folgte. Mit dem Rücken zu mir stellte sie sich ans Fenster und sah hinaus, ich starrte ihren Nacken an, das weiche Haar, das sich in den Rückenausschnitt ringelte. Sie schien mich mit Schweigen für etwas strafen zu wollen, das nicht geschehen war und auch niemals geschehen würde.

«Was willst du überhaupt?», fragte ich schließlich, fast hilflos.

Endlich drehte sie sich um und sah mich an. «Ich weiß nicht, Lotte. Was tun wir hier eigentlich? Manchmal weiß ich es selbst nicht mehr.»

«Ich male. Du stehst mir Modell.»

Ich hörte selbst, wie hart es klang, aber Traute zuckte nicht mit der Wimper. Es war, als hätte ich mit diesen Worten eine Klarheit geschaffen, die sie brauchte.

«Was hast du jetzt vor?», fragte sie.

Ich ahnte, dass der Akt von Traute, wie sie sich wusch, an diesem Tag nicht mehr gelingen würde. Wir mussten etwas Neues versuchen.

Fragend sah sie mich an. Die Träger ihres Unterhemds lagen wie helle Streifen über der vom Sommer noch leicht gebräunten Haut.

«Ich habe eine Idee», sagte ich. «Lass uns noch ein Doppelbildnis machen, so wie das in der Kammer, die *Zwei Mädchen*. Aber diesmal hier, im Atelier. Du stehst hinter mir, und ich male uns mit dem Spiegel.»

«Was ist daran neu?», fragte sie skeptisch.

«Ich weiß noch nicht», sagte ich, obwohl ich bereits ahnte, wie es sich von seinem Vorgängerbild unterscheiden würde. «Ich will beim Malen sehen, wohin es uns führt. Aber ich denke, wir brauchen jetzt die Arbeit an einem Bild, auf dem wir gemeinsam zu sehen sind, dann kannst du mir nicht mehr vorwerfen, ich würde dich böse anstarren.»

«Ja, pass nur auf, denn jetzt starre ich *dich* an», sagte sie spöttisch, und ich spürte, wie die Kühle, die über dem Tag gehangen hatte, einen kleinen, fröhlichen Riss bekam.

Gemeinsam rückten wir den Spiegel in die Mitte des Raums, stellten uns davor, in gewohnter Pose – ich vorne, mit dem Pinsel an der Staffelei, Traute hinter mir, die mir über die Schulter blickte. Doch sosehr der Bildaufbau den *Zwei Mädchen* ähnelte, so anders fühlte es sich diesmal an. Ich trug einen Malerkittel, Traute dagegen stand in Unterwäsche hinter mir, wie eine zarte, vorsichtige Beobachterin. Die kalte Luft im Atelier hatte ihre Wangen gerötet, mehr denn je sah sie aus wie eine Elfe.

Noch immer spürte ich das Echo meiner Wut, meiner Verärgerung darüber, dass Traute mich derart in Abhängigkeit stürzte. Doch jetzt, als ich dieses Gefühl mit Farbe *darstellen* konnte, wurde ihm die Spitze genommen, die Gefahr gebannt. Ich machte mir das Gefühl zu eigen, verwandelte es in Kunst, in *meine* Kunst, und merkte schon bei den ersten Pinselstrichen, dass es gut werden würde. Und als wüsste Traute, was ich dachte, legte sie ihre Hand von hinten auf meine Schulter. Es war, wie ich im Spiegel sah, eine anrührende Geste, mit der sie Nähe zwischen den beiden Frauen im Spiegel und im Bild schaffte. Und mit der sie eine Hierarchie herstellte – ob bewusst oder nicht, konnte ich nicht sagen, doch sie veränderte das Bild. Traute unterwarf sich mir, ich spürte es deutlich.

Ich malte mein Gesicht so, dass es den Betrachter direkt ansah, mit ernstem Ausdruck, ohne Koketterie, während ihr Blick zur Leinwand ging, auf der unser Bild entstand. Ihr Ausdruck beinahe schüchtern, eine sanfte Muse, nicht eine ebenbürtige Freundin wie auf dem Bild *Zwei Mädchen*. Auf diesem neuen Bild gehörte sie ganz mir, aber ich glaube, dass auch deutlich wird, wie sehr ich mein Modell hinter mir brauchte, wie abhängig meine Kunst von diesem schönen Mädchen war.

Viel später, als das Gemälde bereits seit Wochen fertig war und wir uns längst wieder den Aktbildern zugewandt hatten, fand ich Traute einmal, als ich verspätet ins Atelier stürzte – sie besaß einen Schlüssel –, andächtig vor dem Bild stehen, völlig versunken in seinen Anblick. Als sie mich hörte, zuckte sie zusammen.

«Du hast mich erschreckt.»

«Entschuldige.»

Sie zögerte. «Es ist eins deiner besten Bilder», sagte sie dann, «auch wenn ich das ungute Gefühl habe, dass du mich darin auf meinen Platz verwiesen hast.»

«*Hundchen*», sagte ich gedehnt, denn damals durfte ich sie noch gefahrlos so nennen, und sie lachte, als hätte ich ihre Meinung bestätigt.

«Ist schon gut», sagte sie. «Keine Angst, es stört mich nicht.» Dann sah sie mich schelmisch an, das konnte sie wie niemand sonst. «Aber hör zu, wenn du anfängst, Frieda zu malen, komme ich nicht wieder!»

Damit warf sie ein Laken über das Bild, und ich wusste, dass ich gewarnt worden war, auch wenn in ihren Worten ein scheinbar sorgloses Lachen geklungen hatte.

Das Bild *Ich und mein Modell* ist mir bis heute eine meiner liebsten Arbeiten, vielleicht gerade deswegen, weil es nach unserem Streit entstand, weil es diese warme Leichtigkeit der Versöhnung besitzt. Alles, was ich mir je von der Welt wünschen konnte, ist darin enthalten und umgibt mich. Ich stellte es 1937 in Paris aus, zu einer Zeit, da alles bereits verloren schien.

Alle meine Bilder, jedenfalls die aus Berlin, liegen mir am Herzen, doch keines liebe ich so sehr, ja fast körperlich, wie das Gemälde *Abend über Potsdam*. Es hängt heute hier bei mir in Kalmar über dem Sofa, und ich schere mich nicht um die kleine Stimme in mir, die flüstert, dass es vermessen sei, wenn man sich seine eigenen Bilder in die Wohnung hängt. Ich brauche sie alle, meine Kinder, will sie in der Nähe wissen, auch wenn es ein durchsichtiger Versuch ist, mir selbst zu beweisen, dass ich einst großartige Dinge geschaffen habe. Denn diese Fähigkeit, dieses Talent scheint mir in Schweden, dem Land meiner Rettung, leider verlorengegangen zu sein.

Jedenfalls sagen mir das Trautes Blicke. Und sie hat recht, sie sieht es genau und wartet vermutlich nur auf den richtigen Moment, es mir vorzuhalten. Doch ich wappne mich, soll sie meckern und kritteln, es ist immer noch *mein* Leben, und das werde ich sicher nicht durcheinanderbringen durch eine Rückkehr nach Berlin, die nur fatal enden kann. Nichts ist armseliger, als eine alternde Künstlerin, die sich auf ihre vermeintlichen Wurzeln besinnt und versucht, ihrem jugendlichen Erfolg hinterherzurennen. Nein, die Nazis haben mich so gründlich entwurzelt, mit Stumpf und Stiel, wie man so sagt, dass Deutschland sicher keine Option mehr ist. Warum nicht hier, an diesem netten Fleckchen, leben und vor mich hin malen, wie es mir in den Kram passt?

Ernst kehrte gestern zurück aus Stockholm und hatte schrecklich viele langweilige Details zu berichten aus dem Theaterbetrieb dort. Er schreibt an einem neuen Stück, doch mir scheint, es geht nur sehr gemächlich voran, und bis dafür Geld fließt, wird man lange warten müssen. Der liebe alte Ernst, schon damals, als wir mit Skizzen für *Abend über Potsdam* begannen, war er so träge, so langsam von Begriff und konnte die Position, die ich ihm zugedacht hatte, kaum halten. Dabei sollte er sich eigentlich nur, wie er es immer tut, in knittrigen Kleidern und mit in die Hand gestütztem Kinn am Tisch lümmeln. Man sollte meinen, das würde ihm leichtfallen, doch weit gefehlt!

Eigentlich war es wie immer nur Traute, auf die ich mich verlassen konnte. Ohne sie hätte ich das Bild nicht beendet, sondern die schwere Holzplatte, auf die ich es malte, zur Havel gefahren und versenkt. Einige Male war ich drauf und dran, das zu tun.

Um Ernsts Rückkehr in unsere Sommerfrische in Kalmar zu feiern, öffneten wir drei im Wohnzimmer eine Flasche Pfefferminzschnaps und saßen lange um den Sofatisch herum, über uns das großformatige Bild, das ich dann doch nicht zerstört, sondern hierher gerettet hatte. Ich musste lachen, als ich sah, dass Ernst in der gleichen Haltung wie damals saß, hingelümmelt auf den Stuhl, die Ellenbogen auf dem Tisch, sein gealtertes Gesicht in eine Hand gelegt. Als ob er diese Position nun endlich beherrschte, verharrte er ewig darin.

Ich glaube, Traute wusste, weshalb ich lachte, sie weiß fast immer, was ich denke, selbst nach all den Jahren und der langen Trennung. Es ist ein schönes Gefühl, aber es macht mir auch Angst.

Als wir 1929 die Arbeit an dem Gemälde begannen, war die Weltwirtschaftskrise bereits über uns hinweggefegt. Und wenn wir bis dahin noch gehofft hatten, der Katastrophe damit entkommen zu sein, so wussten wir nun, dass die goldenen Jahre, die gar nicht *so* golden gewesen waren, endgültig vorbei waren.

Im Herbst bestellte ich die Holzplatte beim Schreiner, ich wollte etwas Neues machen. Auf einem Cocktailabend bei Freunden in Potsdam hatte ich die herzzerreißende Aussicht auf die kleine Stadt bewundert und gewusst, dass ich Abwechslung vom Blick aus meinen Atelierfenstern brauchte. Dort war ich ohnehin nicht mehr so gern wie früher, seit es schrecklichen Ärger mit den Nachbarn gegeben hatte, unter anderem wegen Freddy, dessen Gekrächz zuletzt schauerlich durchs Haus gehallt war. Irgendwann denunzierte mich jemand beim Hauswirt, der Papagei musste raus, und es stand auf der Kippe, ob ich bleiben durfte. Während dieser Wochen der Ungewissheit fühlte ich mich jedes Mal beobachtet, wenn ich die Treppen hinaufschlich, und wusste nicht, wer es gewesen war, der mich angeschwärzt hatte. Als die Kündigung schließlich im neuen Jahr kam, war ich trotzdem fassungslos. Und weil ich Ungerechtigkeit schwer vertrug, ging ich vor Gericht und reichte Klage ein gegen den Hauswirt. Es stellte sich heraus, dass die Dachräume des Mietshauses, wie es Käte damals ja schon bei der Anmietung geahnt hatte, gar nicht die Auflagen erfüllten und demnach auch nicht vermietet werden durften. Die Bürokratie nahm ihren Lauf, und ich musste mir ein neues Atelier suchen, was 1930 verflucht schwer war. Letztlich fand ich eine kleine Atelierwohnung in der Nachodstraße, ebenfalls in Wilmersdorf, mit einem Wohnraum und einem zweiten kleinen Zimmer, das bei geschmälerten Ansprüchen als Atelier dienen mochte. Dort malte ich schließlich den *Abend über Potsdam* zu Ende, zähneknirschend und mit neuen Geldsorgen, denn die Miete war nicht so herrlich billig wie in der Friedrichsruher Straße, und die Krise machte sich überall, auch bei uns zu Hause, bemerkbar, wo jetzt zwei Untermieter lebten und es mir zu eng geworden war. Es war fast so schlimm wie während der Hyperinflation Anfang der zwanziger Jahre. Im Unterschied zu damals aber war ich keine Schülerin mehr, ich trug jetzt Verantwortung für mich und musste auf eigenen Füßen stehen. Ich war nicht mehr umgeben von diesem schützenden Zauber der Jugend, dem die Armut nichts anhaben kann. Jetzt spürte ich die Not schmerzhafter, sie biss mich mit spitzen Zähnen wie eine Ratte.

Um das Bild zunächst zu skizzieren, musste ich die Holzplatte in der Straßenbahn nach Potsdam transportieren und von dort auf einem Karren bis zu meinen Freunden fahren. Sie wohnten in der Jägervorstadt und hatten eine große Terrasse, von der aus man die Garnisonskirche und die Nikolaikirche sehen konnte. Ich ließ meine beiden Gastgeber posieren, an den Rand stellte ich eine Bekannte, am anderen Ende des Tisches waren noch Traute und Ernst, doch keiner außer Traute erfüllte meine Erwartungen. Mir schwebte das Ende eines Festes vor, wie ich es vor kurzem selbst erlebt hatte, als ich auf ebendieser Terrasse gestanden und in der Abenddämmerung ein letztes Glas Wein getrunken hatte.

Ich weiß, dass viel in das Bild hineingelesen wurde, von einer Reminiszenz an *Das letzte Abendmahl* bis hin zur Vorausdeutung des Faschismus. Die Kritiker und Kunsthistoriker sind schnell dabei, wenn sie Analogien und versteckte Botschaften in der Kunst sehen wollen. Ich glaube nicht an die Religion der Interpretation. Kunst hat es nicht verdient, dass man sich derart von ihr distanziert, dass man *über* sie spricht. Jedenfalls habe ich niemals, in keinem einzigen Bild, absichtlich eine Metapher konstruiert oder eine geheime Essenz hinter den Farben verborgen, damit sie jemand, der später darin herumstochert, finden kann. Ich bin nicht der Osterhase, der Eier versteckt. In Potsdam war ich lediglich einer Stimmung gefolgt, einer Atmosphäre vom Ende sowie der Trauer über das Ende. Dieses melancholische Schweigen, wenn die Gläser geleert, die Speisen gegessen sind, wenn der letzte Omnibus abgefahren ist und die Laternen längst gelöscht wurden und man trotzdem nicht gehen will. Weil es keinen Ort gibt, *an den* man gehen will. Weil der Körper träge ist vom Wein und von den Gesprächen, weil man die heraufziehende Einsamkeit spürt, die unruhige Nacht und den drohenden nächsten Morgen. Warum also die Eile?

All dies wollte ich festhalten, diesen schwebenden Zustand am Abend unter Freunden, die sich wie Seelenverwandte aneinander festhalten und für einen Moment noch zusammenbleiben, weil die Alternative noch trauriger wäre.

Traute wusste, was ich erwartete, nachdem ich allen ihren Platz zugewiesen hatte. Sie hielt eisern aus, den Rücken mir zugedreht. Ernst wackelte auf seinem Stuhl vor sich hin, aber ich biss die Zähne zusammen und skizzierte ihn dennoch ganz leidlich. Wilhelm, der rechts am Tisch saß, sah am Ende, nach den vielen folgenden Sitzungen, unmöglich aus, ich musste ihn in der Nachodstraße vollkommen ausradieren und durch einen ganz anderen Mann ersetzen, dem die romantisch-schwärmerische Pose besser gelang. Nicht einmal der Hund hielt durch, ihm gefiel wohl der Geruch von Ernsts Füßen nicht, jedenfalls legte ich schließlich einen Pelzmantel an seinen Platz. Am schwierigsten war die Gastgeberin, die in einem roten Pullover in der Mitte des Tisches saß. Hinter ihr erhob sich die Silhouette der Stadt, ragten die ehrwürdigen Kirchtürme, die Hügel der Umgebung empor, sie war also eigentlich die Hauptperson der Gesellschaft. Doch auch sie hielt einfach die Pose nicht. Ich habe sie am Ende zwar für ihre Dienste ausgezahlt, aber ich war so verärgert, dass ich später ein anderes Modell in einem gelben Kleid bat, ihren Part zu übernehmen.

Schließlich gab es da noch die junge Frau, die am rechten Ende der Tafel Milch in einen Becher schenken sollte. Sie vollführte diese Bewegung genau so, wie ich es mir vorgestellt hatte, sie sah aus wie ein Milchmädchen bei Vermeer oder einem anderen Holländer und inspirierte mich, auch die Früchte, die auf dem weißen Tischtuch lagen, im Stil niederländischer Stillleben zu malen. Doch als ich später in der Nachodstraße ihre Beine malen wollte, konnte sie nicht lange genug stillstehen. Wie ich Amateure verabscheue!

Es mag seltsam klingen, aber ein Modell von Trautes Format, mit ihrer absoluten Hingabe an meine Kunst, gab es kein zweites Mal.

Jemand, der noch nie ein großformatiges Bild gemalt hat, ahnt nicht, wie wichtig es ist, dass ein Modell genug Ausdauer und Kraft hat, Posen zu halten, nicht zu wackeln, nicht zu murren, sondern wie ein Soldat zu stehen.

Traute, du hörst es nicht gern, weil du denkst, es sei nichts Besonderes, doch du bist darin unübertroffen, und das ist das größte Kompliment, das ich vergebe.

Nachdem ich in der ersten Sitzung auf der Terrasse die Figurenumrisse festgehalten hatte, malte ich den tiefhängenden Himmel und die Stadt, schnell, *plein air*, mit der *alla-prima*-Technik, die dem Bild seine Unmittelbarkeit verlieh. Mit viel Aufwand brachte ich die Holzplatte anschließend nach Berlin zurück, sie war lang und sperrig, und der Kutscher des Pferdekarrens, den ich angeheuert hatte, fluchte, weil er mir helfen musste, das Ungetüm zu verladen. Da hatte ich noch das große, helle Atelier in der Friedrichsruher Straße, wo ich in den folgenden Monaten weiter daran malte, bis ich in die Nachodstraße umzog und es dort fertigstellte.

Ich erinnere mich nicht mehr an alle Einzelheiten des Entstehungsprozesses, er zog sich über etwa ein halbes Jahr hin, weil immer wieder Modelle ausgetauscht werden mussten. Und weil ich in dieser Zeit parallel an anderen Werken arbeitete, an Aktszenen von Traute und an mehreren Porträts. Ich war mittlerweile Mitglied in verschiedenen Künstlervereinigungen, und die Treffen dort gaben mir Halt, nahmen aber auch viel von meiner Zeit. So trat ich dem *Verein der Berliner Künstlerinnen* bei, und diese Mitgliedschaft bescherte mir gesellschaftliche Pflichten, die ich bisher nicht gehabt hatte, aber auch neue Privilegien. Ich wurde zu Abendveranstaltungen eingeladen, zu Ausstellungseröffnungen und Teerunden. Besonders eindrücklich erinnere ich mich an eine Modenschau, bei der ich am Tisch der Sängerin Elisabeth Mamroth saß, eine geborene Saatz. An unseren Plätzen schwebten junge Dinger vorüber wie Engel, unirdische Wesen in seltsamen Kreationen aus Tüll, Spitze und Seide, die so furchtbar unbequem wirkten, dass ich mir das Lachen verbeißen musste.

Ich auf einer Modenschau, man stelle sich das vor, als hätte man ein Schwein auf einen Debütantinnenball geschickt!

Doch die Kontakte entpuppten sich als wichtig, ich erhielt nach dem Abend zwei Anfragen für Porträts, vermittelt von der göttlichen Elisabeth. Sie war mit einem bekannten Industriellen verheiratet und scharte interessante, kluge Frauen um sich. Wieso ich das Glück hatte, dazuzugehören, weiß ich nicht, vielleicht hatte eine andere abgesagt? Aber womöglich sah sie auch wirklich etwas in mir.

Ich verkaufte weiter meine Bilder, eigentlich sogar recht gut, und wäre nicht die Wirtschaftskrise gewesen, die alles Geld sofort aufzufressen schien wie eine fette, gefräßige Raupe, hätte ich es vielleicht zu etwas Wohlstand gebracht.

Trotzdem hatten all diese Veranstaltungen und Verpflichtungen, so interessant und manchmal sogar inspirierend sie auch waren, einen entscheidenden Nachteil – sie trennten mich von meiner Kunst, und sie trennten mich von Traute. Und nachdem ich die ungewohnte Aufmerksamkeit ein wenig genossen hatte, schlug ich bald viele Einladungen wieder aus, um mich ungestört mit Traute einzuschließen und weiter mit ihr zu arbeiten.

Eines Tages, als ich *Abend über Potsdam* beendet hatte, bekam ich den Auftrag, das Haus einer Potsdamer Familie vom Wasser aus zu malen. Ich weiß noch, wie Traute lachte.

«Ein *Haus* malen? Lottchen, wie tief bist du gesunken!»

Heute würde sie es nicht mehr wagen, einen solchen Satz laut zu äußern, vielmehr schleicht sie um mich herum, als sei der Boden explosiv und könnte in der nächsten Sekunde in die Luft gehen. Doch damals war noch nicht so viel Schweres in unserer Beziehung, wir zogen einander auf, spotteten und hatten unseren Spaß daran. Oder idealisiere ich das? Trafen mich Trautes Worte auch 1930 schon mit solcher Macht, wie sie das heute tun?

Jedenfalls borgten wir uns kurzerhand das Motorboot meines Schülers Gottfried, das auch er sich nur von einem Freund geliehen hatte, und fuhren auf der Havel zu dem Anwesen der Familie Meyerkrüger. Beim Näherkommen blieb mir die Spucke weg. Es war kein Haus, sondern ein kleines Schloss.

«Denen konnte die Wirtschaftskrise wohl nichts anhaben», sagte ich und steuerte zu dem Anlegesteg neben der breiten Bootsbrücke, an der ein elegantes Segelschiff vertäut lag. Auf dem blaugrauen Wasser der Havel schwammen ein paar Schwäne gemächlich dahin, immer paarweise.

«Sei froh», sagte Traute, «sie werden dir gern etwas von ihrer Knete abgeben.»

Herr Meyerkrüger winkte uns vom Steg und wies auf die Terrasse, zu der helle Sandsteinstufen führten. «Ich habe noch ein männliches Modell verpflichtet», sagte er durch seinen dichten Schnauzbart hindurch, «meinen Neffen Heribert. Er wartet dort oben. Wenn die junge Dame hier», er deutete auf Traute, «neben ihm auf den Stufen der Terrasse Platz nehmen würde, wie im vertrauten Gespräch, das würde der Szene den nötigen Schmelz verleihen.»

Er sagte wirklich *Schmelz*, doch unwillkürlich verstand ich *Schmalz*, und blieb stehen. Ich weiß noch, dass Traute neben mir ebenfalls erstarrte, dass wir vermieden, einander anzusehen, weil wir beide mit dem Lachen kämpften.

Das vermisse ich am meisten, unser wortloses Einverständnis, die geteilte Albernheit, die in ihrer Gegenwart selbst bei mir sprödem Gewächs hervorbricht.

Sie sprang also an Land und lief die Wiese hinauf bis zur Terrasse. Später erzählte sie mir, wie der schüchterne junge Mann versuchte, sie zu beeindrucken, ihr Blick jedoch immer nur auf dem Wasser nach mir im Boot suchte.

Ich fuhr ein Stück vom Ufer weg und skizzierte die Szene, was wegen des Schaukelns nicht leicht war. Ab und zu kam ein Ausflugsdampfer vorbei, pflügte durchs Wasser, und dann rollten lange, kräftige Wellen heran, und ich musste innehalten, bis sie sich gelegt hatten. Trotzdem kam ich gut voran, und mir gefiel die Skizze, das herrschaftliche Haus mit den hübschen Türmen, der sanfte grüne Hügel, auf den Stufen zwei junge Leute, die sich schüchtern aneinanderlehnten. Eine seltsame Melancholie lag über dem Bild, die Schwäne zogen lautlos um mein Boot, und erst als es bereits dämmerte, packte ich alles zusammen und ließ den Motor an, um Traute einzusammeln.

Sie kam zum Steg gelaufen, durch den dunkelnden Garten, das Wasser der Havel schimmerte jetzt silbrig. Und in dem Moment schien es mir, als sei diese Szene, die ich nun im Atelier malen würde, der Kontrapunkt zu meinem Bild *Abend in Potsdam*. Es war ebenfalls eine Abendstimmung, mit dem vom Auftraggeber geforderten *Schmelz*, doch endgültiger als beim Fest auf der Terrasse meiner Freunde. Denn hier war die Party schon gänzlich beendet. Der Garten war menschenleer, die Musik verstummt. Das Haus zog sich zurück, machte sich bereit für die Nacht, die langsam über den breiten Fluss herankam.

Ich reichte Traute die Hand, als sie ins schwankende Boot stieg, und fuhr mit ihr, begleitet vom Tuckern des Motors, der das Rufen der Grillen übertönte, durch die Dämmerung nach Hause.

21

TRAUTE

DER ANRUF AM heutigen Vormittag reißt uns aus unserer routinierten Trübsal. Ich sehe es gleich an Lottes Gesichtsausdruck, dass etwas Außergewöhnliches passiert, ihr Gesicht wird zunächst ganz leer, wechselt dann die Farbe von blass zu rot.

«*Tack*», sagt sie, «*tack så mycket.*» Sie nickt ein paar Mal in den Telefonhörer hinein, mit diesem energischen Wippen, das mir so vertraut ist, dann sieht sie zu mir herüber und formt mit den Lippen ein Wort, das ich nicht verstehe.

Als sie auflegt, frage ich: «Und?»

Sie kommt zu mir in die Sitzecke zurück, lässt sich auf einen Stuhl fallen und bläst die Backen auf, atmet stoßweise aus.

«Eine Ausstellung», sagt sie schließlich, «sie wollen eine Ausstellung machen. Nur über mich.»

«Eine Einzelausstellung?»

«Hörst du nicht zu?», fragt sie atemlos. «Ja, nur meine Bilder, nächstes Jahr. Vielleicht auch erst übernächstes. Im *Konstmuseet.*»

Das Kunstmuseum von Kalmar kenne ich schon, es sind eindrucksvolle Räume in einem alten Hospital in der Nähe des Schlosses. Die Ausstellung, die wir dort gemeinsam besucht haben, war zwar nicht nach meinem Geschmack und auch nicht nach Lottes, sie hatte sogar geurteilt, sie sei *zum Würgen* und sie werde nicht mehr hingehen. Aber dort eine eigene Ausstellung, das sieht natürlich gleich anders aus.

«Willst du das wirklich?», frage ich sinnloserweise.

Sie blitzt mich an. «Was denkst du denn? Nur deswegen bin ich hier heruntergezogen, damit ich wieder sichtbar werde.»

Aufgrund ihrer harschen Reaktion begreife ich, dass sie selbst nicht sicher ist, was sie von diesem Angebot halten soll, und deswegen, wie es nun einmal ihre Art ist, zum Angriff übergeht. Wenn ich nicht zur Zielscheibe werden will, muss ich mich elegant zurückziehen. Also lächele und nicke ich nur und hüte mich, weitere Fragen zu stellen, die Lotte als Kritik auffassen könnte.

Sie beginnt, im Raum hin und her zu laufen, bleibt hier und dort vor einem der Bilder stehen, die überall hängen, und zieht die Stirn kraus, als überlege sie bereits, welche Werke sie in der Ausstellung präsentieren will, ja, wie sie sie anordnen und beleuchten wird. Dabei ist das doch die Aufgabe der Kuratoren, die bestimmt noch längst nicht so weit denken. Aber Lotte ist immer so absolut, deswegen strengt sie andere Menschen vielleicht so an, sie ist in allem, was sie tut, unglaublich intensiv. Nichts darf aufgeschoben werden, es gibt keinen Leerlauf. Und anstatt mit dem Alter behäbiger, gemütlicher zu werden, scheint ihre Energie und diese innere Unruhe gebündelter denn je und droht, Lotte selbst, mich, alle um sie herum mitzureißen.

Nun also eine Ausstellung. In Kalmar.

Ich gestehe, dass auch ich nicht weiß, was ich davon halte. Eine Einzelpräsentation ihrer Werke, vielleicht sogar der Bilder aus Berlin kann nur gut für sie und ihre Stellung hier im Land sein, aber für wie lange? Was verspricht sie sich wirklich davon? Außer ein, zwei Verkäufe, ein paar neue Porträtaufträge, einen Kunsthistoriker, der darüber eine salbungsvolle Besprechung in einem südschwedischen Käseblatt verfasst? Nach Stockholm wird das Echo kaum reichen, geschweige denn nach Berlin, und wozu ist es dann überhaupt gut?

Ich habe Angst, dass sie es als Verheißung sieht, als Schicksalswendung hin zum Guten, doch das ist ein Trugschluss. Trotzdem wird es sie bestärken in ihrem Entschluss, hierzubleiben. Ein Entschluss, von dem ich immer noch nicht verstehe, wie er fallen konnte. Ernst und ich, wir hätten Lotte doch geholfen, nicht finanziell, das hat *sie* ja immer getan – Ende der Zwanziger und dann nach dem Krieg mit ihren Fresspaketen aus Schweden, die sie sich vom Mund abgespart hat. Aber wir kennen genug Leute in Berlin, die ihr eine Wohnung hätten vermitteln können. Warum ist sie nicht mit Käte nach Berlin zurückgekehrt, vor fünf Jahren? Es wäre der richtige Zeitpunkt gewesen, eine perfekte Gelegenheit, wieder gemeinsam in der Stadt ihrer Jugend, der Stadt ihrer größten Erfolge anzukommen. Die Schwestern haben sich immer gut verstanden, sie waren auch vom Alter her nah beieinander, hatten beide als kleine Kinder ihren Vater verloren und, so denke ich mir, einander Halt gegeben. In Berlin lebten sie in dieser kleinen verschworenen Gemeinschaft ihres Mädlerhauses. Und so war es nur folgerichtig, dass Käte nach dem Krieg zu ihrer Schwester nach Stockholm zog, nachdem sie so knapp überlebt hatte, so haarscharf der Deportation entgangen war. Lotte sagt, Käte sei schwer traumatisiert, von *innen* zerstört gewesen. Aber weshalb ließ sie die Schwester dann allein zurückkehren?

Heute, wenn sie gesund genug ist, arbeitet Käte wieder als Lehrerin, im feinen Dahlem in Berlin, sie hat, trotz allem, wieder etwas aus sich gemacht. Lotte könnte ebenfalls dort unterrichten, eine Malschule aufmachen wie früher, die Schüler würden ihr sicher die Türen einrennen. Sie könnte heute an einem ganz anderen Punkt stehen, warum also verkriecht sie sich hier, gefällt sich beinahe in der Rolle, zur *Verlorenen Generation* zu gehören? Ein Begriff, den man jetzt überall liest. Den Namen Lotte Laserstein aber liest man nie.

Doch noch ist sie nicht verloren! Sie hat alles, was eine Malerin braucht, um Anerkennung und Ruhm zu erlangen, um erfolgreich das zu tun, was sie liebt. Aber eine Ausstellung, hier in der südschwedischen Provinz?

Lotte, ich weiß, was das für dich bedeutet, ich *weiß* es, aber ich kann mich nicht für dich freuen, denn es fühlt sich so sehr an wie ein Trostpflaster, das du auf deine Angst kleben kannst. Und ich will nicht, dass du sie verpflasterst, ich will, dass sie dich sticht und martert, bis du endlich aufwachst und dein Leben überdenkst.

In Berlin hatte Lotte viele Ausstellungen, es gab zwei, drei Jahre, in denen fast jeden Monat irgendwo ein Bild von ihr hing. Aber auch, wenn sie um 1930 so aktiv wie nie zuvor an Verpflichtungen und Vergnügungen teilnahm, von deren Angebot die Stadt in diesen Jahren regelrecht platzte, und mich hierhin und dorthin schleppte, sind doch die meisten Erinnerungsbilder, die ich im Kopf hängen habe, die von ihr und mir in Lottes Atelier. Vor allem in der Friedrichsruher Straße, bevor man sie dort rausschmiss wegen dieses Vogels. Wie hieß er nur?

Wie kann man sich aus seinen Arbeitsräumen werfen lassen wegen eines dummen Papageis, der die ganze Nacht Selbstgespräche führte und die Nachbarn in den Wahnsinn trieb? Das konnte nur Lotte passieren, ihr und ihrem Dickschädel, den ich manchmal in beide Hände nehmen und schütteln will, bis ihr die Flausen herausfallen und sie klarsieht.

An eine Ausstellung in Berlin erinnere ich mich aber noch sehr genau, es war die bei *Gurlitt*. 1931 muss das gewesen sein, denn ich weiß noch, dass wir auf dem Rückweg von der Villa in der Potsdamer Straße Krawall am Kurfürstendamm vernahmen. Obwohl unser Land seit Jahren wie in einem Strudel immer weiter nach rechts gezogen wurde, obwohl die Antisemiten mehr und mehr Stimmen erhielten und wir alle erlebten, wie die Juden im Alltag immer verächtlicher behandelt wurden, konnten wir es doch nicht glauben, dass es wirklich schon so weit gekommen war. Dass die Welt längst auf den Abgrund zusteuerte.

Alles begann so langsam. Nadelstich für Nadelstich, Schritt für Schritt gewöhnten wir uns an die böse Hetze, die Benachteiligung der Juden. Aber wir hätten uns nicht daran gewöhnen dürfen, wir hätten uns aufregen müssen, schreien, auf die Straße gehen, Juden und Nichtjuden, Kommunisten und Konservative, Frauen und Männer.

Immer wieder höre ich Leute in Deutschland heute vom *braunen Spuk* reden, der damals das Land überfallen habe, und dann will ich aufstehen und sagen: *Nein!* Es war kein Spuk, denn Geister kommen aus einer anderen Welt, klammheimlich, unerkannt, und sie dringen von außen in ein Haus ein, doch die Nazis, das waren Deutsche, das waren *wir*, genährt von unseren eigenen Ängsten und dem Hass, der Verzweiflung und der bitteren Armut, dem Geltungsdrang und dem verletzten Stolz. Wir alle haben es zugelassen, selbst die Juden, von denen auch die meisten nicht verstanden, was da passierte. Jedenfalls die, die nicht gingen, sondern sich auslieferten, so wie Käte, ihre Freundin Rose, so wie Lottes Mutter Meta und so viele andere. Sie blieben, bis es zu spät war.

Lotte aber ist gegangen. Das war keine leichtfertige Entscheidung, doch was, um Himmels willen, hat sie vergessen lassen, wo sie herkommt? Sie hat mir einmal geschrieben, *dass die Nazis uns alle zerstört haben*, sie auch, *kaputtgemacht*. Aber wenn ich sie so ansehe, kann ich das nicht glauben, sie hält sich so aufrecht, reckt den Nacken so stolz wie früher, wie ein störrischer Esel, der dem Geschirr entgehen will. Oder sehe ich ein wichtiges Puzzleteil nicht? Unterschätze ich Lottes Versehrtheit und tue ihr unrecht? Denn verletzt ist sie, das weiß ich, weiß es mehr als die anderen, die in ihr immer nur die praktische, etwas verschrobene und viel zu ernste Frau sehen.

Vielleicht sollte ich sie endlich in Ruhe lassen, sie ihre kleine Ausstellung in diesem hübschen, improvisierten Museum genießen lassen und verschwinden, damit ich nicht länger die Geister der Vergangenheit heraufbeschwöre und ihr dadurch ein Dorn im Auge bin.

22

LOTTE

IMMER SCHNELLER GEHT es jetzt mit der Erinnerung, als
hätte ich mich auf eine Schussfahrt mit einem Schlitten be-
geben.

Wir fuhren früher, als Kinder und auch noch als junge
Mädchen, in Berlin gern mit dem Schlitten, auf der Rodel-
bahn an der *Krummen Lanke* oder in den Hügeln an der Havel.
Und ich erinnere mich noch gut an das Gefühl, wenn sich die
Kufen auf dem knirschenden Schnee in Bewegung setzten,
der Schlitten schneller wurde, die weißen Fichten links und
rechts immer rascher vorübersausten, und der Wind mir eisig
ins Gesicht wehte. Ich sehe meine Mutter, die Hände in dicken
Fäustlingen, den Kopf hoch erhoben, wie sie vor mir auf dem
Schlitten sitzt, einmal nicht die ernste Dame in gestärkter Bluse, sondern ein Mädchen wie wir, das lachte und kreischte, als
wir in eine Schneewehe plumpsten. Ihr Kneifer saß wie immer schief auf der Nase. Und dann, als ich einmal weinte, weil
ich mir die Knie aufgeschlagen hatte und meine Hände so rot
gefroren waren, zog sie sich die Fäustlinge aus, nahm meine
Finger und hauchte sie warm. Sie drückte mich an sich und
strich mir übers Haar, bis meine Tränen zu eisigen Bächen auf
meinen Wangen getrocknet waren.

Ich habe nicht viele Erinnerungen an körperliche Berüh-
rungen meiner Mutter, auch wenn sie stets herzlich und zu-

gewandt war, doch man fasste sich damals nicht oft an in der Familie. Deswegen ist dieses Bild im Schnee so kostbar für mich, obwohl ich mich manchmal frage, ob der erinnerte Moment nur meiner Sehnsucht entsprungen ist, der Sehnsucht eines Kindes nach Geborgenheit. Und vielleicht auch nach Absolution?

Das Gefühl von Schnee in der Luft habe ich hier in Schweden wiedergefunden, nicht aber diese Mischung aus Angst und kindlicher Ekstase dabei, einen Hügel hinabzustürzen, bis die Neigung des Hangs wieder abnimmt, der Schlitten langsamer wird und schließlich im Tiefschnee stockt, sodass man herabpurzelt und sich lachend im Schnee wälzt. Doch nun, da ich hier in Kalmar seit Wochen mit Traute um die Wette schweige, kommen die Bilder in meinem Inneren schneller zurück, in immer rascherer Abfolge, wie in einem dieser Diaprojektoren, die zurzeit so beliebt sind. Warum ging mir das nicht in den Jahren zuvor in Stockholm schon so, bei früheren Besuchen von Traute? Als wüsste ich, seit ich in den Süden gezogen bin, endgültig, dass Berlin für mich nicht mehr greifbar ist. Als wollte ich das Erlebte, meine Zeit in dieser Stadt festhalten, sie am Zipfel zu fassen kriegen, ehe alles für immer in die dunklen Untiefen unseres Vergessens taumelt.

Angst und Ekstase – es sieht mir nicht ähnlich, in solchen dramatischen Begriffen zu denken, ich bin selbst verwundert, woher sie kommen. Doch sie treffen zu, gerade auch auf die späteren Jahre, ab 1930 in Berlin.

Damals fürchtete ich die Bedrohung, die selbst so unpolitische Menschen wie ich, wie Traute, in der Luft schmeckten wie Kinder den Schnee. Ich hatte Angst, meine Identität als Jüdin nicht länger ignorieren zu können – was tatsächlich sehr bald der Fall war. Und schwelgte gleichzeitig im Taumel des Erfolgs, genoss die kurze – allzu kurze – Zeit, in der mein Name gefragt war, in dem alle Galerien meine Bilder ausstellen wollten und berühmte Persönlichkeiten in mein Atelier kamen, um sich von mir malen zu lassen. Und so wichtig diese Porträtarbeiten für mich waren – sie lagen mir so gut wie kein anderes Genre, sie waren wirklich eine Spezialität von mir –, so sehr fürchtete ich, dass ich dadurch nicht mehr genug Zeit für meine eigentliche Leidenschaft haben würde. Nämlich, Traute zu malen, so oft und so lange wie möglich.

Wie sehr du meine Gedanken beherrscht hast, *Hundchen*! In einer Zeit, in der es so viele Aufregungen und Pläne gab, die mein Hirn bevölkerten und in Atem hielten. Doch es war, als habest du ein Areal darin ganz für dich beansprucht, das tabu war für andere Dinge, andere Menschen, für andere Gefühle – nichts konnte dich verdrängen, nichts warf einen Schatten auf dich.

Doch nun bist du hier, ich höre dich im oberen Stockwerk in deinem Zimmer auf und ab schleichen, wie immer eine stille Anklage in deinen Schritten, die mich nicht vergessen lässt, wie unzufrieden du mit mir bist. Denn eine Ausstellung im *Konstmuseet*, die ja noch in weiter Ferne liegt, ist natürlich keine Anknüpfung an Berlin, an unsere gute Zeit dort. Denkst du wirklich, das wüsste ich nicht? Aber es ist doch schon mal etwas. Eine Möglichkeit, ins Leben zurückzukehren, vielleicht. Ein Zeichen, dass es noch nicht ganz vorbei ist mit Lotte Laserstein. Sicher, es ist nicht *Gurlitt*, es ist nicht die Berliner Akademie, das weiß ich so gut wie du, Traute, und mir wird mulmig bei der Vorstellung, dass du dort oben über meinem Kopf hin und her rennst wie eine Maus im Käfig, und meine Gedanken lesen könntest.

Aber jetzt steht diese Ausstellung hier in Kalmar nun einmal im Raum, und meine Erinnerungen jagen zurück zu *Gurlitt*.

Nachdem die Galerie zuvor bereits einzelne Bilder von mir gezeigt hatte, bekam ich dort 1931 eine eigene Ausstellung. Ich war noch immer ehrfürchtig, schlich furchtsam durch die Räume und erwartete jeden Moment, dass man mich aufhielte, dass man mir sagte, alles sei ein schrecklicher Irrtum und ich verdiente die Schau nicht. Doch nichts dergleichen geschah, ich bekam viele Komplimente für meine Porträts und für Trautes Rückenakt, auf dem sie sich wusch – nach unserem Streit hatten wir später noch weitere Bilder mit diesem Motiv gemacht.

Die Besprechungen waren, wenn ich mich richtig erinnere, durchweg positiv. Ein Kritiker schrieb, dass man sich meinen Namen endgültig merken müsse. Einer hielt mich sogar für einen *Mann*! Das war leider das größte Kompliment, das eine Frau damals bekommen konnte, denn die Bilder meiner Kolleginnen wurden nur allzu oft mit *hübsch*, *reizend* und *sensibel* beschrieben, mit Sätzen, die die offensichtliche Minderwertigkeit weiblicher Kunst nur so herausschrien. Dabei war ich immer bestrebt, meinen weiblichen Körper hinter dem Künstlerdasein *Laserstein* zu verstecken. Außer in meinen Selbstporträts blieb die Frau, die ich war, in meinen Bildern damals meistens unsichtbar.

Eines Abends, als Traute und ich von *Gurlitt* kamen und durch Charlottenburg in die Stierstraße liefen, hörten wir vom nahen Kurfürstendamm her Gegröle und sogar Schüsse. Ich meinte, einen Mann schreien zu hören: «Juda, verrecke!» Glasscheiben klirrten. Wir drehten ab und nahmen einen Umweg, um nicht in die Krawalle hineinzugeraten. Später hörten wir im Radio von Ausschreitungen in der Fasanenstraße, bei denen Juden schwer verletzt worden waren. Es war im September, meine liebste Zeit im Jahr, und mir scheint, dass ich auch deswegen so empört war. Aber es war nicht nur Herbst, sondern vor allem das jüdische Neujahrsfest, *Rosch ha-Schana*, das wir in meiner Familie zwar nicht feierten, das aber viele Juden in Berlin begingen und damit das neue Jahr feierlich in der Synagoge in der Fasanenstraße begrüßten. Die SA, die damals schon über hunderttausend Mitglieder gehabt haben soll, marschierte seit den Wahlerfolgen der NSDAP mit neuem Selbstbewusstsein durch die Straßen Berlins. Der Reichstag war vor kurzem von Brüning aufgelöst worden, Traute sagte in einem hellsichtigen Moment, dass dies ein ungeheuerlicher, antidemokratischer Schritt in Richtung Chaos sei und eine Zunahme rechter Stimmen bedeuten würde. Dieser braune Schlägertrupp auf dem Kurfürstendamm witterte wohl Morgenluft und schlug wahllos jüdisch aussehende Passanten zusammen. Traute und ich waren im Nachhinein dankbar, dass wir rechtzeitig unseren Heimweg geändert hatten – auch wenn ich wirklich nicht weiß, wie man *jüdisch* aussehen kann und ob das auf mich zutrifft. Auch das *Café Reimann* wurde gestürmt, weil in dem Kaffeehaus damals viele Juden verkehrten. Das war kein Wunder, schließlich war in Berlin um 1931 sicher die Hälfte aller Künstler, die das Leben im Café liebten, jüdisch, ob gewollt oder nicht, ob bewusst oder, wie ich, mit gehöriger Ignoranz. Ich mied solche Orte, wo die Boheme den Schulterschluss übte. Doch mir taten die Leute leid, die dort ihren Mokka genossen hatten und von einem bewaffneten Mob auf die Straße hinausgetrieben worden waren. Auch der Besitzer tat mir leid, dessen Mobiliar zerhackt worden war wie Feuerholz.

Ich weiß noch, dass Traute und ich an jenem Abend bei uns in der Küche saßen – oft kam sie nicht mit in die kleine Wohnung meiner Mutter – und mit den Ohren am Radio klebten. Mama lief auf und ab wie ein Tier im Käfig und machte Käte und mich ganz verrückt. Sie war in diesen Tagen blass und abgekämpft und trauerte, wie wir Mädchen auch, noch immer um meine Großmutter, die wenige Wochen zuvor gestorben war. Mama trug Schwarz, was ihr nicht stand und sie noch fahler wirken ließ.

Immer wieder sagte sie: «Nur gut, dass Omi das nicht mehr erleben muss.»

Doch auch sie machte sich, genauso wenig wie wir, nicht wirklich klar, was diese Ausschreitungen bedeuteten. Niemand von uns hatte überhaupt eine Ahnung, was noch alles auf uns zukommen würde. Angesichts der aktuellen Nachrichten schüttelten wir die Köpfe, waren empört.

Traute sagte: «Diese Schweine!»

Und Käte warf ein, dass Schweine kluge Tiere seien und nicht vergleichbar mit diesen stumpfen Nazis, die wie Halbstarke ihrer Frustration Luft machten und Unschuldige verprügelten. «Nein, damit haben sie den Rubikon überschritten.»

«Den *Rubikon*?» Ich musste unwillkürlich grinsen. «Sei nicht so überkandidelt, Käte.»

Sie neigte in diesen Jahren wirklich dazu, sich viel zu gewählt auszudrücken, eine Folge ihrer Tätigkeit als Lehrerin an einem Lyzeum.

Doch wie recht sie hatte! Denn es war das erste Mal, dass die *Sturmabteilung* der Nazis sich nicht mit den Mitgliedern der KPD Straßenschlachten lieferte, sondern unbewaffnete Zivilisten angegriffen hatte. Juden wie wir!

Was daraus geworden ist, wissen wir alle. Aber warum nur habe ich nicht damals gleich die Koffer vom Speicher geholt, unsere Sachen hineingeworfen, mir Käte und Mama unter den Arm geklemmt und eine Zugfahrkarte in die Schweiz gekauft oder eine Schiffspassage nach England? Vielleicht hätte man uns aufgenommen, die inzwischen sogar im Ausland bekannte, aufstrebende Malerin Lotte Laserstein und ihre Verwandtschaft. Doch ich weiß, dass es nicht so einfach gewesen wäre. Niemand wollte die Juden damals haben, nicht in England, nicht in der Schweiz und ganz sicher nicht in Amerika, jedenfalls keine armen Juden wie uns. Außerdem hatte ich das Ausmaß der Gefahr noch gar nicht begriffen. Ich dachte, wir seien sicher, weil wir nicht die Synagoge besuchten, nicht zu *Reimann* gingen, nicht Jiddisch sprachen. Ich dachte, wir seien normale Deutsche.

Und wie hätte ich Traute verlassen können? Es wäre mir in diesem Moment unmöglich gewesen. Auch weiß ich bis heute nicht, wie ich es sechs Jahre später dann doch fertiggebracht habe. Ob Traute es mir vorwirft, obwohl sie doch weiß, dass es meine Rettung bedeutete? Sie, die das Schicksal meiner Familie kennt. Ich ahne, dass sie es mir dennoch nicht verzeiht, und ich, ich verzeihe es mir auch nicht. Meine Flucht hat alles zerstört, nur meinen Körper, meine Hülle hat sie gerettet. Was heißt, nur? Ich bin froh, dass ich lebe. Doch 1931, auf der Höhe meines Erfolges, eingehüllt in die Wärme, die Traute in mein Leben gebracht hatte, hätte ich niemals, niemals aufgegeben.

Natürlich sprach man in Berlin in den nächsten Tagen von nichts anderem, jedenfalls in meinen Kreisen. Viele meiner Schüler waren jüdisch. Sie alle waren mir treu geblieben, als ich mein Atelier in die Nachodstraße verlegen musste. Dort lebte und arbeitete ich, es gab nur einen viel kleineren Atelierraum und keine Kammer, wir mussten uns neben meiner eigenen Staffelei drängen, und ich fürchte, ich war oft übellaunig deswegen, denn ich brauchte die Trennung zwischen Unterricht und eigener Kunst, auch wenn sich beides oft gegenseitig befruchtete. Aber ohne den nötigen Rückzug, ohne die Innigkeit zu zweit mit Traute, fühlte ich mich wie amputiert, meiner Freiheit beraubt.

Im Sommer war ich daher bereits auf die Idee gekommen, mit meinen Schülern aufs Land zu fahren, um der Enge in Berlin zu entkommen. So wie damals, als wir Kunststudenten mit Wolfsfeld nach Brandenburg fuhren, um dort zu malen.

Diesmal entschied ich mich für ein Ziel etwas weiter weg von Berlin, unsere Reise führte uns in die Lüneburger Heide. Ich weiß noch, wie ich meine Staffelei zusammenpackte und mich von Traute verabschiedete.

«Wie lange wirst du weg sein?», fragte sie, und ich versicherte ihr, ich wäre zurück, ehe sie sich's versah. Traute hatte in diesem Jahr ihre Ausbildung als Porträtfotografin abgeschlossen, und ihre Freizeit war nun begrenzter als zuvor, da sie etliche Aufträge hatte und für verschiedene Fotoateliers als freie Fotografin arbeitete. Ich freute mich für sie und war gleichzeitig schrecklich eifersüchtig, weil sie etwas machte, das mit mir nichts zu tun hatte. Ihre eigene Kunst, eine zweite Wirklichkeit, die mir unwirklich war. Bin ich ein schlechter Mensch deswegen? Ich fürchte schon. Jedenfalls weiß ich noch, dass ich es genoss, sie zurückzulassen und zu wissen, dass sie mich vermissen würde.

«Kommt Frieda mit?», fragte sie.

Ich zuckte mit den Schultern, und wieder freute ich mich diebisch. Dabei nahm Frieda in diesem Sommer an einem Studienseminar an der Akademie teil und hatte gar keine Zeit. Aber ich hütete mich, es Traute zu sagen, obwohl es mir nicht gleichgültiger hätte sein können.

Ich glaube, wir waren eine Gruppe von acht oder neun Leuten. Meine Schüler waren alle nur ein wenig jünger als ich, und da ich ohnehin nie die autoritäre Rolle einer Lehrerin in meiner Malschule etabliert hatte, sondern eher kameradschaftlich mit allen umging, fühlte es sich an, als führe ich mit Freunden weg. Allerdings erinnere ich mich nicht mehr an alle Namen. Neben Gottfried Meyer, den ich einmal sehr schön im blauen Pullover porträtierte, und Ida und Hedda gab es noch ein Fräulein Janusch, das offensichtlich nicht lange genug dabei gewesen war, als dass ich mir ihren Vornamen gemerkt hätte. Und einen Herrn Krautwurst gab es, dessen Nachnamen wohl niemand vergessen würde. Was aus ihm geworden ist, weiß ich nicht, ich habe ihn als ernsthaften, mäßig begabten Jungen in Erinnerung, der am besten Landschaften malte. Es müssen noch zwei, drei andere dabei gewesen sein, doch alles verschwimmt zu einem bunten Trüppchen mit Rucksäcken und Feldflaschen, mehr ein Kollektiv als verschiedene Individuen.

Wir nahmen den Zug. Ich war schon zweimal in der Heide gewesen, und das Licht, das in Streifen über dem violettschwarzen Erikakraut hing, war mir im Gedächtnis geblieben. Auch bei dieser Reise wirkte der Landstrich auf mich, als hätten Hexen darüber gewütet und einen Zauber über die stoppligen Felder gebreitet, von dem man noch nicht wusste, ob er schädlich oder glückbringend sein würde. Wir stellten unsere Feldstaffeleien mitten in die Landschaft, darauf grundierte Pappen, die in der besonders morgens noch feuchten Luft widerstandsfähig genug waren. Ich hatte Betten in einem Gasthaus gebucht und mir, da ich in dieser Hinsicht doch etwas eigen war, ein Einzelzimmer gegönnt, während die Schüler in einem Gruppenschlafsaal untergebracht waren. Ich glaube nicht, dass es jemanden störte. Abends aßen wir gemeinsam im Gastraum, es gab zumeist Suppe, Landbrot, vielleicht auch Wurst. Aber wir alle waren Entbehrung gewöhnt, niemand von uns aß in diesen Jahren üppig. Die Einfachheit machte auch mir nichts aus, im Gegenteil, ich habe oft gefunden, dass Kargheit das kreative Wirken anfacht. Wenn nichts die Kunst übertüncht, weil ich mich nicht um äußeren Kram kümmern muss – dann finde ich eher die Liebe zum Detail in mir, zu einer violetten Blüte, einem Käfer, dem aufsteigenden Morgenlicht hinter ein paar verkrüppelten Fichten.

Eine Melancholie hing über diesen Tagen in der Heide, keine schwere, scheint mir heute, sondern eine leichte. Eine, die uns zum Malen trieb, als könnten wir in diesem seltsam schwebenden Zustand, in dieser Landschaft, deren Farben eher dunkel und knapp waren, aber dennoch leuchteten, alles so auf die Leinwand bringen, wie es wirklich war.

Ich engagierte Leute von den Bauernhöfen als Modelle, Kinder, Knechte, Greise. Sie waren nur allzu gern bereit, einige Stunden still auf einem Stuhl zu sitzen und dafür bezahlt zu werden. Ich erinnere mich vor allem gut an die Gesichter der Kinder, an ihre Ernsthaftigkeit, die rachitischen Züge, in denen man die harte Arbeit und die Kälte in den zugigen Bauernhäusern erkannte.

In diesen Jahren malte ich sehr viele Kinder auf dem Land, machte mich auf die Suche nach ihrem Wesen, nach dem besonderen Ausdruck in den Augen. Sie schienen mir auf eine Art klug, die Stadtkindern niemals zu eigen sein würde, aber die Kleinen waren doch gezeichnet von der körperlichen Arbeit und der oft mangelnden Bildung.

Noch heute sagt man mir, dass meine Kinderbilder gut gelingen, doch ich bin nie sicher, ob das stimmt. Einerseits fällt es mir leichter, einen Zugang zu ihrem Charakter zu finden und diesen im Porträt aufschimmern zu lassen, andererseits habe ich ihnen gegenüber immer eine Scheu, die fast schmerzlich ist. Vielleicht, weil ich selbst nie Mutter geworden bin. Noch etwas, das ich verpasst habe. Noch ein Preis für meine Kunst.

Doch beim Gedanken daran, wie ich mit einem gealterten Palo Vidor auf einem Kanapee sitze, im Kreise unserer ungarisch sprechenden Kinderschar, muss ich mir das Lachen verbeißen. Das wäre nichts für mich gewesen. Gerade neulich schrieb mir Käte, dass es so vieles gebe, was sie bereue, was sie entbehrt habe im Leben, dass aber Kinder nicht dazugehörten. Mag sein, sie schreibt das nur, um es sich selbst zu versichern, trotzdem waren wir Schwestern offenbar beide nicht aus dem Zeug gemacht, das es braucht, um Kinder aufzuziehen.

Sie zu malen, dazu hatte ich das Zeug, ich tue es heute noch gern.

Ich malte auch die Heide, Schafherden, geduckte Häuser unter ländlichem Himmel mit schweren Wolken darüber. Fast alle diese Bilder habe ich mit nach Schweden bringen können und sie hier Stück für Stück verkauft, obwohl sie schrecklich düster und schwermütig waren. Doch die Schweden, die den ganzen Winter keine Sonne sehen, sind Schwermut gewöhnt und fürchten sie nicht, betrachten sie als einen Teil ihres Wesens und Lebens.

Vielleicht fühle ich mich hier auch deshalb so wohl, ja geborgen, weil meine neuen Landsleute das Leiden nicht fliehen, sondern mit offenen Armen empfangen. Weil sie die Melancholie mit ihren dunklen Liedern preisen und sich, wenn es zu arg wird, mit einem starken Grog in ihre warmen Häuser zurückziehen, als sei es genug, dass man es sich ein wenig *mysig* macht, wie man hier sagt, um die düsteren Gedanken in Schach zu halten. Ich versuche, es ihnen nachzutun, doch nicht immer gelingt es mir.

Wenn ich an die Lüneburger Heide oder andere Ausflüge wie den ins Teufelsmoor denke, habe ich immer die Worte vom *traurigen Land* im Kopf. Wenn ich nur wüsste, ob ich damit die graubraune Landschaft meine oder ganz Deutschland. So vieles erinnere ich noch genau, aber manches, vor allem wohl das Schwierige, Schmerzende verschwimmt, zerfließt wie Aquarellfarbe auf feuchtem Papier.

Der Untergang des Lebens, das wir gekannt hatten, kam 1933. Nicht dramatisch scheppernd, nicht in vollem Operettenkostüm, sondern still, nüchtern, ja geradezu furztrocken. Anfang März errangen die Nationalsozialisten eine überwältigende, eine unmissverständliche Mehrheit im Reichstag. Beinahe jeder Zweite hatte sie gewählt. Wenn ich im Omnibus saß, zählte ich die Rücken der Mitfahrenden in den Reihen vor mir ab wie bei einem alten Kindervers und murmelte vor mich hin: *Du. Du nicht. Du. Du nicht. Aber du, ja, du auch.* Auf diese Weise konnte ich es besser begreifen, dass Menschen wie ich, Menschen, die höflich schienen, die Tür aufhielten, zu Hause Familie hatten, die gern Hefeklöße mit Pflaumenmus oder Schweinekotelett aßen – dass diese Menschen Nazis waren. Das alles versuchte ich, zu verstehen, einsinken zu lassen, zu akzeptieren.

Wir alle wussten, was der Wahlsieg bedeutete. Theoretisch jedenfalls. Sie hatten in den vergangenen Jahren oft genug gesagt, was sie von der Kunst der Expressionisten, der *Neuen Sachlichkeit*, der Moderne an sich hielten. Sie hatten uns gewarnt, wie schnell sie diese Kunst in tausend Stücke schlagen würden. Doch was nun konkret geschehen würde, was genau die Folgen sein würden, das begriff ich noch nicht, keiner von uns.

Zunächst geschah – nichts. Ich arbeitete im Atelier, ich unterrichtete, ich ging mit Traute spazieren. Der Frühling brach über Berlin herein wie jedes Jahr, langersehnt nach einem harten Winter, der die Gesichter blass und unsere Körper müde gemacht hatte. Zuerst kamen die Krokusse, sie steckten ihre Köpfe schüchtern aus dem kalten Erdreich in den Vorgärten von Wilmersdorf und Friedenau, als wollten sie sich erkundigen, ob es wirklich wahr sei, was man sich da unter Tage zuraunte. Dass Adolf Hitler, ein stets schreiender Widerling, ein dummer, ungehobelter Prolet aus Österreich, jetzt wirklich die Geschicke der Stadt, ja des Landes lenkte? Ich konnte ihnen nur stumm zunicken. Es war die Wahrheit. Danach kamen die Osterglocken, schüttelten betrübt die gelben Köpfchen, als wollten sie sagen: *Ach, ach!* Und mehr hatte auch ich nicht zu sagen, ich befand mich in einer stummen Erstarrung. Doch ich malte weiter, ich aß, atmete. Was blieb mir anderes übrig?

Im April riefen die Nazis zum Boykott jüdischer Geschäfte auf. Hastig und beschämt lief ich an Schaufenstern vorbei, an denen Schilder hingen wie: *Kauft nicht bei Juden.* Ein paar Wochen später loderten auf dem Universitätsvorplatz Scheiterhaufen mit Büchern von allen Schriftstellern und Schriftstellerinnen, die die Nazis als *entartet*, als *unwert* empfanden. Ich weiß noch, dass ich spöttisch dachte, wie entstellt die Regale der Bibliotheken jetzt wirken mussten, leer wie ein Gebiss, aus dem man die meisten Zähne mit Gewalt gerupft hatte. Viel blieb nicht übrig von der deutschen Geisteskunst, wenn man die Werke aller Juden, aller Linken, aller Menschenfreunde daraus entfernte. Doch natürlich waren das jämmerliche Versuche, sich erhaben zu fühlen, sich einzureden, man sei unantastbar, weil man klüger war als die Nazis, gebildeter. Nein, wenn wir noch hofften, dass es an uns vorüberzöge wie ein Sturm, so würden wir, ganz im Gegenteil, sehr bald zu spüren bekommen, *wie* verletzlich wir waren, wie ganz und gar ausgeliefert.

Noch bevor die *Rassengesetze* kamen, war klar, dass man als Jüdin in Berlin keine Ruhe mehr haben würde, selbst als eine Jüdin, die nicht einmal die höchsten jüdischen Feiertage benennen konnte. Es war, als schließe sich in einem Hundezwinger der Kreis aus fletschenden Bestien rasch eng um mich.

Einmal, als Traute und ich aus der Atelierwohnung in der Nachodstraße die Treppe herunterkamen, stand unten vor dem Haus ein Grüppchen Nachbarn, man steckte die Köpfe zusammen. Als sie uns sahen, verstummten sie. Manch ein gehässiger Blick fiel zu uns herüber. Verlegen schaute ich zur Seite. In den Büschen am Zaun wuchsen Weidenkätzchen, ich sehe die flauschigen Knollen noch vor mir, wie unwirklich sie vor dem tiefblauen Frühlingshimmel schienen, so voller Frieden. Ich wollte sie streicheln, ihre weiche Zartheit spüren, wollte nicht wissen, was hier vor sich ging. Doch bevor Traute mich am Arm ziehen und mit mir die Straße hinuntereilen konnte, stellte sich mir der Hausmeister in den Weg, ein kleiner Mann mit gelben Zähnen.

«Sie sind doch Jüdin, Fräulein, oder?» Es war keine Frage, sondern eine Feststellung.

«Ich bin Berlinerin», sagte ich. «Und Sie? Sie kommen aus Breslau, habe ich recht?»

Trautes Finger kniffen in meinen Oberarm.

Aber er ging nicht darauf ein, schnaubte nur und spuckte aus, wobei er mich wie aus Versehen am Schuh traf.

«Euch Juden müsste man verbrennen», sagte er, ganz leichthin, als spräche er über das Wetter oder eine Pferdewette. «Verbrennen, dass es nur so knistert und zischt, wenn euch das Fett von den Knochen schmilzt. Das Fett, das ihr euch bei uns in Deutschland angefressen habt.»

Es ist ärgerlich, dass man in einem solchen Moment zur Salzsäule erstarrt, sich nicht mehr rühren kann, als seien Hirn und Zunge gelähmt. Wie gern hätte ich etwas erwidert, das ihn vernichtet hätte. Doch was kann man schon jemandem sagen, der einem den Tod an den Hals wünscht?

Die Nachbarn murmelten etwas, ob aus Zustimmung oder Empörung, vermochte ich nicht zu sagen. Nur eine alte Frau kicherte, höhnisch, lüstern.

«Sie haben doch so einen schönen Bollerofen im Keller, Herr Nowak», sagte sie. «Wäre das nichts?»

«Richtig, da passt die gerade rein.» Er deutete mit einem Kopfnicken zu mir, und nach einem Seitenblick zu Traute, die mich noch immer wie eine Gelenkpuppe schlaff am Arm hielt, fügte er hinzu: «Und Sie dürfen gleich mit ins Feuer hüpfen mit Ihrer Busenfreundin.»

Endlich löste ich mich aus meiner Erstarrung, ich stolperte aus dem Vorgarten auf die Straße, Traute neben mir, die jetzt zitterte. Ohne uns umzudrehen, liefen wir über das Pflaster, halb in Erwartung, dass jemand uns einen Stein nachwerfen würde. Es waren nur Worte, die hinter uns herflogen, aber ich habe sie seitdem nicht mehr vergessen: «Rennt nur, wir kriegen euch überall, auf der ganzen Welt!»

Das rief uns der Hausmeister hinterher. Bis heute kann ich es nicht fassen, dass niemand von den Nachbarn einschritt, dass keiner etwas sagte. Was hatte dieser Kerl denn schon für eine Macht, wovor fürchteten sie sich? Oder war es einfach so, dass sie alle seiner Meinung waren? Fanden alle meine Nachbarn, die mich bisher mehr oder weniger freundlich gegrüßt hatten, dass es rechtens wäre, mich im Kellerofen zu verbrennen? Wenn dies so war, dann musste bereits eine solche Verrohung unter den Menschen stattgefunden haben, dann mussten tief unter den dicksten Hautschichten so schreckliche Abgründe geklafft haben, dass die Leute nur allzu leicht von friedlichem Nebeneinander zu bösartigem Terror wechseln konnten. Als habe der Große Krieg, der erste Krieg vor Jahren, in ihnen allen die Saat des Hasses und der Verzweiflung gesät. Eine Saat, die nun aufging, da Hitler die Zauberworte gesagt hatte: *Die Juden sind unser Unglück.* Und daran glaubten nun also auch meine Nachbarn.

Ich hielt es trotzdem noch über ein Jahr in der Wohnung aus, einfach, weil ich nichts Neues fand. Wer wollte schon gern an eine jüdische Künstlerin vermieten? Erst später, das war dann schon 1935, zog ich in meine letzte Berliner Bleibe, in die Jenaer Straße 3, wo ich gar nicht mehr malen konnte, weil die Räume einfach zu klein waren.

Doch zunächst kamen auch meine Schüler weiterhin zu mir in die vergiftete Atmosphäre der Nachodstraße. Der neue Direktor der *Vereinigten Staatsschulen* veranlasste zwar auf Druck des Studentenbundes, dass man meine Anzeige für die Malschule vom Schwarzen Brett nahm, aber ich hatte längst einen Namen, der mich von diesem Wisch unabhängig machte. Vermehrt kamen jetzt jüdische Schüler zu mir, und es war mir herzlich egal, das wäre es mir auch gewesen, wenn sie Muselmanen, Sikhs oder Quäker gewesen wären. Ich hatte allerdings nicht vor, mich nun, wie es so viele taten, vermehrt jüdischen Institutionen und Kreisen zuzuwenden. Sollten die Nazis etwa entscheiden, wo und wem ich mich zugehörig fühlte? Niemals, sagte ich mir trotzig. Ich wurde jedoch eines Besseren belehrt, denn es stellte sich heraus, dass bald nur noch jüdische Vereine und Galerien bereit waren, mich auszustellen. So trat ich denn doch und eher notgedrungen, wie ich zugeben muss, dem *Jüdischen Kulturbund* bei. Über diese Verbindung schaffte ich es schließlich sogar nach London, weil die dortigen *Parson's Galleries* eine Schau jüdischer Künstler organisierte. Im Jahr 1934 fuhr ich für die Ausstellung nach England – und kehrte anschließend zurück nach Berlin, freiwillig, wie selbstverständlich.

Was für ein Irrsinn, denke ich heute, und doch wäre mir damals nichts anderes eingefallen. In Berlin lebte meine Familie, hier hingen meine Bilder, hier schlug mein Herz. Und in Berlin war Traute, treu und anhänglich wie eh.

Sie machte in jener Zeit ein Foto von mir, das ich in meiner Fotomappe horte, das ich mir aber nicht gern ansehe. Mein Haar ist lang, ich trage einen alten Pullover und einen Ring mit schwarzem Stein, den sie mir mal geschenkt hat. Mein Kopf ist gesenkt, der Blick geht nach unten, es sieht aus, als laste ein Felsbrocken auf meinen Schultern. Und genauso fühlt sich die Erinnerung an jene Jahre an, als die Nazis die Macht übernahmen – das heißt, wir gaben sie ihnen, der Volkssouverän *übertrug* sie diesen Schlächtern –, als sei ich niedergedrückt gewesen von einer unsichtbaren Kraft. Dieses Gefühl schadete mir auch beim Malen, ich war nicht mehr so produktiv wie in den guten Jahren, Ende der Zwanziger, als die Bilder nur so aus mir herausplatzten, als ich vor Kraft und Ideen strotzte. Dazu kam, dass ich sparen musste, denn woher sollte ich sonst Geld für Farben und Materialien nehmen?

Es gab einige unter uns, die sich weigerten, mit den Nazis zu kollaborieren, die sich zurückzogen in eine Art Emigration, die man heute wohl eine *innere* nennt. Ich aber, das gestehe ich nicht ohne Scham, ich stellte den Antrag auf Aufnahme bei der Reichskulturkammer. Ich wäre bereit gewesen, meine politische Integrität bis zu einem gewissen Grad zu verraten, ein weiteres Opfer für meine Kunst zu bringen. Alles andere wäre künstlerischer Selbstmord gewesen. Doch die RKK beendete meinen moralischen Zwiespalt auf die nüchternste Weise, indem sie mir die Aufnahme versagte, wie beinahe allen anderen jüdischen Künstlern damals. Ohne eine Mitgliedschaft war es ein Ding der Unmöglichkeit, an Malutensilien zu kommen. Ich wandte mich an Wolfsfeld, der erst später, 1936, aus dem Lehramt entlassen wurde und zu jener Zeit noch immer gute Beziehungen an der Akademie hatte. Er schaffte es auf rührende Art und Weise, hie und da Farben und Pinsel, auch Papier, selten Leinwand, für mich abzuzwacken. Ohne ihn hätte ich anfangen müssen, Pflastermalerin zu werden, deren Bilder der Regen abwäscht.

Deshalb musste ich höllisch aufpassen, nichts zu verschwenden, und malte, wenn es ging, so dünn wie möglich, sodass meine Bilder aus diesen Jahren beinahe durchscheinend wirken, die Gesichter darauf wie Geister, deren Silhouetten bei jedem Windhauch zu verschwinden drohen.

So ging es natürlich nicht weiter. Und es war wieder einmal Traute, die mich aus diesem kläglichen, traurigen Zustand holte, indem sie eines Tages meine Bilder betrachtete und sagte: «Das kann nicht alles sein, Lotte.»

«Was meinst du?»

«Du versteckst dich, und das solltest du nicht.»

Ich weiß noch, dass ich ein wenig ungehalten wurde, denn

wie konnte sie meine Situation nachempfinden? Sie war ja keine Jüdin. Ein Jahr später, als die Rassengesetze in Kraft traten, wurde sie zwar immerhin zur *Vierteljüdin* erklärt – worüber wir bitter lachten, denn es klang, als seien wir alle Brotlaibe, die aufgeschnitten wurden –, doch das hatte keinerlei Konsequenzen. Sie galt jetzt als ein *Mischling zweiten Grades*, eine Kategorie von Menschen, die nichts zu befürchten hatten, wenn sie nicht mit einem anderen Mischling verheiratet waren. In dieser Hinsicht hatte Traute vorgebaut, sie hatte direkt nach den Reichstagswahlen endlich Ernst geheiratet, der als *arisch* galt. Er witzelte, dass sein jahrelanges Werben und Betteln um Trautes Hand nicht so überzeugend gewesen wären wie Hitler und dass er diesem Idioten nun auch noch dankbar sein müsse. Sie waren in aller Heimlichkeit zum Standesamt gegangen und hatten sich trauen lassen, keine Feier, keine Fotos, nichts. Ich hatte mich ferngehalten, hatte nicht Zeugin eines solch traurigen Akts werden wollen. Und ich fürchte, sie hatten mich auch nicht dabeihaben wollen, eine mahnende, insgeheim eifersüchtige Beobachterin.

Ich habe Traute nie gefragt, weshalb sie sich nach so langer Zeit in *wilder Ehe* – ach, wie wenig passt dieser altbackene Begriff auf die Verbindung zwischen dem guten, langweiligen Ernst und Traute – doch entschloss, ihn zu heiraten. War es die Angst davor, was einer Frau mit einem Viertel jüdischen Blutes zustoßen könnte? Die Hoffnung auf Sicherheit, die eine Ehe mit einem *Arier* versprach? Nun, ich habe einen anderen Verdacht, einen, über den ich nie mit ihr gesprochen habe und der mir im Halse stecken bleiben würde, wenn ich versuchte, ihn auszusprechen.

Traute wirkte in diesen Wochen so blass und gläsern, und manchmal hörte ich sie in der Toilette, draußen auf dem Gang, unterdrückt würgen. Hatte ich recht? Nun, es ist eigentlich unwichtig, denn dann kam ein Tag, an dem sie nicht zu unserer Verabredung erschien. Keine Nachricht, kein Wort, nichts. Erst zwei Tage später sah ich sie wieder, diesmal leichenblass und mit verweinten Augen. Sie sagte, sie sei krank und beim Arzt gewesen, das war alles.

Warum nur habe ich damals nicht gefragt? Aus Angst, der Angst vor ihrer Traurigkeit, die mich ausschloss und unsichtbar machte? Aus Furcht, sie zu verlieren?

In den nächsten Tagen und Wochen aber bekam sie langsam wieder rosigere Wangen, aß mit Appetit, schien fast normal, bis auf diese seltsamen Momente, die sie jetzt manchmal hatte, wenn sie sich unbeobachtet fühlte. Sie starrte dann ins Leere, als würde sie einen inneren Film sehen, den sie nicht ganz verstand.

Nein, ich habe damals nicht gefragt, und ich werde es heute, dreißig Jahre später, auch nicht tun. Es war eine einmalige Situation, die sich nicht wiederholte, jedenfalls nicht, solange ich Traute beinahe täglich sah. Und doch beobachtete ich sie in der folgenden Zeit scharf, suchte nach Anzeichen, versuchte, mich zu wappnen für die Nachricht, die mich in Freude und Schmerz gestürzt hätte. Ja, auch Freude. Natürlich, *Hundchen*! Was denkst du von mir, dass ich ein Stein bin?

Doch die Ankündigung kam nicht, und wir machten weiter wie zuvor. Auch hatten wir genug andere Themen zum Grübeln, und so vergaß ich das alles schließlich. Ob es Traute auch so ging? Heute jedenfalls, da ich wieder daran denke, scheint mir diese Möglichkeit eines anderen Lebens, das da für so kurze Zeit im Raum gestanden hat, einer ganz fremden Existenz vollkommen irreal. Ähnlich der Phantasie von Palo Vidor und mir im Kreise unserer Nachkommen, die ich manchmal wie auf einer Fotografie vor mir sehe, bis es mich schaudert. So endete es, bevor es hätte beginnen können, und ich weiß nicht, ob Traute heute froh oder traurig darüber ist. Ich weiß nur, dass ich sie nach wie vor am liebsten für mich habe, wobei Ernst kaum zählt. Ein Kind aber … ein Kind hätte Traute nicht mit mir geteilt, oder vielmehr hätte das Kind die Mutter nicht geteilt. Ein Kind ist absolut, ist immer da – wäre mir in diesem Punkt ganz ähnlich, denn ich kann es nicht ertragen, am Rand zu stehen, wie Traute leider weiß.

«Du versteckst dich, und das solltest du nicht», hatte sie gesagt. Und dass es so nicht weitergehe mit meinen dürren Bildchen.

Nach kurzem Zögern musste ich ihr zustimmen. Ich ging also erneut zu Wolfsfeld und bettelte um Ölfarbe und eine Leinwand, und ich bekam sie auch. Dann, beinahe ein Jahr nach diesen schemenhaften Geisterbildern, fertigte ich erstmals wieder Skizzen für ein richtiges Ölbild an. Ein weiteres Selbstporträt, und doch ganz anders diesmal. Ich wollte keine Künstlerin malen, ich wollte *mich* darin zeigen. Das war eigentlich untypisch für mich, aber es ergab den schönsten Sinn. Denn als Künstlerin war ich in den vergangenen Monaten beinahe kaltgestellt worden, doch als Person, als ich selbst, würden sie mich nicht kleinkriegen, das schwor ich mir bei jedem Pinselstrich. Ich reckte mein Gesicht dem Betrachter entgegen, versuchte, meine Schnute unter Kontrolle zu kriegen und ernsthaft, würdevoll dreinzusehen, so wie Traute, meine schöne Traute, die stets wie eine Herrscherin auf ihre Untertanen herabblickte. Doch während sie dabei immer Güte und Grazie ausstrahlte, wollte ich auf diesem Porträt meine Erhabenheit zeigen, und ich denke, es gelang mir leidlich. Ärgerlicherweise sieht man darauf auch den Trotz und die Furcht vor dem Abgrund, an dem ich stand. Es ist mir nicht gelungen, diese Gefühle ganz unter der stolzen Haltung zu verbergen. Aber ich wollte ja mich als Menschen malen, und ein Mensch, das weiß ich heute noch besser als damals, ist nie eins mit sich selbst, ist immer mehrere, viele auf einmal. Jedenfalls bei einer Frau, denn Männer sind doch oft in statischere, stabilere Formen gegossen. Wir Frauen sind Schwestern und Töchter, Freundinnen und Rivalinnen, sind ängstlich und mutig, hoffnungsvoll und verzweifelt, und oft alles zugleich. Mal hoffen wir, etwas bewirken zu können auf der Welt, und dann wieder, durch einen Windhauch, ein falsches Wort aufgescheucht, glauben wir nicht mehr an uns und haben kein Vertrauen, nicht in unsere Talente und nicht in diejenigen, die uns lieben.

Ja, und auf dem Weg verlor ich auch das Vertrauen in Traute, was so ziemlich das Dümmste ist, was mir je passiert ist. Im Angesicht der Gefahr, unmittelbar von der Bedrohung der Nazis umzingelt, rückte sie in eine Ferne, die nicht aufzuhalten war. Auch das haben sie geschafft, diese Mistkerle, diese Unmenschen, dass einem das Menschliche abhandenkam und Misstrauen zwischen denen gesät wurde, die sich das Liebste waren.

Auf einmal klirrte es bei uns in der Klaviatur, auf einmal war ich vollkommen absorbiert von der Angst und der Sorge um meine Zukunft, um Mulli und Käte, so abgelenkt. Noch wussten wir nicht, dass wir tatsächlich auch vom Tod bedroht war, das konnte am Anfang niemand glauben, auch wenn einige, klügere Leute als ich, es wohl ahnten. Aber es zeichnete sich schnell ab, dass ich nicht mehr würde malen können, wie ich wollte, und dass mein ganzes geistiges und berufliches Leben auf dem Spiel stand. Traute wiederum schien auch nicht auf unsere Arbeit konzentriert zu sein, sondern war gefangen genommen von ihrer neuen Ehe und ihren erwachenden Wünschen nach etwas Eigenem, sodass wir uns voneinander wegbewegten.

Wenn ich noch einmal an diesen Punkt zurückkreise, noch einmal etwas anders machen könnte, nun, da gäbe es ein paar Dinge. Vor allem hätte ich sie nicht fortlassen dürfen, hätte Traute fesseln und knebeln sollen, sie, wenn nötig, in mein mickriges Atelier einschließen und malen sollen, so oft malen, dass sie heute wirklich nur noch sagen könnte: Ich war Lotte Lasersteins Modell. Punkt. Und nicht: Ich war Lottes Modell, und dann wurde ich Ernsts Ehefrau und eine talentierte Fotografin und entdeckte schließlich, dass ich ein eigener Mensch war.

Diese Entdeckung ihrer Unabhängigkeit, die sollte ich ihr gönnen, aber ich weiß, dass sie für uns das Ende bedeutete. Und dass sie zusammen mit dem politischen Ende fiel, war sicher kein Zufall, beides war miteinander verwoben. Wir brachen auseinander, außen und innen, die Nazis nahmen uns die Zukunft weg und beschränkten uns auf eine armselige, geduckte Gegenwart. Unsere kleine Gemeinschaft war nicht stark genug, sie hielt den Schatten nicht stand. Diese Jahre sind die elendigsten in meinem Leben.

23

TRAUTE

SEIT TAGEN HABEN Lotte und ich geplant, ihre Bücherregale aufzuräumen, in denen ein heilloses Chaos herrschte, was ich gar nicht mitansehen kann. Also muss ich wohl sagen, *ich* habe es geplant, und Lotte hat mir widerwillig zugestimmt, wohl wissend, dass es uns guttut, etwas gemeinsam anzupacken.

Sie ist viel weniger als ich abhängig von einer gewissen Grundordnung, die sie umgibt – ich kann es gar nicht leiden, wenn man nicht mehr treten kann im Raum und wenn der Staub fingerdick auf den Regalbrettern liegt. Es räumt doch auch innerlich auf, wenn man Ordnung schafft, oder?

Also zwinge ich sie heute, da sie keinen Malauftrag hat und wir nach dem Frühstück ohnehin nur so vor uns hin in den Tag schleichen, Eimer und Lappen zu holen, den Staubwedel, und schon geht es los. Das Zusammensein ist doch immer am einfachsten, wenn man gemeinsam etwas *tut*, und vielleicht ist das auch einer der Gründe dafür, dass Lotte und ich hier in den Ferien manchmal so missmutig miteinander sind. Wir sind es von früher gewöhnt, zusammen produktiv zu sein, kreativ. Es waren immer unsere besten Momente, in der Zweisamkeit bei einem neuen Bild, ich äußerlich bewegungslos, aber innerlich teilnehmend, und Lotte, die ihre Hände benutzte und etwas Neues entstehen ließ. Zugegeben, ein Bücherregal auszuräumen und fingerdicken Staub davon abzupusten, ist nicht ganz dasselbe, wie unsterbliche Kunst herzustellen, aber doch besser als Nichtstun.

Wir singen sogar ein wenig zusammen. Lottes Stimme ist eigentlich nicht der Rede wert, sie trifft keinen Ton und brummt und krächzt mehr, als dass man es eine Melodie nennen könnte, doch wir haben trotzdem unseren Spaß.

Ernst legt eine alte Platte auf, und plötzlich sagt Lotte: «Tanz, Traute!»

Erst ziere ich mich, aber Ernst und Lotte drängen mich beide und schieben den Couchtisch zur Seite, und so stelle ich mich schließlich in Positur und gebe eine alte Choreographie zum Besten. Ich werfe die Arme in die Luft, wirbele herum und schere mich nicht darum, dass mein Gesicht jetzt Falten hat und weiße Strähnen meine Haare durchziehen, die leider auch immer dünner werden, egal, wie kurz ich sie schneide. Es macht Freude, sich zur Musik zu bewegen, und Lotte und Ernst klatschen sogar und behaupten, ich könne es noch wie früher. Und tatsächlich, obwohl es ein, zwei Mal in meiner armen Schulter knackt, als ich die Arme etwas zu übermütig hochschmeiße, fühle ich mich in meinem Element und immer noch leidlich geschmeidig.

Es ist ein merkwürdiges Alter, in dem wir alle drei sind, Lotte, Ernst und ich. Ein *Dazwischen*, nicht mehr jung, aber noch nicht ganz alt, noch nicht greis. Und trotzdem kommt es mir oft so vor, als wäre ich in den vergangenen Jahren unsichtbar geworden. Ich erinnere mich, dass mir früher, wenn ich die Straße entlanglief, andere Passanten ganz selbstverständlich ins Gesicht sahen. Manchmal lächelnd, manchmal nur flüchtig. Doch immer gab es da diesen Augenblick der Wahrnehmung, der Anerkennung, des Gesehenwerdens. Mein Körper war – nicht nur im Atelier – ein *öffentliches Wesen*, und ich spürte ihn bei jedem Schritt, aber eben nicht wie eine Last, so wie heute manchmal, sondern wie ein Instrument, eine geölte Maschine, etwas, das mich trug und auszeichnete. Die Bewunderung fehlt mir, muss ich zugeben, auch wenn es peinlich ist, den eigenen Wert so an den Beifall von außen, von Fremden zu hängen. Aber wenn man die ganze erste Hälfte des Lebens so gewöhnt ist daran, dann fällt der Verlust auf, und er schmerzt. Denn heute ist es, als sei ich eins mit dem grauen Asphalt, mit dem Braun der Spazierwege, dem Grün der Parks, durch die ich laufe, wie ein Chamäleon, das Farbe und Muster des Hintergrunds annimmt. Keiner sieht mich mehr an, und ich vermute, es geht den meisten Menschen oder doch zumindest den meisten Frauen ähnlich, die ein bestimmtes Alter erreicht haben. Diese furchterregenden *mittleren Jahre*, in denen man festhängt wie im Limbus, bis man das wirkliche, das hohe Alter erreicht und endgültig jenseits von Gut und Böse ist.

Ernst immerhin ist rührend zu mir. Nach all der langen Zeit hält er noch immer gern meine Hand und legt manchmal seinen buschigen weißen Haarschopf an meinen Kopf, nennt mich «Schönste», doch mehr aus Gewohnheit denn aus Leidenschaft, fürchte ich. Und Lotte? Wenn wir uns auch nicht berühren wie früher, so fühle ich doch ihre Augen auf mir wie damals, manchmal bohrend, manchmal spöttisch, doch immer interessiert, scheint mir. Sie hat nicht aufgehört, mich zu sehen, sie nicht. Und so hoffe ich auch beim Tanzen, dass ich Gnade finde vor ihrem Blick, dass sie in mir noch immer etwas von dem Mädchen sieht, das ich einst war.

Später räumen wir weiter auf, und dabei entdecke ich ein Fotoalbum ganz zuunterst im Regal. Die Aufnahmen sind schon recht alt, viele stammen aus Lottes Kinder- und Jugendzeit. Ein paar dieser Fotos kenne ich schon, aber nicht das ganze Album. Mich packt die Neugier, und ich bin aufgeregt und auch ein wenig wehmütig, sozusagen vorsorglich, weil ich, schon bevor wir das Album aufschlagen, weiß, dass es mich traurig stimmen wird. Traurig, weil darauf die junge Lotte zu sehen ist, die ich nie mehr werde treffen können, weil sie vergangen ist. So vergangen wie alles, was bereits hinter uns lag, bevor wir uns kennenlernten.

Und plötzlich stöbere ich in den Erinnerungen anderer Leute, fremder, unsichtbarer Fotografen, die ihre Linse auf Lotte gerichtet haben, bevor ich für sie existierte. Ihr Kopf auf diesen Bildern weiß nichts von mir.

Das erste Foto zeigt zunächst einmal Lottes Mutter als junge Frau, mit dem gleichen schüchternen Lächeln, wie ich es von Lottes Schwester Käte kenne, und mit schönen dichten Haaren und dem Kneifer, den sie immer trug. Daneben klebt ein Foto des Vaters, ein klug aussehender Mann mit schmalem Gesicht und einem Schnauzer.

Lotte blättert schnell weiter, das feine, etwas mürbe Seidenpapier raschelt, und dann kommt eine rührende Aufnahme von ihr und Käte, wohl an Fasching. 1910? 1911? Vor dem Krieg jedenfalls, dem ersten Großen Krieg. Die beiden sind entzückend verkleidet als Hausiererpärchen, Lotte in braunem Anzug, mit Bauchladen und Hut, Käte ganz mädchenhaft in einem weißen Spitzenkleid. Mir fällt auf, dass Lotte als die Ältere auch gut ein großer Bruder hätte sein können für Käte, ja, dass sie es vielleicht bis heute mehr ist als eine Schwester. Ob ihre Eltern das auch damals so gesehen haben oder vielleicht sogar herbeiwünschten? Denn auf beinahe allen Doppelporträts ist Lotte die freche Göre und Käte die zarte Elfe. Wie Brüderchen und Schwesterchen.

Wir blättern weiter und stoßen nun schon auf Bilder aus

der Zeit bei der Tante in Danzig, nach dem Tod des Vaters. Else Birnbaum in einem herrlichen Garten neben ihrer Staffelei, an der Lotte sitzt, nun schon älter und ungewohnt mädchenhaft zurechtgemacht in weißem Kleid und mit großer Haarschleife, was sie seltsam verkleidet aussehen lässt. Drum herum noch mehrere Damen vor Staffeleien, es scheint wirklich eine richtige Malschule im Freien gewesen zu sein, die Else Birnbaum da unterhielt.

Was für ein Glück, denke ich plötzlich, dass Lotte bereits in so jungem Alter mit Kunst in Berührung kam, während ich noch nichts kannte als die Volksschule, die durchgedrückten Rücken, eine staubige Tafel und die vielen Wochen im Spital wegen meiner Lunge. Damals erreichte mich nichts, was anregend für einen kindlichen Geist gewesen wäre. Vielleicht erklärt das Lottes Vorsprung, unter dem ich wohl immer ein wenig gelitten habe, ihre Selbstverständlichkeit, mit der sie stets die Welt der Kunst betrat, als sei sie in ihr zu Hause. Während ich kämpfen musste, um eingelassen zu werden, um kreativ sein zu dürfen. Bis heute finde ich es anstrengend, als ginge man auf einer Party unter Fremden umher, die sich alle kennen, und man klammert sich an ein Weinglas und hofft, dass jemand das Wort an einen richtet. Ich bin sicher, dass Lotte diese Angst, diese Verzagtheit nicht kennt und lachen würde, wenn ich ihr davon berichtete. Sie ist, egal wo, immer ganz da, immer präsent und gleichzeitig vollkommen bei sich.

Aus der gleichen Zeit stammt ein Fotografenfoto auf einem Stück Pappe mit dem Aufdruck des Ateliers, *Gottheil und Sohn, Danzig.* Es zeigt Lotte und Käte, fein zurechtgemacht, in inniger Pose. Sie halten sich an der Hand, lehnen die Köpfchen aneinander und lächeln so freundlich, so süß in die Kamera, dass es mich ein wenig in der Kehle schmerzt. So habe ich Lotte selten lächeln sehen, so arglos und voller Liebreiz, höchstens zwei-, dreimal in den langen Zeiten unserer Freundschaft. Was haben dieser Fotograf Gottheil oder sein begnadeter Sohn wohl gesagt, welche Kniffe und Scherze hinter dem schwarzen Tuch angewendet, dass sie so lammfromm schaut? Als ich sie frage, kneift Lotte nur die Lippen zusammen – ja, *diese* Mimik kenne ich gut an ihr – und schlägt das Album zu.

«Genug davon», sagt sie, und damit ist die Reise in die Vergangenheit zu Ende.

Auch die Platte auf dem Spieler hat längst aufgehört, sich zu drehen, und ist verstummt. Ernst sitzt auf der Terrasse und raucht, ich rieche den Tabakduft, der durch die offene Tür zu uns hereinzieht. Wir räumen die letzten Bücher ein, dann klopft Lotte sich vielsagend die staubigen Hände an der Hose ab und sagt, sie brauche dringend einen Kaffee nach der Plackerei. Und während sie den Kessel aufsetzt, schimpft sie die ganze Zeit auf mich und meine alberne Ordnungsliebe, die sogar in den Ferien keine Ruhe gibt.

24

LOTTE

IM SOMMER 1934 fuhr ich wieder mit meinen Schülern aufs
Land. Nach Gelliehausen, eine malerische Ortschaft in der
Nähe von Göttingen, die sich in hellgrüne Hügel an der Leine
schmiegte. Im Norden erhob sich der Göttinger Wald, der das
Leinetal begrenzte, wie ein dunkler Kamm. Sanfte Fichten-
wälder wiegten sich im Sommerwind, und nachts sangen die
Nachtigallen vor den Fenstern unserer Herberge. Bei einem
Besuch in der aus Feldsteinen erbauten Kirche bewirtete
uns die Gutsherrin von Uslar-Gleichen, deren Familie hier
seit dem Mittelalter ihr Lehen verwaltete, auf der Wiese mit
Milchkrügen und Butterkuchen, und ich vergaß für ein paar
Tage den ganzen Horror Berlins.

Ich dachte nur an dich, Traute, so wie früher, als du im Allgäu warst und ich solch kindliche Sehnsucht nach dir hatte.
Ganz rein war dieses neue, alte Gefühl, ohne die Spitze des
Verrats, die sich in den letzten Monaten, seit deiner Heirat
und den bleichen, traurigen Wochen danach zwischen uns
geschoben hatte. Dieser kleine Abgrund zwischen uns – er
schien auf einmal unwichtig. Alles fiel von mir ab, wenn ich,
die Staffelei unter dem Arm, am kleinen Bach entlang durch
die sonnenerwärmte Wiese stapfte und in schönster Eintracht
mit meinen Schülern Schafe, Kälbchen und Bauernkinder
malte. Wenn ich den Kopf hob und über die Leinwand hin-

wegsah, schien mir die Sonne ins Gesicht, und ich wusste wirklich nicht mehr, weshalb ich derart besorgt gewesen war. Ich hatte nicht viel, aber doch genug zu essen, ich hatte dieses herrliche, weite Land um mich, ich hatte Schüler, die zu mir aufsahen, und mein Lieblingsmodell, das trotz der gegrölten Parolen der Nazis an meiner Seite bleiben würde. Ich hatte meine Kunst, die mir niemand nehmen konnte.

So muss ich damals wirklich gedacht haben, und nur der Abstand zu Berlin machte es möglich, dass ich mich derart selbst täuschte.

Wir blieben mehrere Tage. Eigentlich hatten wir mindestens eine Woche bleiben wollen, doch dann kam der Tag, an dem ich zu einem der Bauernhäuser ging, um dort zu fragen, ob eins der Kinder für meine Kunstschüler Modell sitzen würde.

Der Hof lag in einer Senke, das Haus war langgezogen und geduckt, und im Gras lagen ein paar herabgefallene Schindeln. Auf der Weide dahinter grasten weiß-braun gescheckte Kühe. Ich weiß noch, dass ich einen Augenblick seltsam berührt die flatternden Laken und Kinderhemdchen auf der Leine im Gemüsegarten beobachtete, die sich im Wind blähten und sich von ihm jagen ließen. Dann klopfte ich an.

Da niemand öffnete, drückte ich die Eisenklinke herunter und trat ein. Drinnen war es düster, wie oft in den Korridoren alter Bauernhäuser. Die Holzdielen knarrten leise, als ich mich vorwärtstastete auf der Suche nach einem Lichtschalter. Da plötzlich flammte das Licht jäh auf und biss mir in die Augen. Vor mir stand der Bauer in schweren Stiefeln, die Haut gegerbt und das Gesicht wie rohes Fleisch. Neben ihm erkannte ich einen zweiten Mann, er trug eine Uniform. Ein Polizist.

Beide starrten mich einen Moment überrascht an. Dann

ließ der Bauer ein kleines, meckerndes Lachen hören, das nicht zu seinem massigen Körper zu passen schien.

«Das ist sie, Egon», sagte er zu dem Uniformierten.

Der Angesprochene trat einen Schritt vor und fasste mich am Arm. Ich bin groß, doch er überragte mich um eine Kopflänge, ein baumlanger Kerl.

«Was wollen Sie von mir?», fragte ich.

«Ich stelle hier die Fragen», blaffte er. «Was wollen *Sie* hier, Fräulein Laserstein?»

«Woher kennen Sie meinen Namen?», fragte ich überrascht.

«Es liegt eine Beschwerde vor.» Er führte mich aus dem Haus auf den Hof hinaus.

«Aber weswegen? Meine Schüler und ich sind zum Malen hierhergekommen, es gab bisher keine Probleme.»

«Ob es Probleme gibt oder nicht, das lassen Sie besser uns entscheiden», sagte er. «Ich nehme Sie mit aufs Revier.»

Ich musste in sein Auto steigen, konnte nicht einmal den anderen Bescheid sagen, die im Garten des Gasthofs auf mich warteten. Wir fuhren ins nächstgrößere Dorf, wo sich in einem alten Haus eine kleine Polizeistation befand. Die Hakenkreuzflaggen, die überall in den Räumen hingen, ließen mich frösteln.

Ich musste mich an einen Tisch setzen, und man bot mir ein Glas Wasser an, was ich dankbar annahm, denn der Staub des warmen Sommertages und der Schreck saßen mir in der Kehle. Dann begann das Verhör mit einem Schreibfräulein hinter der klappernden Schreibmaschine. Der Polizist hatte noch einen Kollegen dazugeholt, und beide stellten abwechselnd Fragen. Ob ich schon einmal hier gewesen sei? Ob ich Mitglied der RKK sei? Nein? Weshalb nicht?

Bei dem Wort *Jüdin* sahen sie sich vielsagend an. Dann ging es weiter. Meine Schüler und ich würden *Arme-Leute-Malerei* betreiben, ob wir einen kommunistischen Hintergrund hätten? Weshalb diese Motive? Ich wüsste doch, dass ich als Jüdin kein Recht dazu hatte, das *arische* Leben in den Dreck zu ziehen? Und so weiter, und so weiter.

Die ganze Zeit versuchte ich, meine Stimme unter Kontrolle zu halten, damit sie nicht zitterte. Ich schwafelte etwas von guten Lichtverhältnissen, von dem einfachen Leben, in dem so viel Schönheit liege, und ich erinnerte sie daran, dass das Leben der Menschen auf dem Land doch im Interesse zeitgenössischer Kunst sein müsse, denn schließlich seien es die Arbeiter und die Bauern, die unser schönes Land zusammenhielten. Dass die deutsche Scholle etwas Heroisches habe und es meine Aufgabe sei, die Kunst als Trösterin der Nation einzusetzen. Die Worte blieben mir fast im Hals stecken. So dümmlich redete Goebbels damals jeden Tag im Radio daher. Und natürlich durchschauten die Polizisten mein Geschleime und glaubten mir keine Sekunde lang, dass ich die *Blut-und-Boden-Malerei* der Nazis betriebe, geschweige denn guthieße.

Endlich ließen sie mich gehen, der Tag war schon fast verstrichen, und ich wusste, dass sich Gottfried, Ida und all die anderen Schüler sicher Sorgen machten. Als ich schon grußlos zur Tür hinausgehen wollte, hielt mich einer der Beamten zurück.

«Fahren Sie zurück nach Berlin», sagte er. «Hier wird Ihnen ab heute ohnehin jede Tür vor der Nase zugeschlagen. Heil Hitler!» Er streckte den rechten Arm ohne jeden Eifer nach vorn, doch sein Gesicht war eisig.

Und so war es. Als ich entgegen seiner Aufforderung am nächsten Morgen versuchte, ein Kind für unsere Sitzungen zu gewinnen, musste ich schnell einsehen, dass es keinen Sinn mehr hatte. Die Mütter scheuchten ihre Mädchen und Knaben wie Hennen unter ihre Flügel, wenn wir uns einem Hof nur näherten, klappten die hölzernen Fensterläden zu, bevor wir das Tor erreicht hatten.

Unverrichteter Dinge malten wir also unsere Kuh- und Schafsbilder zu Ende, verstauten alles und fuhren mit dem Zug zurück nach Berlin. Es war der traurige Abschluss einer glücklichen Reise, die letzte, bei der ich zumindest ein paar Tage lang die Sorgen abschütteln und nur im Moment leben konnte. Durch das Verhör war mir klar geworden, dass es die private, die unpolitische Lotte nicht mehr gab. Dass ab jetzt alles, was ich malte, hochpolitisch war. Selbst Federvieh, selbst verkrüppelte Tannen, weil es eben *deutsches* Federvieh und *deutsche* Tannen waren und es den Nazis als eine Anmaßung erschien, wenn eine jüdische Künstlerin sie sich aneignete. So sehr hassten sie uns, dass sie uns nicht einmal so traurige Kreaturen wie diese armen Bauerngören als Modelle gönnten. Weil selbst die Kinder auf einmal das deutsche Heldenvolk verkörpern mussten, die arische Rasse repräsentieren sollten, die nicht durch eine jüdische Malerin beschmutzt werden durfte.

Als ich nach Hause kam, fühlte ich mich kämpferisch. Das war schon immer so: Wenn ich auf Widerstand stoße, schlage ich so lange mit dem Kopf dagegen, bis ich durchbreche. Ich wollte mich auf keinen Fall stilllegen lassen. Denn genau so empfand ich es, als klemmte man mir die Leitung ab, die zu meinem Grundwasser führte. Jetzt erst recht, dachte ich, jetzt erst recht! Und so hielt ich verstärkt Ausschau nach Möglichkeiten, meine Kunst weiterzubetreiben, mich zu zeigen.

Der mit mir befreundete Komponist Hermann Weil und seine Ehefrau Gertrud – sie sah, im Gegensatz zu Traute, wirklich aus wie eine Gertrud – wollten eine Privatausstellung in ihrem Haus für mich veranstalten, alles im Rahmen des *Jüdischen Kulturbunds*, und ich nahm dankend an. Doch ich brauchte noch ein größeres, neues Gemälde dafür, ich wollte nicht wieder nur die gleichen alten Dinger da hinhängen. So entstand mein Bild *Unterhaltung*, ich beendete es 1934, im folgenden Jahr hing es dann bei Weils. Ich bat drei Männer, mir dafür Modell zu sitzen, und ich fürchte, sie haben es bitter bereut, denn wie immer dauerte alles viel länger als erwartet und sie mussten Stunde um Stunde in diesem eingefrorenen Gespräch, das mir vorschwebte, sitzen bleiben. Die schwerste Pose hatte ohne Zweifel Gottfried, der inzwischen bei Wolfsfeld an den *Vereinigten Staatsschulen* studierte, denn er musste mit erhobenem Zeigefinger sitzen, bis ihm der Arm einschlief. Dann erst erlaubte ich eine kurze Pause. Zum Glück war er mir, seiner ehemaligen Lehrerin, treu ergeben. Der Zweite im Bunde war ebenfalls ein Schüler von Wolfsfeld, den ich mir «auslieh», Heinz hieß er und wurde später ein Nazimaler. Nein, vielleicht ist das ungerecht. Jedenfalls hatte er ein paar Jahre später einigen Erfolg mit einem scheußlichen Bild von seiner dussligen Freundin, das ihm Hitler selbst abkaufte. Wolfsfeld lachte immer über das Bild, nannte es den *Lacktisch*, weil die Farbe darauf so fett gestrichen war wie auf ein Boot.

Als Dritten setzte ich ihnen noch einen Kollegen von Käte aus dem Gymnasium zur Seite, einen langen Studienrat namens Erhard. Sie sollten über Kunst diskutieren, trug ich ihnen auf, und erstaunlicherweise hielten sie sich daran und sprachen wirklich endlos über zeitgenössische Maler und alte Meister, besonders dieser Heinz konnte sich den Mund fusslig reden. Ich stellte meine Ohren auf Durchzug und malte, malte ihre Anspannung, ihre geduckte Haltung in dem niedrigen Dachraum, dessen Decke sie zu erdrücken drohte, malte ihr Reden genauso wie ihr Schweigen. Denn auf unserem verunglückten Ausflug ins Leinetal war mir aufgegangen, dass alles, selbst das kleinste, dümmste Gespräch, zu einem Politikum werden konnte, wenn Faschisten das Land regierten. Dass das freie Wort tot und die Angst aufgestanden war, die wie ein dunkler Schatten über unser aller Alltag hing.

Die Männer auf meinem Bild sprechen heimlich, gehetzt, aufgeregt, und sie horchen bei jedem Fußtritt auf der Treppe nach draußen, ob jemand sie belauscht.

Die meiste Freude, das muss ich gestehen, hatte ich beim Malen des großen Hundes, den ich ihnen zu Füßen setzte. Es war der Hund einer Nachbarin, die als Fabrikarbeiterin eigentlich zu wenig Zeit für ihn hatte, und er liebte mich. Sie war keine von denen gewesen, die mich im Kellerofen verbrennen wollte wie in einem grausamen Märchen, sie war vielmehr froh, wenn ich ihren Hund nahm. Durch meine Ausflüge aufs Land hatte ich entdeckt, wie dankbar es war, Tiere zu malen, ihre Geduld auszunutzen, ihre Bedingungslosigkeit. Es war eine Erholung zu den vielen Porträts, die ich in den letzten Jahren gemalt hatte, wie eine Kur nach den unzähligen Gesichtern, die um mich herum schwebten und mich manchmal zu jagen begannen.

Eine Erholung auch von Traute? Denn nun begannen unsere bitteren Jahre. Und vielleicht wirft sie mir zu Recht vor, sie bis dahin manchmal mehr wie ein Tierchen wahrgenommen zu haben denn als Frau. Ich grübelte jedenfalls viel über sie nach, und – ich gebe es zu – in diesen Jahren nach den Reichstagswahlen, nach ihrer Heirat mit Ernst, hörte ich schließlich ganz auf, sie zu malen. Ich entließ sie nicht förmlich aus meinen Diensten, das nicht, sie verschwand vielmehr einfach langsam und unmerklich. Oder war sie es, die mir entglitt?

Welche Bewegung war zuerst da, mein Wegstoßen oder ihr Fliehen? Oder war es so wie bei einem geübten Tanzpaar, dass eine Bewegung in die andere griff, dass ein Impuls schon die Reaktion der jeweils anderen vorausahnte und ihr zuvorkam?

Es gibt kein einziges Bild von Traute in Berlin nach 1931. Ein paar Skizzen noch, das schon, doch sonst nichts. Dabei sahen wir uns weiter regelmäßig, wir gingen ins Kino und überließen uns dieser kleinen Flucht, wir aßen zusammen, wir sprachen über Bücher, über Ernsts neues Manuskript – das zum Scheitern verurteilt war, da es darin um einen kommunistischen Helden gehen sollte – und über Käte und ihre Freundin Olly, mit der sich alles zuspitzte. Dies taten wir allerdings nur auf Zehenspitzen, es war ein heikles Thema.

Aber warum hatte ich auf einmal, nach so langer Zeit der Besessenheit, nicht mehr das Bedürfnis, Traute zu malen? Es war, als sei mir endlich bewusst geworden, dass ich verloren hatte. Gekämpft und verloren, so wie die Boxchampions, an die wir alle dermaßen geglaubt hatten und die doch am Ende ihren letzten Kampf bestritten und k. o. zu Boden gingen. Denn irgendwann geht alles zu Ende.

Auch diese Tage hier in Schweden, in denen die Erinnerung mit Macht zurückkommt, werden zu Ende gehen, sich leise davonschleichen und mich wieder alleine zurücklassen, wenn Traute ihre Koffer gepackt hat und mit Ernst im Kielwasser abgereist ist. Wenn dieser Sommer in Kalmar sich neigt, in dem so vieles gesagt werden könnte und doch zu wenig zur Sprache kommt. Denn bislang tänzeln wir nur in diesem stummen Erinnern umeinander, in dem wir beide festhängen, doch nichts wird laut ausgesprochen zwischen uns.

Nun, Traute und ich waren zwar immer gut im Reden, doch niemals über *uns*, über das, was uns verbindet, uns ausmacht.

Da ließen wir immer eine Lücke, aus Selbstschutz vielleicht, aus Scheu, heute vielleicht auch aus Scham. Wir sind aneinander schuldig geworden, doch ich kann nicht sagen, wie und wann. Aber am Ende haben wir nicht den Mut gehabt, den es gebraucht hätte, und da wir beide das wissen, schämen wir uns voreinander.

Noch ist die Erinnerung nicht zu Ende, ist das Ende noch nicht erinnert. Aber ich kann es nicht, Traute, glaub mir das, ich kann nicht. Du musst es für mich übernehmen, du musst das Ende erinnern, denn ich war ja fort. Ich habe Mama und Käte zurückgelassen, sie ihrem Schicksal überlassen und Augen und Ohren verschlossen. Dabei wäre es meine Aufgabe gewesen, hinzusehen, zuzuhören, da zu sein, doch ich brachte mich und meine Bilder in Sicherheit und sie nicht.

Erzähl du es, Traute, erzähl es mir, erzähl es uns, wie es damals in Berlin zu Ende ging. Vielleicht kann ich dann irgendwann wieder einmal eine ganze Nacht lang schlafen, ohne diese Kopfschmerzen, die mich seit zwanzig Jahren wecken und in den grauen Dämmerungsstunden durchs Haus geistern lassen. Ohne diese *Erinnyen*, diese Rachegöttinnen, die mich heimsuchen, selbst hier, am scheinbar harmlosesten, friedlichsten Ort der Welt.

Du fragst mich, warum ich nicht nach Berlin zurückgehe? Du fragst es *mich*? Hör auf damit, Traute, hör auf, dich und mich zu quälen, du weißt es doch. Du kennst mich, kennst meine, unsere Geschichte besser als ich selbst. Also hör auf, mich anklagend anzustarren, hör auf, über deinem Weinglas zu seufzen und geringschätzig über das *Konstmuseet* zu reden. Denk dir endlich das Ende aus, damit wir uns abwenden und Neuem zuwenden können.

25

TRAUTE

DAS EINZIGE, WAS mich beruhigt, wenn ich Lotte in diesem schwedischen Schlamassel beobachte, ist das Wissen, dass sie nicht unter Geldnot leidet, nicht mehr. Dass man ihr endlich, nach all den Jahren, den Antrag auf Entschädigung bewilligt hat. Es ist ein kleiner Trost und sicher kein Reichtum, mit dem sie überhäuft wird, aber wenigstens bekommt sie eine kleine Rente.

Andererseits bergen diese Wiedergutmachungszahlungen natürlich die Gefahr, dass Lotte sich jetzt noch weniger auf-raffen muss, etwas Gutes zu malen, etwas, das ihren Erfolg neu entfacht. Und es gibt ihr vielleicht auch das Gefühl, mit Deutschland *quitt* zu sein, doch das ist sie nicht, das darf sie nicht denken, sie sollte hingehen und Anerkennung fordern, Ausstellungen, Aufmerksamkeit für ihre Kunst.

Immerhin reicht das bisschen Geld, dass sie jetzt nicht, wie in früherer Zeit in Stockholm, billige Aktszenen malen muss. Kleine *Brötchen*, wie sie damals sagte, die ihr ein Auskommen ermöglichten. Hässliche, schiefe Nackedeis, das waren diese Bilder, und es dreht sich mir der Magen um, wenn ich daran denke. *Lieber malen als Strümpfe stopfen*, das schrieb sie mir allen Ernstes. Himmel, Lotte, wo ist dein Stolz geblieben?

Natürlich kann nichts, kein Geld der Welt, Lotte entschä-digen. Sie nicht und auch keinen dieser vielen Exilanten, die über die ganze Welt verstreut sind und sich nun von Deutschland mit einem billigen Ablasszauber abspeisen lassen. Es geht ja nicht nur um ihre Kunst, ihre Karriere, wie man heute sagt. Es geht auch um ihre Familie.

Ich sehe, wie sie leidet, wie die Schuld sie auffrisst, die Scham, versagt zu haben. Ich denke das nicht, aber ich kenne Lotte, ich weiß, dass sie so denkt. Nie konnte sie akzeptieren, wenn man ihr Schranken auferlegte, nie konnte sie der Versuchung widerstehen, mit ihrem Dickschädel Wände einzurennen. Nein, das Unvermeidliche zu akzeptieren, war nie ihre Stärke. Lotte war es gewöhnt, alles zu erreichen, wenn sie nur wollte, und ich weiß, dass sie auf all jene herabgesehen hat, die in ihren Augen nicht genug kämpften. *Schlapp* oder *dusslig*, so nannte sie die Menschen, die versagt haben, darin war sie eine schrecklich harte Frau. Doch am härtesten, das weiß ich, ist sie immer sich selbst gegenüber gewesen.

Nicht ein einziges Mal haben wir darüber gesprochen, was mit Lottes Mutter geschah. Warum nicht? Bin ich nicht ihre beste Freundin, bin es doch immer gewesen? Mit Käte hat sie darüber wohl kaum reden können, oh nein, ich muss nicht fragen. Käte und Lotte, das waren nicht die besten Voraussetzungen für ein solches Gespräch. Beide sind aus einem ganz ähnlichen Holz, einem harten, spröden Holz, und wenn sie zufällig übereinanderpurzeln, so gibt es nur einen trockenen Ton wie von zwei Scheiten und nichts weiter.

Und dann die Schuld, die zwischen den Schwestern stehen muss wie ein aufgeladener Elektrozaun, die macht es nicht besser.

Meta Laserstein. Ich habe sie ein paar Mal getroffen, damals in der Stierstraße oder auf Ausstellungen, aber nicht sehr oft. Sie schien mir eine kluge, freundliche, musikalische Frau zu sein, eine Frau, die das Interesse ihrer Töchter über das eigene stellte. Die es gewöhnt war, nach dem frühen Tod ihres Mannes Entscheidungen zu treffen, das sanfte Oberhaupt der Familie. Doch einmal, ein einziges Mal nur, hätte sie an sich denken müssen, hätte schnell und hart handeln sollen. Hätte Käte, die ohnehin, so grausam das klingt, nicht zu retten war, auch wenn sie wie durch ein Wunder überlebte, zurücklassen sollen in Berlin und bei Lotte bleiben, die sie 1939 ein letztes Mal in Schweden besuchte.

Man stelle sich das vor: Meta Laserstein, eine ältere Jüdin, fuhr Ende der dreißiger Jahre ins Ausland, wo ihre älteste Tochter lebte, wo diese Tochter Lotte sich bereits notdürftig ein Zuhause gezimmert hatte, in dem die Mutter Platz gehabt hätte, um zu bleiben, jedenfalls vorübergehend. Meta wusste, dass sie in Berlin die Nazis erwarteten, sie hatte bereits erlebt, wie entrechtet sie dort war, wie isoliert und bedroht. In Stockholm verlebte sie ein paar Tage mit ihrer Tochter. Sie gingen spazieren, fütterten die Enten auf *Södermalm*, tranken Kaffee am *Stortorget*. Sie sahen dem Nordlicht zu, wie es auf den Schären flimmerte. Dann stieg Lottes Mutter wieder in den Zug, danach aufs Schiff, das sie nach Deutschland zurückbrachte, wo ihre andere Tochter lebte. Käte konnte nicht ausreisen, sie bekam keine Reisegenehmigung mehr. Außerdem liebte Käte eine Frau, Rose, genannt Olly, die auch jüdisch war. Die Schwester galt, wie Lotte, als eine *Dreivierteljüdin*, und sie lebte ganz offen mit dieser anderen Frau zusammen, was der Naziregierung ein zusätzlicher Dorn im Auge war. Käte, das wusste Meta, hatten die Nazis auf dem Kieker, sie würden sie nicht verschonen. Sie konnte die zweite Tochter nicht im Stich lassen, um mit der Älteren, mit Lotte, bis in alle Ewigkeit in der Stockholmer Altstadt zimtige *Kanelbulle* zu essen. Sie fuhr zurück.

Es war der 3. September 1939.

Seit zwei Tagen führte Deutschland Krieg gegen Polen, bald darauf gegen die halbe Welt. Ich stelle mir vor, wie direkt hinter Lottes Mutter, nachdem ihr Zug den Bahnhof in Berlin erreicht hatte, die Schotten dicht gemacht wurden. Eine Ausreise, bisher schon schwierig, wurde nun fast unmöglich. Zwei Jahre später endete jede Hoffnung abrupt mit dem absoluten Ausreiseverbot für Juden.

Doch noch waren die Nazis in ihrer Regelung nicht kategorisch, noch hatten sie in manchen Fällen nichts dagegen, *jüdische Parasiten* ins Ausland abzuschieben, natürlich nicht, ohne vorher ihr ganzes Hab und Gut an sich zu reißen. In diesen letzten Jahren bis 1941 unternahm Lotte unermüdlich immer neue Versuche, Meta, Käte, Rose Ollendorf und auch mich aus dem Land und nach Schweden zu holen. Sie stellte Antrag um Antrag, dachte sich immer verrücktere Wege aus, um ihrem Ziel näher zu kommen. Sie ließ sich von Kunden und Bekannten bescheinigen, dass diese im Zweifel für uns bürgen würden, sie versuchte, uns Jobs zu vermitteln, um die Schweden von unserer Nützlichkeit zu überzeugen. Ich wage nicht, mir vorzustellen, wie viele Briefe sie geschrieben, wie viele erniedrigende Behördengänge sie gemacht hat.

Alles war vergebens.

Noch heute ahne ich ihre Verzweiflung damals, sehe sie in der tiefen Falte zwischen ihren Augen, höre sie an ihren ruhelosen Schritten im Schlafzimmer ab drei Uhr morgens, jede Nacht. Die Geister der Toten verfolgen sie. Wie im Märchen von der Nachtigall sitzen sie auf ihrem Fensterbrett und singen das Lied vom Friedhof. Nur gibt es keinen Friedhof, kein Grab, keinen Ort der Erinnerung. Es gibt nur ein bisschen Asche, die in weißen Flocken aus den Krematorien von

Ravensbrück aufstieg und auf die märkischen Dörfer rund um das Lager fiel, sodass die Kinder hinausliefen und sagten: *Guck mal, jetzt schneit es wieder Juden.*

26

LOTTE

NATÜRLICH FEHLT ES mir, Traute zu malen. Was für eine Frage! Das muss sie doch wissen! Aber sie ziert sich, will nicht zurück in die Rolle des Modells. Meines Modells. Ich weiß, dass sie selbst malt, dass sie als freischaffende Künstlerin gemeldet ist in Bremerhaven, ja, dass sie sogar Bilder eingereicht hat in Worpswede. Und dass ihre Pastelle dort in der Künstlerkolonie im Teufelsmoor ausgestellt wurden. Warum kehrt sie das immer noch unter den Teppich, wenn wir zusammen sind? Hat sie Angst, dass ich eifersüchtig werde, weil am Ende *Traute* die Künstlerin ist und ich nur die abgehalfterte Malerin der *Verschollenen Generation*, um die sich heute keiner mehr schert? Aber ich gönne es ihr, dass sie etwas gefunden hat, das sie gern macht. Ich wünschte nur, sie würde es nicht vor mir verstecken, als sei ich ein Monster, das ihre zarten Meeresbilder zerfetzen würde, um all den Ruhm für mich zu behalten. Warum nur glaubt sie, mit mir nicht darüber sprechen zu können?

Sie malt heimlich, sitzt am Gartentisch und strichelt auf ihrem Block herum, und wenn ich herauskomme, legt sie rasch ein dickes Buch darauf oder deckt es mit der Zeitung zu, wie ein Kind, das einen Tintenklecks, einen Fehltritt vor seiner Mutter verbergen will.

Bin ich am Ende schuld, dass sie Angst davor hat, mir ihre Bilder zu zeigen? Ich weiß, ich bin oft schroff und zu schnell mit meinem Urteil, die Zeit hat mich nicht gerade weicher gemacht, das nicht. Aber Traute müsste wissen, dass ich ihr alles zutraue, dass ich nichts, was sie tut, auf die leichte Schulter nehmen könnte. Und natürlich kann sie was! Kunst ist in erster Linie *Sehen*, daran habe ich immer geglaubt, auch Wolfsfeld hat das geglaubt und gelehrt. Und Traute sieht gut und scharf, hatte stets die besten Ideen, wenn wir zusammen im Atelier standen, sie hat auch meinen Blick geschärft und gelenkt. Sehen, Beobachten, Verstehen, Entscheiden … dann Malen … Trocknenlassen und Weitermachen. Das ist die Kunst. Mehr nicht. Es ist wenig Mystisches daran.

Himmel, ich klinge wie damals als Lehrerin! Ja, genau so.

Und so, wie ich es vermisse, Traute zu malen, so sehr fehlt mir der Unterricht. Es ist schön, Expertin zu sein, es ist wie Balsam, wenn einem die Leute zuhören, wenn sie zu einem aufsehen, wenn man ihnen einen Funken einpflanzen, einen Impuls in die richtige Richtung geben kann. Ich habe immer gern unterrichtet, aber auch das, wie alles andere, haben die Nazis mir genommen.

Ich erinnere mich an den Tag, als ich meine Schule schließen musste. Man forderte mich auf, einen *Ariernachweis* zu erbringen, wenn ich meine Privatschule offen halten wollte, wohl wissend, dass dies nicht möglich wäre, und das war's dann. Es war ohnehin kaum noch machbar gewesen, regelmäßig zu unterrichten, seitdem ich in der Jenaer Straße hauste. Die kleine Wohnung taugte nicht zum Atelier, und ich war meist ganz allein dort.

Meine Schülerin Ida hatte damals eine gute Idee, sie sagte, ich solle nicht das Wort *Schule* verwenden, sondern nur noch von *Privatstunden* sprechen und andere Räumlichkeiten nutzen. Und wirklich, so konnte ich einige Schüler behalten und wenigstens einen Teil meines Einkommens. Ida, meine liebe Ida aus vergangenen Tagen, die treue Seele, kam weiter regelmäßig in die jüdische Schule, die ich manchmal als Atelier nutzen durfte. Die Räume standen leer, und ein Bekannter vom *Kulturbund* hatte die Schlüssel, warum, weiß ich nicht mehr. Ich habe manchmal ein schlechtes Gewissen, weil ich mich so wenig wie möglich an die jüdischen Vereine binden wollte, obwohl sie doch meine einzigen verbliebenen Kontakte waren. Aber ich spürte nun einmal keinerlei Verbindung, keinerlei Stimme des Blutes oder der kulturellen Tradition. Hätte ich mich ohne Überzeugung mit den Juden verschwistert, wäre ich dann besser gewesen als die Nazis, die meinten, eine Blutprobe sagte etwas über die Identität eines Menschen aus? Doch manchmal nahm ich eben trotzdem Hilfe an, wenn sie sich mir anbot – in Berlin in den Dreißigern und dann später in den Vierzigern, als mir sogar jemand aus der jüdischen Gemeinde in Schweden einen jüdischen Mann vermittelte.

Doch halt, schon wieder traben die Erinnerungen zu schnell voran. Wir sind im Jahr 1935, die Juden waren in Nürnberg gerade endgültig zur verfolgten Rasse erklärt worden, und ich unterrichtete mehr schlecht als recht in diesen leeren, hallenden Klassenräumen, in denen es noch nach Kreide, ungewaschenen Turnhosen und Prüfungsschweiß roch. Die Flure waren verwaist und stumm, und ich hatte immer schrecklich kalte Hände dort, weil der Winter nahte und ich nicht heizen konnte. Irgendwann kam selbst Ida nicht mehr, nachdem Bekannte sie getriezt hatten, weil sie mit einer Jüdin gut Freund war. Sie war gesehen worden, wie sie nach einer Zeichenstunde das Schulgebäude verließ.

In dieser Zeit malte ich erneut ein Selbstporträt. Ich war ja alles, was übrig blieb. Es zeigte mich, wie ich hinter meiner

Staffelei hervorluge, während dicht neben mir eine andere Person an einer Zeichnung herumstrichelt, den Kopf erschöpft in die Hand gestützt. Ich hielt es ganz in Brauntönen. Es zeigte die Enge meiner Arbeitssituation, das Gefühl des Zusammengepferchtseins, das ich in diesen letzten Jahren in Berlin als ganz besonders furchterregend empfand. Wie Vieh waren wir, das man zusammentrieb, der Ring schloss sich immer enger um uns. Ich spürte es in jeder Sekunde.

Und auch Geldsorgen hatte ich, wieder einmal. Damit war ich allerdings in guter Gesellschaft. Und man hätte meinen können, ich sei es inzwischen gewöhnt gewesen. Doch einige wenige Jahre lang war es mir recht gut gegangen, und es fiel mir jetzt schwerer, mich einzuschränken, aufgescheuerte Kleider zu tragen, nur das Nötigste zu essen und nicht einmal immer das.

Aber mehr als um mich sorgte ich mich um Mama, die noch dünner schien als früher, noch fahler im Gesicht und von der Armut und den Sorgen mehr und mehr gezeichnet.

Käte kam einigermaßen zurecht und zwackte ordentlich was ab für unsere Mulli und mich, sie unterrichtete inzwischen an einer jüdischen Privatschule in der Schmargendorfer Straße in Friedenau, nachdem man sie im Zuge des *Gesetzes zur Wiedereinführung des Berufsbeamtentums* als Jüdin aus dem Staatsdienst entlassen hatte. Die Leiterin der Schule, Luise Zickel, war eine strenge, aber kluge Frau, deren Schüler sie verehrten und sich ihr zu Ehren die *Zickeleins* nannten. Die Schule war wie eine Oase, in der man sich für den Moment des Aufenthalts fast normal fühlen konnte und nicht wie eine Aussätzige. Als dort eine Lehrerin für Kunsterziehung gesucht wurde, übernahm ich an einigen Tagen der Woche den Unterricht, was mir, anders als bei erwachsenen Schülern, nicht sonderlich lag, doch da alle nach Ablenkung lechzten und froh waren, zur Schule gehen zu dürfen, kamen die Kinder und ich miteinander aus. Manchmal, in den Pausen, skizzierte ich meine jungen Schüler, es waren hastige Zeichnungen auf Reispapier, noch durchscheinender als meine Bilder zuletzt. Dennoch eigentlich eine gute Übung für mich, denn die Kleinen hielten nie still, und ich musste über meinen Schatten springen und rasch zupacken, mit fliegenden Fingern zeichnen. Die Ergebnisse waren eher dürftig, wie die Rosinen, die ich manchmal als Belohnung nach dem Unterricht verteilte. Ohnehin schrumpften die Klassen nach und nach, obwohl Fräulein Zickel die ehemalige Mädchenschule bald auch für Jungen öffnete. Aber immer öfter kamen Schüler nicht mehr zum Unterricht, ohne dass wir wussten, weshalb. Den meisten, so hoffte ich damals, gelang mit ihren Familien die Emigration. Aber natürlich weiß ich es heute besser.

Luise Zickel blieb. Sie wurde 1942 in Riga ermordet. Und immer, wenn ich an sie denke, habe ich das Bedürfnis, ein Glas zu zerschmettern oder mit einem Stuhl ein Fenster einzuwerfen, dass die Scherben fliegen.

Wie merkwürdig, dass wir immer noch nicht wirklich darüber nachdachten, zu fliehen! Einmal liefen Traute und ich am Potsdamer Bahnhof vorbei, von wo aus sie vor Jahren ins Allgäu abgefahren war. Wir waren unterwegs zu einer Schneiderin, die gegen ein Porträt einen Wintermantel für mich nähen wollte. Aber plötzlich hatte ich Lust, die weite Welt zu schmecken.

«Komm», sagte ich zu Traute und zog sie mit mir ins Bahnhofsgebäude.

Damals hingen schon überall Hakenkreuzflaggen, und viele der vorüberlaufenden Männer trugen Uniform, dabei befanden wir uns noch nicht im Krieg.

Von unserem letzten Geld kauften wir leichtsinnigerweise einen Krapfen, denn Süßes liebten wir beide, und vor dem Krieg gab es solche Köstlichkeiten noch. Ich sehe Traute noch vor mir, Zuckerkrümel um den geschwungenen Mund, ihr Atem weiß in der Luft. So saßen wir auf einer Treppenstufe, sahen den Zügen zu, wie sie ankamen und ausfuhren, und träumten uns an die Orte, die auf den Anzeigen standen. *München, Prag, Budapest.* Auf einer Absperrung zum Gleis war *Trient* angeschlagen. Der Zug stand bereits da, wartete schnaufend, und der Bahnsteig war schwarz vor Leibern, die hineindrängten. Ab und zu ließ die Lokomotive ein Rauchwölkchen oder einen Pfiff entweichen, als warne sie die Reisenden, nur ja schnell einzusteigen.

«Italien …», sagte ich träumerisch. «Da müssen wir einmal hin.»

«Ich dachte, du magst die Berge nicht, sondern lieber das Meer?», fragte Traute spitzbübisch.

«Wir müssen ja nicht in Tirol bleiben», sagte ich. «Wir fahren weiter bis nach Rom. Dort spazieren wir am Kolosseum vorbei und essen *Gelato.*»

«Dein Italienisch ist grässlich», sagte sie und stopfte sich den Rest Krapfen in den Mund. «So kommst du in Italien nicht weit.»

«Ich habe gar nicht gewusst, dass ich mit einer Kosmopolitin spreche», spottete ich und war ein bisschen beleidigt, vielleicht auch deswegen, weil Traute meine Hand, die ich wie zufällig auf ihre gelegt hatte, wegschob und aufstand.

«Mir wird kalt», erklärte sie, «vor allem, wenn du von Eis redest.»

«Siehst du», sagte ich, «in Italien ist es warm.»

«Das stimmt.» Dann wurde sie ernst. «Hör zu Lotte», sagte

sie, und ich erinnere mich noch heute an die Eindringlichkeit ihrer Stimme. «Ich kann hier nicht weg, ich bin verheiratet. Aber du, du bist frei! Und du weißt so gut wie ich, dass
du nicht hierbleiben kannst. Sie werden nicht nachlassen, sie
werden den Strick um euren Hals zuziehen, verstehst du?»

Diese Worte vergesse ich nie. *Euren* Hals, sagte sie, als ginge
Traute das alles nichts mehr an. Ganz plötzlich gab es da einen Abgrund zwischen ihr und mir. Es war, als stieße sie mich
fort, auch wenn ich weiß, dass das nicht ihre Absicht war.

«Ich denke drüber nach», murmelte ich. «Vielleicht sollte ich
mal hinfahren und versuchen, die Sprache besser zu lernen.»

«Tu das», sagte Traute. Und wieder spürte ich einen Stich,
weil die Sache für sie damit erledigt schien, als sei ich schon
längst aus der Stadt auf dem Weg nach Süden, in ein fremdes
Land.

Tatsächlich kaufte ich mir ein paar Monate später eine
Fahrkarte und fuhr nach Forte dei Marmi, das am Meer liegt,
in der Nähe von Lucca. Bis nach Rom schaffte ich es nicht. Und
ich versuchte wirklich, Italienisch zu lernen, ich verrenkte
mir fast die Zunge dabei, aber immer wieder hörte ich Trautes Stimme, wie sie sagte: *Dein Italienisch ist grässlich,* und dann
verließ mich der Mut. Ich lief jeden Tag zum Strand, starrte
auf das türkisfarbene Ligurische Meer und biss mir die Zähne aus an altbackenem Weißbrot, denn in meiner Kasse war
größere Ebbe als je zuvor. Aber ich probierte aus, wie es wäre,
fortzugehen. Ich malte so gut wie nichts, obwohl ich drei, vier
Wochen dort blieb, auf einem Hof, in einem winzigen Zimmer ohne fließendes Wasser schlief und mich immer wieder
fragte, wie um Himmels willen ich hier leben sollte. Ohne
Zweck und Ziel, mit nichts mehr als dem Sonnenaufgang und
dem Sonnenuntergang über dem kleinen Hafen als Rhythmus

meiner Existenz? Ohne meine Bilder, meine Schwester, meine Mutter? Ohne Traute oder meine Kunst, die nur in Berlin zu blühen schien?

Es ging nicht. Ich fuhr schließlich wieder zurück nach Berlin, und ich erinnere mich, dass selbst der Anblick der weißen Kreuze auf den langen roten Flaggen in mir ein zwiespältiges Gefühl von zu Hause auslöste.

Der Mensch ist dumm und blind.

Traute und ich, wir hätten zusammen nach Ligurien fahren sollen, hätten unsere unstete Liebe schnappen und abhauen sollen und zusammen mit Ernst in ewiger Glückseligkeit dort am Strand leben, Muscheln essen und uns die Augen am Horizont ausglotzen. Wenn dann die Nazis auch nach Italien gekommen wären, um mich zu holen, hätten wir das Meer überqueren und nach Nordafrika fliehen können, aber Hand in Hand und nicht allein. Wir hätten nicht zulassen dürfen, dass sie uns trennten, dass aus unserer Einheit zwei einsame Kämpferinnen wurden, die fern voneinander überlebten. Sie hätten mir nicht mein Modell wegnehmen dürfen und Traute nicht mich, ihre Malerin. Vielleicht wäre dann etwas aus uns geworden, etwas Richtiges, nicht diese zwei Schatten, die wir heute sind.

Und niemals, niemals hätte ich erlauben dürfen – ja, jetzt sage ich es, spreche es doch einmal aus, und dann muss Schluss sein damit –, dass sie Mama verhafteten, dass sie meine Mutter töteten, als ich längst in Schweden war. Sie im Sommer 1942 ins Frauengefängnis nach Charlottenburg brachten, wie ich aus Akten weiß, und schließlich ins Konzentrationslager deportierten, in einem Viehwaggon. Niemals hätte ich zulassen dürfen, dass sie sich für Käte opferte, dass sie schwieg, als man sie schlug und zwingen wollte, das Versteck ihrer Tochter in Berlin zu verraten. Dass sie sie deswegen misshandelten und umbrachten. Und das alles nur wenige Wochen, bevor ich endlich doch die Aufenthaltserlaubnis in Schweden für sie erwirkt hatte.

Ich bereue die unzähligen Bittbriefe und Behördengänge nicht, auch nicht die ganzen Erniedrigungen vor den wenigen Bekannten, die vage Versprechungen machten, mir zu helfen. Ich bereue nur, dass ich nicht noch mehr Wirbel gemacht habe, obwohl ich wirklich nicht weiß, wie ich das hätte schaffen sollen. Die Schweden haben mein Leben gerettet, ich muss diesem Land dankbar sein und bin es auch. Aber trotzdem ist es die Wahrheit, dass auch die Schweden es den Einwanderern, den Flüchtlingen schwer gemacht haben. Dass sie längst nicht so viele gehetzte Kreaturen aufgenommen haben, wie sie gekonnt hätten. Sie haben sich, denke ich manchmal, wie alle anderen europäischen Mächte schuldig gemacht, weil sie so viele abgewiesen haben, die den Tod fanden. Doch bei meiner Mutter lenkten sie irgendwann ein, als ich schon fast daran war, aufzugeben. Sie hätte zu mir kommen können, erneut, diesmal endgültig, ich hätte sie retten können, retten *müssen*. Aber ich war zu langsam, zu dumm, war ein törichtes Gör, eine Träumerin, die ihre Mutter tötete.

Still, Traute, still! Sag nichts, streite es nicht ab, schone mich nicht, sei nicht gut zu mir, behaupte nicht, dass ich unrecht habe, lass es mich einmal aussprechen!

Ich weiß, ich habe recht, ich weiß, ich bin schuld. Ich und ein kleines bisschen auch Käte, die deswegen am Ende nicht bei mir bleiben konnte und die ich deswegen auch nicht nach Berlin zurückzubegleiten vermochte. Und nun ist sie für immer und alle Zeit durch eine dünne Eisschicht – so eine, wie auf dem Lietzensee war – getrennt von mir wegen unserer Schuld am Tod unserer Mutter.

27

TRAUTE

SCHON WIEDER STEHE ich vor den Fotografien, die in Lottes Flur hängen, und sehe uns am Strand herumalbern. Bei jenem lange vergangenen Ausflug haben wir die Kamera hin- und hergereicht und uns immer wieder gegenseitig geknipst, und ich erinnere mich an die darauffolgenden Tage zu Hause in Berlin, in der Dunkelkammer, als ich die Bilder entwickelte.

Die Arbeit im verdunkelten Raum habe ich immer geliebt, tröstlich umhüllt von dem roten Licht der spärlichen Lampen, das leise Schwappen der Fotoemulsion in den flachen Wannen, wenn man mit der Zange ein belichtetes Papier hineinlegt und es sacht darin schwenkt, das geisterhafte Auftauchen von Fratzen, die langsam zu Gesichtern werden. Es herrscht ein Frieden in so einer Dunkelkammer, den man vielleicht mit dem in einer Kapelle vergleichen kann. Man fühlt sich darin wie ein Nachttier, das emsig, aber bedacht vor sich hin arbeitet, während draußen, außerhalb des Baus, alles verschwindet. Man vergisst mitunter, dass es überhaupt ein Draußen gibt, und das ist es wohl, was diesen Ort für mich so anziehend macht, als junge Frau genau wie heute noch.

Nicht einmal Lotte nahm ich damals dorthin mit, was mir heute merkwürdig, fast schroff erscheint. Ich war bei jedem Schritt ihrer künstlerischen Arbeit dabei, konnte jeden ihrer Striche auf der Leinwand nachvollziehen, jede Korrektur, war ganz Teil ihres Schaffens. Sie aber hatte keinerlei Anteil an meiner Fotografie, und es ist auch nicht vergleichbar, weil ich nie, niemals, ihren Grad an Begabung, an Produktivität erreichte. Lotte war Malerin. Ich war eine Frau, die gerne fotografierte. Der Unterschied liegt auf der Hand.

Und wie ist es heute? Wer sind wir, Lotte und ich?

Alles, was zwischen uns steht, spitzt sich zu auf diese Frage, scheint mir. Alle Schwierigkeiten hängen daran, an der Frage, wer wir sind. Wer wir als Individuen sind, jede für sich, aber mehr noch, ja, viel mehr die Frage, wer wir *miteinander* sind. Das Schicksal hat uns zusammengetrieben, doch wir hatten nichts Besseres zu tun, als ihm auszuweichen und vom Weg abzugehen. Unsere Gemeinschaft haben wir nicht zusammengehalten mit aller Kraft. Wir haben aufgegeben, bevor wir wussten, wohin uns das alles führen konnte, wir hatten nicht den Mut, mehr zuzulassen als dies – eine Freundschaft, eine Kameradschaft im Zeichen der Kunst. Sie war alles, und doch war es am Ende die Kunst, die uns trennte.

In einer Ehe sind die beiden Partner aneinandergeschmiedet durch ein Wort, ein Versprechen, das schwerer wiegt als Gefühle oder Streitigkeiten, aber in einer Freundschaft, erst recht in einer wie unserer, gibt es keinen äußeren Rahmen, keinen Halt, der über das Alltägliche hinausgeht. Wenn man sich nur darüber definiert, dass man zusammen Kunst macht, und wenn das dann aufhört, wenn die Kunst verlorengeht oder unterbunden wird, wenn nichts mehr aus dieser Verbindung entsteht, dann verliert man den Boden unter den Füßen.

Eine Ehe ist auch dann eine Ehe, wenn sie, wie meine, kinderlos bleibt – auch wenn ich einmal für einen Wimpernschlag hoffte, es käme anders. Doch die Freundschaft zwischen Lotte und mir ist zum Scheitern verurteilt, seitdem wir nichts mehr hervorbringen.

Auf den Aufnahmen trage ich ein weißes Kleid aus Baumwolle und weiße Tennisschuhe, ich biege und drehe mich am Strand, und der Wind, der an diesem Tag offenbar heftig wehte, zaust meine Haare, die sich aus dem Zopf gelöst haben. Wann habe ich sie eigentlich abgeschnitten? Das Wasser ist tintenschwarz, und über dem Horizont hängt die Sonne wie ein kleiner weißer Feuerball. Ein Bild weiter steht Lotte mit verwegenem Gesichtsausdruck an einen Baumstamm gelehnt und raucht. Mit geschürzten Lippen bläst sie eine dicke Wolke in die Luft, fast dramatisch sieht es aus. Erstaunlich, dass sie dieses Foto aufgehängt hat, es fängt sie ein wie eine Femme fatale, und das ist sie wirklich niemals gewesen. Das dritte Foto kommt ihr viel näher. Ich habe es gemacht, als wir vom Baden aus dem Wasser kamen und Lotte sich gerade umziehen wollte. Sie hat sich in ein riesiges Badetuch gehüllt, die kurzen Haare liegen nass an ihrem Kopf an, und sie lacht, verlegen, glücklich, und fährt sich durchs Haar, mit zusammengekniffenen Augen gegen die Sonne blinzelnd. Die feine Linie zwischen Himmel und Meer hängt schief, es ist ein richtiger Schnappschuss, auf den kein Fotograf stolz wäre, mit einem verwackelten Strandkorb hinter Lotte im zerwühlten Sand.

Weiß der Himmel, wo wir da waren, auf jeden Fall an der Ostsee, aber wir sind so oft in den Sommern mit der Bahn nach Rostock gefahren, nach Warnemünde, nach Heiligenhafen, dass ich den Ort nicht mehr rekonstruieren kann. Nein, es ist kein gutes Foto. Aber es ist dennoch mein liebstes.

Plötzlich steht Lotte hinter mir, ich habe sie nicht kommen hören. Im Flur ist es dämmrig, still und staubig. Ich höre das Ticken der Uhr wie eine Warnung.

«Hast du deinen Fotoapparat?», fragt Lotte, und ich zucke zusammen. Eine Aufforderung liegt in ihrer Stimme, doch diesmal, anders als neulich, als ich mich nicht für sie zum Porträt aufstellen wollte, springt der Funke über.

«Ich hole ihn.»

Wir gehen in den Garten, wo der Apfelbaum bereits schwer an seiner Last trägt. Der Sommer geht bald zu Ende, doch noch sind die Äpfel nicht reif, kein einziger ist bisher herabgefallen, und sie sind noch zu grün zum Pflücken. Trotzdem reißt Lotte einen ab, beißt herzhaft hinein, sodass ein bisschen Saft spritzt, und ich muss über ihre Grimasse lachen, als sie die Säure schmeckt. Sie wirft ihn über den Zaun und greift nach meiner *Leica*, will schon anfangen zu knipsen, doch ich entwende sie ihr und drohe ihr spielerisch mit dem Finger.

«Ich zuerst», sage ich, und zu meiner Überraschung lässt sie sofort los und beginnt, sich in Pose zu werfen, was bei Lotte immer wie ein Ringen mit sich selbst aussieht. So, als wüsste ihr Körper nichts von dem, was ihr Kopf eigentlich will.

Ich muss so lachen, dass jedes Bild sicher verwackelt, doch dann fange ich an, ihr Anweisungen zu geben, und es wird besser. Meine Idee: Sie solle so tun, als pflücke sie die unreifen Äpfel, und sie tut mir den Gefallen, reckt die fülligen Arme und beißt sich im Eifer des Gefechts auf die Lippen, wie immer, wenn sie vergisst, dass man sie beobachtet. Dann dreht sie mir das Gesicht zu, sieht direkt in die Linse und sagt: «Wie Eva im Paradies.»

Ich drücke ab.

Es stimmt, sie ist eine etwas stämmige, in die Jahre gekommene Eva, doch nicht weniger verführerisch und unbeugsam.

Da ich hier keine Dunkelkammer habe, kann ich die Negative erst entwickeln, wenn ich wieder in Bremerhaven bin, aber ich habe das Gefühl, dass ein, zwei starke Aufnahmen dabei sein könnten. Und vor allem spüre ich das alte Fieber, das uns früher immer ergriff, wenn wir gemeinsam etwas erschafften. Wie mir das gefehlt hat!

Ich knipse noch ein bisschen weiter, als Lotte sich ins Gras legt und die Sonne ihre geschlossenen Augenlider wärmt. Nach einer Pause greift sie nach der *Leica*, und diesmal lasse ich es geschehen. Ich höre auf ihre Befehle, drehe das Gesicht in den Schatten, sodass sie meinen Hals, meine Schultern und meine nach vorn fallenden kurzen Haare fotografieren kann. Ich mache sogar ein paar Tanzschritte für sie, weil ich weiß, dass sie es liebt, ein bewegtes Bild so mühelos mit der Kamera einfrieren zu können.

Irgendwann kommt Ernst auf der Suche nach uns in den Garten und findet uns kichernd wie zwei Schulmädchen im Gras liegen, weil wir den Schnecken, die träge ihre Schleimspur durch die Wiese ziehen, ein Haus aus Apfelbaumblättern bauen. Da machte er noch ein paar Fotos von uns beiden, Nahaufnahmen unserer Gesichter von oben. Und ich versuche, nicht an meine Krähenfüße zu denken, nicht an meine weißen Strähnen oder die welkende Haut an meinem Hals, sondern nur an uns drei, die wir so oft zusammen die Sommer verbracht haben, schreibend, zeichnend, posierend. Ein unregelmäßig geformtes Kleeblatt, kein Glücksklee, denn der hat bekanntlich vier Blätter, aber doch eine ganz leidlich zufriedene, produktive Gemeinschaft aus Gleichgesinnten. Drei Menschen, die trotz allem *Schwein hatten*, wie man in Berlin sagt. Niemand von uns hat wirklich gelitten, niemand ist am eigenen Leib gezeichnet worden von den Untaten der Nazis, wir haben es bis hier geschafft, bis hierher, bis heute.

Dennoch spüre ich Lottes Angst vor der Vergangenheit,

ich weiß, dass sie schwer an ihr trägt und dass sie den Grund dafür selbst nicht aussprechen würde, den ich aber sehr wohl benennen kann: Schuld. Und dass es diese schuldlose Schuld ist, die sie hier in Schweden festhält und sie daran hindert, zurückzugehen und sich das zu nehmen, was ihr gehört.

Aber glaubt sie wirklich, dass ihr nichts mehr zusteht, dass sie das Recht auf ihr früheres Ich verspielt hat?

28

LOTTE

WOHER SOLL MAN die Kraft nehmen, das alles zu ertragen?
Ich verstehe zum Beispiel auch nicht, wie Menschen weiterleben können, wenn sie ein Kind verlieren, dabei bin ich
die Letzte, die wissen kann, wie sich das anfühlt. Hingegen
die Mutter zu verlieren, ist im Laufe der Zeit eigentlich ein natürliches Ereignis, ein trauriges, wenn man gut miteinander
war, ein erleichterndes, wenn man sich eine gegenseitige Bürde bedeutete. Doch an den Lagern war nichts Natürliches, sie
sind das manifestierte Unnatürliche, Unmenschliche, wie der
Schlund eines abnormen Ungeheuers. Und dass Mama dort
hineingefallen ist, dass man sie dort hineingezerrt und aus-
gelöscht hat, das will nicht in meinen Kopf.

Käte schrieb mir einmal, es sei für uns doch eine Gnade
gewesen, dass unsere Mulli uns ihr eigentliches Sterben vor-
enthalten habe, die größte Gnade, die sie uns zugestanden
habe. Aber es war ja nicht Mama selbst, die sich diskret und
um uns zu schonen, zum Sterben zurückgezogen hat, sie wurde verschleppt und ermordet, fern von uns. Und mag es Käte
auch gnädig erscheinen, dass wir nicht genau wissen, wie es
geschah, so ist für mich gerade dieses Nichtwissen das Aller-
schlimmste. Weil es mir keine Ruhe lässt, dieses ewige Sich-
etwas-Ausmalen und dann, direkt darauf folgend, das Verdrängen der falschen Bilder.

Vielleicht frage ich Käte irgendwann noch einmal danach, aber im Moment ist sie in einem solch labilen Zustand, dass offene, erwachsene Gespräche über Unerträgliches nicht denkbar sind. Sie ist wie ein Kind, und ich habe Mullis Rolle übernommen und kümmere mich um sie, aus der Ferne und mehr schlecht als recht, das ist wahr, aber trotzdem. Und was würde ein solches Gespräch auch groß ändern? Die Tatsachen bleiben bestehen und werden nicht mehr von uns weichen.

Käte hat überlebt. Seit dem Zeitpunkt von Mamas Deportation war sie untergetaucht. Sie hat seitdem einen richtigen Sprung in der Schüssel, was kein Wunder ist, wenn man jahrelange Todesangst hat, jeden Tag und jede Nacht. Sie und Olly versteckten sich erst bei Bekannten, zogen dann von Bleibe zu Bleibe, immer nur für kurze Zeit, immer ängstlich geduldet. Aber beim kleinsten Risiko, beispielsweise einem verräterischen Husten oder dem Rumms eines heruntergefallenen Buchs, den ein neugieriger Nachbar hätte hören können, wurden sie wieder verjagt. Beinahe zwei Jahre lebten sie in einer Laube in einer Schmargendorfer Schrebergartenkolonie, ohne Wasser und Strom, ohne Lebensmittelkarten, es sei denn, sie konnten auf dem Schwarzmarkt, unter gefährlichsten Bedingungen, welche ergattern.

Wir haben nicht viel darüber gesprochen, wie sich das angefühlt hat, im Untergrund zu leben, den eigenen Namen, die eigene Geschichte und Identität abzulegen, von Wohnung zu Wohnung zu ziehen und nie länger als ein paar Stunden Ruhe zu haben. Über Jahre! Heute kennt man ein paar Namen von freundlichen Leuten, die ihnen halfen und sich dafür in Gefahr brachten, doch was sind diese paar Namen gegenüber der großen, schweigenden Masse, die nicht half, die höchstens zusah, im schlimmsten Fall sogar denunzierte?

341

Meine Schwester sagte, im Winter waren sie manchmal so verzweifelt, weil sie sich den ganzen Tag auf den Straßen herumtreiben mussten, hungrig, frierend und müde, dass sie leichtsinnig wurden und ins Kino gingen, um wenigstens für ein paar Stunden im Warmen zu sitzen, doch immer mit der Todesangst im Gepäck, dass jemand sie erkennen könnte oder dass ein *Greifer* sie aufspüren und an die Gestapo verraten würde. Jahrelange Todesangst! Wie kann man das ertragen, wie wird man durch diese Erfahrung?

Käte ist seit Jahren nicht mehr sie selbst, hat sich, so denke ich, nach all der Zeit als Verfemte, ja, als Halbtote, nicht wiedergefunden. Konnte sich nicht mehr erholen von dem Gefühl, eine lebende Leiche zu sein, deren Name schon auf der Liste derer stand, die längst hätten vergast werden sollen. Und die nur durch ein Wunder, eine Laune des Schicksals, noch immer in einer eisigen Laube hockte und dem Ende des Krieges entgegenfieberte. Dabei immer auch in der Furcht, von einer Bombe getroffen zu werden, denn die waren blind und machten keinen Unterschied zwischen ihren Opfern.

Zu Käte und Olly gesellte sich 1945 noch eine dritte Frau, Lucie, und als hätten sie nicht genug zu verkraften gehabt, entwickelte sich daraus eine unselige *ménage à trois*, aus der meine Schwester zeitweise sogar als Verliererin hervorging. Es gibt ein Foto von den dreien, das eine Wohltäterin knipste, bei der sie in den letzten Kriegswochen untertauchen konnten. Sie hieß Lilly Wust. Als Käte mir das Foto einmal nach dem Krieg zeigte, enthüllte sich mir sofort die Wahrheit darüber, wer in wen verliebt war – eine seltsame Gabe, vielleicht, weil ich es selbst so selten war. Olly verließ meine Schwester kurz vor Kriegsende und blieb bei der viel älteren Lucie. Käte litt und wandte sich schließlich von ihnen ab. Und das alles mitten im Bombenkrieg, in einer existenziellen Ausnahmesituation, als Berlin von letzten Kämpfen umtost war und man immer noch aufgeflogene Juden erschoss.

Glück hat es den beiden treulosen Tomaten nicht gebracht, denn diese Lucie, für die Olly meine Schwester im Stich ließ und die sie dann später ebenfalls verließ, brachte sich im Frühsommer 1945, als der Krieg endlich vorbei war, mit einer Überdosis Veronal um. Aber das ist eben der Trugschluss, es ist niemals vorbei für die Opfer, für diejenigen, die gehasst, gejagt, gefoltert wurden. Selbst für mich, die ich es ganz bequem und behaglich in Stockholm hatte, als der Krieg endete, und der keiner ein Leid angetan hat – selbst für mich ist es nicht vorbei.

Dabei ist meine Geschichte viel weniger herzzerreißend, ist eigentlich ganz nüchtern erzählt und von unendlich viel Zufall geprägt. Ich hatte Anfang 1937 alle fadenscheinigen Pläne, nach Italien auszuwandern, wieder an den Nagel gehängt und mich einstweilen mit dem Gedanken arrangiert, in Berlin zu bleiben. Dann würde ich eben in der Versenkung verschwinden, dachte ich, bis die Nazis das Regieren satthätten oder endlich vom deutschen Volk zum Teufel gejagt würden. Dass ich überhaupt weiterhin an eine solche Möglichkeit – wenn auch nur im Hinterkopf – glaubte, zeigt mir, wie kurzsichtig ich war, wie so viele andere auch.

Es war das Jahr der Weltausstellung in Paris, nein, *Fachausstellung* wurde sie genannt, und die Kunstwelt wollte sich modern und kosmopolitisch präsentieren. Doch die Ausstellung stand im Zeichen der Diktaturen und unterwarf sich ihrer Macht: Der deutsche Pavillon in Paris war von Albert Speer entworfen worden, Hitlers Lieblingsarchitekt, der sowjetische strahlte im Glanz eines Boris Iofan, Stalins Handlanger. Und die Welt der Moderne, sie tat nichts dagegen. Für mich war es natürlich undenkbar, dort auszustellen, für Juden war es sogar unmöglich geworden, während der Weltausstellung die französische Hauptstadt zu besuchen. Dennoch hingen tatsächlich im gleichen Monat zwei meiner Bilder in Paris, in der Herbstausstellung, dem *Salon d'Automne*. Es waren meine alten Schätze: *In meinem Atelier* mit der liegenden Traute als Venus und *Ich und mein Modell*, das nach unserem ersten größeren Streit in der Kammer in Wilmersdorf entstanden war. Etwas Neues hatte ich nicht zu bieten, doch die Franzosen nahmen auch die ollen Kamellen, die ich nach wie vor heiß und innig liebte. Ich selbst jedoch klebte in Berlin fest wie eine arme Fliege im Netz einer giftigen Spinne, erstarrt, den tödlichen Biss erwartend, doch noch immer zappelnd. Das Netz schwang leise hin und her. Aber nicht mehr lange.

In München gab es im Herbst 1937 ebenfalls zwei vielbeachtete, aber so widerwärtige Ausstellungen, dass sich mir der Magen umdrehte. Doch die Hälfte der Deutschen, die Hitler gewählt hatte – und vermutlich waren es inzwischen noch viel mehr geworden, die ihm zugetan waren –, bejubelte und beklatschte diese Veranstaltungen, die ich für absolute kulturelle Tiefpunkte hielt.

Ich weiß noch, wie Traute und ich über der Zeitung hingen – einer unserer letzten gemeinsamen Tage, denn die Zeiten, da wir uns fast täglich sahen, waren vorbei – und die Bilder anstarrten, mit einer Mischung aus Faszination und Ekel.

«Jetzt schlägt's dreizehn», sagte Traute. Sie deutete auf den Artikel über die *Große Deutsche Kunstausstellung* im *Haus der Deutschen Kunst*. Ein Foto zeigte Hitler auf den Treppen des klobigen Gebäudes, der die Eröffnungsrede hielt. «Nur Widerlinge», befand Traute, nachdem sie die Namen einiger ausstellender Künstler mit solchem Abscheu vorgelesen hatte, als handle es sich um Bezeichnungen für Hautkrankheiten.

Ich verwies auf einen anderen Artikel, der über die zweite große Ausstellung berichtete, die über *Entartete Kunst*. Auch hier war ein Foto abgebildet, es zeigte ein Gemälde von George Grosz, das neben der Aufnahme eines behinderten Menschen mit grotesk verrenkten Gliedern und rollenden Augen hing. Es schien, als wollten die Kuratoren das Kunstwerk mit dem Leib eines Verkrüppelten gleichsetzen. Ich musste schaudernd feststellen, dass es wirkte.

Traute sah mir über die Schulter und überflog die Zeilen des Artikels.

«Ich dachte, Goebbels sei ein Bewunderer von Emil Nolde», sagte sie und deutete auf den Namen des Malers, der zusammen mit den anderen, als *entartet* bezeichneten Künstlern abgedruckt war.

«Den Expressionismusstreit hat Hitler gewonnen», sagte ich düster, «er gibt Rosenberg recht darin, dass jede moderne Kunst, selbst die von Nolde, auf den Scheiterhaufen gehört. Der *Führer* hat entschieden, schließlich ist er ein echter Kunstkenner, nicht wahr? Sogar ein Künstler, wenn es nach ihm geht.»

Wir witzelten damals alle über Hitlers erfolglose Versuche, eine Karriere als Maler zu beginnen.

Ach, wäre er es doch geworden, hätte er doch bis in alle Ewigkeit den Großglockner gemalt, mit Schnee auf dem Gipfel und deutschen Fichten! Hätte doch die Kommission der Wiener Kunstakademie ein Auge zugedrückt und ihn angenommen! So sprachen wir und lachten ohne Freude, mit dem bitteren, armseligen Spott der Verlierer, denen ihr Verlieren deutlich vor Augen stand.

Mir entgleiten Trautes und meine letzten Begegnungen in diesem Jahr 1937. War ich so beschäftigt mit meinem Unterricht, meinen jungen Schülern? Oder mit den Gedanken an die Ausstellungen im Ausland, die mir das Gefühl gaben, es schimmere dort draußen vielleicht doch eine kleine Hoffnung, zu entkommen und weiter Künstlerin sein zu dürfen? Denn niemand kann leugnen, dass es quälend, ja erniedrigend für einen Künstler ist, wenn er rein auf das Unterrichten, mag es auch manchmal Freude machen, beschränkt wird. Kein Sänger der Welt, der etwas auf sich hält und dem das Singen existenziell ist, kann es ertragen, nur Tonleitern am Schulklavier zu klimpern und die Hymne in der Aula zu singen. Keine Malerin kann glücklich werden, wenn sie Tag um Tag willigen, aber wenig begabten Kindern die Hand führen muss, während sie Nelken abzeichnen. Wenn sie feuchte Tonklumpen austeilt, damit die Schüler daraus plumpe Figuren formen und auf der Töpferscheibe herummatschen.

Und so fühlte ich mich in diesen letzten Wochen in Berlin ohne Staffelei und ohne Traute wie eine Versehrte, der man Arme und Beine amputiert hatte. Denn ohne mein Modell, ohne den Raum und die Möglichkeit, zu malen – wer war ich dann noch? War ich noch Lotte Laserstein, die einst mit schwungvollem Pinsel ihre Signatur in die Ecke großer Gemälde geschrieben hatte? Nein, ich war nur noch *Fräulein* Laserstein, die Nummer zwei an der Zickel'schen Schule, denn die Nummer eins war ja schon meine Schwester. War ich noch länger Trautes Freundin? Nein, auch das war vorbei, versiegt wie ein Rinnsal im Sand. Die Liebe blüht nicht in Notzeiten, wenn man alles zusammenraffen muss, was einem an Kraft bleibt, wenn jeder nur ans Überleben denken muss.

Unsere Freundschaft verblühte, verdorrte, nach all den

Jahren, und ich fürchte, dies war einer der Gründe, die dazu führten, dass ich im Herbst 1937 wieder einmal zu überlegen begann, wie eine Ausreise möglich wäre.

Ich hatte bereits im Sommer einen Brief von der Leiterin der *Galerie Moderne* in Stockholm erhalten. Sie lud mich in die schwedische Hauptstadt ein, bat mich, einige Fotografien meiner Werke mitzubringen, und ich fuhr hin. Ich fuhr auch ans Wasser, malte dort ein paar Landschaftsbilder, das Meer und die Dünen, und verkaufte sie recht gut, was mich positiv stimmte. Dann kehrte ich nach Berlin zurück, hörte monatelang nichts und vergaß Schweden. Doch im Oktober schrieb mir die Frau wieder und stellte mir eine Ausstellung in ihrer Galerie in Aussicht. Ende des Jahres, vielleicht auch erst im Januar 1938, meinte sie, könne es losgehen.

Ich wollte kein Flüchtling sein, Traute. Dieses Etikett schmeckte mir nicht. Und deshalb habe ich in den vergangenen Jahren stets gesagt, dass es Zufall war, Glück, Schicksal, dass ich am Ende in Schweden blieb und gerettet wurde, als hätte ich das Auswandern nicht geplant. Doch wenn ich ehrlich bin, wenn ich die Wahrheit sage, dann war es doch so, dass ich in diesem Moment, als der Brief kam, den Entschluss fasste, zu gehen und nicht wiederzukommen. Ich trug mich aus dem Berliner Adressbuch aus – es gab darin jetzt niemanden mehr in der Stadt mit dem Eintrag *Lotte Laserstein, Malerin*. Und ich begann, meine Bilder nach Stockholm zu verschicken, auf teils komplizierten, nicht ungefährlichen Wegen. Selbst die monströse Holzplatte mit *Abend über Potsdam* schmuggelte ich als Frachtgut per Post hinaus.

Heute erscheint mir das wahnwitzig und riskant, doch die deutsche Zuverlässigkeit spielte mir hier in die Karten. In jenem Herbst fing ich an, mir Trautes Gesicht einzuprägen, wenn wir uns zum Kaffee trafen, wenn wir durch die kalte, inzwischen nach Schnee riechende Luft durch die Straßen gingen, den klappernden Absätzen unserer Stiefel auf dem rutschigen Pflaster lauschten und immer öfter einfach schwiegen. Ich glaube, sie wusste es, ahnte, dass ich mich verabschiedete. Dass ich bewusst das Risiko einging, sie nicht wiederzusehen. Doch sie sagte kein Wort. Traute hat mich losgelassen. Was auch sonst blieb ihr übrig? Damals wussten wir noch nicht, dass auch sie und Ernst in wenigen Jahren fortgehen würden, nach Tirol. Um unterzutauchen, auch wenn sie nicht von den Transporten nach Osten bedroht waren, aber ungemütlich wurde es in Berlin auch für sie.

Mit dem Leben bedroht jedoch, das war nur ich, da gibt es nichts zu deuteln. Selbst wenn immer noch dieser seltsame Vorwurf in Trautes Augen liegt, wenn es um meine Flucht geht. *Sie* hatte doch darauf bestanden, dass ich ginge! Sie hatte Ernst geheiratet, sich für ein neues Leben entschieden, sie wollte eine Familie gründen, und wo wäre da noch mein Platz gewesen? Selbst ohne Nazis?

Also ja, es war eine Flucht und ich offiziell ein Flüchtling.

Ich schickte so viel wie möglich nach Schweden, mehr Bilder, als die *Galerie Moderne* eigentlich zeigen wollte. Den Rest stellte ich in der Stierstraße bei Mama unter, bei Gottfried, auch bei Wolfsfeld, der inzwischen – und doch später als die meisten – auch an der Akademie gefeuert worden war und eine klägliche Existenz fristete. Ich ließ meine Bilder bei den Freunden, ohne zu erklären, weshalb. Sie wussten es ohnehin, müssen es gewusst haben. Wenn eine als jüdisch angeklagte Künstlerin anfing, ihren liebsten Besitz abzugeben, dann wusste man, was die Stunde geschlagen hatte. In der Schule sagte ich nicht einmal Bescheid, man war es dort gewöhnt, dass Kollegen nicht mehr zur Arbeit erschienen und ganze Klassen ausstarben.

Ich nahm Abschied von Mama und Käte, ich erinnere mich an den Moment, da ich meine Mulli das letzte Mal in den Arm nahm, sie fühlte sich zerbrechlicher an, als ich erwartet hatte. Doch wie der Abschied von Traute verlief, weiß ich seltsamerweise nicht mehr. Es war wohl einfach ein kühl-freundlicher Händedruck, wie wir ihn uns angewöhnt hatten, nachdem zwischen uns das Schweigen Einzug gehalten hatte. Auf der Straße am Abend, unten vor der Jenaer 3 oder in einem Kaffeehaus ohne Namen.

Niemand brachte mich zur Bahn, ich ging allein, mit zwei schweren Koffern. Über den Gleisen hing ein wolkiger Himmel, es lag ein wenig Schnee, ganz dünn nur, wie ein ausgetretener Teppich. Der Zug kam, er hielt kreischend, ich stieg ein, und das war's. Es war der 15. Dezember 1937.

Ich kann weder die Geschichte einer aufregenden Flucht noch die einer glorreichen Ankunft im gelobten Land der Retter erzählen. Auch nicht die Geschichte einer Frau, die sich selbst neu erfand, die von jubelnden Menschen erwartet und begrüßt wurde. Die alles hinter sich ließ, die Angst, die Erniedrigung, die Schmerzen, den Verlust. Die wie ein Phoenix aufstieg und sich in die Lüfte schwang, bereit für neue Abenteuer. Wie gern würde ich die Geschichte einer Gewinnerin erzählen.

Aber das wäre nicht die Wahrheit.

Als ich Mitte Dezember 1937 in Stockholm aus dem Zug stieg, schneite es in dicken, harten Flocken, die sich in meinem störrischen Haar verfingen. Meine Schuhe hatten Löcher, sodass meine Strümpfe innerhalb weniger Minuten klatschnass und eisig waren. Ich schleppte mein Gepäck in eine Absteige in der *Drottninggatan*, wo ich ein Zimmer gemietet hatte. Das *Hotel Germania* sagte mir gewiss nicht wegen des Namens zu, wohl aber wegen des spottbilligen Preises. Ich packte gar nicht richtig aus, denn obwohl ich in Berlin alle Brücken hinter mir abgebrochen hatte, glaubte ich immer noch nicht, dass ich hierbleiben würde. Es war ja auch gar nicht sicher, wie lange mich die Schweden dulden würden, ich war wirklich nicht die einzige mittellose jüdische Künstlerin, die es Ende der Dreißiger an ihre Küste verschlug.

Zum Glück wurde nur ein paar Tage nach meiner Ankunft die Ausstellung in der Galerie eröffnet, so hatte ich einen Ort, wohin ich gehen, Menschen, mit denen ich über Kunst sprechen konnte. Natürlich war ich trotzdem furchtbar einsam. Jeder, der für längere Zeit von zu Hause fortgeht, und zwar nicht für eine Reise, deren Ende schon bei der Ankunft feststeht, sondern für einen unbestimmten Zeitraum, weiß, wie verloren man durch die fremden Straßen taumelt. Wie eine Murmel, die, von unvertrauter Hand angestoßen, über das Pflaster kullert, mit unbekanntem Ziel.

Die Ausstellung war ein Erfolg, soweit ich das heute noch sagen kann, denn ich habe jeden Maßstab verloren. Doch die Besucher der renommierten Galerie waren wohl insgesamt angetan von meinen achtundfünfzig Bildern, die hier hingen wie Waisenkinder, die man verschifft und in einem neuen Heim zu Bett gebracht hatte. Es fiel mir besonders schwer, die Bilder von Traute anzusehen, ich mied die Ecken, in denen sie hingen, was natürlich unmöglich war, denn sie war ja überall! Ihr Gesicht, ihr Haar, ihr Körper, Traute im roten Pullover, im

Tennisdress, Traute beim Ankleiden, vor dem Spiegel, Trautetrautetraute!

Obwohl oder gerade weil wir uns in den vergangenen Wochen und Monaten voneinander entfernt hatten, schockierte mich ihre geballte Präsenz in den nüchternen Räumen der *Galerie Moderne* umso mehr. Es schien, als sei sie zu mir zurückgekehrt, wirkmächtiger, liebreizender, gefährlicher, aber auch vertrauter und näher als je zuvor. Die langen Jahre des Vermissens begannen.

Und sie fanden bis heute kein Ende.

In den vergangenen Jahren habe ich immer wieder mein Herz darauf geprüft, wie es heute darum bestellt ist, und ich muss zugeben, dass es unverändert ist mit dir und mir, Traute. Aber das werde ich dir nicht auf die Nase binden, denn es macht alles noch komplizierter. Es gab nach dem Krieg ein paar Monate, da war ich unsicher, ob es nicht vielleicht besser wäre, die Verbindung zwischen uns ruhen zu lassen. Gras drüber wachsen zu lassen, wie man so sagt. Und immer wieder kehren meine Gedanken zu der Frage zurück, was gewesen wäre, wenn nicht Ernst, der gute Ernst, mir geschrieben und die Fäden neu geknüpft hätte.

Denn du bist und bleibst meine Traute, meine Anvertraute, mein Lieblingsmodell – ein hochgeschätztes Modell, ein geliebtes. Ja, auch das. Obwohl ich mich schwertue mit diesem Wort, ebenso schwer wie mit diesen anderen abgeschmackten Worten wie Angst und Glück, sie sind durch den häufigen Gebrauch der Menschen wie ausgehöhlt oder aufgeblasen, aufgedunsene Wasserleichen. Aber vielleicht muss ich doch einmal sagen, wie sehr ich mein Modell liebte. Dich, Traute, liebte. Ich alter Dussel.

Dachte ich so auch nach meiner ersten Ausstellung im Exil?

Ich verkaufte so gut wie nichts durch die *Galerie Moderne*, nur ein paar Zeichnungen. Aber immerhin schrieben einige große schwedische Zeitungen über mich. Allerdings war ich all diesen freundlichen, wenn auch reservierten Kritikern zu deutsch, zu akademisch, und, vor allem, zu düster. Heute kann ich über die Ironie schmunzeln, dass die Schweden, die selbst stets in Sicherheit gelebt hatten, einer vor der Vernichtung geflohenen Malerin zu viel Schwermut attestierten, ja vorwarfen. Doch ich sah auch die Chance darin, der ungeliebten, unerbetenen jüdischen Identität wieder zu entkommen, denn ich war in schwedischen Augen offenbar vor allem eine *deutsche* Malerin, eine Akademikerin, die ihnen handwerklich herausragend und nur inhaltlich zu schwer schien.

Jedenfalls bescherte die Ausstellung mir Aufträge, und das war das Entscheidende. Je mehr Porträts von bekannten, einflussreichen Personen ich malte, desto eher rückte die Möglichkeit, im Land zu bleiben, in greifbare Nähe. Meine Bewunderer stellten mir Empfehlungen aus, sie betonten, dass ich einen Wert für die schwedische Nation besäße, und, was das Wichtigste war, sie bezahlten mich, sodass ich finanziell auf eigenen Füßen stehen konnte.

Auch hier, muss ich anerkennen, waren es vor allem die jüdischen Kreise, die sich meiner annahmen und mich überall empfahlen, sodass ich fast eine kleine Berühmtheit in der jüdischen Gemeinde wurde. Ich fürchte, dass das Mitleid mit der armen Emigrantin damals eine treibende Kraft gewesen ist. Doch das sollte mich heute nicht mehr scheren. Gut waren die Porträts trotzdem!

Dennoch bezahlte ich einige der lukrativen Aufträge in gutbürgerlichen Häusern mit der ungeheuren Frustration, die ich hinunterwürgen musste, wenn ich auf den Simsen und

Klavieren die gerahmten Hitler-Bilder stehen sah, mit denen sich auch schwedische Haushalte Ende der dreißiger Jahre gern schmückten.

Nur allzu viele erlagen auch außerhalb Deutschlands dem Sog der Diktatur. Doch ich biss mir auf die Lippen, nahm Skizzen vom Hausherrn oder von den reizenden Kindern, dem deutschen Schäferhund und malte um mein Leben, malte wie der Teufel, damit sie mich nur nicht rausschmissen aus ihrem gemütlichen, privilegierten Land.

Im Frühling musste ich meinen Visumsantrag verlängern, er wurde mir ohne Widerstände für weitere drei Monate bewilligt. Ich weiß noch, wie ich auf das kleine weiße Feld starrte, auf dem nach meiner Religion gefragt wurde. Schließlich trug ich fein säuberlich ein: *Dissident.*

Ich habe niemals an einen Gott geglaubt, der die Geschicke hier auf Erden lenkt. Wie gern würde ich behaupten, stattdessen an die Menschen geglaubt zu haben, an den göttlichen Funken in uns, aber ich gestehe, dass ich eher misstrauisch bin, ob der Mensch einen solchen Glauben überhaupt verdient. Viele haben mir geholfen, und ich bin ihnen dankbar, ja, wirklich! Doch ich weiß, dass in jedem von uns auch die Schwärze wohnt, das Bösartige, das jederzeit hervorbrechen kann und nichts von Göttlichkeit besitzt.

Und die Religion hat auch ihre praktischen Seiten.

Als ich einer Bekannten aus der jüdischen Gemeinde gegenüber meine Sorgen äußerte, ich könnte irgendwann, vielleicht schon im Sommer, einen abschlägigen Bescheid über meinen weiteren Aufenthalt in Schweden erhalten, sagte sie sofort: «Ich weiß was! Sie müssen heiraten.»

Ich lachte. «Damit werde ich jetzt nicht noch anfangen, ich bin nicht der Typ zum Heiraten.»

«Nicht aus Liebe, aber doch aus Vernunft», sagte sie. «Ich kenne da jemanden.»

Also heiratete ich.

Sven Marcus war der betagte Bruder einer anderen Bekannten. Wir sahen uns am Tag unserer Eheschließung in Stockholm zum ersten und letzten Mal, wir duzten uns noch nicht einmal. Er trug eine dunkle Jacke, es sah aus wie sein Bar-Mizwa-Anzug, und hatte einen armseligen kleinen Blumenstrauß dabei, den er mir feierlich, aber doch recht steif überreichte.

Ich habe das nie an die große Glocke gehängt, denn wer gibt schon gern zu, dass ein alter, kranker Mann die Rettung war und nicht meine Anerkennung als Künstlerin dafür sorgte, dass ich bleiben konnte? Doch ich fürchte, dass ich damit leben muss, dass die Scheinehe mit Herrn Marcus den Ausschlag gab. Aus einem Akt der Güte heraus machte er mich mit seiner Unterschrift zur schwedischen Staatsbürgerin, ich war jetzt eine *tyskfödd svenska*, eine Schwedin mit deutscher Herkunft. Ironischerweise entging ich ausgerechnet durch die Ehe mit einem Juden dem Etikett *jüdische Emigrantin*.

So begann mein zaghaftes Ankommen. Schritt für Schritt betrat ich den Boden meines neuen Heimatlandes, prüfte vorsichtig, ja misstrauisch die Trittfestigkeit wie damals als Kind in Berlin, als ich auf das Eis des Lietzensees hinausschlidderte. Diesmal, anders als vor vielen Jahren mit Käte, trug es mich.

Und so blieb ich.

29

TRAUTE

SEIT GESTERN IST es hier plötzlich windig, der blaue Himmel bezieht sich mit grauweißen Schwaden, die von Norden kommen. Wie ein erster Vorbote des nahenden Herbstes scheint mir der Morgen, und an Lottes gerunzelter Stirn, die Kaffeetasse auf halbem Weg zum Mund erhoben, während sie durchs Fenster auf die wirbelnden Baumkronen blickt, erkenne ich meine eigene Ahnung wieder. Unser Sommer in Kalmar endet bald.

«Wir sollten packen», sage ich zu Ernst, aber eigentlich sage ich es zu Lotte. Ernst nickt nur abwesend, wie so oft mit dem Kopf in irgendeinem Drehbuch vergraben. «Wir müssen nach Hause.» Ich spreche lauter, es klingt, wie ich selbst höre, dringlich. Erst jetzt sieht er auf.

«Wie du meinst», sagt er. «Jetzt sofort?»

«Natürlich nicht», sage ich und wundere mich über das Fauchen in meiner Stimme. «Aber bald. In ein paar Tagen spätestens.»

Er nickt und liest weiter.

Aus den Augenwinkeln sehe ich zu Lotte hinüber, die aufsteht und beginnt, den Tisch abzuräumen, mit langsamen, wohlgeordneten Bewegungen, als sei alles einstudiert, als halte sie sich mit dieser kontrollierten Tätigkeit mich und meine schlechte Laune vom Leib. Sie trägt das Geschirr zum Waschbecken, lässt Wasser darüber laufen, kratzt die kleinen Schalensplitter aus den Eierbechern in den Mülleimer, verschließt das Marmeladenglas, *Moltebeeren*, das Geschenk irgendeiner Nachbarin, die ich nie zu Gesicht bekommen habe. Sie klappert und spült und wischt und sagt dann: «Wir machen einen Spaziergang, *Traute*.»

Seit meinem unrühmlichen Ausbruch wegen des Spitznamens betont sie meinen Vornamen jetzt immer derart, dass es klingt, als sei dieser eine Erfindung von mir, auf der ich kindischerweise bestehe. Doch ich gehe nicht darauf ein.

«Wohin?»

«Runter ans Wasser», sagt sie, und ich weiß, es ist kein Vorschlag, es ist ein Befehl, eine ebenso unumstößliche Anordnung, wie sie sie schon früher immer verlauten ließ, wenn sie mich im Atelier herumschob wie eine lebensgroße Schachfigur. Und genau wie damals füge ich mich. Es erscheint mir nun einmal das Einfachste, niemand kommt gern Lottes Dickkopf in die Quere. Sie hat etwas von einer Naturgewalt an sich, einer grimmigen Göttin, die man lieber nicht erzürnt.

Eine halbe Stunde später wartet sie vor dem Haus auf mich. Sie sitzt auf der schmalen Holzbank, deren Sprossen die Sonne erwärmt hat. Ihr Leinenkleid spannt an den breiten Hüften, die Hände, auf denen die Adern sichtbar sind, wandern über die Maserung der Sitzfläche. Der Wind fährt noch immer durchs Land, zerzaust mein Haar und reißt an Lottes Strohhut. Neben sich hat sie den Rucksack gestellt, in dem sie immer ihre Malutensilien durch die Gegend trägt.

«Willst du malen?», frage ich.

Sie macht eine Bewegung mit dem Kinn, die ja und nein bedeuten kann. «Komm», sagt sie.

Wir stapfen den Weg entlang, den links und rechts diese

furchtbar reizenden Holzhäuser mit den bunten Schindel-dächern säumen. In den Gärten spielen Kinder, rennen dem Federball hinterher, der vom Wind immer wieder abgetrieben wird, lachen und toben mit von der plötzlichen Kühle der Luft geröteten Wangen. Ein Mädchen mit dunklen Haaren steht am Zaun und sieht zu uns herüber, das Gesicht verschlossen, die Oberlippe vorgeschoben. Sie erinnert mich so sehr an Lotte als Kind, an die Lotte von den Fotos, dass ich scharf die Luft einsauge. Da löst sie sich vom Zaun und läuft fort, tiefer in den Garten hinein.

Verstohlen sehe ich hinüber zu der erwachsenen Lotte neben mir, doch sie hat nichts bemerkt, läuft mit langen, ei-ligen Schritten voran, trotz der Rundlichkeit, die sich in den letzten Jahren um ihre Mitte gelegt hat. Es ist ihr gewohnter Stechschritt, den sie immer als *Spaziergang* bezeichnet, und ich bin sicher, die schwedische Armee würde sie mit Freuden die Rekruten trainieren lassen. Lotte ist eine Getriebene, war-um sehe ich das jetzt erst? Vielleicht ist man manchmal lange blind für diejenigen, die man am liebsten hat. Oder sie ver-ändern sich über die Jahre, und man meint sie irgendwann neu zu sehen. Aber gerannt, um ihr Leben gerannt, ist Lotte schon immer, schon damals in Berlin, als es doch eigentlich keinen Grund zur Eile gab, weil das Leben in all seiner beängs-tigenden Länge vor uns lag und wir viel zu viel Zeit hatten. Trotzdem musste man neben Lotte immer hetzen, wenn man nicht zurückbleiben wollte.

Wir erreichen den schmalen Strandweg, links und rechts flattert das Dünengras, dahinter beginnen die weiten Wiesen, die hier in Kalmar erst kurz vor dem Strand in sandigen, stei-nigen Boden übergehen. Ein paar letzte Urlauber lagern in ei-niger Entfernung auf Decken. Lotte stapft weiter, den runden

Rücken gebeugt, um sich dem Wind entgegenzustemmen, den Strohhut mit fester Hand gepackt, damit er nicht fortfliegt. Erst, als die Wellen schon beinahe unsere Schuhspitzen berühren, bleibt sie stehen, sieht sich einmal um und nickt befriedigt. Dann wirft sie den Rucksack auf den Strand, als sei sie ein Wikingerkapitän, der den Anker auswirft und sich das Land zu eigen macht. Sie lässt sich zu Boden plumpsen, streift sich die Schuhe von den Füßen und klopft, mit Blick in meine Richtung, auffordernd neben sich auf den Sand.

Zögernd setze ich mich, aber in sicherer Entfernung von den frechen Wellen, die leise und stetig kommen und gehen und immer wieder eine kleine Beute mit ins Meer ziehen, Steinchen, zerbrochene Muschelschalen, eine Handvoll Seetang.

Lotte beginnt, den Rucksack auszupacken. Zeichenblock, Stifte, Pastellkreide. Sie schiebt mir den Block zu.

«Heute malst *du*!»

«Was?»

«Es wird Zeit, dass du mir zeigst, was du da eigentlich machst.»

Ich spüre, wie mich eine unbestimmte Furcht anspringt. «Ich kann nicht.»

Sie schnaubt nur. «Ernst sagt, du malst in Bremerhaven jeden Tag, du zeichnest, du bildhauerst, du fotografierst. Dein ganzes Leben sei davon bestimmt, sagt er. Von der Kunst. Und mir erzählst du etwas von Haushalt und Romane lesen.»

Ihre Stimme bricht.

«Bist du etwa wütend auf mich?»

«Ich bin verdammt wütend, *Hundchen*.»

Sie vergisst sich im Eifer des Gefechts. Auf einmal weiß ich aber nicht mehr, was ich an dem Kosenamen so schrecklich gefunden habe, er klingt vertraut wie eh.

«Du schleichst den ganzen Sommer hier herum», schimpft sie, «und tust so, als ginge dich das alles nichts an. Sagst mir nicht, was du über meine Kunst denkst, dabei hast du das früher immer getan. Du hast unsere Bilder doch erst hervorgebracht, weißt du das nicht? Ohne dich wären sie nicht entstanden. Und heute bist du selbst eine Künstlerin, aber verheimlichst das vor mir?»

«Ich verheimliche gar nichts», erwidere ich und höre selbst, wie unglaubwürdig es klingt. «Aber es ist nichts, ein paar Landschaften nur, Blumen und solches Zeug. Keine Porträts, nichts, was dich interessieren würde. Nichts von Bedeutung.»

«Alles ist von Bedeutung, wenn es um dich und mich geht», sagt sie und blickt mit zusammengekniffenen Augen aufs Wasser. «Wenn es um unsere Kunst geht. Weißt du das denn nicht?»

Wir schweigen. Der Wind schleicht um unsere Gesichter, glättet sie, trocknet sie. Endlich sieht mich Lotte an.

«Ich sage nur eins: In Worpswede, in Bremerhaven würde niemand heute eine Lotte Laserstein ausstellen, wohl aber, wie ich hörte, eine Traute Rose.»

«Die paar Bilder ...» Ich wiegele ab, doch sie fällt mir ins Wort.

«Herrgott, du Dussel, jetzt nimm endlich diese Pastelle und male! Male! Und eins sage ich dir, wenn ich nicht auch auf dem Bild bin, bin ich beleidigt.»

Stöhnend nehme ich Kreidestifte und Papier auf und beginne, das bläuliche Meer, die hellen Dünen, das grüne Gras zu skizzieren. Es fühlt sich im ersten Moment an, als zöge ich meine Kleider aus, so nackt fühle ich mich unter ihrem Blick. Selbst bei unserem ersten Aktbild habe ich mich nicht so entblößt gefühlt. Meine Finger sind steif vom kühlen Wind und von meiner Befangenheit. Doch mit jedem Strich geht es besser. Ich setze eine Figur mit wilden Haaren unter einem schiefen Strohhut in die rechte Ecke, lasse eine blaugrüne Welle ihren Fuß überspülen. Es ist gar nicht schlecht, was da entsteht, finde ich.

Lotte beobachtet mich mit unbewegtem Gesicht, schaut mir ab und an über die Schulter, und einmal nimmt sie mir wortlos eine lila Pastellkreide aus der Hand und korrigiert etwas am Horizont. Danach sieht es richtig aus.

Wir sitzen etwa eine Stunde so da. Ich zeichne mittlerweile mit dem sicheren Strich, den ich mir in den letzten Jahren in Bremerhaven erarbeitet habe und der nun, unter Lottes Blick, fließender und selbstbewusster wird denn je.

Irgendwann nickt Lotte. «Gut», sagt sie. «Das wäre das! Mach weiter. Ich gehe zu Ernst hinauf und sage ihm, er soll die Koffer auf dem Dachboden lassen. Ihr bleibt noch.»

Ich sehe nicht einmal auf, lasse sie den Strand hinaufgehen, den Wind diesmal im Rücken, und beende in Ruhe meine Zeichnung. Die Farben schmelzen ineinander, das Bild zeigt genau die Mischung aus Wildheit und Liebreiz dieses Fleckchens, die ich heute darin sehe.

Noch einmal kommt die Sonne heraus und bescheint mit dramatischen Strahlen, die wie Scheinwerfer durch die Wolken brechen, das Meer, das plötzlich gleißt und glitzert, sodass ich rasch noch ein paar helle Lichtpunkte auf die Wellenkämme meiner Zeichnung tupfe. Als ich fertig bin, lege ich das Bild zur Seite und blicke lange, sehr lange hinüber zur Insel Öland. So lange, bis der Nachmittag kommt und immer mehr Badegäste den Strand bevölkern, deren Lärmen mich schließlich zurück ins Haus scheucht.

◆◇◆

Eine Woche später liege ich in dem verwilderten Gärtchen vor Lottes Ferienhaus auf der Insel im Gras. Es ist das erste Mal, dass wir beide herübergekommen sind, und auf einmal weiß ich nicht mehr, was das für eine alberne Scheu von mir war, Öland zu betreten. Ernst haben wir auf dem Festland gelassen, er sagte, er wolle in Ruhe ein paar seltene Steine betrachten, die er am Strand gefunden habe, und Pfeife rauchen, ohne dass wir ihn maßregelten.

Ich habe mich auf dem Rücken ausgestreckt, trage ein leichtes Sommerkleid, denn der Sommer ist noch einmal nach Südschweden zurückgekehrt, und die laue Luft streicht mir über die nackten Beine, denn ich habe auf die Strumpfhose verzichtet, obwohl ich seit Jahren nicht mehr gern meine Beine zeige, sie sind dürr, und man erkennt die Adern unter der weißen Haut. Doch wer sieht mich hier schon, wer außer Lotte? Sie findet mich schön, sagt sie, noch immer.

Das dunkle Holz der Staffelei ragt in den blauen Himmel und zerschneidet ihn über mir in zwei Stücke, eins vor, eins hinter der Leinwand. Ich blinzle gegen die Sonne und lege mir die Hand auf die Augen. Das Licht schimmert rot und golden hindurch.

Eben kommt Lotte aus dem windschiefen Häuschen, sie trägt einen Malerkittel. «Auf mit dir», sagt sie, und ich seufze und setze mich wieder in Position.

«So?», frage ich.

«Genau so.» Sie setzt den Pinsel an und malt. «Warte, dreh den Oberkörper noch eine Winzigkeit nach links.»

Kaum tue ich, wie mir geheißen, sagt sie: «Nicht so weit, du bist ja keine Schlangenfrau!»

Ihre Stimme ist scharf, doch in ihrem Gesicht steht ein Lächeln. So selten, so kostbar. Meine Gedanken beginnen zu wandern, sie wandern über die Insel, über die Meerenge nach Schweden, dann noch weiter nach Süden, übers Land, übers Wasser, wieder übers Land, bis nach Berlin.

«Traute?», fragt sie. «Hörst du mir zu, Traute?»

Die Geschichte von Lotte, Traute und mir begann, wie so oft im Leben, mit einer Verspätung.

Im Sommer 2019 lieh mir meine Nachbarin den Katalog zu einer Ausstellung über eine Künstlerin, der zu Ehren die Berlinische Galerie eine Werkschau veranstaltete. Wochenlang lag das sehr hübsche, dicke Buch bei mir auf dem Tisch, aber erst, als meine Freundin mich irgendwann im Treppenhaus danach fragte, fiel es mir wieder ein, und ich warf eher pflichtschuldig einen Blick hinein. Es war Abend, die Kinder schliefen endlich, ich war müde.

Eine Stunde später war die Müdigkeit wie fortgeblasen. Ich wusste sofort, dass ich über diese Malerin namens Lotte Laserstein einen Roman schreiben wollte. Vorher hatte ich unglaublicherweise noch nie von ihr gehört. Ich blätterte durch die Seiten, sah die Bilder, die sie gemalt hatte, und fragte mich, wer neben Lotte diese andere Frau war, die überall auftauchte. Manchmal mit der Künstlerin zusammen auf einem Bild, aber noch viel öfter allein. Traute Rose, las ich, das Lieblingsmodell von Laserstein. Aber viel mehr als ihren Namen konnte ich über sie nicht herausfinden.

Am letzten Tag der Ausstellung, im August, ging ich in die Galerie, und mein Vorhaben verfestigte sich beim Anblick der Originale, der Farben und Gesichter um mich herum.

Eines der Gesichter stach auch hier prominent heraus – das von Traute Rose.

Im Oktober recherchierte ich im Archiv der Berlinischen Galerie, die den Nachlass von Lotte Laserstein verwaltet. Briefe, Fotoalben, Ausstellungsflyer, Postkarten – eine wahre Fundgrube zum künstlerischen Leben im Berlin der 1920er Jahre und zu Lottes späterem Schaffen in Schweden. Doch so zentral Lotte Lasersteins Modell Traute Rose in ihrem Werk war, so sehr klaffte hier, in den gelblichen Dokumentenordnern auf meinem Arbeitstisch, eine Lücke. Man erklärte mir, dass die Schenkungsgeber des Nachlasses dafür gesorgt hatten, dass die Briefe von Traute an Lotte unter Verschluss blieben. Es würde für niemanden eine Ausnahme gemacht. Trautes Briefe sollte heute niemand mehr lesen dürfen.

Für eine Kunsthistorikerin, eine Biographin wäre dies vielleicht ein herber Schlag gewesen – für eine Schriftstellerin war es jedoch gerade das Gegenteil. Diese Lücke, diese Leerstelle inspirierte mich. Ich wollte sie füllen, ich wollte Traute Rose eine Stimme geben, damit sie selbst erzählen konnte, wie es war, Lotte Lasersteins Modell zu sein, ihre Vertraute, ihre geliebte Freundin. Denn Lotte Lasersteins Geschichte ist nicht nur die einer sehr besonderen, mutigen Künstlerin, sondern auch die von zwei Frauenleben im 20. Jahrhundert. Lotte und Traute – zwei Frauen ringen mit der Kunst, der Liebe, mit Teilhabe, Vereinbarkeit, Freiheitsdrang und der Sehnsucht nach Zugehörigkeit und Partizipation. Zwei Frauen, die gemeinsam etwas Neues schafften: ein Bündnis, das die alten Normen vom kreativen Künstler und von seinem passiven Modell neu definierte und die Muse als aktiven Part ins Zentrum von allem rückte. Ein weibliches Arbeitsbündnis in einer von Männern dominierten (Kunst-)Welt, das sie ein

Leben lang aufrechterhielten, das sie sich erkämpften, zwischendurch verloren und wiederfanden.

Lotte Laserstein und Traute Rose intensivierten ihre Beziehung nach dem Krieg wieder, sie besuchten sich häufig, reisten gemeinsam, korrespondierten und malten zusammen bis ins hohe Alter. Traute saß, wie Fotos beweisen, Lotte auch wieder Modell.

Im Archiv habe ich ein Foto aus den 1980er Jahren gefunden – beide Frauen Seite an Seite auf Gartenstühlen vor Lottes schwedischem Häuschen. Lotte, eine betagte Dame mit einer Decke über den Knien, hält einen Schirm und sieht in die Kamera. Traute neben ihr – etwa achtzigjährig und immer noch sehr elegant mit überschlagenen Beinen und rotem Hut – hat ihren Arm um Lottes Stuhllehne gelegt und blickt zu ihr. So sitzen sie dort, in der småländischen Sommersonne, im Gespräch vereint.

Und auch eine Postkarte fiel mir in die Hände, doppelseitig beschrieben aus dem Jahr 1985 von Traute an Lotte. Sie hatte sich wohl unbemerkt zwischen die Ordner geschummelt. Traute legte sie einem Katalog für Lotte bei, spricht in dem kurzen Text von einem geplanten Treffen in Berlin – «... muss erst die Müdigkeit überwinden». Dann beschließt sie das Briefchen. «War schön mit Dir! Alles Liebe vom ...», und an Stelle einer Unterschrift findet man unten am Kartenrand ein sehr lebhaft gezeichnetes *Hundchen*.

Traute Rose starb 1989, Lotte Laserstein 1993. Bis zum Ende waren sie Freundinnen. Und Lottes Wunsch – *Malen können bis zum Schluss* – erfüllte sich.

Anne Stern, Berlin, im Sommer 2021

LITERATUR

Alexander Eiling und Elena Schroll (Hg.): *Lotte Laserstein. Von Angesicht zu Angesicht*, Ausstellungskatalog des Städel Museums in Zusammenarbeit mit der Berlinischen Galerie, Frankfurt a. M. 2018

Britta Jürgs: *Leider hab ich's Fliegen ganz verlernt. Porträts von Künstlerinnen und Schriftstellerinnen der Neuen Sachlichkeit*, Berlin 2000

Anna-Carola Krausse: *Lotte Laserstein. Meine einzige Wirklichkeit*, München 2018

Rainer Metzger (Hg.): *1920s Berlin*, Köln 2019

Fredrik Sjöberg: *Vom Aufhören. Über die Flüchtigkeit des Ruhms und den Umgang mit dem Scheitern*, Berlin 2018

DANK

Mein herzlicher Dank gilt

meinem Mann Inbar für die unzähligen Gespräche über Kunst und Literatur,

meiner Mutter Dorothea für ihr Interesse und ihr sorgfältiges, kluges Lesen des Manuskripts,

Babette Krimmel für ihre Impulse und unsere Gespräche über Lotte,

meiner Agentin Julia Eichhorn für ihre Begeisterung, ihre unermüdlichen Ratschläge und ihre beflügelnden Ideen,

dem Archivar Philip Gorki in den Künstler*innen-Archiven der Berlinischen Galerie für den Einblick in den Nachlass von Lotte Laserstein,

der Verlagsleiterin des Kindler-Verlags Ulrike Beck für ihr Vertrauen und

meiner Lektorin Ditta Friedrich für ihre Freude am Manuskript, ihre Kreativität und großartige Einfühlung.

Anne Stern

FRÄULEIN GOLD

Eine Saga voller Spannung und Atmosphäre im Berlin der 1920er Jahre: farbenprächtig, packend und bewegend.

Die Berliner Hebamme Hulda Gold ist beliebt, klug und unerschrocken, aber sie neigt dazu, sich selbst in Schwierigkeiten zu bringen. Denn bei ihrer Arbeit begegnet sie nicht nur dem neuen Leben, sondern auch dem Tod. Hulda spürt düsteren Geheimnissen hinterher, und bei ihren Nachforschungen trifft sie den unnahbaren Kommissar Karl North und verliebt sich in ihn. Immer tiefer gerät sie in die Abgründe einer Stadt, in der Schatten und Licht dicht beieinander liegen.

Hulda Gold ist eine Figur, die niemand so schnell vergisst. Man feiert mit ihr, leidet und liebt mit ihr.

«Tolle Frau plus Krimi plus Zeitgeist der Zwanziger – das ergibt einen spannenden Mix.» *(Freundin)*

Band 1: «Schatten und Licht»

Band 2: «Scheunenkinder»

Band 3: «Der Himmel über der Stadt»

Band 4: «Die Stunde der Frauen»
(Erscheinungstermin Dezember 2021)